오디세이아

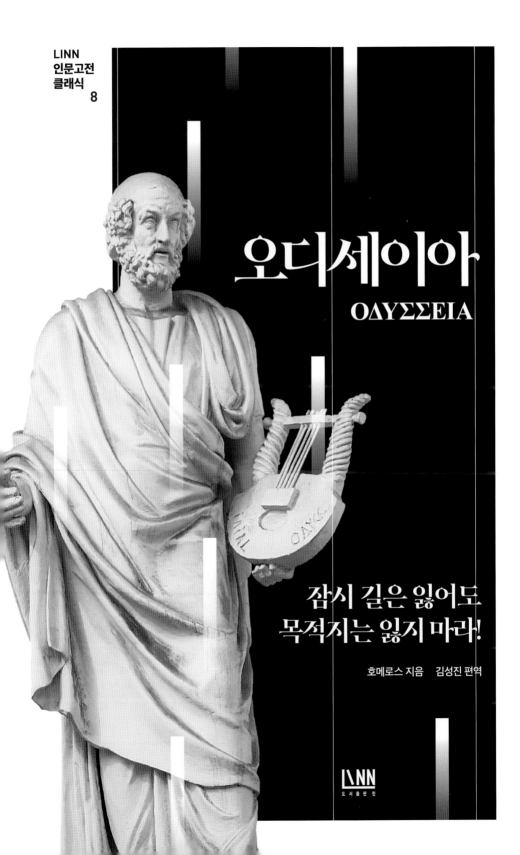

LINN
인문고전
클래식
8

오디세이아
ΟΔΥΣΣΕΙΑ

잠시 길은 잃어도
목적지는 잃지 마라!

호메로스 지음   김성진 편역

LINN
도서출판 린

호메로스의 『오디세이아』

『일리아스』의 후속편 서사시는 『오디세이아』다. 이는 『일리아스』보다 더 재미있는 또 다른 영웅 서사시로 영웅 오디세우스가 트로이아 전쟁이 끝난 후 집으로 돌아가는 고된 여정 이야기다. 두 작품을 종합해 보면 호메로스의 서사시는 인간의 조건에 대한 성찰이다. 인간의 조건, 인간의 '고향'은 근본적으로 『일리아스』에 그려진 바로 그것일까? 우리는 모두 사실상 자연적으로 투쟁과 전쟁의 세계에 처한 것인가? 우리는 전쟁을 위해 만들어졌는가? 아니면 인간성의 진정한 집은 『오디세이아』에서 오디세우스가 원했던 난롯가, 즉 평화로운 집과 같은 세계인가? 아니면 우리는 타고난 방랑자이자 여행자인가? 그리고 인생에서 가장 좋은 선택은 무엇인가? 영광스러운 군사적 승리, 평온한 가족의 행복, 또는 다른 어떤 것인가? 가장 좋은 삶이라는 문제는 그리스에서만 두드러졌는지도 모르며 오늘날 우리가 거의 던지지 않는 물음이기도 하다.

서사시로서의 『오디세이아』

　기원전 700년 무렵 집필된 『오디세이아』는 인류 최초의 서사시 중 하나로 여러 면에서 장르의 패턴을 설정해 보면 구전 전통에서 기본 서사시의 정의에 깔끔하게 맞아떨어진다. 인내를 상징하는 오디세우스는 이타카와 주변 섬의 왕이자 트로이아 전쟁의 영웅이다. 그는 고향과 아내 페넬로페, 아들 텔레마코스를 떠난 지 20년이 되었다. 오디세우스는 고대 그리스 문명의 많은 미덕을 구현하고 어떤 면에서는 정의하기도 한다. 그러나 때때로 그를 곤경에 빠뜨리는 결점도 있다.

　일반적으로 서사시는 주제에 대한 진술과 뮤즈(그리스 신화의 아홉 자매 여신)에 대한 호출로 시작된다. 어떤 뮤즈는 노래와 시를 주재하며 서사시에 합류한다. 때때로 뮤즈는 모든 교양 과목과 과학에 배정된다. 일반적으로 클리오는 역사의 뮤즈로 생각된다. 에라토는 서정적인 사랑시를 처리한다. 칼리오페는 서사시와 가장 자주 관련된 뮤즈다. 『오디세이아』는 영웅의 다양한 시련, 여담, 긴 연설, 여행, 시험, 직유, 은유, 신성한 개입과 같은 서사시와 관련된 대부분의 문학적, 시적 장치를 사용하고 있다.

희극으로서의 『오디세이아』

『일리아스』는 비극적으로 끝나는 반면 『오디세이아』는 희극적으로 끝난다. 이 둘은 인간 경험의 양극단으로서 시적으로 창안된 극단일 수도 있고, 또는 그렇지 않은 것일 수도 있다. 어쨌든 그리스 드라마는 두 가지 장르를 발전시켰다. 비극이 먼저 오고 희극이 그 뒤를 따랐다. 이 순서가 중요하다. 비극적 감수성은 인간의 위대함이 자신의 한계, 특히 운명이 부여하는 한계와 충돌한다는 인간의 직관에 의존하기 때문이다. 그러나 그리스 비극은 인간의 위대함에 대해 돌연 의심을 품었기 때문에 나타난 것이다. 그리고 보면 인간은 정말 우스꽝스러운 창조물 아닌가? 그렇다면 자신이 처한 조건을 너무 깊이 들여다보지 않는 게 나을 것이다. 드라마 작가가 상당히 외설적인 장면을 쓰고 있다면 그는 사실 우리에게 주의하라는 경고를 보내는 것이다. 『오디세이아』의 서사시는 위대한 영웅의 시련과 업적을 다루는 고상한 스타일의 긴 서사시다. 이 서사시는 국가적, 군사적, 종교적, 정치적, 역사적 중요성의 미덕을 갖고 있다. '서사시'라는 용어 자체는 그리스어 '에포스'에서 유래한 것으로 원래는 '단어'라는 의미였지만 나중에는 '웅변' 또는 '노래'를 의미했다. 모든 예술과 마찬가지로 서사시는 제한된 맥락에서 성장할 수 있지만 보편성과 관련해 위대함을 달성한다. 일반적으로 그것은 영웅적 행동뿐만 아니라 영웅의 정신과 그의 인간적 실패나 죽음 사이의 투쟁을 강조하고 있다.

PROLOGUE_006

등장 인물_011

Chapter 01 아테나 여신, 텔레마코스를 만나다_033

Chapter 02 텔레마코스의 원정_052

Chapter 03 필로스의 네스토르_073

Chapter 04 스파르타의 메넬라오스를 만나다_098

Chapter 05 오디세우스와 칼립소_132

Chapter 06 오디세우스와 파이아키아섬의 나우시카_158

Chapter 07 알키누스 궁궐의 오디세우스_169

Chapter 08 알키누스 궁궐의 향연과 경기_178

Chapter 09 거인족 키클로페스_198

Chapter 10 아이올리스와 키르케_214

Chapter 11 명계로 내려간 오디세우스_243

Chapter 12 세이렌과 스킬라와 카립디스_267

Chapter 13 오디세우스가 이타카로 돌아오다_287

Chapter 14 오디세우스, 돼지치기 에우마이오스를 만나다_302

Chapter 15 텔레마코스의 귀향_318

Chapter 16 오디세우스, 텔레마코스를 만나다_335

Chapter 17 오디세우스, 거지 분장으로 입궁하다_354

Chapter 18 걸인 이로스와 싸우다_376

Chapter 19 에우리클레이아, 오디세우스를 알아보다_392

Chapter 20 복수의 계시를 받다_415

Chapter 21 활쏘기 경연대회_434

Chapter 22 구혼자들을 소탕하다_455

Chapter 23 오디세우스, 페넬로페와 만나다_477

Chapter 24 모든 시련을 끝내다_493

Chapter 25 호메로스 전기_519

오디세우스

서사시의 중심인물인 오디세우스는 용기 넘치는 지략을 사용해 이타카로 돌아가 구혼자들을 물리치고 왕으로서의 적절한 자리를 되찾는다.

페넬로페

오디세우스의 아내. 원래 오디세우스도 헬레네에게 청혼했지만 메넬라오스가 헬레네와 결혼하
자 나중에 페넬로페와 결혼했다. 정숙한 여인의 표상이기도 하다.

아테나

때때로 '팔라스 아테나' 또는 '팔라스'라고 불리는 그녀는 종종 오디세우스나 텔레마코스를 대신해 변장하고 때로는 텔레마코스의 고문인 멘토로 나선다.

텔레마코스

오디세우스와 페넬로페 사이에서 태어난 아들이다. 아버지가 트로이아 전쟁에 나가 20년 동안이나 돌아오지 않아 어머니를 괴롭히는 구혼자들을 상대하며 용기 있는 젊은이로 성장한다.

에우마이오스

오디세우스의 돼지치기다. 심성이 착하고 충직한 하인으로 주인 오디세우스가 20년 동안 집을
비운 동안에도 자신에게 맡겨진 일에 게을리하지 않으며 충성을 지킨다.

에우리클레이아

오디세우스(텔레마코스도 포함)의 충실한 늙은 유모인 그녀는 오디세우스의 다리에 있는 오래된 흉터를 알아보고 주인이 살아 돌아온 것을 눈치챈다.

키르케

오디세우스의 선원 중 일부를 돼지로 만드는 팜므 파탈의 마법사인 그녀는 1년 동안 오디세우스의 연인이 되어 그가 떠날 때 잘 조언해준다.

안티누스

100명에 이르는 구혼자의 우두머리 격인 인물로 무례하고 비열하게 굴다가 오디세우스가 날린 복수의 화살에 첫 번째 희생자가 된다.

세이렌

머리는 여자이고 몸은 새(때로는 인어로 등장한다)다. 아름다운 소리로 뱃사람들을 유혹하고 위험에 빠뜨린다. 오디세우스는 키르케의 조언으로 세이렌의 공격을 피한다.

칼립소

님페인 그녀는 오디세우스를 7년 동안 포로로 잡고 그와 관계를 맺어 결혼하기를 희망하는데 제우스의 명령에 의해 오디세우스를 석방한다.

메넬라오스와 헬레네

아가멤논의 동생 메넬라오스는 트로이아 전쟁의 원인을 제공한 헬레네의 남편이다. 그는 텔레마코스가 찾아오자 오디세우스의 행방을 알려주고 헬레네는 많은 선물을 준다.

테오클리메노스

테베의 맹인 예언자인 그는 죽음의 땅에서 오디세우스를 만나 임박한 위험을 경고하고 조언을 제공하며 이후의 여정과 장수를 예언한다.

알키누스와 아레테

파이아키아인의 왕 알키누스와 그의 아내 아레테는 오디세우스가 자신의 무용담 이야기를 하도록 격려하고 오디세우스가 이타카로 돌아갈 수 있도록 도와준다.

나우시카

알키누스와 아레테 여왕의 딸인 그녀는 오디세우스가 파이아키아 해변으로 밀려왔을 때 그를
발견하고 그에게 매력을 표현한다.

네스토르

트로이아 전쟁의 그리스군 노장 지휘관인 그는 오디세우스와 친했으며 텔레마코스가 찾아왔을 때 백방으로 그를 도와준다.

폴리카스테

네스토르의 막내딸인 그녀는 텔레마코스가 손님으로 오자 그를 위해 목욕 의식을 하며 그와 관계를 맺는다. 훗날 그녀는 텔레마코스와 결혼한다.

아이올리스

'바람의 신'인 그는 오디세우스가 이타카에서 볼 수 있는 거리에 도달하도록 도와주지만 오디세우스의 선원들에 대한 벌로 저주를 받아야 한다고 결론짓는다.

아가멤논

트로이아 전쟁의 그리스 사령관인 그는 집으로 돌아와 아내에게 암살당한다. 호메로스는 페넬로페를 아가멤논의 아내 클리타임네스트라와 비교하며 자주 그를 언급한다.

폴리페모스

외눈박이 식인종 거인인 폴리페모스는 오디세우스와 그의 정찰대를 동굴에 가두고 잡아먹는데 오디세우스는 지혜를 발휘해 그의 눈을 멀게 하고 탈출한다.

이로스

거지 이로스는 페넬로페의 구혼자들의 부추김에 고무되어 오디세우스를 내쫓으려다가 거꾸로 오디세우스에게 두들겨 맞고 문밖으로 쫓겨난다.

오디세이아

ΟΔΥΣΣΕΙΑ

잠시 길은 잃어도
목적지는 잃지 마라!

이타카로 출항하는 오디세우스
10년 간의 트로이아 전쟁에서 승리한 오디세우스는
고국인 이타카로 돌아오는데
그의 항해는 포세이돈의 분노를 사
10년 간 온갖 고초를 겪고 20년 후 이타카로 돌아오지만
또 다른 적들과 싸워야 했다.

01
Chapter

아테나 여신, 텔레마코스를 만나다

『오디세이아』 1장 요약

　호메로스는 서사시의 뮤즈를 불러 오디세이아를 열고 운명의 많은 우여곡절을 경험하고 많은 어려움을 겪은 한 남자의 이야기를 전하는 데 대한 지침을 요청한다. 오디세우스는 트로이아 전쟁의 유일한 그리스 생존자로 고국인 이타카로 돌아오는 도중 사망했다고 전해진다. 그러나 오디세우스는 오기기아섬의 칼립소 여신에게 포로로 붙잡혀 있다. 오디세우스는 '바다의 신' 포세이돈의 아들 폴리페모스의 눈을 멀게 해 포세이돈의 분노를 사 귀향길에 어려움을 겪은 것이다. 한편, 오디세우스의 아내 페넬로페는 이타카에 있는 그의 집에서 구혼자들에게 포위당한다. 올림포스에서 열린 신성한 공의회에서 아테나는 아버지 제우스에게 오디세우스를 불쌍히 여기고 집으로 돌아가게 해달라고 간청한다. 그녀는 제우스가 칼립소에서 오디세우스를 석방하기 위해 헤르메스를 보내고 아테나는 이타카를 방문해 오디세우스의 아들 텔레마코스에게 조언할 것을 제안한다. 오디세우스의 오랜 친구인 멘테스로 변신한 아테나는 텔레마코스에게 조언한다. 그녀는 그의 아버지가 돌아오리라 예상하고 텔레마코스가 구혼자들에게서 오디세우스에 대한 더 많은 정보를 수집하도록 한다.

───────

오, 뮤즈여, 그 유명한 트로이아가 패망하고 멀리 떠돌아다녀야 했던 영웅을 말해주오. 그가 방문한 많은 도시는 그가 아는 예절과 관습을 가진 나라들이었다. 더욱이 그는 자신의 생명을 구하고 부하들을 집으로 무사히 데려오려고 애쓰면서 바다에서 더 큰 고난을 겪었다. 그러나 그가 부하들을 구원할 수 없는 것을 어찌하랴. 왜냐하면 그들이 '태양의 신' 하이페리온의 가축을 잡아먹는 어리석음 때문에 죽었기 때문이다. 그래서 신은 그들이 집에 도착하지 못하게 막았다. 오, 신의 딸이여, 이 모든 것을 말씀해 주소서.

트로이아 전쟁에서 살아남은 사람들은 오디세우스를 제외하고 집으로 무사히 돌아갔고 오디세우스는 고국 이타카의 아내에게 돌아가길 간절히 바랐지만 칼립소 여신에게 구금당했다. 그녀는 그와 결혼하길 원했다. 그러나 세월이 지나면서 오디세우스가 이타카로 돌아가겠다고 결심하게 된다. 포세이돈을 제외한 모든 신이 그를 불쌍히 여기기 시작했는데 그럼에도 포세이돈은 여전히 고집을 버리지 않고 오디세우스를 박해하고 칼립소의 섬에서 떠나지 못하게 했다. 포세이돈은 세계의 끝에 있는 에티오피아인들에게 가 서쪽을 바라보는 곳과 동쪽을 바라보는 곳, 두 쪽의 중간에 누워 있었다. 그는 양과 소의 헤카톰을 받아들이려고 그곳에 가 축제를 즐기고 있었다. 그때 올림포스의 신들은 신전에 모여 인간과 신의 아버지인 제우스의 선언을 듣고 있었다. 그는 아가멤논의 아들 오레스테스가 아이기스토스를 살해한 사건으로 모든 신에게 주의를 환기시키려고 모이게 한 것이다. "무슨 까닭으로 인간은 우리 신들에게 죄를 뒤집어씌우는가. 모든 재앙이 우리로부터 비롯되었다고 말하지만 사실 분수에서 벗어난 자신들의 행동 때문에 타고난 운명보다 큰 고통을 당하게 된 것이다. 이번 일만 해도 아이기스토스는 아가멤논의 아내 클리타임네스트라와 몰래 사통해 아가멤논이 트로이아에서 귀국하자 그를 살해하게 된 것이지. 자신의 파멸을 부르는 것인 줄 알면서도. 우리가 미리 저 훌륭한 파수꾼 아르고스를 죽인 신 헤르메스를 사절로 보내 아가멤논을 죽이지 말고 그의 아내를 탐하지도 말라고 일렀건만. 그런 짓을 저지르면 머지않아 아가멤논의 아들 오레스테스의 복수를 받을 게 뻔하니까. 헤르메스를 시켜 오레스테스가 지금은 나이가 어리고 타국에 있지만 장차 어른이 되면 반드시 복수할 거라고 간곡히 일렀건만 아이기스토스는 이를 무시해 결국 비참한 최후를 맞은 것이다." 그러자 아테나가 말했다. "오, 아버지! 천상의 주신이시여, 그는 자신의 죄에 합당한 벌을 받았습니다. 그 누가 그런 죄를 짓고도 천벌을 피할 수 있었겠습니까!

아가멤논의 죽음
아가멤논의 아내 클리타임네스트라와 그녀의 정부 아이기스토스가
트로이아 전쟁에서 돌아와 잠자는 아가멤논을 살해하려는 장면이다.

다만 제 마음은 오직 저 불운아 오디세우스 때문에 어지러울 뿐입니다. 그는 오랫동안 가족과 헤어져 바다 한가운데 외딴섬에 갇혀 있습니다. 하늘과 땅을 가르는 거대한 기둥을 짊어진 심보 고약한 아틀라스의 딸 칼립소에게 붙잡힌 채 말입니다. 그녀는 불운한 오디세우스를 감언이설로 꾀어 귀국을 단념케 하고 있습니다. 그러나 슬픔에 잠긴 오디세우스는 귀신이 되어서라도 고국 하늘에 피어오르는 연기를 보고 싶어 합니다. 오, 올림포스의 주인이신 내 아버지시여, 어찌 그에게 관심을 보이지 않으십니까? 그는 저 넓은 트로이아 평야에서 제물을 바쳤고 진중 뱃전에서 주신께 정성을 다해 기원했습니다. 그런데도 어찌 그를 냉대하십니까?" 이에 제우스가 말했다. "내 딸아, 무슨 말 하느냐? 천하에 그 지혜를 당할 자 없고 하늘을 다스리는 불사의 신들에게 제물을 바침에도 앞설 자가 없는, 신에 못지않게 존엄한 오디세우스를 내 어찌 잊겠느냐? 하지만 대지를 뒤흔드는 포세이돈 신이 그토록 완고한 고집을 부리고 있다. 오디세우스가 키클로페스족(식인종이자 거인족) 중 최고의 장사인 폴리페모스를 장님으로 만들었기 때문이다. 무변대해의 영주 포르키스의 딸 토오사 님페가 바로 그의 어머니 아니냐? 따라서 포세이돈은 오디세우스를 차마 죽이진 못한 대신 귀국을 방해해 방랑의 길로 내몬 것이다. 그러나 우리 모든 신이 오디세우스에게 귀국길을 열어준다면 포세이돈도 결국 고집을 꺾을 것이다. 설마 불멸의 신들에게 홀로 맞설 수는 없지 않겠느냐?" 그러자 아테나가 말했다. "주신이시여, 신들이 이제 오디세우스가 집으로 돌아가야 한다는 것을 의미한다면 우리는 먼저 헤르메스를 오기기아섬으로 보내 우리는 마음을 정했고 그가 돌아갈 거라고 칼립소에게 말해야 합니다. 그동안 저는 오디세우스의 아들 텔레마코스를 만나기 위해 이타카로 갈 겁니다. 나는 그를 격려해 아카이아인들을 집회에 불러들이게 하여 그의 양과 소를 닥치는 대로 먹어 치우는 그의 어머니 페넬로페의 구혼자들에게 말하게 하겠습니다. 나는 또한 그를 스파르타와 필로스로 인도해 그가 사랑하는 아버지의 귀환에 대해 무슨 말을 하는지 알아볼 겁니다." 아테나 여신은 말을 마치자마자 육지나 바다 위로 바람처럼 날 수 있는 반짝이는 불멸의 황금 샌들을 신고 올림포스의 맨 꼭대기 정상에서 내려갔고 곧바로 오디세우스의 집 관문에 있는 이타카에 도착했다. 여신은 청동 창을 손에 쥔 채 오디세우스와 무척 가까운, 타포스섬의 군주 멘테스로 변신했다. 성안에서는 여러 구혼자가 각자 뽐내며 때마침 문 앞에서 체스를 두며 시간을 보내고 있었다. 그들이 깔고 있는 여러 장의 쇠가죽은 그들이 제멋대로 죽인 소들의 가죽이었다. 그때 신통하게도 오디세우스의 아들 텔레마코스가 맨 먼저 아테나를 알아보았다. 그는 구혼자들 사이에 기분 좋게 앉아 용감한 아버지를 생각 중이었는데, 오디세우스가 다시 와 예전처럼 존경을 받는다면 그들을 집 밖으로 날려 보내길 바라고 있었다. 그 와중에 아테나를 발견하고 쏜살같이 문으로 달려 나왔다. 텔레마코스는 청동 창을 받아 들고 반색하며 날아갈 듯한 목소리로 인사했다. "반갑습니다. 당신이 음식을 먹을 때 무엇을 위해 왔는지 우리에게 말하겠지요."

텔레마코스는 말하면서 길을 안내했고 멘테스로 변신한 아테나는 그를 따라 으리으리한 궁궐 안으로 들어갔다. 그는 잘 닦인 창꽂이에 아테나의 창을 세워 놓았다. 그 옆에는 오디세우스가 쓰던 창들이 가지런히 세워져 있었다. 그는 정교하게 조각한 안락의자에 아테나를 앉히고 발판을 놓아주었다. 그리고 긴 의자를 놓아 사람들이 가까이 접근하지 못하게 했다. 교만한 무리들과 자리하면 손님이 음식을 제대로 먹지 못하고 혹시 아버지 소식을 그들이 들을까 봐 염려했기 때문이다. 하녀는 아름다운 황금주전자에 물을 담아와 손님이 손을 씻도록 은색 대야에 부어 주고 깨끗한 테이블을 옆에 깔아주었다. 한 하녀는 빵 등 집 안의 좋은 것을 손님에게 많이 가져다주었다. 온갖 고기 접시와 금잔을 가져와 손님 옆에 놓았고 한 하인은 포도주를 가져와 부어주었다. 그런 다음 구혼자들이 들어와 벤치와 좌석에 자리를 잡았다. 곧 하인들이 손에 물을 붓고 하녀들이 빵 바구니를 들고 돌아다니며 그릇에 포도주와 물로 가득 채워 그들 앞에 있는 좋은 것들 위에 손을 얹었다. 충분히 먹고 마시자 그들은 음악과 춤을 원했다. 그것은 연회 방식이었고 한 하인이 페미우스에게 가져온 가사를 보자 그들은 노래를 부르지 않을 수 없었다. 그가 노래를 시작하자마자 텔레마코스는 아테나에게 낮은 소리로 말했고 그의 머리는 아무도 들을 수 없을 만큼 그녀와 가까웠다. "어르신, 제가 드리는 말씀에 기분 상하지 않으시길 바랍니다. 노래는 그것을 지불하지 않는 사람들에게 값싼 것이며, 이 모든 것은 뼈가 어떤 광야에서 썩거나 서핑에서 가루로 갈 아입는 사람의 비용입니다. 내 아버지가 이타카로 돌아오는 것을 그들이 본다면 더 긴 지갑보다 더 긴 다리를 위해 기도할 겁니다. 돈은 그들을 섬기지 않을 것이기 때문입니다. 그러나 슬프게도 그는 나쁜 운명에 빠졌고 사람들이 때때로 그가 온다고 말해도 우리는 더 이상 그들에게 신경쓰지 않았습니다. 이제 제게 진실을 말해 주십시오. 당신은 누구이고, 어디서 왔고, 당신의 마을과 부모님은 누구이고, 당신은 어떤 배로 들어왔고, 당신의 선원들이 당신을 어떻게 이타카로 데려왔고, 그들이 어떤 나라라고 선언했는지 말입니다. 이 집이 낯선 사람인지 아니면 내 아버지의 시간에 여기 있었는지 알고 싶습니다. 옛날에는 많은 방문객이 아버지를 찾아왔습니다." 그러자 아테나가 대답했다. "나는 특히 그것에 대해 진실대로 당신에게 말할 것이오. 나는 안키알루스의 아들 멘테스이자 타피아인들의 왕이오. 나는 청동을 구하기 위해 테메세까지 거친 바다를 향해했는데 청동을 가득 실은 배는 지금 네이온 숲 아래 레이트론 항구에 정박해 있소. 그대의 부친과 나는 전부터 친교가 두터웠소. 당신의 조부이신 라에르테스에게 가 여쭤보면 알 것이오. 내가 지금 여기 온 것은 그대의 부친께서 이미 귀국하셨다는 소리를 들었기 때문이오. 그런데 아, 신들은 아직도 그의 발목을 붙잡고 있는 것 같소. 내 감히 예언 한마디 하리다. 내 비록 예언자도 아니고 새를 보고 점치는 술법도 익히진 못했지만 이

텔레마코스와 멘테스
아테나 여신은 타피아인의 왕 멘테스로 변신해
텔레마코스를 만난다.

품에서 운명하셨다면 이토록 원통하진 않았을 겁니다. 그렇다면 아카이아의 모든 병사가 그분의 묘지를 만들어 엄숙한 장례라도 치러 넋을 달래고 그분의 자손들에게까지 위대한 이름을 남겼을 겁니다. 그러나 거센 파도는 영광의 흔적도 없이 그분을 휩쓸어갔습니다. 어디서도 아버님의 흔적을 볼 수도 들을 수도 없습니다. 우리에게는 슬픔과 한탄만 남았습니다. 사정이 이런데도 신들께서는 또 다른 비극을 주셨습니다. 보십시오. 둘리키온과 사메, 정글의 땅 자킨토스, 암석지대인 이타카 등에서 사는 무뢰배와 같은 영주들이 몰려와 어머니께 구혼하며 재산을 축내고 있습니다. 어머니께서는 이 치욕스러운 요구를 뿌리칠 힘도 없어 그들은 더 기승을 부리고 저의 집 재산을 탕진하고 있어 머잖아 저는 알거지가 될 처지입니다." 그 말에 격분한 아테나는 '그렇습니까?'라고 외쳤다. "그렇다면 오디세우스가 집으로 돌아오길 바라는 것도 무리는 아니오. 그러면 이 몰염치한 구혼자들을 응징할 것이오. 지금 그가 돌아와 이 성 입구에라도 선다면 투구를 쓰고 방패와 두 개의 창을 손에 든 옛 모습 그대로일 것이오. 처음 그를 내집에 맞이했을 때처럼 씩씩한 모습으로 말이오. 그때 그는 술을 마시며 매우 즐거워했소. 에피라에 사는 메르메로스의 아들 일로스에게서 돌아오는 길이라며 오디세우스는 그곳으로 빠른 배로 달려 치명적인 독약을 구하러 떠났소. 청동 화살촉에 바르는 독약 말이오. 그러나 영원하신 신들을 두려워하는 일로스가 그것을 거절하는 바람에 그 독약을 우리 아버님께서 나눠 드렸소. 아버님은 늘 오디세우스를 무척 아끼셨기 때문이오. 당시의 용맹함을 발휘한다면 저들은 순식간에 혼비백산해 흩어지겠지만 지금 당장은 저 무례한 구혼자들을 몰아내는 것이 바로 그대 손에 달려 있소. 자, 그러니 내 말을 마음에 새겨두오. 내일 아침 아카이아 남자들을 회합에 소집해 이렇게 선언하시오. 신들을 입회 증인으로 모시고 말이오. 구혼자들에게는 각자 집으로 돌아가라고 말하고 어머님께는 결혼하고 싶다면 그토록 위세 당당한 친정으로 돌아가라고 말씀하시오. 그러면 친정 어른들이 결혼 준비를 해줄 것이오. 꽤 많은 지참금도 마련해주시겠지. 사랑하는 딸에게 주기에 충분할 만큼. 그대에게는 현명한 방도를 더 자세히 가르쳐줄 테니 그걸 잘 따르시오. 그대는 20명이 탈 빠른 배 한 척을 마련해 아버님 소식을 수소문해 보시오. 누군가가 부친 이야기를 들려줄지 누가 알겠소? 어쩌면 신의 목소리라도 들을지 누가 아오? 먼저 필로스로 가 고매한 네스토르를 만나보고 스파르타로 가 금발의 메넬라오스 왕을 찾으시오. 그는 아카이아 병사 중 맨 마지막에 귀국하셨으니 혹시 아버님께서 살아 계신다는 소식을 듣는다면 1년만 더 참고 기다리시오. 만약 돌아가셨다면 즉시 고국으로 돌아와 분묘를 만들고 영웅답게 훌륭한 장례식을 치르고 어머님을 개가시키시오. 그다음 공개적이든 비밀스럽게 하든 심사숙고해 저 건달들을 처리할 대책을 세우시오. 언제까지 어린애 노릇만 할 수는 없지 않소? 그대는 저 오레스테스의 드높은 명성을 들어보지 못했소? 그는 자신의 아버지를 살해한 아이기스토스를 베 세상에 이름을 떨쳤소. 보아하니 그대는 참으로 곧고 장

텔레마코스에게 지혜를 주는 멘테스
아테나 여신은 멘테스로 변신해 텔레마코스에게
아버지 오디세우스의 소식을 수소문하기 위해 이타카를 떠날 것을 권유한다.

대하구려. 자, 용맹을 떨쳐 후세에 이름을 기리도록 하시오. 이제 나는 일행을 찾아 배로 돌아가야겠소. 너무 오래 지체해 화를 낼지도 모르니. 부디 내 말을 명심하길 바라오." 텔레마코스가 대답했다. "어르신, 이렇게 아버님처럼 자상하게 말씀해 주시는데 어찌 새겨듣지 않겠습니까? 다만 갈 길이 아무리 바쁘시더라도 목욕으로 기분을 푸시고 제 정성이 담긴 선물을 받아가소서. 여독도 푸실 겸." 그 말에 빛나는 눈의 아테나가 대답했다. "아니오. 이제 더 이상 만류하지 마시오. 무엇보다 갈 길이 바빠 마음이 조급하니. 그대가 친절한 마음을 보여주고 싶다면 다음에는 선물을 고맙게 받겠소." 여신은 그렇게 말하더니 훌쩍 떠나갔다. 빛나는 눈의 여신은 새처럼 하늘 높이 사라져갔다. 그러나 텔레마코스의 가슴에는 힘과 용기를 불어넣었고 전보다 더 아버지 생각이 나게 해주었다. 텔레마코스는 그때까지의 상황을 곰곰이 생각해보고 마음속으로 크게 놀라지 않을 수 없었다. 그와 함께 있던 이가 신이 틀림없다고 느꼈기 때문이다. 이 젊은 성주는 곧바로 구혼자들이 있는 곳으로 가 다시 한자리에 앉았다. 저 훌륭한 음유시인 페미우스는 여전히 노래를 부르고 있었고 청중은 트로이아에서 돌아온 슬픈 이야기와 아테나 여신이 아카이아인들에게 씌운 병에 대한 슬픈 이야기를 하며 침묵 속에 앉아 있었다. 위층 내실에서 이카리오스의 딸 페넬로페는 이 곡을 듣더니 두 시녀를 거느리고 계단을 천천히 내려와 구혼자 무리 앞에 나섰다. 얼굴은 반짝이는 베일로 가렸다. "페미우스!" 그녀는 소리쳤다. "당신은 시인들이 축하하길 좋아하는 것과 같은 신들과 영웅들의 또 다른 많은 위업을 알고 있다. 구혼자들에게 그 중 몇 가지를 노래하고 침묵 속에서 그들의 포도주를 마시게 하되 이 슬픈 이야기를 중단하라. 그것은 내 마음을 아프고 슬프게 하고 잃어버린 내 남편을 생각나게 하기 때문이다." "어머니!" 텔레마코스가 대답했다. "음유시인 페미우스의 노래를 왜 막으십니까? 마음대로 부르게 놔두시죠. 허물은 음유시인이 아닌 제우스에게 있습니다. 신께서는 사람들에게 각기 생각나는 대로 운명을 던져 주십니다. 따라서 저 음유시인이 사람들의 불운을 노래하더라도 책망할 수는 없죠. 게다가 이 노래는 사람들이 애창하는 명곡입니다. 들을수록 새로운 맛이 우러나는 곡이죠. 어머니, 제 말 좀 들어보시요. 트로이아에서 불귀의 객이 된 것은 아버님뿐만 아닙니다. 기분이 정 그러시다면어서 방으로 돌아가 쉬십시오. 시비는 사나이들에게 맡기시고요. 제가 알아서 처리하겠습니다." 그녀는 위층으로 돌아와 아들의 말을 마음속에 품었다. 그녀는 아테나가 그녀의 눈 위로 달콤하게 잘 때까지 사랑하는 남편을 애도했다. 그러나 구혼자들은 회랑 곳곳에서 각자 자신이 그녀의 침대 동료가 될 수 있다고 아우성쳤다. 그러자 텔레마코스는 "뻔뻔하다!"라고 소리쳤다. "내 어머니의 구혼자들이여, 우리가 모여 즐길지언정 시끄럽게 굴진 맙시다. 신의 음성과 같은 저 음유시인의 하프 소리에 조용히 귀 기울였다가 내일 아침 다시 한자리에 모입시다. 그러면 내 뜻을 숨김없이 밝히겠소. 오늘은 일단 흩어져 배들을 채우기 바라오. 내일 그대들은 이 집에서 떠나야 하니. 우리 집 재물을 계속 탕진할 생각이라면 마음대로 해보시오. 나도 불멸의 신들께 호소하겠소. 다행히 제우스 주신께서 복수의 길을 허락하신다면 그대들은 이 집에서 절대로 밖으로 못 나가는 불행을 맞을 것이오." 구혼자들은 그의 말에 입술을 깨물었고 담대한 그의 연설에 사뭇 놀랐다. 유페이테스의 아들 안티누스가 말했다. "신들은 당신에게 홍당무와 키 큰 말에서 교훈을 준 것 같소. 제우스여, 네 아버지가 네 앞에 있었던 것처럼 이타카에서 우두머리가 되는 것을 절대로 허락하지 마소서." 텔레마코스가 대답했다. "안티누스여, 내가 할 수 있다면 나도 우두머리가 될 겁니다. 이것이 당신이 나에 대해 생각할 수 있는 최악의 운명입니까? 우두머리가 되는 것은 나쁜 일이 아닙니다. 부와 명예 둘 다 가져다주기 때문입니다. 그럼에도 오디세우스가 죽었으니 이타카에는 늙은이와 젊은이가 많으므로 다른 어떤 사람이 그들 사이에서 주도권을 잡을 수 있습니다. 나는 내 집에서 우두머리가 될 것이며 오디세우스가 나를 위해 이긴 자들을 다스릴 겁니다." 그러자 폴리버스의 아들 에우리마추스가 대답했다. "우리 중 누가 우두머리가 될지 결정하는 것은 하늘에 따르겠지만 너는 네 집과 소유물의 주인이 될 것이다. 이타카에 사람이 있는 동안에는 아무도 너희에게 폭력을 행사하거나 도둑질하지 않을 것이다. 그리고 내 선한 친구여, 나는 아까 보았던 낯선 사람을 누구인지 알고 싶다. 그는 어느 나라에서 왔고 어떤 가족이고 재산은 어디 있는지? 그는 당신 아버지의 귀환 소식을 가져왔는가? 그는 너무 서둘러 우리가 그를 알기도 전에 사라졌

텔레마코스와 구혼자들
텔레마코스는 성을 점령한 구혼자들 속에서
아버지 오디세우스에 대한 여러 소식을 듣는다.

다." 텔레마코스는 "아버지는 돌아가셨습니다. 어떤 소문이 내게 전해지더라도 더 이상 그것에 대한 믿음을 두지 않습니다. 우리 어머니는 때때로 달래는 사람을 보내고 그에게 질문하지만 나는 그의 예언에 신경쓰지 않습니다. 그 낯선 사람은 안키알루스의 아들, 타피아인의 우두머리, 내 아버지의 오랜 친구 멘테스입니다." 그러나 그의 마음속에서 멘테스가 여신임을 알고 있었다. 구혼자들은 저녁까지 노래와 춤으로 시간을 보냈다. 그러나 밤이 오자 각자 거처에서 잠자리에 들기 위해 집으로 돌아갔다. 텔레마코스의 방은 바깥마당을 바라보는 탑에서 높이 솟아올라 있었다. 그때까지 그의 머리는 생각으로 가득 찼다. 그때 늙은 시녀 에우리클레이아가 관솔불을 들고 그의 곁에 다가왔다. 그녀는 어릴 때부터 키워온 텔레마코스를 매우 아꼈다. 텔레마코스는 침대에 앉은 채 감촉이 부드러운 튜닉을 벗어 어질고 현명한 에우리클레이아에게 건네주었다. 그녀는 그것을 차곡차곡 잘 매만져두고 방에서 나가 가죽끈을 단 빗장을 지르고 물러갔다. 텔레마코스는 잠옷을 입고 누워 아테나 여신이 일러준 여행 생각을 하느라 오랫동안 몸을 뒤척였다.

『오디세이아』 1장 분석

호메로스는 서사시의 줄거리, 주제, 작품의 캐릭터를 소개한다. 그리고 그는 병합될 두 개의 플롯을 묘사하고 있다. 하나는 칼립소에 의해 오기기아에 포로로 잡힌 오디세우스의 이야기이고 또 하나는 오디세우스의 아내 페넬로페가 많은 구혼자를 막기 위해 고군분투하고 남편에 대한 신뢰할 수 있는 말을 희망하는 이타카에 집중되어 있다. 호메로스는 또한 서사시 전체에서 반복되는 몇 가지 주제를 소개하는데 여기에는 환대, 명성, 복수, 권력이 포함된다. 전반적으로 사람들은 자신의 선택에 책임이 있지만 신들의 개입에는 항상 취약하다. 오디세우스의 세계에서 가장 소중한 소유물은 그의 훌륭한 평판이다. 사람의 명성은 남들이 그를 어떻게 보는가에 따라 결정되며 지배적인 사회적 기준과 관습에 따라 그의 성격, 가치, 행동을 평가한다. 제우스는 오디세우스의 성격을 확인한다. 복수심에 가득 찬 포세이돈을 제외한 모든 신은 오디세우스를 높이 평가한다. 처음에는 저주로 오디세우스의 방황을 일으킨 아테나는 이제 그를 용서하고 집으로 데려오길 원한다. 아테나가 변신해 이타카를 방문할 때 그녀는 먼저 텔레마코스로부터 호의적인 환영을 받고 평판 표시를 끌어내기 위해 고안된 서사시를 통해 낯선 사람들이 직면하는 일반적인 질문 세례를 받는다.

환대의 사회적 개념은 『오디세이아』의 두 가지 주요 플롯 모두에 필수적이다(사실 이 개념은 『일리아스』에서 트로이아 전쟁의 원인이기도 하다. 파리스는 메넬라오스의 아내 헬레나를 유혹해 트로이아로 데려간다). 『오디세이아』에서 독자는 페넬로페의 구혼자들에 의해 착취된 환대를 처음 본다. 그들은 오디세우스의 집을 자신의 개인 파티 홀로 바꾸었고 대부분의 시간을 주인의 비용으로 잔치를 벌여 술을 마시며 보낸다. 복수라는 주제의 바탕에는 오디세우스 집안의 상황이 있다. 구혼자들은 오디세우스가 주변에 있거나 그의 귀환을 기대한다면 감히 그런 공격적인 행동을 하지 않을 것이다. 그들은 그가 죽었다고 생각했다. 소수(안티누스와 에우리마코스 족장)만 페넬로페와 결혼할 진정한 희망이 있고 그 연합을 통해 새로운 왕이 될 더 좋은 기회를 갖는다. 나머지는 단순히 상황을 이용하고 있다. 텔레마코스가 처음에 행동하는 것을 주저했다면 아테나는 그렇지 않다. 그녀는 젊은 텔레마코스의 행동을 선동하고 신랑이 될 수 있는 '피의 결혼식'을 기원한다. 텔레마코스가 일어설 때다. 안티노우스는 텔레마코스의 통치 능력에 도전할 때 권력의 주제를 부각시킨다. 그는 텔레마코스의 통치권을 냉소적으로 인정하지만 제우스가 텔레마코스를 이타카의 왕으로 만들지 않길 희망한다. 텔레마코스가 개인적으로나 소수 지지자와 함께 안티누스를 물리칠 가능성은 거의 없어 보인다. 제우스의 뜻이라면 왕관을 받아들이겠지만 그의 겸손은 단순히 자신의 가정을 다스리길 희망한다고 말할 때 이 시점에서 정당화된다. 그러나 텔레마코스는 멘테스가 정말 아테나이고 여신의 지원에 의해 고무된다는 것을 느낀다. 다음 날 아침 그는 완전한 집회를 요구한다.

텔레마코스의 원정

『오디세이아』 2장 요약

다음 날 집회가 열렸을 때 현명한 늙은 아이집트티우스는 오디세우스 왕이 20년 전 트로이아 전쟁으로 떠난 이후 이 회의가 한번도 열린 적이 없었음을 지적한다. 그는 회의를 소집할 만큼 담대했던 시민을 칭찬한다. 격려를 받은 텔레마코스는 구혼자들을 상대로 효과적으로 소송을 제기하고 그들에게 그만둘 것을 요청한다. 대부분 그의 간청에 감동하는 것처럼 보여 모임은 침묵에 빠진다. 선두 구혼자인 안티누스는 책임을 부인하고 그 '교활한 여왕' 페넬로페에게 책임을 묻는다. 그는 페넬로페가 오디세우스의 아버지 라에르테스의 장례식에서 입었던 수의의 전설적 이야기를 들려주면서 현재 농장에서 사는 전 왕이 아들의 부재를 슬퍼하고 있다고 했다. 텔레마코스는 어머니에 대한 공격을 고려하면 그의 반박에서 놀라울 만큼 침착하다. 그러나 그는 복수를 위해 제우스에게 도움을 요청함으로써 훗날 벌어질 사건들을 예고한다. 갑자기 결투 독수리가 집회 장소 근처로 몰려들었고 선견자 할리테르세스는 이를 오디세우스의 귀환의 징조로 해석한다. 다른 주요 구혼자인 에우리마추스는 늙은 선지자를 무례하게 방해하고 텔레마코스를 위협한다. 멘토르는 텔레마코스를 대변하지만 총회는 명확한 결론에 이르지 못한 채 끝난다. 텔레마코스는 아테나의 도움으로 비밀리에 필로스를 위한 항해를 준비해 출발한다.

이제 '새벽의 여신' 에오스가 장밋빛 손가락을 보이자 텔레마코스는 자리에서 일어나 옷을 입었다. 그가 샌들을 발에 묶고 어깨에 칼을 둘러메고 방을 나서는데 마치 오디세우스가 다시 돌아온 것 같았다. 그는 곧바로 젊은 시종을 불러 장발의 아카이아인들을 집회장에 모일 것을 알리도록 했다. 구혼자들이 모여들자 그는 청동 창을 든 채 그들 앞에 모습을 드러냈다. 날렵한 사냥개 두 마리가 그의 뒤를 따랐다. 아테나 여신이 그의 배후에 빛을 뿌리자 사람들은 그의 신비한 모습에 경탄을 금치 못했다. 그가 부친이 늘 앉던 자리에 앉자 노인들은 옆으로 비켜섰다. 나이와 무한한 경험을 가진 박식한 노인 아이깁티오스가 굽은 허리에도 맨 처음 연설했다. 그의 아들 안티푸스는 오디세우스와 함께 고귀한 밧줄의 땅 일리오스로 갔지만 야만적인 사이클롭스는 그들이 동굴에 모두 갇혔을 때 그를 죽였고 그에게 줄 마지막 저녁 식사를 요리했다. 그에게는 아들 셋이 남았는데 두 아들은 여전히

아버지의 땅에서 일했고 셋째 아들 에우리노무스는 구혼자 중 한 명이 었다. 그럼에도 그들의 아버지는 안티푸스를 잃은 아픔을 이기지 못해 연설을 시작하자 그를 위해 여전히 눈물을 흘렸다. "이타카의 사람들!" 그가 말했다. "내 말을 들어라. 오디세우스가 우리를 떠난 날부터 지금까지 우리 평의원 모임은 없었습니다. 그렇다면 늙은이든 젊은이 든 누가 우리를 소집하는 것이 그렇게 필요하다고 생각할 수 있겠습니까? 무슨 급한 일이라도 생겼소? 외적이 쳐들어온다는 급보라도 날아온 거요? 우리를 소집한 이가 누구든 그가 훌륭한 사람이라고 확신하며 제우스가 그의 마음에 욕망을 줄 수 있길 바랍니다." 텔레마코스는 이 연설을 좋은 징조로 받아들이고 즉시 일어났다. 그가 말해야 할 것을 그가 터뜨리고 있었기 때문이다. 그는 집회장 한가운데 서자 사려 깊은 전령 페이세노르가 그의 손에 단장을 쥐여 주었다. "노인장이시여, 여러분을 이렇게 모이게 한 것은 바로 나입니다. 외적이 쳐들어온다는 급보를 받았거나 모두에게 알릴 일 때문이 아니라 내 집안에 불어닥친 불행들을 알리기 위해 여러분을 모이게 했습니다. 모두 알다시피 나는 고귀한 아버님을 잃었습니다. 한때 여러분을 다스린 왕이 셨고 부모처럼 인자했던 분이셨죠. 그런데 지금 그분의 집안은 처참히 몰락할 처지입니다. 현재 내 어머니께서는 여러 곳에서 온 구혼자들 때문에 심한 고통을 받고 계십니다. 모두 어찌 그토록 비겁하고 모질 수 있나요? 내 외조부를 찾아가면 될 것 아닙니까! 그분께서 손수 혼수도 장만해 주시고 그분 눈에만 잘 들면 기꺼이 사위로도 삼으실 텐데요. 그런데도 매일 내 집으로만 몰려와 소를 잡거나 양과 살찐 염소를 잡고 술잔치를 벌이느라 야단법석이니 천금을 쌓아두어도 버텨낼 재간이 없습니다. 가세가 기운 집안을 일으켜 줄 아버님과 같은 분은 계시지 않습니다. 이렇게 가다간 불쌍한 신세로 늙어 죽을 텐데 그것을 면할 길이 없어 보입니다. 내게 힘이 있다면 이렇게 방관하진 않겠죠. 구혼자들의 작태는 정말 눈뜨고 볼 수 없습니다. 여러분, 신들의 분노가 두렵지 않으십니까? 도리에 어긋나는 행동을 밉게 보시고 뭔가 근본적인 조치를 하실지도 모르니까요. 올림포스의 제우스 주신과 집회를 주재하시는 테미스 여신의 이름으로 여러분께 바라건대 아버지를 잃은 슬픔을 조용히 맛보도록 내버려 두십시오. 내 아버지께서 아카이아인들에게 끼친 해를 복수할 심산으로 나와 내 집안을 해코지하는 게 아니라면 제발 자제해 주십시오. 여러분이 내 재산을 축내고 가축을 잡아먹는 것은 사실 겁나지 않습니다. 언젠가는 그 대가를 치를 테니." 이렇게 말하고 나서 텔레마코스는 땅에 대고 눈물을 떨어뜨렸다. 모두 그에게 매우 미안했지만 가만히 앉은 채 아무도 그를 화나게 하려고 하지 않았고 오직 안티누스만 말했다. "텔레마코스여, 그대는 우리 구혼자들에게 어떻게 책임을 전가하려고 합니까? 그것은 당신 어머니의 잘못이오. 그녀는 매우 교활합니다. 그녀가 우리 구혼자 무리를 속인 지 3년을 지나 이미 4년째입니다. 그녀는 우리 각자를 격려하고 그녀의 말 한마디도 의미하지 않고 메시지를 보내며 우리를 마음속에서 몰아냈소. 그리고 그녀는 방에 커다란 베틀을 설치해 길쌈

베틀 앞의 페넬로페
페넬로페는 구혼자를 속이기 위해 낮에 짠 길쌈을
밤에 풀어 다음날 낮에 다시 길쌈을 짠다.

을 하며 이렇게 말했소. '고귀하신 여러 구혼자여! 이제 영주이신 오디세우스께서도 돌아가셨으니 혼사가 아무리 급해도 이 길쌈을 마칠 때까지만 참아주소서. 뽑아놓은 실을 헛되이 버릴 수는 없지 않습니까? 제 시아버지이신 라에르테스께서 운명하실 때를 대비해 수의나 한 벌 미리 만들어둘 생각입니다. 그분께서 많은 재산을 두고도 수의 한 벌 입지 못하시고 돌아가신다면 아카이아 땅의 모든 부인이 나를 질책하겠죠.' 그녀의 이 말에 우리는 동의했소. 그러나 그대의 모친은 낮에는 베를 짜고 밤에는 그것을 다시 풀어 무려 3년 동안 우리 구혼자들의 인내심을 모욕하고 조롱해왔소. 그러다가 해가 바뀌면서 한 시녀에 의해 비밀이 누설되자 결국 그녀는 좋든 싫든 길쌈을 끝맺게 된 것이오. 이쯤 되면 그대도 우리 입장을 이해했으리라 믿고 이제 구혼자들을 대표해 요구하겠소. 그대의 모친을 어서 친정으로 보내 친정아버지께서 선택하는 사람이나 본인 마음에 드는 구혼자와 결혼하게 하시오. 그녀가 아테나 여신에게서 받은 지혜를 함부로 악용해 아카이아의 젊은 청혼자들을 계속 농락할 생각이라면 그렇게 해보라고 하시오. 그 옛날 머리카락이 아름다웠다는 티로(살모네우스의 딸)나 알크메네(헤라클레스의 어머니), 아름다운 비녀를 꽂았다는 미케네 등도 페넬로페처럼 교활하진 않았소. 신의 사주라도 받은 듯 앞으로도 기만적인 행동을 계속한다면 우리 구혼자들은 그대의 가산을 탕진할 것이오. 그녀가 결혼식을 올리기 전까지는 아무도 돌아가지 않을 것이오." 그 말에 현명한 텔레마코스가 대답했다. "안티누스여, 내 아버지의 집에서 나를 낳아주신 어머니를 어떻게 쫓아낼 수 있습니까? 아버지는 외국에 계시고 우리는 그가 살았는지 죽었는지 알지 못합니다. 내가 자진해 어머니를 친정으로 돌려보낸다면 외조부이신 이카리오스께 너무무거운 부담을 안겨드리게 되오. 다시 말해 어머니의 아버지로부터도지독한 보복을 당하고 신들도 벌을 내리실 겁니다. 어머니가 이 집을나가실 때 나를 저주하기 위해 무서운 '복수의 여신'들을 불러들이신다면 말이오. 게다가 세상 사람들도 내게 수치스러운 비난을 퍼부을겁니다. 그래서 나는 그런 말을 도저히 입에 담을 수 없습니다. 당신들이 마음 한구석에라도 수치심을 느낀다면 이 집에서 당장 나가 다른 데서 향연을 즐기시오. 그러나 내 집안의 제물을 축내는 데 재미를붙였다면 마음대로 해보시오. 나는 '불사의 신'들께 호소하리다. 다행히 제우스께서 내 기도를 들어주신다면 여러분도 틀림없이 좋지 못할 것이오." 그가 말했을 때 제우스는 산꼭대기에서 독수리 두 마리를보냈고 독수리들은 바람과 함께 날아다니며 집회장 한가운데서 빙글빙글 돌았고 날개로 공기를 때린 다음 치열하게 싸우고 서로 찢어지며 마을 너머 오른쪽으로 날아갔다. 사람들은 기이한 그 광경에 이 모든 것이 무엇일지 서로 물었다. 그러자 그들 중 전조를 읽는 할리테르세스가 그들에게 분명하고 정직하게 말했다. "이타카의 사람들아, 내말을 들으라. 그리고 내가 구혼자들에게 더 구체적으로 말하노니 이제 당신들에게 무서운 재앙이 덮치고 있으니 오디세우스가 가족 곁에서 멀리 떠나 있는 것도 곧 끝날 것이오. 아마도 그는 지금 우리 가까이 와 당신들을 처단할 계획을 세우는지도 모르오. 또한 이타카에 사는 모든 이들에게도 그 화가 미칠지 모르니 일이 터지기 전에 어서 대책을 세웁시다. 재앙을 막아야 합니다. 나는 헛소리나 지껄이며 다니는 사람이 절대로 아니오. 그리스 병사들이 오디세우스 왕과 트로이아로 출항할 때도 말했지만 이제 만사가 그의 뜻대로 되어가고 있소. 온갖 고난을 겪으며 부하를 다 잃은 그가 아무도 몰래 20년 만에 고국으로 돌아올 거라고 내가 예언하지 않았소? 자, 보시오. 이제 모든 것이 내 예언대로 될 것이오." 그러자 폴리보스의 아들 에우리마코스가 할리테르세스의 말을 반박했다. "노인이여, 집에 돌아가 당신 자녀에게나 예언하라. 그러지 않으면 그들에게 더 나쁠 수도 있소. 나는 이 전조를 당신이 할 수 있는 것보다 훨씬 잘 읽을 수 있소. 새들은 늘 다른 햇빛 속이나 어딘가를 날아다니지만 의미는 거의 없소. 오디세우스는 이미 먼 나라에서 죽었는데 당신이 그와 함께 죽지 않아 유감이오. 그랬더라면 그따위 엉터리 예언도 못 했을 것이고 잔뜩 화난 텔레마코스의 가슴에 부채질하지도 않았을 것이오. 내가 영감께 분명히 말하지만 알량한 지식에 의존해 예언이라며 함부로 입을 놀리면 머지않아 큰 고통이 돌아갈 것임을 명심하시오. 그리고 텔레마코스 그대에게도 한마디 충고하겠소. 어머니를 친정으로 보내시오. 일가친척이 혼인 잔치를 베풀고 값비싼 예물들을 마련하면 그 모든 혜택이 인자하신 어머니에게 돌아갈 것이오. 그래야만 아카이아 대장부들도 이 시끄러운 청혼을 그만둘 것이오. 앞으로 무슨 일이 벌어지든 우리는 겁날 게 전혀 없소. 그대가 무슨 말을 하든 저 노인이 예언이니 뭐니 함부로 지껄여도 아무 소용 없소. 괜히 미움만 더 살 뿐임을 기억하시오. 그대의 어머니가 결혼문제로 우리 구혼자들의 속을 태우는 한 이 집안 재산이 축나는 것을 막을 수는 없지 않소?" 그러자 텔레마코스가 말했다. "에우리마코스와 너희 다른 구혼자들이여, 나는 더 이상 말하지 않을 것이며 간청하지도 않을 겁니다. 이타카의 신들과 백성이 이제 내 이야기를 알기 때문입니다. 그보다 이제는 빠른 배와 동행자 20명을 준비해 주십시오. 나를 도와 여정을 무사히 마치고 돌아오도록 말입니다. 지금부터 나는 오랫동안 집을 나가 돌아오시지 않는 아버님 소식을 알아보기 위해 스파르타와 모래 언덕이 많은 필로스로 떠날 작정입니다. 혹시 세상 사람 중에 제우스로부터 소식을 들은 사람이 있을지 모르기 때문입니다. 그리고 아버님이 살아 귀국하셨다는 소문만 들리면 고생되더라도 1년쯤 더 참을 수도 있겠죠. 하지만 이미 돌아가셔서 이 세상 사람이 아니라는 소문을 듣는다면 곧 그리운 고국으로 돌아와 아버님을 위해 무덤을 쌓고 아버님께어울리는 훌륭한 장례식을 치르겠습니다. 그리고 어머님은 새 남편에게 내주겠습니다." 말을 마친 텔레마코스는 자리에 앉았고 여러 사람 틈에 있던 오디세우스의 친구였던 멘토르가 일어나 그들에게 분명히 말했다. 그는 오디세우스의 친구로 출정을 앞둔 오디세우스로부터 가족과 집안일을 맡아달라는 부탁을 받았다. "이타카인들이여, 지금부터 내 말을 처음부터 끝까지 잘 들어 주십시오. 지금부터는 왕홀을 가진 군주더라도 친절과 인

텔레마코스와 멘토르 조각상
멘토르는 오늘날 멘토의 어원으로
스승을 뜻하기도 한다.

자함을 그에게 절대로 기대하지 말고 정의의 마음도 구하지 맙시다. 오직 불의와 몰인정만 바랍시다. 여기를 보시오. 신성한 오디세우스를 아무도 생각하지 않지 않습니까! 그는 일찍이 우리 모두의 군주로 친아버지처럼 인자하게 선정을 베풀었는데도 말이오. 그렇다고 여기 있는 여러 젊은 구혼자들을 꾸짖는 것은 아니오. 다만 난폭한 행동을 일삼으며 옛 주인의 살림을 망치는 무리를 보고도 가만히 있는 여러분에게 크게 실망했음을 말하는 것이오. 이렇게 많은 사람 중에 몇몇 구혼자를 꾸짖을 사람이 정말 한 명도 없단 말이오?" 이에 에우에노르의 아들 레오크리토스가 공박했다. "멘토르여, 무슨 당치도 않은 말을 하는가! 사람들을 부추겨 우리를 제지해 보겠다고? 천만의 말씀! 당신들보다 수적으로 월등한 우리를 대적하기는 어려울 것이오. 설령 오디세우스가 살아 돌아와 우리를 쫓아내더라도 그의 아내는 기뻐할 이유가 전혀 없을 것이오. 수적으로 우세한 우리와 싸워봤자 얻는 것은 죽음뿐이니 그런 말은 아예 입 밖에도 내지 마시오. 자, 이제 지루한 회합이 끝났으니 모두 집으로 돌아가시오. 항해 준비는 멘토르와 할리테르세스가 할 것이오. 둘 다 대대로 이 집안의 하수인이었으니까! 그러나 결국 헛수고만 하겠지. 항해는 절대로 쉬운 일이 아니거든."

말을 마친 레오크리토스는 집회를 해산했다. 사람들은 자기 집으로 돌아갔고 구혼자들은 오디세우스의 성으로 향했다. 그러자 텔레마코스는 바닷가로 나가 회색 파도에 손을 씻고 아테나 여신에게 기도했다. "신이시여!" 그가 외쳤다. "어제 저를 찾으신 신이시여, 오랫동안 실종된 아버지를 찾아 바다를 항해하라고 명하신 신이시여, 저는 당신에게 순종하겠지만 아카이아인, 특히 사악한 구혼자들은 내가 그렇게 못하게 방해하고 있습니다." 텔레마코스가 이렇게 기도할 때 아테나 여신은 멘토르로 변신해 그에게 다가와 말했다. "텔레마코스여, 앞으로는 그렇게 비겁하고 어리석은 행동은 하지 마시오. 그대가 진실로 위대한 오디세우스의 피를 물려받았다면 말이오. 그대의 아버지였다면 이런 일쯤은 말이 떨어지기도 전에 실행에 옮겼을 것이오. 그대의 몸 안에 부친의 힘과 용기가 정말 깃들어 있다면 항해는 성공할 것이오. 그러나 진정 그분의 후예가 아니라면 그대의 소원은 절대로 이루어지지 않을 것이오. 그건 그렇고…… 이후에도 그대가 겁을 먹고 약해지거나 분별력을 잃지 않으면, 또 오디세우스의 지혜가 조금이나마 그대에게 남아 있다면 이 일을 해낼 가능성은 충분하오. 그러니 지금 분별없는 구혼자들의 꾀나 계획 따위에 신경쓸 필요는 없소. 그들은 정말 어리석고 분별력 없고 정의감마저 잃어 죽음을 전혀 분간하지 못하고 있소. 죽음이 그들 코앞에 닥쳤고 하루 안에 모두 죽임을 당할 것도 모르고 있으니까. 어쨌든 그대가 열심히 바라는 여정은 더 이상 방해받지 않을 것이오. 내가 부친의 친구로 그대 곁에 있으니까. 물론 빠른 배를 마련해주고 나도 함께 따라가겠소. 그러니 그대는 지금 집으로 돌아가 구혼자들과 함께 식량을 준비하되 뭐든지 그릇에 담아 배에 실으시오. 포도주는 두 귀가 달린 항아리에 담고 가장 중요한 보릿가루는 탄탄한 가죽 자루에 넣으시오. 나는 곧바로 거리로 나가 도와줄 사람들을 불러 모으겠소. 배는 바다로 둘러싸인 이 이타카섬에 새것이든 낡은 것이든 얼마든지 있으니 어느 것이 가장 적합할지 조사해 보겠소. 곧 모든 준비를 마치고 넓은 바다로 떠납시다." 아테나 여신의 말에 텔레마코스는 용기가 솟았다. 신의 말씀이었기 때문이다. 그는 더 이상 꾸물대지 않고 집으로 발걸음을 옮겼다. 집 안은 여전히 무법천지로 구혼자들은 안뜰에서 산양 가죽을 벗기고 살찐 암퇘지를 불에 굽는 등 제 마음대로 행패를 부리고 있었다. 안티누스가 큰 소리로 웃으며 텔레마코스를 발견하고 그를 향해 곧바로 다가와 손을 꽉 붙잡고 말했다. "이 성급한 젊은 열변가여, 그 맹렬한 말과 생각만으로도 이제 충분하겠지. 자, 전과 같이 다시 우리와 함께 먹고 마시세. 하지만 자네의 항해 일은 우리 모두 알아서 해줄 걸세. 배 준비와 능숙한 뱃사람들의 뒷바라지 말일세. 한시바삐 신성한 필로스에 도착해 자네 아버지 소식을 듣도록 말일세." 텔레마코스가 대답했다. "안티누스, 나는 당신 같은 자들과 어떤 음식도 먹을 수 없고 즐거움도 없소. 내가 어릴 때 내 재산을 그렇게 많이 탈취한 것만으로 충분하지 않소? 이제 나는 나이도 들었고 강해졌소. 그러니 앞으로는 내 의지대로 판단할 것이오. 필로스로 가 원조를 받든 이 고장에서라도 그대들을 혼내줄 방도를 찾을 것이오. 자, 내가 말한 항해가 당신들에게는 헛수고로 보이겠지만 남의 배를 얻어 타고서라도 항해할 작정이오." 그러는

구혼자들 속의 텔레마코스
텔레마코스는 무례한 구혼자들에게 온갖 고초를 당하지만
오디세우스의 소식을 알기 위해 그들의 감시를 따돌리고 이타카를 벗어난다.

동안 구혼자들은 여기저기서 정신없이 먹고 마시며 떠들었다. 그중에는 텔레마코스를 심하게 욕하거나 이렇게 빈정대는 사람도 있었다. "텔레마코스는 정말 우리를 죽이려고 온갖 궁리를 하는 모양이군! 그렇지 않다면 모래 언덕이 많은 필로스에서 자기편을 누군가 데려오거나 스파르타에서 데려올 생각인가? 이렇게 서두르니 말이야. 아니면 땅이 비옥한 에피라로 가 독약을 구해 술에 타 우리에게 먹일지도 모르지." 또 다른 사람은 이렇게 말했다. "텔레마코스가 배에 올라타면 가족으로부터 멀어져 방황하며 죽을지도 모르지. 오디세우스처럼. 그렇게 되면 우리에게 얼마나 귀찮은 일인가? 그의 재산을 여럿이 나눠 갖느라 온갖 번거롭고 복잡한 일이 생기겠지. 하지만 이 집만은 그 녀석의 어머니에게 주어야 할 거야. 아니면 누구든 그녀와 결혼하는 사나이에게 주도록 하지." 그러나 텔레마코스는 아버지의 금과 청동 보물이 바닥에 쌓인 고상하고 넓은 창고로 내려갔다. 그곳에는 린넨과 여분의 옷이 보관되어 있었다. 그리고 향기로운 올리브유가 저장되어 있었고 오래된 잘 익은 와인 캐스크는 혼합되지 않고 신이 마시기에 적합하게 오디세우스가 집에 돌아올 때를 대비해 준비되어 있었다. 방은 중간에 잘 만들어진 문이 열리면서 닫혔다. 더욱이 피세노르의 아들 옵스의 딸이자 충실한 늙은 가정부 에우리클레이아는 밤낮으로 모든 것을 책임지고 있었다. 텔레마코스는 그녀를 창고로 불러 말했다. "여기 포도주를 두 귀가 달린 항아리에 따라주게. 유모가 소중히 모셔둔 것 다음으로 좋은 것으로. 저 불운한 아버님, 제우스의 후

손인 오디세우스가 죽음의 운명에서 벗어나 언젠가는 돌아오리라 생각하고 유모가 아껴둔 것 다음 것으로 말일세. 12개 항아리에 가득 담아 잘 밀봉해두게. 그리고 탄탄히 꿰맨 가죽 자루에 보릿가루 두 말만 갈아 담는 주고. 이 일은 유모 혼자만 가슴에 간직하고 아무에게도 말하면 안 되네. 그리고 지금 말한 물건을 모두 한군데 모아두게. 어머님이 2층 방에 올라가 주무실 때쯤, 저녁때 내가 가지러 올 테니. 나는 지금부터 스파르타와 필로스로 떠날 작정이네. 그리운 아버님 소식을 알아보기 위해서인데 혹시 무슨 소식이라도 들을지 모르니." 이 말을 듣고 에우리클레이아는 울면서 다정히 그에게 말했다. "아, 어쩌다 이런 생각을 다 하시게 되었나요? 사랑하는 도련님, 애지중지 귀여움만 받던 몸으로 어찌 그 먼 곳까지 가신단 말씀인가요? 오디세우스 그분은 이미 머나먼 객지에서 운명하셨습니다. 도련님마저 이곳을 떠나시면 몹쓸 저 구혼자들이 무슨 짓을 저지를지 뻔합니다. 간계를 부려 이집안 재산을 모두 나눠 차지하겠죠. 그러니 그냥 여기 계세요. 고국을 떠나 고난을 자초하지 마세요." "두려워하지 마세요." 텔레마코스가 대답했다. "힘을 내요, 유모. 이번 계획은 신의 도움 없이 무작정 세운 게 아니니. 그보다 내게 맹세해주게. 어머니에게 이 일을 절대로 말하지 않겠다고. 어쨌든 지금부터 11일이나 12일째가 되기 전에 말일세. 아니면 어머님께서 먼저 나를 만나고 싶어져 내가 없다는 것을 알아차리시고 이미 떠났다는 소식을 아실 때까지. 너무 우셔서 아름다운 얼굴이 상하지 않았으면 좋으련만." 늙은 여인은 엄숙히 맹세를 마치

이타카를 떠나는 텔레마코스
아버지 오디세우스의 소식을 알기 위해
해안으로 가는 텔레마코스.

고 포도주를 항아리에 넣고 보릿가루를 가방에 넣기 시작했고 텔레마코스는 구혼자들에게 돌아갔다.

한편, 아테나 여신은 멘토르로 변신해 마을을 돌아다니며 선원들 각자에게 해가 질 때까지 배에서 만나라고 말했다. 그녀는 또한 프로니오스의 아들 노에몬에게 가 빠른 배 한 척을 부탁해 흔쾌히 승낙을 받았다. 해가 지고 사방이 어두워지자 아테나는 선원들을 소집해 용기를 북돋아 주고 나서 오디세우스의 집으로 가 구혼자들의 눈을 깊은 잠에 빠뜨렸다. 그녀는 그들의 술잔을 헛되이 떨게 하고 그들의 손에서 컵을 떨어뜨리게 해 그들의 포도주 위에 앉는 대신 그들의 눈꺼풀이 무겁고 졸음으로 가득 차 마을로 돌아가 자게 한 다음 텔레마코스를 밖으로 불러냈다. "텔레마코스!" 그녀가 말했다. "남자들은 배에 올라타 노를 저으라는 당신의 명령을 기다리고 있으니 서둘러 이곳을 떠나자." 이에 아테나는 길을 앞서나갔고 텔레마코스는 그녀의 발걸음을 따라갔다. 그들이 배에 도착해 자신들을 기다리는 선원들을 발견하자 텔레마코스가 말했다. "동지들이여, 양식과 물건을 싣는 것을 도와주시오. 구혼자들은 모두 회랑에 모여 잠들었고 어머니는 아무것도 모르며 이 사실을 하녀 한 명만 빼고 아무도 모르니 안심하고 물건을 옮깁시다." 텔레마코스는 일행을 데리고 궁궐로 가 준비해둔 양식을 가져와 배에 싣고 아테나를 따라 선미에 앉았다. 일행이 닻을 올리고 뱃전에 올라서자 아테나가 맑은 서풍을 일으켜 주었다. 텔레마코스는 일행을 독려해 밧줄을 잡게 하고 소나무 돛대를 올려 중방 구멍에 박고 밧줄로 단단히 동여맨 다음 가죽끈으로 흰 돛을 힘껏 당겨 올리게 했다. 그러자 바람이 돛을 부풀리며 검푸른 물결이 뱃머리에서 하얗게 부서지기 시작했다. 배는 물살을 가르며 쏜살같이 앞으로 나아갔다. 일행은 술을 가득 부어 '영생의 신'들, 특히 '지혜의 여신' 아테나에게 잔을 올렸다. 배는 기나긴 밤을 지나 새벽이 올 때까지 물 위를 부지런히 헤쳐나갔다.

『오디세이아』 2장 분석

호메로스는 집회에서 연설 내용과 스타일을 효과적으로 사용해 등장인물의 유형과 성격을 드러낸다. 아테나에 의해 강화된 텔레마코스는 그가 구혼자들에게 말을 걸 수 있는 사람이 되고 있음을 보여준다. 연설은 왕자가 자신의 사건을 제시할 때 집회를 침묵으로 옮긴다. 그의 초기 호소는 감성적으로 전달이 되었다. 남자들은 종종 서사시에서 눈물을 흘리며 텔레마코스는 열정으로 울면서 연설을 마친다. 그러나 안티누스는 놀랍게도 여왕을 모욕하며 그는 주로 정치적인 이유로 결혼하길 원한다. 그는 페넬로페가 거의 4년 동안 구혼자들을 농락하며 아무도 선택하지 않았다고 말한다. 안티누스는 텔레마코스가 어머니를 아버지 집으로 돌려보내 노인이 남편을 선택할 수 있도록 하게 할 것을 요구한다. 베틀 이야기는 페넬로페의 교활함을 상징한다. 그녀는 3년 동안 시아버지 장례식을 위해 수의를 짰다. 그녀는 수의가 완성되자마자 결정을 내릴 거라고 주장했다. 낮에는 직조기로 베를 짰지만 이 일은 밤에 그녀는 비밀리에 그녀가 한 일을 풀었고, 눈치가 너무 느리거나 술에 취해 계략을 발견하기에는 너무 취한 젊은 구혼자를 놀랍게도 속였다. 이 일은 페넬로페의 하인 중 한 명이 그녀를 배신하고 구혼자들에게 무슨 일이 벌어지고 있는지 말했을 때 들어났다. 모욕에도 불구하고 텔레마코스는 침착한 논리로 구혼자에게 대항한다. 그는 페넬로페의 아버지와 대중이 자신의 어머니를 집에서 쫓아내면 자신을 비난할 거라고 주장한다. 신들은 그 같은 행동을 절대로 용납하지 않을 것이다. 게다가 여왕의 아버지인 이카리우스는 너무 멀리 떨어져 살고 있었다. 숙련된 고수처럼 말하며 텔레마코스는 열정적인 퍼레이션을 구축해 구혼자가 떠날 것을 다시 요구한다. 그는 음식과 음료가 오디세우스의 왕실에서 훨씬 더 좋으면 머물 수 있다고 냉소적으로 제안한다. 그러나 그들이 그렇게 한다면 그는 제우스에게 복수를 요구할 것이다. 마치 단서처럼 신들의 왕은 독수리를 징조로 보낸다. 선도적인 구혼자인 에우리마코스는 확신하지 못한다. 비록 그가 궁지에 처했을 때 훗날 교활한 조작자가 될 것이지만 여기서 에우리마코스는 두려움이 없고 오디세우스와 텔레마코스를 무자비하게 몰아부쳤다. 결국 회의는 구혼자를 대중에게 공개하는 역할을 하지만 그들에 대해서는 아무것도 행하지 않는다. 총회는 대의제 정부 초기로 다소 약한 사례다. 그것은 아테네와 다른 그리스 도시국가들의 후기 민주주의를 예견한다. 권력에 의한 통치에도 불구하고 왕은 절대군주가 아니다. 그들의 동료는 정책에 영향을 미치고 때로는 정책을 승인하거나 승인하지 않는다. 왕의 자리가 반드시 승계되는 것도 아니다. 그것은 힘, 부, 정복으로 쟁취한다. 따라서 안티누스와 에우리마코스는 특히 페넬로페와 결혼할 수 있다면 그들이 통치할 수 있다고 생각한다. 반면, 그녀는 오디세우스의 귀환에 대한 희망, 내전을 피하려는 욕망, 아들의 안전에 대한 진정한 관심, 이 세 가지 이유로 결혼을 회피한다. 그녀의 결혼은 왕관에 대한 대결을 강요할 것이며 텔레마코스의 입장은 이 시점에서 최고 구혼자의 위치보다 상당히 약하다. 아테나는 텔레마코스를 계속 지원한다. 그녀는 집회 모임에 영감을 주었고 구혼자들이 위험해지고 있고 그의 암살을 시도할 수도 있음을 인식해 필로스로 비밀리에 떠날 계획을 꾸민다. 그녀는 텔레마코스로 변신해 20명의 훌륭한 청년들을 모으고 배를 조달한다. 다른 때에 그녀는 멘토르 (그 이름이 우리의 현재 단어 사용에 영감을 준 신뢰할 수 있는 조언자(멘토)로 나타난다)의 모습으로 텔레마코스와 함께 필로스로 간다.

필로스의 네스토르

『오디세이아』 3장 요약

텔레마코스와 아테나(멘토르로 변신한)는 필로스에 도착해 포세이돈에게 황소를 제물로 바치는 거대한 의식에 참석한다. 텔레마코스는 젊음과 경험이 없어 어색하고 당혹스럽지만 멘토르의 지도하에 그리스 족장 중 가장 오래된 네스토르 왕에게 유리한 인상을 남긴다. 필로스의 모든 상황은 이타카와 뚜렷한 대조를 이룬다. 필로스에서의 이 같은 경험과 아테나의 지도를 통해 텔레마코스는 자신을 위대한 왕의 아들이자 상속자로 만드는 방법을 배워 나간다. 특히 그는 필로스의 아사민토스 의식을 통해 네스토르의 막내딸 폴리카스테와 결합해 한층 더 성숙해진다. 네스토르는 트로이아 전쟁 이야기를 하고 아가멤논 살인 이야기를 매우 자세히 설명한다. 그는 트로이아에서 승리한 직후에 본 오디세우스의 행방을 몰랐지만 텔레마코스와 네스토르의 아들 페이시스트라토스가 스파르타로 가 아가멤논의 형제인 메넬라오스를 찾아갈 것을 제안한다. 연회가 끝난 후 네스토르는 스파르타로 향하는 텔레마코스의 여정을 위해 병거(전쟁할 때 쓰는 수레)와 배를 제공한다.

———

　태양이 공정한 바다에서 하늘의 궁창으로 솟아올라 필사자와 불멸자에게 빛을 비출 때 텔레마코스와 일행은 넬레우스의 도시 필로스에 다다랐다. 그때 필로스인들은 '바다의 신' 포세이돈에게 검은 황소를 제물로 바치기 위해 바닷가에 모여 있었다. 아홉 개의 길드에 각각 500명씩 있었고 각 길드에는 아홉 마리의 황소가 있었다. 그들이 포세이돈의 이름으로 황소의 허벅지 뼈를 태울 때 텔레마코스와 그의 일행이 도착해 닻을 내리고 해안으로 갔다. 멘토르로 변신한 아테나 여신이 앞장섰고 텔레마코스가 그녀를 따라갔다. 이윽고 여신은 뒤를 돌아보며 말했다. "텔레마코스! 조금도 부끄러워하거나 긴장하면 안 되오. 그대가 바다를 건너온 것은 부친의 소식을 알아보기 위한 것 아니었소? 자, 이제 오디세우스께서 어떤 최후를 맞았는지 알아봅시다. 곧바로 기사 네스토르를 만나시오. 우리는 그가 가슴속에 감춰둔 사실을 알아내기 위해 여기에 왔으니. 하지만 그로부터 사실을 알아내려면 그대가 직접 만나야 하오. 아마도 그는 거짓말하지는 않을 것이오. 그는 현명하니까." 이에 텔레마코스가 반문했다. "멘토르님, 제가 가서 어떻게 말을 꺼내야 하나요? 저는 말주변이 없는데 특히 어른에게는 더 그렇죠." 그러자 '지혜의 여신' 아테나가 대답했다. "텔레마코스여, 그대의 타고난 지혜로 부족함을 느낄 때는 신의 보살핌이 그대를 따를 것이오. 그대가 태어나 지금까지 신들이 아무 이유도 없이 그대를 보살펴준 것은 아니오." 이렇게 말하고 아테나 여신은 어느새 앞장서 나갔다. 그래서 텔레마코스도 여신을 따라 필로스인들이 모인 회합 장소에 이르렀다. 그곳에는 네스토르가 아들들과 함께 앉아 있었다. 그 주위에서는 그의 부하들이 잔치를 준비하느라 고기를 굽고 꼬챙이에 꿰기도 하고 있었다. 그들이 나그네들을 보자 한꺼번에 모두 다가와 손을 잡고 인사하더니 앉을 것을 권했다. 먼저 네스토르의 아들 페이시스트라토스가 그들을 인도해 모래 위에 깔아놓은 털가죽 위에 앉혔다. 그 곁에는 그의 형 트라시메데스와 아버지 네스토르가 앉아 있었다. 페이시스트라토스는 새로 온 손님들에게 살코기와 술을 올린 다음 멘토르로 변신한 아테나 여신을 보며 말했다. "손님이시여, 마침 잘 오셨습니다. 잔을 들어 포세이돈 신께 축원을 올리시죠. 불사의 신들께 축원을 올리는 것은 좋은 일입니다. 우리 중 신의 은혜를 받지 않은 자는 없죠. 먼저 손님께서 올리시고 다음 분에게 돌리시죠." 아테나는 양손잡이가 달린 금 술잔을 자신에게 먼저 돌리는 주인의 아량과 호의에 기분이 좋아져 그 자리에서 포세이돈에게 빌었다. "바다를 관장하는 포세이돈이시여, 우리의 축원을 들어주소서. 네스토르와 그의 아들들에게 영광을 내리시고 필로스 백성들에게도 이 빛나는 제물을 기꺼이 받아들여 가득 찬 축복을 내려주시길! 또 텔레마코스와 내가 검게 칠한 빠른 배를 타고 이곳에 와 목적을 반드시 이

텔레마코스와 네스토르의 만남
트로이아 전쟁에 참여한 네스토르는 가장 나이가 많은 장군으로
오디세우스와 함께 많은 전공을 세웠다.

루고 돌아가도록 보살펴 주소서." 이렇게 여신은 기도를 드렸다. 또한 그 일의 성취를 여신이 끝까지 보살필 작정이었다. 이윽고 텔레마코스에게 아름다운 두 귀가 달린 술잔을 건네자 오디세우스의 사랑하는 아들도 그와 똑같이 기도를 드렸다. 그리고 여러 명이 구워진 고기를 내려 베어낸 것을 접시에 담아 내놓고 훌륭한 잔치를 벌였다. 그렇게 실컷 먹고 마시자 게레니아의 기사 네스토르가 좌중에서 먼저 입을 열었다. "자, 식사도 어느 정도 하셨으니 몇 마디 물어보겠습니다. 손님께서는 어디서 오셨고 무슨 일을 하시는지 궁금합니다. 아니면 약탈을 일삼는 해적처럼 모험을 즐기시나요?" 네스토르의 질문에 텔레마코스는 용기를 내 대답했다. "넬레우스의 아드님이신 네스토르시여, 아카이아인의 위대한 영광이신 당신께서 물으시니 몇 마디 말씀드리겠습니다. 저희는 네이온산 밑의 이타카에서 왔습니다. 저희가 이곳에 온 것은 제 아버님이신 오디세우스에 대한 소문이라도 듣기 위해서입니다. 제 아버님께서 당신과 함께 트로이아 성을 공략했다더군요. 그런데 트로이아 전쟁에 참전한 영웅들의 참혹한 최후는 익히 들어잘 알지만 유독 제 아버님의 최후만은 전해지지 않고 있습니다. 그분께서 어디서 최후를 맞으셨는지, 육지인지 바다인지 아무도 말해 주지 않아 이렇게 오게 되었습니다. 혹시 보셨거나 소문이라도 들으셨다면 말씀해 주십시오. 아버님께서는 태어나실 때부터 매우 박명하셨다고 합니다. 원하건대 저를 동정해 위로의 말씀만 하지 마시고 사실대로 기억나시는 대로 모두 말씀해 주십시오." 그러자 네스토르가 놀라며 말했다. "오, 그리운 분이여, 그대는 내게 슬픈 추억을 되새기게 하는구려. 걷잡을 수 없을 만큼 용맹심에 불타는 우리 아카이아의 아들들이 그 고장에서 참고 견뎠던 그 슬픈 추억을. 우리가 병사들의 배를 거느리고 안개가 자욱한 바다 위에서 헤매며 적을 찾아 무찌를 때 늘 아킬레우스가 앞장섰소. 그리고 프리아모스 왕의 훌륭한 도시에서 대접전을 벌일 때 우리의 훌륭한 용사라고 불릴 만한 강한 자들이 대부분 전사했소. 그곳에는 군신 아레스의 반려인 아이아스도. 아킬레우스도, 꾀를 잘 냈던 파트로클로스도 잠들어 있지. 사랑하는 내 아들로 무용이 뛰어나고 인품도 비길 데 없이 훌륭한 안틸로코스도 달리기는 그 누구보다 빠르고 뛰어난 용사였건만. 우리는 그 밖에 많은 재앙을 입었소. 그 같은 모든 불행을 일일이 어차피 죽어야 할 인간인 우리 중 도대체 누가 다 이야기할 수 있겠소. 5년이든 6년이든 오래 묵어가며 묻더라도 모두 듣진 못할 것이오. 훌륭한 아카이아인들이 그곳에서 얼마나 무서운 재난을 겪었는지 다 듣기도 전에 가슴이 미어지는 고통 때문에 고국으로 돌아가버릴 것이오. 9년 동안 우리는 온갖 방법으로 적에게 타격을 입히려고 애썼지만 겨우 제우스 주신께서 그것을 다 지켜주셨소. 당시 지혜로운 꾀만큼은 그대 아버지에 맞서는 자가 한 명도 없었지. 훌륭한 오디세우스의 온갖 책략은 따를 자가 없을 만큼 뛰어났으니까. 그대 아버님 이야기를 하는 중이오. 그대가 그의 아들이라면 말이오. 그대를 자세히 보니 두렵고 공경심이 나를 사로잡는구려. 말하는 모습이 무척 닮았소. 누구든 젊은이가 그처럼 훌륭히 말하리라곤 상상도 못할 것이오. 그곳에 가 있던 내내 나와 오디세우스는 장군들 집회와 영주 회의에서도 의견이 달랐던 적이 한 번도 없었소. 늘 마음을 모아 치밀한 방법을 궁리해 꾸몄소. 그리스 편을 위해 어떡해야 일이 가장 잘 풀릴지. 그러나 프리아모스의 높이 솟은 도성 거리를 공략하던 바로 그때 제우스 주신은 마음속으로 그리스 편에게 무서운 귀국 여행을 계획하셨소. 우리 모두 그렇게 생각이 깊지도 도리에 합당하지도 않았기 때문이오. 그래서 그들 중 많은 사람이 뜻밖의 재앙으로 죽음을 맞았던 것이오. 거룩한 아버지 신의 따님이신 아테나 여신의 저주에 찬 분노 때문이었지만. 그 여신이 아트레우스 집안의 두 형제 사이에 분쟁을 일으키는 바람에 둘은 황급히 아카이아인들을 모조리 회합에 불러들였소. 그러나 합당한 절차를 밟지 않았고 해질 무렵 아카이아군은 술에 만취했고 거기서 둘은 병사들을 소집한 이유를 여러 사람에게 말해주었소. 그때 메넬라오스는 아카이아 병사들이 모두 고국으로 돌아가길 바라고 있으니 망망대해로 군선을 띄울 것을 권했지만 아가멤논은 그것이 전혀 마음에 들지 않았소. 그로서는 병사들을 붙들어 두고 거룩한 제물을 바쳐 아테나 여신의 무서운 노여움이 가라앉길 바랐기 때문이오. 그러나 어리석었지. 들어주지 않을 게 뻔한 것을 전혀 몰랐으니. '불사의 신'들의 생각이 그렇게 갑자기 변할 리 없었기 때문이오. 그날 밤 잠자리는 서로에 대한 불쾌감과 앙심 때문에 편치 않았는데 이는 제우스께서 우리에게 운명의 손길을 이미 뻗치셨기 때문이오. 이튿날 아침 우리 병사들의 절반은 배를 바다에 끌어 내려놓고 전리품과 허리에 띠를 두른 부녀자들을 배에 실었소. 나머지 절반의 병사들은 그대로 거기에, 용사들의 우두머리인 아가멤논 밑에 머물게 되었소. 한편, 우리 배는 잘 달리고 있었소. 돛을 부풀리지 않고도 잘 달릴 수 있었던 것은 신이 깊고 넓은 바다에 바람이 약하게 불게 해 잔잔한 물결만 일게 해주셨기 때문이오. 그렇게 테네도스섬에 이르자 귀향을 갈망하며 신들에게 제물을 바쳤지만 제우스 신께서는 결코 그렇게 빨리 귀국을 허락할 생각이 없으셨소. 그분은 우리 사이에 다시 불길한 다툼을 일으켰소. 그 결과, 한 무리는 이물이 젖혀진 작은 배를 그들이 온 방향으로 되돌려 돌아갔소. 현명하고 온갖 꾀를 잘 내는 오디세우스 님을 둘러싼 사람들이었지만 그것도 아트레우스의 아들 아가멤논에게 그들이 맹세한 충성 때문이었소. 뜻을 받들어 한 일이었소. 그러나 나는 나를 따르는 배들을 하나로 합쳐 전진을 서둘렀소. 신께서 우리에게 재앙을 꾸미고 계신다는 것을 깨달았기 때문이오. 티데우스의 아들 디오메데스도 빠져나와 우리 동료들을 독촉했지만 훨씬 나중에는 금발의 메넬라오스도 우리를 따라왔소. 레스보스섬에서 우리는 머나먼 항해에 대해 온갖 궁리를 하느라 지체 중이었는데 뒤따라 쫓아왔소. 그 궁리는 키오스섬의 험난한 해협을 멀리 돌아갈 것인가, 프시리아섬 쪽 항로를 택할 것인가, 키오스섬 옆으로 세찬 바람이 부는 미마스곶을 지나갈 것인가였소. 이 같은 난관에 봉착하자 우리는 조짐 하나를 보여달라고 신께 기도를 드렸소. 그러자 신께서는 우리에게 명확한 지시를 내려 조금이라도 빨리 재난을

트로이아 전쟁에서 귀향하는 그리스 함선
네스토르는 오디세우스와 메넬라오스 등 전쟁에서 승리하고 각자 고국으로 돌아가지만
바닷길은 순탄하지 않았다.

면하려면 큰 바다 한가운데를 뚫고 나가 에우보이아를 향해 가라고 일러주셨소. 때마침 바람이 소리 높이 불어오기 시작해 선단은 매우 빨리 물고기들이 많은 바닷길을 달려 그날 밤 게라이스토스곶에 이르렀소. 우리는 망망대해를 무사히 건너게 해주신 데 감사드리기 위해 황소 허벅지살을 많이 구워 포세이돈 신전에 바쳤던 것이오. 나흘째 되던 날, 티데우스의 아들인 기사 디오메데스와 그 부하들의 훌륭한 배들이 아르고스 땅에 닿았소. 그 무렵 나는 필로스를 향해 계속 항해 중이었소. 처음 출발할 때 신께서 보내주신 순풍이 계속 불어오고 있었소. 친애하는 젊은이여, 나는 아무 이야기도 듣지 못한 채 돌아와 아카이아 병사 중 누가 살아남았고 누가 죽었는지 알지 못하오. 그러나 여기로 돌아와 내가 들은 이야기는 절대로 조금도 숨기지 않고 그대에게 모두 들려줄 것이오. 늠름한 아킬레우스의 영예로운 아들이 거느리는 미르미돈족의 용사들은 무사히 귀국했다는 이야기였소. 포이아스의 훌륭한 아들 필록테테스와 이도메네우스도 마찬가지요. 아가멤논 이야기는 그대도 들었을 것이오. 그는 돌아오자마자 아이기스토스의 음모로 처참한 최후를 맞았소. 물론 아이기스토스도 아가멤논의 아들 오레스테스로부터 무서운 보복을 당했소. 보아하니 그대도 수려하고 장대한 체격에 용기까지 갖추었소. 장차 반드시 이름을 떨치리라." 이에 지혜로운 텔레마코스가 대답했다. "아카이아인의 큰 명예이신 네스토르님! 당신 말씀대로 확실히 오레스테스는 복수했습니다. 그러니 아카이아인들은 그의 명성을 후세에까지 노래로 전할 것입니다. 바라건대 신들께서 제게도 그만큼 큰 힘을 내려주시길! 난폭하고 무례하게 우리를 괴롭히는 구혼자를 응징할 힘 말입니다. 그들은 제게 무례한 짓을 서슴지 않았고 못된 계략까지 꾸미고 있습니다. 그러나 현재로서는 그들이 하는 짓을 참을 수밖에 없습니다." 그러자 게레니아의 기사 네스토르가 말했다. "그대여, 이제야 기억나는구려. 그대의 어머니에게 많은 구혼자가 몰려들어 못된 짓을 일삼는다던데 말해 보시오. 과연 그대는 그들에게 기꺼이 복종하는가, 아니면 신의 뜻에 따라 그들이 그대를 못살게 구는가? 누가 알겠소? 오디세우스가 돌아와 그들의 극악무도함을 응징할지. 만약 오디세우스를 유달리 사랑해 주시던 저 빛나는 눈의 여신 아테나만 그대를 사랑하고자 한다면! 나는 아테나가 그토록 노골적으로 인간에게 사랑을 베푸는 것을 일찍이 보지 못했소. 여신께서 그대를 도와주시기만 한다면 그까짓 무리쯤은 깨끗이 쓸어버릴 텐데……." 그러자 현명한 텔레마코스가 대답했다. "오, 네스토르님. 아마도 말씀하신 대로 실현되진 못할 겁니다. 말씀하시는 일이 너무 엄청나 두려움마저 듭니다. 저로서는 그렇게 되길 기대조차 할 수 없습니다." 이에 멘토르 복장을 한 빛나는 눈의 여신 아테나가 말했다. "텔레마코스여, 그런 말이 어떻게 그대에게서 나온단 말이오? 신께서 원하시기만 하면 힘들지 않게 사람을 멀리서도 무사히 귀향하게 해주시오. 어쨌든 내 생각으로는 엄청난 괴로움을 겪은 후라도 고국으로 돌아갈 수 있다면 차라리 그때를 기다리는 편을 택할 것이오. 아가멤논이 아이기스토스와 자기 아내의 간계에 죽었듯이 돌아오자마자 자택에서 살해되기보다는 말이오. 그러나 너나 할 것 없이 모두 죽을 운명이니 막상 죽음의 저주가 닥쳐오면 신이라도 불쌍히 여기시는 대장부를 위해서조차 막아주진 못하오." 이에 현명한 텔레마코스가 대답했다. "멘토르님, 이제 이런 고통스러운 일은 그만 논합시다. 우리는 이제 제 아버님께서 돌아오실 수 없는 분이라고 생각할 수밖에 없습니다. 이제는 이미 '불사의 신'들이 그분에게 죽음의 검은 운명을 정해 놓으셨으니까요. 하지만 네스토르님께 한 가지만 더 묻겠습니다. 지혜와 이성이 출중하셔서 세 번이나 영주가 되셨다니 '불멸의 신'과 같이 우러러봅니다. 네스토르시여, 아가멤논 대왕의 최후를 사실대로 말씀해 주십시오. 메넬라오스는 어디 있었고 아이기스토스는 자기보다 훨씬 용맹한 분을 어떻게 죽일 수 있었습니까?" 게레니아의 기사 네스토르가 대답했다. "자, 그럼 말하리다. 금발의 메넬라오스가 트로이아에서 돌아와 집 안에 있는 아이기스토스를 보았다면 어찌 되었겠소? 아무도 아이기스토스의 시신을 매장하지 않고 성 밖에 방치해 새와 짐승의 밥이 되었을 것이오. 여자들조차 눈물을 흘려주지 않은 것을 보면 그가 얼마나 끔찍한 죄를 저질렀는지 짐작할 수 있었을 것이오. 그는 평화롭던 시절에도 아가멤논의 아내 클리타임네스트라를 자꾸 유혹했소. 물론 지각 있는 그녀도 처음부터 불미스러운 행동을 한 것은 아니오. 더욱이 아가멤논이 트로이아로 떠나면서 음유시인에게 아내를 잘 보살펴달라고 신신당부했지만 신의 장난으로 그녀는 멸망의 길로 접어들었소. 아이기스토스는

아이기스토스와 클리타임네스트라를 살해하는 오레스테스
클리타임네스트라와 아이기스토스가 아가멤논을 죽이자 아가멤논의 아들
오레스테스가 자신의 어머니 클리타임네스트라를 살해한다.

음유시인을 무인도로 추방하고 그녀를 자기 집으로 끌어들여 불륜을 저질렀소. 그러고는 맛있는 고기를 신의 제단에 올린 것은 물론 비단, 황금 등 많은 재물도 바쳤소. 한편, 트로이아에서 돌아올 때 우리는 귀국한다는 생각만으로도 가슴이 벅찼소. 우리가 수니온곶에 다다랐을 때였소. 아폴론이 한창 달리는 배의 키를 잡고 있던 메넬라오스의 키잡이를 향해 화살을 쏘았소. 그는 오네토르의 아들 프론티스로 키를 다루는 것은 아무도 당할 자가 없었는데, 메넬라오스는 마음이 급했지만 그를 장사지내지 않을 수 없었소. 그리고 나서 다시 풍랑을 헤치고 전속력으로 말레아의 험준한 산기슭에 다다랐을 때 제우스의 무서운 고함과 함께 집채만한 파도가 넘실거리며 덤볐소. 여기서 사람들은 다시 둘로 나뉘어 한패는 키도네스족이 이아르다노스강 양쪽에 모여 사는 크레타로 향했소. 때마침 남서풍이 불어 짙은 안개와 폭풍우 속에서도 고르티스 변방에 다다를 수 있었소. 겨우 전멸을 면한 것이오. 그리고 메넬라오스가 이끄는 뱃머리가 검은 다섯 척의 배는 파도에 밀려 이집트까지 표류해갔소. 그는 그곳에서 많은 재산과 금은보화를 모았지만 언어가 통하지 않는 타국에서는 이방인에 불과했소. 그사이 아이기스토스는 아가멤논을 살해한 후 황금이 많이 나는 미케네를 7년 동안 통치했소. 그러나 8년째가 되자 아테나가 영리한 오레스테스를 보내 아버지 아가멤논의 원수를 죽인 것이오. 오레스테스가 아르고스인들을 불러 원망스러운 어머니와 비겁한 아이기스토스의 장례를 지낸 바로 그날 메넬라오스가 금은보화를 가득 싣고 돌아온 것이오. 그러므로 친구여, 불량한 사내들이 집에 들끓는다면 이렇게 멀리 나와 방황하지 마시오. 그들이 재산을 송두리째 없애버린다면 어찌하겠소? 아니, 차라리 메넬라오스를 찾아가는 게 어떻겠소? 그는 머나먼 낯선 나라에서 최근 돌아왔소. 그가 표류하다가 머문 곳은 날아가는 새도 1년이 걸려도 갈 수 없을 만큼 머나먼 바다 저쪽이오. 그대가 뭍으로 가고 싶다면 내 수레와 말을 내드리고 내 아들들에게 메넬라오스가 사는 라케다이몬까지 안내시키리다. 그대가 메넬라오스에게 직접 물어보시오. 틀림없이 쓸모 있는 대답을 해줄 것이오. 그리고 매우 어진 사람이니 그대를 속이지도 않을 것이오."

그의 말이 떨어지기 무섭게 해가 지고 어둠이 몰려왔다. 그러자 '지혜의 여신' 아테나가 그들에게 말했다. "노인장이시여, 참으로 지당하신 말씀입니다. 이제 우리 제물의 혀를 자르고 술을 걸러 포세이돈과 그 밖의 신들께 올리고 싶습니다. 오늘은 늦었으니 신들 앞에 오래 머물지 말고 집으로 돌아가는 게 좋겠습니다." 이 말에 의전관들이 먼저 신주를 차례로 따른 다음 제물의 혀를 불에 던지고 잔을 올렸다. 아테나와 텔레마코스도 자리에서 일어났다. 그 모습을 본 네스토르가 만류하며 말했다. "이럴 수는 없습니다. 내 집에 들르지도 않고 배로 돌아가신다니. 신들도 허락하지 않을 겁니다. 우리 처지가 매우 구차해 손님이 쉴 방도 없다면 모르겠지만 오디세우스 같은 분의 귀한 자제를 배 위에서 쉬게 하는 것은 경우가 아니죠. 이미 내 자식에게 손님을 접대하라고 일러두었습니다." 이에 빛나는 눈의 여신 아테나가 대답했다. "정말 좋은 말씀을 하셨소. 고마운 분이시여, 텔레마코스도 당신 말씀대로 하는 게 합당할 것이오. 그러나 저는 배로 가 일행에게 말을 전해야겠습니다. 일행 중 제가 최고 연장자거든요. 다른 사람들은 모두 텔레마코스와 동갑으로 젊습니다. 저는 오늘 밤 배에서 쉬었다가 내일 아침 용감한 카우코네스족을 찾아가 얼마 되지는 않지만 빚을 받아야겠습니다. 그러니 제게 수레를 좀 내주시고 자제분을 동행시켜 주신다면 정말 고맙겠습니다. 이왕 폐를 끼치게 되었으니 매우 힘세고 날렵한 말을 내주십시오." 이렇게 말하고 아테나는 물수리로 변신해 하늘로 세차게 날아 올라갔다. 이를 본 사람들은 모두 놀라 멍하니 바라보았다. 그중에서도 더 놀란 네스토르는 텔레마코스의 손을 반갑게 맞잡았다. "친구여, 그대는 진정으로 축복받은 자요. 신들이 이처럼 그대를 인도하다니 행운아임이 분명하오. 이는 올림포스의 여러 신 중에서도 제우스의 따님으로서 전리품을 안겨주시며 그대의 아버지를 가장 아끼시던 아테나가 아니고 누구겠소? 오, 여신이시여, 저와 제 자식들에게 훌륭한 명예가 되어주소서. 이제 당신께 채 1년이 안 된 암송아지, 사람들이 멍에를 씌우지 않은 놈의 뿔을 금으로 싸 제물로 올리겠나이다." 그의 기도를 아테나 여신이 들었다. 이윽고 네스토르는 아들들과 사위들을 거느리고 앞장서 훌륭한 자기 저택으로 갔다. 드디어 영주의 소문난 저택에 이르자 모두 차례대로 긴 의자와 팔

아테나 여신에게 제를 올리는 네스토르
아테나 여신에게 암소를 희생시켜 제를 올리는 네스토르와 텔레마코스.

걸이 의자 등에 걸터 앉았다. 노인은 손님에게 대접할 달콤한 포도주를 준비했다. 그 술은 10년 동안 보관되어 온 것으로 하녀는 뚜껑을 벗겨 마개를 열었다. 그것을 늙은 왕이 희석용 술동이에 부어 섞어 염소 가죽 방패를 가진 아테나에게 바치며 기도를 드렸다. 그런 다음 가볍게 잔치를 벌이고 각자 처소로 돌아갔다. 텔레마코스는 주랑 밑의 짜맞춘 침상으로 안내받았다. 그의 옆에는 아직 미혼인 회색 창의 명수 페이시스트라토스가 누웠다.

드디어 여명이 밝아오자 네스토르는 자리에서 일어나 현관 앞에 놓인, 윤기가 나는 흰 돌 위에 앉았다. 이 돌은 그 옛날 지혜가 신과 같았던 부왕 넬레우스가 앉았던 자리였다. 오늘 그 뒤를 이어 네스토르가 아카이아 시민을 수호하는 왕홀을 손에 들고 이 자리에 앉은 것이다. 아들들이 그 주위에 빙 둘러앉았다. 에케프론과 스트라티오스, 페르세우스, 아레토스, 트라시메데스, 그리고 막내아들인 영웅 페이시스트라토스가 앉았다. 그들은 텔레마코스를 그 옆에 앉히는 것도 잊지 않았다. 네스토르가 먼저 입을 열었다. "얘들아! 당장이라도 내 소원을 풀어다오. 아무래도 신들 중 우선 아테나 여신의 마음을 가라앉혀 드리고 싶구나. 여신은 내 눈에도 분명히 나타나셨다가 신들의 성대한 잔치 자리로 떠나셨으니 너희 중 한 명이 들판으로 가 소몰이꾼이 소들을 몰고 오게 하라. 그리고 한 명은 인품이 뛰어난 텔레마코스의 검은 배로 가 동행자를 모두 데려오되 두 명은 파수꾼으로 남겨두

라. 또 한 명은 금세공업자 라에르케스에게 가 이리 오라고 전하라. 쇠뿔에 황금을 둘러 입히기 위해서다. 다른 사람들은 이대로 여기 함께 남고 집 안에 있는 시녀들에게는 특별히 훌륭한 요리를 정성껏 마련하라고 일러라. 그리고 궁궐 안에 축제 준비를 시키고 제단 주위에 좌석을 마련하고 신선한 물도 길어 놓아라." 이렇게 말하자 모두 서둘러 명령대로 움직였다. 들판에서 어린 암소가 끌려 왔고 훌륭하고 빠른 배에서 인품이 뛰어난 텔레마코스의 동행자들이 왔고 금속 세공인도 세공에 사용할 연장을 손에 들고 왔다. 세공의 마무리 연장인 모루와 쇠망치, 단단하게 만들어진 쇠집게 등을 가져 왔다. 그러자 아테나 여신도 당신에게 바쳐질 제물을 받기 위해 참석했다. 늙은 기사 네스토르가 황금을 건네자 세공사는 쇠뿔 장식을 여신이 보고 기뻐하도록 어린 암소의 두 뿔에 금박을 훌륭하게 입혔다. 아레토스는 꽃무늬가 아로새겨진 병에 손을 씻을 물을 담아 나왔는데 그의 다른 손에는 보리 바구니가 들려 있었다. 트라시메데스는 암송아지를 내려칠 날카로운 도끼를 들고 왔고 페르세우스는 피를 받을 접시를 들고 있었다. 네스토르는 먼저 손을 씻고 보리를 뿌려 즉시 아테나에게 축원을 올렸고 송아지의 머리털을 잘라 불에 넣었다. 그들이 기도를 마치자 트라시메데스가 도끼로 암송아지를 힘껏 내리쳤다. 동시에 네스토르의 딸들과 며느리들, 그리고 애처인 에우리디케는 환호성을 질렀다. 무사들의 지도자 격인 페이시스트라토스가 암송아지의 목을 자르자 검붉은 피가 분수처럼 솟구쳤다. 아들들이 달려들어 다리를 자른 날고기

를 장작 위에 올렸다. 네스토르가 포도주를 부으며 고기를 굽자 아들들이 그것을 잘게 썰어 꼬챙이에 꿰어 제각각 구웠다.

한편, 네스토르의 막내딸 폴리카스테는 손님인 텔레마코스를 아사민토스 욕조에 목욕시키는 봉사를 하게 되었다. 폴리카스테는 봄의 향기가 나는 어린 처녀였다. 그녀가 텔레마코스에게 목욕 봉사를 하게 된 것은 오직 네스토르의 의중이었고 아테나 여신은 텔레마코스를 오디세우스처럼 지략적인 어른으로 변모시키진 못하더라도 어린 티를 벗기려고 했다. 여신은 '사랑과 미의 여신' 아프로디테의 도움으로 그녀의 허리띠를 빌려 폴리카스테에게 착용하도록 했다. 아사민토스의 목욕 의식은 불멸자를 위한 의식으로 비록 필멸자인 텔레마코스이지만 아테나 여신에 의해 목욕 의식을 치렀다. 여신은 황금 지팡이로 이 모든 것을 지휘했다. 먼저 폴리카스테는 텔레마코스의 두 발을 정성껏 씻겨 주고 그의 망토와 튜닉을 벗겨 허리띠만 착용한 자신의 나신을 수줍은 모습으로 보여주었다. 텔레마코스는 혈기왕성한 앳된 청년으로 눈 앞에 펼쳐진 아찔한 그녀의 모습에 숨이 막혀왔다. 그러나 그와 반대로 그의 크기는 증대해 강철 기둥처럼 굳어졌다. 그는 황갈색 안색이 되었고 그의 턱은 굳어졌다. 둘은 이내 목욕 의식은 안중에도 없고 부둥켜안고 욕조 바닥을 뒹굴었다. 신중한 텔레마코스가 이토록 과격해진 것은 오직 폴리카스테가 착용한 아프로디테의 허리띠 '케스토스히마스' 때문이었다. 사랑의 유혹을 부르는 허리띠는 신들

필로스 유적지에서 발굴된 아사민토스 욕조
텔레마코스가 필로스를 방문해 네스토르의 궁궐에서 목욕의식을 가졌다고
고고학적으로 유추하는 아사민토스 테라코타 욕조.

의 주신인 제우스도 맥을 못 추는 마법의 물건으로 혈기왕성한 텔레마코스의 감성을 불태우기에 부족함이 없었다. 설령 그것이 없었더라도 폴리카스테는 충분히 매력적이고 아름다운 처녀였다. 하지만 문제는 순진하고 수줍은 텔레마코스의 결단력 있는 행동을 유발하려면 마법의 허리띠가 필요하다는 것이었다. 텔레마코스와 폴리카스테는 서툴면서도 서로를 탐닉했다. 아사민토스의 목욕물보다 더 뜨거운 열풍은 시간이 지날수록 광풍으로 바뀌어 갔다. 아테나 여신은 더 이상 기다리지 못하고 둘을 떼어놓기 위해 황금 지팡이를 텔레마코스의 등에 가볍게 댔다. 그러자 둘의 뜨거웠던 열정의 행위는 멈추고 서로 이성을 찾기 시작했다. 정신을 차린 폴리카스테는 자신의 임무를 알아차리고 텔레마코스를 목욕시키기 시작했다. 목욕이 끝난 후 온몸에 향유를 발라주고 화려한 망토와 튜닉을 입혀 주었다. 욕조에서 나오는 텔레마코스의 모습은 '불사의 신'처럼 당당해 보였다. 훗날 텔레마코스는 이타카로 귀향해 폴리카스테와 결혼해 아들 페르세폴리스를 낳았다고 전해진다.

한편, 목욕탕 밖에서는 성대한 연회가 열리고 있었다. 그것은 텔레마코스를 위한 연회였고 이 모든 것을 아는 네스토르가 예비 사윗감을 위해 베푼 잔치였다. 텔레마코스가 네스토르 옆으로 다가와 앉자 드디어 연회의 향연이 시작되었다. 네스토르가 먼저 사람들을 둘러보며 말했다. "자, 사랑하는 내 아들들아! 이제 갈기가 탐스러운 말을 골라 멍에를 씌우고 텔레마코스가 길을 떠나게 하라." 그의 말에 아들들이 서둘러 날렵한 말을 수레에 매어놓자 여인들이 앞다퉈 왕들이나 먹을 만한 맛있는 음식과 술을 실었다. 기둥 뒤에서는 텔레마코스를 떠나보내는 폴리카스테가 눈물짓는 모습이 보였다. 드디어 텔레마코스가 호화로운 수레에 올라타자 총지휘자 격인 페이시스트라토스가 앞에 올라타 고삐를 잡았다. 쌍두마차는 곧 가파른 필로스의 성을 뒤로한 채 평원을 향해 내달리기 시작했다. 말들은 온종일 쉬지 않고 발맞춰 달리고 또 달렸다. 사방에 어둠이 깔리기 시작했다. 파라이에 도착한 그들은 디오클레스의 집에서 하룻밤을 보냈다. 또다시 '새벽의 여신'이 밤의 장막을 걷어내자 그들은 수레에 올라타 주랑을 빠져나왔다. 페이시스트라토스는 고삐를 늦추지 않은 채 종착지를 향해 내달렸다. 해는 서녘으로 기울고 있었다.

『오디세이아』 3장 분석

오디세우스의 첫 네 권은 학자들에게 '텔레마코스'로 알려져 있다. 이것은 어린 왕자 텔레마코스가 아버지 정보를 찾고 성인이 된 여정을 다룬다. 이번 장에서 멘토르로 변신한 아테나는 텔레마코스에게 도움이 되는 가이드로 그가 신속히 남자와 전사가 되어야 한다는 것을 알고 있다. 환대 외에도 두 가지 주제가 네스토르 방문기에 담겨있다. 즉, 동지와 가족에 대한 충성심, 신에 대한 헌신이다. 『오디세이아』 전체에서 호메로스의 등장인물들은 아가멤논 이야기를 여러 번 언급한다. 아가멤논의 죽음 이야기는 이타카의 사건과는 대조적이지만 충성심이 잘못될 때 일어날 수 있는 일을 경고한다. 텔레마코스는 사회적 은총에서 성장하고 진정으로 배우고 싶어 하며 아가멤논 살해에 대한 네스토르의 이야기를 듣는다. 아가멤논은 위대한 전사이자 그리스군 총사령관이었고 트로이아 전쟁에 나설 때 사촌 아이기스토스를 미케네에 있는 집의 책임자로 남기고 떠났다. 탐욕과 정욕에 자극받은 아이기스토스는 이 신뢰를 배신하고 아가멤논의 아내 클리타임네스트라를 유혹했다. 두 불륜 연인은 트로이아 전쟁에서 돌아온 위대한 전사를 살해했다. 아가멤논의 동생 메넬라오스는 참석하지 못해 그의 죽음에 복수할 수 없었다. 훗날 아가멤논의 아들 오레스테스와 딸 일렉트라는 아이기스토스와 어머니 클리타임네스트라를 죽임으로써 복수에 성공한다. 호메로스의 관객은 나중에 소포클레스, 에스키일루스, 에우리피데스, 그리고 20세기 미국 극작가 유진 오닐 등의 작품에 등장하는 널리 알려진 이야기들을 알아차릴 것이다. 페넬로페의 성격은 미덕과 충성심에서 클리타임네스트라의 성격과 대조되는 반면, 안티누스와 에우리마코스와 같은 구혼자들은 불길한 아이기스토스를 떠올리게 한다. 아가멤논의 운명에 대한 네스토르의 이야기가 인간의 충성심의 중요성을 강조하듯 방문 자체는 신들에 대한 헌신의 중요성을 보여준다. 네스토르는 희생 제사를 통해 이 같은 헌신을 표현한다. 텔레마코스가 필로스에 도착해 맨 먼저 알아차린 것은 포세이돈을 기리는 거대한 축하 행사였다. 텔레마코스가 페이시스트라토스와 함께 스파르타로 떠나기 전 네스토르는 자신의 막내딸 폴리카스테를 아사민토스 의식의 봉사자로 지목한다. 아사민토스는 네스토르의 궁궐 목욕의식으로 폴리카스테는 텔레마코스를 목욕시키는 임무를 수행한다. 또한 아테나를 기리기 위해 또 다른 희생 잔치를 벌이며 네스토르는 아테나를 방문해 그를 존경했음을 깨닫는다. 그리스인들에게 그 같은 헌신 표시가 중요했던 것은 신들이 크고 작은 문제들에서 그들의 일

상생활의 일부를 기능하는 것으로 생각했기 때문이다. 신들을 기쁘게 하는 것은 실용적이면서 영적인 노력이었다.

04
Chapter

스파르타의 메넬라오스를 만나다

『오디세이아』 4장 요약

텔레마코스와 페이시스트라토스는 스파르타에 도착하자 따뜻한 환영을 받는다. 메넬라오스는 친구 오디세우스를 회상하며 눈물을 흘린다. 왕과 여왕은 트로이아에서 오디세우스의 업적 중 일부를 회상하면서도 다음 날까지 진지한 대화를 미룬다. 아침에 메넬라오스는 페넬로페의 구혼자들의 행동에 분노를 표출하고 오디세우스가 칼립소의 포로로 잡혀 있음을 밝혀 텔레마코스를 격려한다. 한편, 이타카의 구혼자들은 텔레마코스가 사라진 것을 발견하고 돌아오는 길에 그의 배를 매복할 계획을 세운다. 페넬로페는 아들의 여정에 대해 혼란스러워하지만 아테나가 보낸 환상에 의해 진정된다. 호메로스는 텔레마코스의 음모를 떠나 선택된 구혼자들이 기습 공격을 하기 위해 배에 탈 때 매달려 있다.

그들은 기복이 심한 땅 라케다이몬에 도착해 메넬라오스의 궁궐로 향한다. 때마침 메넬라오스 왕은 성에서 인품이 뛰어난 아들과 딸의 결혼을 축하하기 위해 많은 친척과 함께 연회를 베푸는 중이었는데 그 자리에 그들이 도착한 것이다. 트로이아의 영웅 아킬레우스의 아들에게 딸을 시집보내는 중인데 오래전 트로이아에서 시집을 보내기로 약속하고 승낙해 신들도 그들을 위해 결혼시켜 주려고 했기 때문이다. 그래서 왕은 이때를 맞춰 딸에게 말과 훌륭한 수레를 딸려 아킬레우스 아들의 통치하에 있는 미르미돈의 유명한 도시로 막 보내려던 참이었다. 한편, 아들은 늘그막에 태어난 힘이 센 메가펜테스로 그의 어머니는 노예였다. 즉, 헬레네에게는 귀여운 맏딸 헤르미오네 이후로는 신들이 자식을 내려주지 않았기 때문이다. 이 공주는 황금의 아프로디테를 너무나 닮은 모습이었다. 텔레마코스는 곧바로 메넬라오스의 거처로 수레를 몰고 갔다. 메넬라오스의 신하 에테오네우스는 텔레마코스와 페이시스트라토스가 탄 수레가 성문 앞에 멈추는 것을 목격하고 궁궐로 달려가 보고했다. "위대하신 왕이시여, 낯선 나그네 두 분이 이곳을 찾아왔습니다. 보아하니 제우스의 피를 물려받은 것 같습니다. 자리를 마련해줄까요, 다른 곳을 찾으라고 할까요?" 신하의 질문에 금발의 메넬라오스는 화를 내며 말했다. "무슨 어리석은 소리냐? 일찍이 우리가 이곳에 올 동안에도 제우스의 은총으로 사람들의 은혜를 입은 것을 벌써 잊었는가? 어서 가 나그네의 고삐를 풀게 하고 술자리를 마련하라." 그제야 궁궐에서 나온 에테오네우스는 급히 그들을 맞았다. 텔레마코스 일행은 에테오네우스의 안내를 받으며 휘황찬란한 궁궐을 둘러보며 찬탄을 금치 못했다. 궁궐 구석구석을 둘러본 그들은 반들반들한 욕조에 들어가 시녀들의 시중을 받으며 목욕한 다음 향유로 마무리하고 모직 망토와 튜닉을 입었다. 그러고는 밖으로 나가 메넬라오스 옆의 안락의자에 앉자 시녀가 화려한 무늬의 금 항아리에 물을 담아와 은색 대야에 붓고 손을 씻게 했다. 윤기가 나는 식탁 위에는 산해진미가 차려져 있었다. 마침내 메넬라오스가 그들에게 인사를 건넸다. "나그네들이시여, 마음껏 드시고 나서 서로 인사를 나누시죠. 왠지 제우스의 후예 제왕들의 자손처럼 보입니다만…… 평범한 조상에게서는 그대들과 같은 자손이 나올 수 없기 때문이죠." 메넬라오스는 존경의 표시로 잘 익은 등심을 그들 앞에 내놓았다. 그들이 충분히 먹고 마시자 텔레마코스는 네스토르의 아들에게 아무도 듣지 못할 만큼 가까이 다가가 말했다. "소중한 내 친구 페이시스트라토스여, 이렇게 찬란히 빛나는 궁궐은 올림포스의 제우스 궁궐에 견주어도 손색이 없소." 그 말을 들은 메넬라오스가 소리 높여 말했다. "친애하는 나그네여, 감히 누가 제우스와 견주겠습니까? 세상에 그분과 견줄 자는 없습니다. 그분의 궁궐과 보배는 세상에 단 하나뿐이오. 물론 인간 세상에서는 나와 견줄 자가 별로 없으리라 봅니다. 나는 무수한 고난을 헤치고 8년이라는 세월을 거쳐 이곳까지 왔습니다. 키프로스와 페니키아, 이집트 등을 표류해 에티오피아, 에렘비, 리비아까지 갔습니

텔레마코스와 페이시스트라토스

텔레마코스와 페이시스트라토스가 메넬라오스 궁궐에서 목욕하는 장면이다.

다. 그곳은 암양이 1년에 세 번씩이나 새끼를 낳고 새끼 양도 나면서부터 뿔이 돋았습니다. 이 나라들을 떠돌며 많은 재산을 모으는 동안 내 형 아가멤논은 간악한 아내의 간계에 빠져 죽임을 당했습니다. 그러니 내가 재산을 모아도 무슨 재미가 있겠습니까? 내 소원은 트로이아의 넓은 평원에서 싸우던 그 옛날 동지들과 함께 내 집에서 사는 것이오. 이렇게 호화스러운 궁궐에 살아도 그들 생각만 하면 저절로 눈물이 나온다오." 메넬라오스는 잠시 비탄에 젖어 눈시울을 적셨다. 그리고 눈시울을 훔치며 다시 말을 이었다. "사람은 아무리 쓰라린 일도 오래 간직할 수 없나 봅니다. 이렇게 호화롭게 사는 걸 보니 말입니다. 그러나 그분 생각만 하면 밤잠도 식사도 다 시들해집니다. 그럴 수밖에 없는 것이 아카이아 병사 중 아무도 오디세우스만큼 나를 위해 고생하고 애쓴 사람이 없었기 때문입니다. 그런데도 그에게는 아직 여러 재난이 닥칠 운명이었습니다. 그 운명은 내게는 친구를 잃었다는 비탄을 가져다주었죠. 정말 그는 얼마나 오랫동안 돌아오지 않는 것인지 죽었는지 살았는지 전혀 알 길이 없다오. 그를 생각하면 노인인 라에르테스도, 생각이 깊은 페넬로페도, 텔레마코스도 모두 비탄과 애도에 잠겨 있겠죠. 그가 출정할 당시 텔레마코스는 갓난아기였소. 그때 오디세우스는 가족에 대한 사랑이 뜨거워 잠시 미친 척해 전장에 나가지 않으려고 했지만 결국 가족과 헤어져 출정했다오." 메넬라오스의 탄식은 아버지 생각으로 비탄에 잠긴 텔레마코스의 가슴에 격렬한 쓰라림을 불러일으켰다. 아버지 이야기를 듣던 그의 두 뺨에서 흘러내린 눈물이 땅 위에 떨어졌다. 자줏빛 망토를 두 손으로 들어 올려 눈시울을 가렸다. 그 모습을 바라보며 메넬라오스는 한참 동안 망설였다. 젊은이가 아버지를 생각해 내버려둘지, 캐물어 일의 자초지종을 알아볼지 마음속에서 심사숙고했다.

메넬라오스가 고심할 때 '숲의 여신' 아르테미스를 닮은 헬레네가 황금으로 장식된 아치형 천장의 내실로부터 걸어 나왔다. 그녀는 트로이아의 왕자 파리스와 함께 사랑의 도주를 택해 트로이아 전쟁을 일으킨 장본인이었다. 그녀 뒤를 이어 아드라스테가 헬레네를 위해 잘 꾸며진 소파를 얼른 내놓았고 알키페는 푹신한 양털 담요, 필로는 은으로 만든 바구니를 가져왔다. 그것들은 모두 이집트 테베에 살던 폴리보스의 아내 알칸드레가 준 것들이었다. 폴리보스는 일찍이 메넬라오스에게 은제 욕조 두 개와 한 쌍의 큰 솥, 10달란트의 황금을 선사했고 알칸드레는 금제 실패와 바퀴가 있는 은 바구니를 주었는데 테두리는 모두 금으로 장식되어 있었다. 시녀 필로는 청자색 털실과 실패가 든 바구니를 들고 헬레네 옆에 서 있었다. 헬레네는 발받침이 있는 소파에 앉으며 남편에게 물었다. "제우스께서 총애하시는 메넬라오스여, 우리 집에 오신 손님은 누구십니까? 감히 여쭙겠는데 일찍이 남자든 여자든 이같이 닮은 사람을 보지 못했습니다. 그를 처음 본 순간 기절할 뻔했습니다. 이분은 분명히 저 위대한 오디세우스의 아들 텔레마코스일 겁니다. 이분이 태어나신 지 얼마 안 되어 오디세우스가 트로이아로 떠나셨죠. 그때는 바로 철면피 같은 저 때문에 아카이아 병사가 트로이아 성에 대담한 공격을 시도해 밀어닥친 때였습니다." 그녀의 말에 메넬라오스가 대답했다. "나도 지금 그렇게 생각하고 있었소, 부인. 그대가 가리켜 말했듯이 그분과 똑같으니 말이오. 두 다리의 생김새, 손, 눈매, 이마와 덮고 있는 머리카락까지. 게다가 방금 내가 오디세우스 추억담을 말했는데 그분은 나 때문에 어려움에 처해서도 애써주었소. 그러자 이분이 자줏빛 망토로 두 눈을 가리고 눈물을 흘리시는구려." 그 말에 네스토르의 아들 페이시스트라토스가 대답했다. "아트레우스의 아들이신 메넬라오스시여, 말씀하신 대로 이분은 오디세우스의 아드님이십니다. 그러나 워낙 겸손하셔서 보시는 바와 같이 뵙자마자 당신 앞에서 이러쿵저러쿵 자기 얘기를 늘어놓는 것을 예의에 어긋난 짓으로 생각하십니다. 우리는 당신의 말씀을 신의 말씀과 다름없이 고맙게 생각합니다. 저는 당신을 만나 뵐 일을 걱정하시는 이분을 위해 게레니아의 기사 네스토르께서 딸려 보내신 사람입니다. 부디 이분을 말씀이나 행동으로 잘 보살펴 주시길 바랍니다. 다시 말해 아버지가 집을 떠나고 안 계시면 아들로서는 집안에 온갖 고민이 많더라도 힘을 합쳐 도와줄 사람이 없는 경우가 있으니까요. 마찬가지로 지금 텔레마코스도 아버지께서 나가셔서 돌아오시지 않고 있고 그를 위해 재난을 막아줄 사람조차 이타카에는 없는 실정입니다." 그 말에 금발의 메넬라오스가 말했다. "허, 이거 참. 그렇다면 나와 가장 친한 분의 아드님이 우리 집에 오셨군. 나를 위해 그 영웅적 과업

눈물을 훔치는 텔레마코스
오디세우스 이야기가 나오자 텔레마코스가
몰래 눈물을 흘리는 장면으로 헬레네가 이를 발견한다.

을 해내신 분 말이오. 그분이 계신다면 아르고스의 다른 누구보다 특별히 극진히 대접해 드리려고 늘 마음먹고 있었소. 올림포스에 계시며 멀리까지 천둥을 울리시는 제우스 신께서 우리가 빠른 배를 이끌고 바다를 건너 귀국하는 것을 그에게도 허락하셨다면 말이오. 그러면 이타카섬에서 모든 집안의 재산과 아드님과 부하들까지 데려다 이아르고스에서 살게 하고 성도 지어드렸을 텐데. 내가 군주로 다스리는 이 주변 마을 중 하나를 내드려서. 그렇게 된다면 가끔 이곳에 오셔서 함께 지낼 수도 있었을 것이오. 그리고 우리 둘이 친하게 즐기는 것을 아무도 떼어놓지 못했을 텐데. 마지막에 죽음이라는 검은 어둠이 우리를 덮어 누를 때까지 말이오. 그러나 시기심 많은 어떤 신이 그렇게 생각하지 않아 결국 불운하게도 그분만 돌아오지 못하게 하셨소.”

그가 온몸을 들썩이며 몹시 슬퍼하자 헬레네와 텔레마코스도 슬피 눈물을 흘렸고 페이시스트라토스도 울었다. 페이시스트라토스는 ‘새벽의 여신’의 아들 멤논에게 죽은 고명한 형인 안틸로코스가 생각났기 때문이다. 페이시스트라토스는 메넬라오스를 향해 말했다. “메넬라오스님, 늙으신 제 아버님 네스토르는 늘 당신을 세상 사람 중 가장 현명하다고 말씀하셨습니다. 자, 이제 제 말씀을 들어주십시오. 저는 이처럼 즐거운 자리에서 슬퍼하는 것은 바람직하지 않다고 생각합니다. 곧 희망의 날이 찾아오리라 생각하기 때문입니다. 물론 저는 불운에 빠진 인생을 슬퍼해 우는 것을 책망하진 않지만 머리카락을 베면서 슬피 우는 것은 실패한 인간들에게나 해당한다고 생각합니다. 저도 아르고스인 중 절대로 빠지지 않는 형님을 잃었습니다. 아실지 모르지만 사람들은 달리고 싸우는 데 안틸로코스를 당할 자가 없다더군요." 이에 메넬라오스가 대답했다. "오, 그대는 현자, 아니 나이 많은 사람이나 할 수 있는 말을 감히 하는구려. 역시 훌륭한 조상의 후손답게 지혜로운 말로 우리를 깨우쳐주는구려. 제우스 신께서 네스토르께 평생 영화를 승낙하셔서 여생을 평온히 지내시는 것이오. 그 자손도 더 지혜로워지고 용기도 최고에 이르겠죠. 자, 우리 잠시 눈물을 거두고 비탄에서 벗어나 다시 저녁 식사를 하는 게 좋겠소. 남은 이야기는 내일 아침 나와 텔레마코스가 충분히 나눌 수 있을 것이오." 이렇게 말하자 아스팔리온이 그들의 손에 다시 물을 부었다. 그는 영예도 높은 메넬라오스의 충직한 시종이었다. 그렇게 모두 준비된 훌륭한 식사를 다시 유쾌하게 즐겼다. 그 무렵 제우스와 레다의 딸 헬레네는 다른 묘안을 생각해냈다. 그녀는 모두가 마시는 포도주 병에 고뇌를 잊고 분노를 지우는 약을 재빨리 넣었다. 이 약은 모든 재앙을 잊게 하는데 이것이 섞인 술을 마시면 누구나 그날 부모님이 세상을 떠나거나 눈앞에서 형제나 사랑하는 자식의 목이 청동 칼에 잘리는 것을 생생히 보더라도 두 볼에 눈물을 떨구지 않는다는 약이다. 그같이 굉장한 효능이 있는 이 약을 이집트 왕 톤의 아내 폴리담나에게 얻었다. 이집트의 기름진 땅에서는 신비로운 약초가 많이 난 것이다. 헬레네는 약을 탄 술을 따르게 하고 메넬라오스에게 말했다. "메넬라오스시여, 제우스께서 보살피시는 당신과 여기 계신 훌륭한 군주들의 자제분들께 말씀드립니다. 이제 고통스러운 아픔은 잊고 즐거운 시간을 갖는 게 좋겠습니다. 물론 제우스께서는 당신의 권능으로 하실 수 있겠지만 우리도 이곳에서 저녁 만찬을 즐기며 즐거운 이야기로 마음을 위로하는 게 좋겠습니다. 제가 이 자리에 적합한 이야기를 해드릴게요. 저 용감무쌍한 오디세우스의 모험담이야말로 말할 수 없을 만큼 많습니다. 아, 그분은 아카이아 용사들이 트로이아 땅에서 고난을 감내할 때 몸소 실천한 분이었습니다. 언젠가 이런 일이 있었죠. 그분은 일부러 보기 흉한 상처를 내고 더러운 누더기를 걸쳐 완전히 거지가 된 다음 적진에 들어가게 되었습니다. 아카이아 함대 사람들은 그 같은 일을 상상조차 했겠습니까? 그분이 트로이아 시내로 버젓이 들어갔을 때 저만 그분의 변장을 눈치챘습니다. 그분도 현명하게 저를 피해 만나지 않도록 했습니다. 그런데 결국 제가 그분을 목욕시켜드리게 되어 올리브유를 몸에 바르고 옷을 어깨에 걸쳐 드릴 때 오디세우스의 이름, 적어도 그분이 빠른 배가 있는 진지에까지 트로이아인들에게 절대로 발설하지 않겠다고 엄숙히 맹세했죠. 그제야 그분은 제게 아카이아군의 모든 계획을 말씀해 주더군요. 결국 그분은 수많은 정보를 얻어 진중으로 돌아가셨습니다." 그녀의 말에 금발의 메넬라오스가 대답했다. "부인, 참으로 말씀 잘했소. 나도 지금까지 수많은 영웅호걸의 지략을 들었고 모든 곳을 두루 돌아다녀 보았지만 오디세우스와 같은 장부를 본 적이 없소. 거대한 목마를 만들어 그곳에 아르고스 장수들을 매복시켜 트로이아 병사들을 죽음의 구렁텅이로 몰아넣은 전투는 본 적이

메넬라오스 궁궐의 텔레마코스
텔레마코스가 메넬라오스와 헬레나로부터 위로를 받는 장면이다.

없소. 때마침 당신은 트로이아군의 영광을 바라는 신의 인도를 받은 듯 우리가 매복한 목마 주위를 세 번씩이나 뱅뱅 돌며 아르고스 장수들의 이름을 소리 높여 불렀소. 아르고스의 여러 부인의 음성을 그대로 본떠서. 그때 나와 티데우스의 아들, 오디세우스는 맨 가운데 앉아 당신 목소리를 들었소. 우리 둘은 뛰쳐나가고 싶었지만 오디세우스가 절대로 못 하게 했소. 혀가 입 밖에 나오지 못하게 애쓰는 안틸로코스마저 오디세우스가 힘센 손으로 입을 막자 용케 견뎠소. 그래서 결국 모든 아카이아 병사를 구하게 된 것이오." 메넬라오스의 이야기를 듣던 텔레마코스가 입을 열고 말했다. "스파르타의 위대한 지도자이신 메넬라오스여, 들으면 들을수록 슬픈 마음만 더할 뿐입니다. 그분이 그만한 용기를 가지고도 당신 몸 하나 멸망의 구렁텅이에서 구할 수 없었나 봅니다. 하지만 오늘은 저희도 이만 쉬겠습니다." 아르고스 태생의 헬레네는 시녀들에게 분부해 주랑에 침대를 놓고 아름다운 자주색 모포를 깔고 다시 시트를 깔아 두툼한 모직 덮개로 덮어놓았다. 텔레마코스와 페이시스트라토스는 그곳에서 편안히 쉬었다.

다음 날 아침 메넬라오스는 침상에서 일어나 의복을 갖춰 입고 날카로운 칼을 어깨에 메고 텔레마코스에게 와 앉아 말했다. "텔레마코스여, 불원천리 바다를 건너 이곳 라케다이몬을 찾아온 목적을 사실대로 말해 주시오!" 텔레마코스가 대답했다. "메넬라오스시여, 제가 이곳에 온 것은 혹시 아버님 소식을 들을지도 모르기 때문입니다. 저희 집안은 원수들로 온통 들끓습니다. 그들은 바로 제 어머니에게 구혼하는 자들로 매일 수많은 가축을 잡아먹고 있어 지금 당신에게서 아버님의 불행한 마지막 소식이나마 들을 수 있을지 부탁드리는 것입니다. 혹시 당신 눈으로 보셨거나 다른 나라를 방랑하는 분으로부터 그런 이야기를 듣지 않으셨나요? 정말 제 아버님께서는 남달리 비참한 운명을 타고 태어나셨습니다. 제발 부탁드립니다. 조금이라도 제 아버님이신 용맹하신 오디세우스가 그 역경의 트로이아 전투 속에서 말이나 행동으로 당신에게 약속하고 이루신 것이 있다면 그 일을 지금 떠올려 주시고 당신이 아는 모든 것을 말씀해 주십시오." 텔레마코스의 말에 흥분한 메넬라오스가 대답했다. "괘씸한 것들! 용감한 영웅의 침상에 감히 누우려는 자들이 있다니! 젖도 떼지 않은 새끼를 사자굴에 재워두고 나간 암사슴처럼 미련하구려. 돌아온 사자에게 새끼가 잡아먹히는 것은 당연하지 않소? 오디세우스도 돌아와 쥐도 새도 모르게 그 불한당을 해치울 것이오. 원하건대 제우스 아버지와 아테나, 아폴론 신이시여, 그 옛날 그가 튼튼히 구축한 레스보스성에서 필로멜레이데스와 씨름해 거세게 넘어뜨렸을 때처럼 그 불한당을 일거에 해치우소서. 눈 깜짝할 새 그들을 무찔러 구혼의 쓴잔을 맛보게 해주소서. 그대가 무엇을 묻든 숨김없이 말하겠네. 저 바다의 노인이 이야기해주던 확실한 일을 조금이라도 덮거나 숨기지 않고 그대로 전하겠소. 내가 이집트에서 표류할 때였소. 파도가 거센 물굽이에 있는 파로스섬에는 훌륭한 항구가 있었소. 사람들은 그곳에서 먹을 음식을 싣고 바다로 나가곤 했소. 신들은 우리를 그곳에 24일 동안이나 억류했소. 도무지 풍향이 바뀌지 않아 너른 바다 위에서만 헤맨 것이오. 신들 중 한 분이 나를 가엾이 여겨 인정을 베풀어 주시지 않았더라면 식량도 모두 사라지고 사람들도 결국 지쳤을 것이오. 그 여신은 '바다 노인'이라는 위세당당한 저 프로테우스의 딸 에이도테아인데 결국 이 님프의 마음을 내가 움직이게 했소. 동료들로부터 혼자 멀리 떨어져 있을 때 그편에서 먼저 나를 찾아주었소. 매일 우리는 섬 주변을 헤매 돌아다니며 흰 낚싯바늘로 물고기를 낚아 굶주린 배를 채웠으니 그럴 수밖에 없었소. 그 님페가 내 곁에 다가와 말했죠. '어찌 그렇게 어리석소? 바보 아니오? 아니면 일부러 고생을 사서 하거나. 이 섬을 빠져나갈 방법이 그렇게도 없단 말이오?' 그래서 내가 이렇게 대답했죠. '내 어찌 자청해 이곳에 머물겠습니까? 저 너른 하늘을 지배하는 '불사의 신'들께 대항한 죄로 할 수 없이 이렇게 되었습니다. 원하건대 가르쳐주소서. 어느 신께서 저희를 이곳에 붙잡아 매셨나요? 이 무서운 파도를 헤치고 나가 귀국길을 찾을 방법을 알려주소서.' 그러자 아름다운 님페는 서슴지 않고 말해 주었소. '자, 나그네여, 모든 것을 말해 주리다. 여기서 불사의 바다 노인 프로테우스를 찾으시오. 그분은 포세이돈의 부하이며 나를 낳은 아버지로 거짓말은 하지 않을 것이오. 그대가 그분을 만나기만 하면 거친 바다를 건너갈 방법을 그대에게 반드시 일러줄 것이오.' 나는 그녀에게 또 부탁했소. '그 노인 신을 어떻게 만날 수 있는지 가르쳐 주십시오. 자칫 저편에서 먼저 저를 발견해 알

에이도테아
예지력을 가진 바다의 님프다. 그녀는 자유자재로 변신하는 능력을 가진
'바다의 신' 프로테우스의 딸이었다. 메넬라오스가 고향으로 돌아가는 데 도움을 주었다.

아보고 피하실지도 모르니까요. 신을 즐겁게 해드린다는 것은 인간으로서는 정말 쉬운 일이 아니죠.' 내가 이렇게 말하자 님프 중에서도 특히 거룩한 그분은 다시 친절히 대답해 주었소. '그런 일이라면 자세히 설명해드리죠. 태양이 중천에 높이 떠오를 무렵, 정확히 그때 바닷속에서 예언자인 바다 노인이 나오실 것이오. 갈바람의 숨결을 따라 거무스레한 잔물결의 물보라를 몸에 감은 채. 그렇게 나오자마자 속이 텅 빈 동굴 밑바닥 잠자리를 찾죠. 그 주변에는 바다표범과 아름다운 바다의 딸들이 수없이 떼 지어 잠자는데 잿빛 물거품에서 올라올 때 내쉬는 숨결은 매우 지독해 깊은 바닷속 냄새가 납니다. 새벽이 오면 내가 당신을 그곳으로 데려가 각자 머물 곳을 찾읍시다. 당신 편에서는 널빤지로 만든 좋은 배가 있는 곳으로 가 가장 힘센 세 명만 골라 데려오시오. 그 바다 노인의 괴상한 행동을 모두 이야기한다면 먼저 바다표범 수를 계산하면서 한 바퀴 도는 것이겠죠. 그렇게 완전히 다 세어 확인하고 이번에는 양 떼를 지키는 양치기처럼 그 한복판에 드러눕는다오. 바로 그때 여러 명이 재빨리 달려들어 바다 노인을 힘껏 꽉 붙잡으시오. 도망치려고 아무리 발버둥 쳐도 놓치면 안 됩니다. 각양각색의 모습으로 바꿔가며 도망치려고 안간힘 쓸 테니까요. 이 땅 위에 사는 모든 생물, 그 밖에 물이나 무섭게 타오르는 불이 되려고 하실 겁니다. 하지만 당신들은 태연하게 버티면서 더 세게 붙잡고 절대로 놓치면 안 되오. 그러나 끝내는 저쪽에서 말을 걸어와 당신께 묻는다면 처음에 보았던 모습으로 돌아간 후에 말이오. 그렇게 되면 붙잡고 있던 바다 노인을 놔주고 신들 중에서 어느 분이 당신을 괴롭히고 귀국길에 대해서도 물고기 떼가 다니는 바닷길로 어떻게 건너가는지 물어보시오.' 그녀는 그렇게 말하더니 파도치는 바닷속으로 들어가버렸소. 그래서 나는 끌어올린 배가 있는 백사장으로 가면서도 마음속은 온갖 생각으로 복잡했다오. 이윽고 배가 놓인 바닷가에 이르러 여러 사람과 식사 준비를 시작했소. 그러는 동안 향기로운 밤이 찾아와 우리는 드넓은 바다의 파도가 밀려오는 백사장에 누워 잠이 들었소. 그리고 아침 일찍 장밋빛 손가락의 '새벽의 여신'이 나타날 무렵에 일어나 바다로 나가 신들께 계속 기도를 올리고 부하 세 명을 데려갔소. 무슨 일에서든 내가 가장 믿고 맡기는 부하들입니다. 바로 그때 님프가 거대한 바다의 넓은 품속으로 들어가 네 마리의 바다표범 가죽을 갖다 주었소. 모두 금방 벗겨낸 것으로 그의 부친 프로테우스를 속이기 위한 것이었소. 다시 말해 그녀는 해변 모래를 파헤쳐 사람이 들어갈 만한 구덩이를 만들어 그 속에 들어앉아 우리를 기다렸던 것이오. 바로 그 님프 옆으로 우리가 가까이 다가가자 우리를 구덩이 속에 차례대로 눕히고 그 위에 바다표범 가죽을 덮어주었소. 그때의 기다림은 참으로 견디기 어려웠소. 그도 그럴 게 바닷속에서 서식하는 바다표범의 역겨운 악취가 우리를 괴롭혔기 때문이오. 바닷속 괴물 옆에 눕고 싶은 사람은 아무도 없을 테니까요. 그러나 님프가 친절하게도 그것을 막을 쉬운 방법을 가르쳐 주었소. 우리 코 밑에 향기를 갖다 대주었던 것이오. 그 향기 덕분에 우선 바다짐승의 역겨운 냄새가 사라

메넬라오스와 프로테우스
메넬라오스는 에이도테아가 일러준 대로 프로테우스를 꼼짝 못하게 결박한다.

져 우리는 참을성 있게 마음 졸여가며 아침 내내 기다렸던 것이오. 그 동안 바다표범들이 바닷속에서 한 덩어리로 얽혀 가며 꾸역꾸역 올라 와 해변에 즐비하게 들어누어 있었소. 한낮 무렵 바다에서 올라온 늙은 신이 훌륭하게 자란 바다표범들을 보더니 모두 검사하며 세었는데 먼저 우리를 바다짐승의 선두로 세기 시작했소. 짓궂은 음모가 있으 리라곤 전혀 생각하지 못해 다 세고 나서는 누워 잠이 들었소. 그때 우리는 요란하게 소리치며 몰려가 그에게 달려들어 그의 등을 팔뚝으로 내리쳤소. 바다 노인도 변신술을 절대로 잊지 않아 처음에는 훌륭한 갈기를 기른 사자로 변하더니 큰 뱀이 되었다가 표범이 되었다가 커 다란 멧돼지가 되었소. 흘러가는 물이나 높이 치솟은 나무도 되려고 했지만 우리는 전혀 굽히지 않고 참을성 있게 매달려 있었소. 결국 그의 마법도 지치자 늙은 신도 굴복했는데 그때 비로소 말을 붙이며 물어왔소. '아트레우스의 아들이여, 도대체 신들 중 어느 분이 그대를 도와 이 같은 공작을 꾸몄는가? 싫어하는 나를 잠복하면서까지 붙잡으라고 말이야.' 그 말을 듣고 나도 대답했소. '바다 노인이시여, 왜 붙들려 있는지 다 알면서도 그런 말씀으로 회피하려고 하십니까? 나는 이토록 오랫동안 이 섬에 머물렀는데도 아무 출구도 찾아내지 못했소. 신들께서는 모든 일을 아실 테니 제발 알려주십시오. '불사의 신'들 중 도대체 어느 분이 나를 이곳에 묶어두었고 물고기가 많이 다니는 바다를 내가 어떻게 건너갈 수 있는지.' 이렇게 말하자 바다 노인이 이내 대답했죠. '그대는 배에 오르기 전 제우스나 그 외 여러 신께 반드시 훌륭한 제물을 바치고 떠났어야 했소. 그랬다면 이 검푸른 바다를 벌써 건너 귀국했을 것이오. 그러나 다시 한번 이집트강을 지나 '불사의 신'들께 제물을 올리기 전에는 그대가 금의환향할 날은 오지 않을 것이오. 지성을 드려야 비로소 신들께서 그대가 원하는 항로를 허락하실 것이오.' 이 말을 듣는 순간 나는 기절할 뻔했소. 그분은 내게 그토록 험난한 이집트로 다시 가라고 했고 나는 순순히 받아들였소. '노인이시여, 말씀대로 하겠습니다만 솔직하게 일러주소서. 우리가 트로이아를 떠나면서 헤어진 모든 아카이아 병사들은 어찌 되었나요?' 그분은 서슴지 않고 대답했소. '아트레우스의 아들이여, 무엇 때문에 그런 일들을 자꾸 물어보는가? 그대가 내 생각을 알거나 배울 필요는 없을 것 같은데. 게다가 자세히 듣고 모든 사정을 알게 된다면 그대로서도 정말 오랫동안 눈물을 흘려야 할 것이오. 그들 중 많은 이가 목숨을 잃었으니까. 생존자들의 이야기를 들어봤자 그대에게 절대로 이로울 것이 없소. 그 소식을 들으면 한동안 눈물 없이 견딜 수 없기 때문이오. 하지만 그대가 듣고 싶어 하니 말하리다. 아이아스는 바다 한가운데 빠졌지만 포세이돈이 구해 기라이 근처 큰 바위에 옮겨놓았소. 그러나 그가 바다의 무서운 늪에서 빠져나왔다는 호언을 하는 바람에 포세이돈의 노여움을 샀소. 포세이돈은 삼지창으로 기라이 바위를 두 쪽으로 갈라 그 위에 앉아 있던 아이아스는 바닷물을 잔뜩 삼키고 세상을 떠났소. 그런데 그대의 형은 훌륭한 배를 타고 있는 동안 죽음의 운명을 겨우 면할 수 있었소. 헤라 여신이 아가멤논을 보호하셨던 것이오. 하지만 그도 말레아 준령에 거의 이르렀을 때 성난 파도가 그들을 덮쳐 아이기스토스가 사는 해변에 다다랐소. 여기서 다시 신들이 바람을 다스려 미풍을 보내 아가멤논은 고국 땅에 발을 딛는 기쁨을 누리게 되었소. 이때 교활한 아이기스토스의 파수꾼이 망루에서 그 모습의 아가멤논을 본 것이오. 그는 1년 동안 보초를 서가며 아가멤논을 죽일 기회를 호시탐탐 노렸소. 파수꾼의 전언을 들은 아이기스토스는 성에서 가장 힘센 병사 20명을 선발해 요처에 매복시키고 대규모 연회를 열어 아가멤논을 환영했소. 그리고 연회가 끝나자 술에 취한 아가멤논은 도살장에서 소가 도살당하듯 죽임을 당했고 그의 일행도 홀에서 참살당했소.' 이 말을 들은 나는 하늘이 무너지는 듯한 슬픔에 더 이상 살고 싶은 생각이 없었소. 내가 땅을 구르며 한없이 울자 바다의 노인이 이렇게 일렀소. '아트레우스의 아들이여, 이제 그 눈물을 거두시오. 운다고 무슨 소용이오? 어서 고국으로 돌아가는 게 좋지 않겠소? 아이기스토스가 아직 살아 있으니 말이오. 하지만 그대보다 오레스테스가 먼저 그를 벨지도 모르오. 그럼 그대는 그의 장례식을 보게 되겠지.' 그제야 분노가 수그러든 나는 다시 물었소. '이제 그들의 운명을 알았소. 그럼 세 번째 장군은 누구이고 어찌 되었습니까? 망망대해에서 아직도 표류 중인가요, 아니면 죽었나요?' 그분은 곧 대답했소. '그는 이타카에 사는 라에르테스의 아들로 님프 칼립소의 집에 감금당해 쓰라린 눈물을 흘리고 있소. 그는 배는커녕 바다 머나먼 길까지 와줄 벗도 없소. 그러나 제우스의 총아인 메넬라오스여, 그대는 말들이 자라는 목장의 나라 아르고스와 생사를 함께 할 운명을 타고나지 않았소? 그러나 '불사의 신'들은 그대를 금발의 라다만티스가 있는 대지의 끝 엘리시온으로 보내려고 하오. 그곳은 지상낙원으로 1년 내내 눈이 내리지 않고 신선한 미풍이 부는 곳이오. 그곳에서는 그대를 헬레네의 남편이자 제우스의 사위로 알 것이오.' 그리고 나서 나는 바닷속으로 뛰어들어 무거운 마음으로 동료들이 있는 함대로 갔소. 드디어 먼동이 트자 우리는 먼저 함대에 돛을 달고 사공들이 뱃전에 올라 노를 저어 검푸른 파도를 헤쳐나갔소. 그렇게 하늘이 마련해준 이집트강으로 다시 와 큼직한 제물을 올렸소. 이렇게 '영생의 신'들의 노여움을 달랜 후 그 이름이나마 영원히 사라지지 않도록 아가멤논의 묘를 쌓았소. 이렇게 모두 마치고 귀국길에 오르자 '불사의 신'들은 재빨리 고국으로 실어다 주었소. 자, 텔레마코스여, 단 며칠 동안이라도 좋으니 내 집에서 편안히 머무시오. 내 성심껏 말 세 필과 훌륭한 수레를 마련해 그대를 보내드리리다. 그리고 내 금잔을 내줄 테니 '불멸의 신'들께 술을 올리고 우리가 함께 지낸 날들을 길이 마음속에 새겨두길 바라오." 이에 총명한 텔레마코스가 대답했다. "아닙니다. 아트레우스의 아드님이시여, 저를 더 이상 붙잡지 마십시오. 당신 곁에서라면 1년 동안 머물면 어떻겠습니까? 당신 말씀을 듣고 있으면 집은커녕 부모님도 생각나지 않을 정도로 재미있습니다. 하지만 일행이 필로스에서 기다리고 있습니다. 그리고 이 선물과 말은 여기 두소서. 당신은 너른 광야의 영주이시니 연꽃이 수없이 피고 갈대와 밀보리가 흔

메넬라오스와 작별하는 텔레마코스
메넬라오스로부터 오디세우스 이야기를 듣고
메넬라오스 궁궐을 떠나는 텔레마코스.

하지 않습니까? 이타카에는 너른 들은커녕 목장조차 없습니다. 그곳은 고작 염소 유목지일 뿐 말이 달릴 길조차 마땅치 않습니다." 그러자 메넬라오스가 웃으며 그를 어루만지더니 큰 목소리로 말했다. "그대가 훌륭한 혈통의 자제분임은 행동 하나만 봐도 알겠소. 그대의 말하는 품이 참으로 마음에 드는구려. 그런 사정이라면 다른 선물로 바꾸겠소. 간단한 일이니. 무슨 물건이든 당신이 원하는 것이라면 우리 집에서 가장 값지고 귀한 것이라도 드릴 작정이오. 우선 정교한 금속 제품인 희석용 술동이가 있는데 잔 가장자리는 황금으로 장식된 은으로 된 것으로 헤파이스토스 신께서 손수 만드신 것이오. 그것을 선사한 분은 시돈인들의 왕 파이디모스이신데 때마침 내가 그곳에서 귀국하는 도중 그의 성에서 신세를 졌을 때의 일이오. 당신께 그것을 드리리다." 이렇게 말을 주고받으며 그들은 궁궐에 다다랐다.

한편, 오디세우스의 궁궐에 모여 있던 구혼자 무리는 여전히 원반과 창을 던지며 희희낙락했다. 그중 가장 뛰어난 안티누스와 에우리마코스가 앉아 있었다. 그 둘의 바로 옆으로 프로니오스의 아들 노에몬이 다가와 안티누스에게 물었다. "안티누스여, 도대체 어떤 궁리라도 짜고 있는 것이오? 텔레마코스가 모래언덕 섬 필로스에서 언제 돌아오는지 아시오? 그들이 내 배를 빌려 갔는데 배가 급히 필요해 물어보는 것이오. 너른 엘리스 땅에는 12마리의 암말과 아직 길들지 않은 거센 노새들이 있다는데 그중 한 놈을 데려와 길들이고 싶어 그렇소." 이에 놀란 안티누스는 곧 대답했다. "뭐라고? 바른대로 말해 보시오. 그가 언제 누구와 함께 떠났는지? 혹시 장정들을 데려갔소, 아니면 시종을 데려갔소? 자, 빠짐없이 말해 주시오. 그는 그대의 배를 허락도 없이 강제로 가져간 것이오, 아니면 그대가 대접하느라 흔쾌히 내준 것이오?" 이에 노에몬이 대답했다. "내가 기꺼이 배를 내준 것이오. 그들이 몹시 간청하는데 어찌 안 내주겠소? 차마 거절할 수 없었소. 그리고 이 고장에서 가장 우수한 젊은이들이 그를 따라갔소. 배 위에 대장이 있었는데 멘토르 같기도 하고 멘토르의 탈을 쓴 신 같기도 했소. 게다가 이상한 점은 이미 필로스로 출발한 멘토르가 어제 새벽 이곳에 있는 것을 보았다는 것이오." 노에몬이 말을 마치고 돌아가자 안티누스가 분노에 찬 목소리로 입을 열었다. "이런, 텔레마코스가 무례하게도 여정을 떠나다니! 그러면 안 된다고 그토록 만류했는데 우리를 무시하고 가버리다니! 게다가 남의 배를 빌려 가장 유능한 자들을 골라 갔다고? 제우스여, 그가 인간 구실을 하기 전에 그를 멸하소서! 자, 이제 나는 빠른 배 한 척과 20명의 선원을 뽑아 그의 귀로를 기다리며 파수를 보겠소. 내가 험준한 사모스 해협에 매복해 있다가 아버지를 찾아 헤매다가 돌아오는 그에게 처참한 최후를 안기리다." 안티누스의 말에 공감한 구혼자들은 모두 오디세우스의 궁궐로 향했다.

한편, 전령 메돈이 문 앞에 이르자 페넬로페가 말을 걸었다. "메돈아, 어찌 이곳에 왔는가? 저 구혼자들이 그대를 보냈는가, 아니면 신성한 오디세우스의 시녀에게 식사 준비를 시켰는가? 이제 그만 시끄럽게 굴고 오늘 이 식사가 마지막 연회가 된다면 얼마나 좋겠는가!" 그러자 분별력 있는 메돈이 말했다. "옳은 말씀입니다. 정말 그것만이 그들의 가장 큰 악덕이었더라면 얼마나 좋겠습니까? 그러나 구혼자들은 훨씬 더 크고 가증스럽고 흉측한 음모를 꾸미고 있습니다. 제발 제우스 신께서 그들의 사악한 계획이 실현되지 않도록 해주시길 기원합니다. 그들은 텔레마코스님이 고국으로 돌아오시면 암살하려는 음모를 꾸미고 있습니다. 그분께서 아버님 소식을 찾아 신성한 필로스와 거룩한 라케다이몬으로 떠나셨는데 말입니다." 이 말을 듣자 페넬로페는 심장이 멎은 듯 힘없이 주저앉았다. 한참 동안 두 눈에서는 눈물만 흐르고 아무 말도 못 하더니 얼마 후 그를 향해 겨우 대답했다. "전령이시여, 내 아들이 어찌 그런 데로 떠났단 말이오? 모험할 필요가 없었을 텐데. 선원들이 망망대해를 헤쳐 가는 그따위 배를 타고 가다니! 이제 자신의 이름마저 이 세상에서 잊히게 할 작정인가?" 전령 메돈이 말했다. "제 생각에는 어느 신께서 지시하셨거나 스스로 마음이 움직여 가신 것 같습니다. 왕자님은 왕께서 어떤 최후를 맞으셨는지 알아보기 위해 가신 것이죠." 그는 말을 마치고 오디세우스의 궁궐을 빠져나왔다. 그러나 페넬로페는 많은 사람의 시선에도 아랑곳하지 않고 바닥에 주저앉아 흐느꼈다. 시녀들도 덩달아 그녀를 에워싸고 소리내 울었다. 그녀는 슬픔에 겨워 하소연했다. "그대들이여, 내 말 좀 들어보게. 올림포스의 제우스께서는 세상의 여자 중 유독 나만

페넬로페
페넬로페는 텔레마코스가 오디세우스 소식을 알기 위해
위험한 출항을 했다는 사실을 알고는 근심한다.

미워하시는구나. 아카이아인 중에서도 가장 탁월했던 그분, 명성이 그리스부터 중앙 아르고스까지 떨친, 사자처럼 용맹하던 내 남편을 일찍 잃더니 이제 사랑하는 내 아들까지 빼앗는 소식조차 못 듣게 하는구나. 오, 무정한 여인들이여, 어찌 단 한 명도 내게 알려주지 않았단 말인가! 그대들은 검은 배가 떠나는 것을 알았을 텐데. 내가 그 사실을 알았다면 나를 죽이고 가라고 했겠지. 자, 누구든 가서 친정 아버님이 주신 늙은 시종 돌리오스를 불러오라. 라에르테스님께 자초지종을 고해야겠다. 혹시 그분께서 자기 자손을 멸하려는 자들에게 가 호통을 치실지도 모르니." 그러자 착한 유모 에우리클레이아가 말했다. "왕비님이시여, 제 목숨을 거두소서. 저는 그분께서 시키시는 대로 빵과 맛있는 술을 드렸습니다. 그러나 왕비님 스스로 그분이 떠나시는 것을 알기 전까지는 절대로 누설하지 말라고 제게 맹세시키셨습니다. 그러니 어서 목욕하시고 옷을 갈아입으시고 독수리의 군주이신 제우스의 따님 아테나께 축원하옵소서. 그래야만 여신께서 그분을 죽음으로부터 구해 주실 테니까요." 이렇게 그녀는 왕비를 위로해 울음을 그치게 했다. 왕비는 목욕하고 새 옷으로 갈아입고 바구니에 보리를 넣고 아테나 여신에게 기도를 올렸다. "방패를 주관하시는 제우스의 따님이시여, 아뢰옵니다! 오디세우스가 일찍이 소와 양의 살찐 다리를 여신께 올린 것을 기억하신다면 원하건대 제 자식을 구해 주옵소서. 사악한 철면피 구혼자들로부터 그를 보호해 주소서." 그녀가 기도를 올리며 흐느껴 울자 여신이 귀를 기울였다. 구혼자들은 어두운 홀에서 떠들어댔고 한 무례한 젊은이는 이런 소리까지 했다. "구혼자를 많이 가진 왕비께선 아드님의 사잣밥이 익어가는 줄도 모르고 결혼 준비에 바쁘신 모양이야." 그 말을 들은 안티누스가 한마디 던졌다. "그런 불손한 말들은 삼갑시다. 누가 엿듣고 집안에 일러바치지 않도록. 자, 일어나 비밀리에 우리 계획을 이룹시다. 모두 합의한 것 아니오?" 그렇게 말한 후 날렵하고 용맹한 20명의 용사를 뽑았다. 그는 용사들과 함께 해안으로 달려가 배를 바다에 띄우고 돛과 노를 달고 돛을 높이 올렸다. 그리고 거만을 떠는 시종들이 운반해온 무기를 배에 싣고 밤이 오길 기다렸다.

한편, 신중한 페넬로페는 장성한 아들의 목숨 생각에 식음을 전폐하고 있었다. 사냥꾼이 몰려와 교묘히 망을 쳐 사자를 가두면 '동물의 왕'인 사자도 꼼짝 못 하듯 그녀는 깊은 번민에 빠져 울다가 스르르 깊은 잠에 빠졌다. 그러자 빛나는 눈의 아테나 여신이 묘책을 생각해냈다. 여신은 페넬로페의 친동생인 이프티메, 즉 페라이에 사는 에우멜로스의 아내와 비슷한 형상을 만들어 그녀를 오디세우스의 집으로 보내 페넬로페를 위로한 것이다. 그녀는 빗장 가죽끈을 타고 침실로 들어가 페넬로페에게 말했다. "페넬로페 언니, 슬퍼하지 마세요. 태평성대의 여러 신들도 그대의 아들이 돌아오길 기다리고 그대의 근심을 덜어주려고 애쓰고 있습니다. 하물며 신들께서 그의 결백을 인정하시는데 무엇을 주저하겠어요?" 그러자 매우 달콤한 꿈속에서 헤매

페넬로페와 이프티메로 변신한 아테나 여신
아테나 여신은 페넬로페의 근심을 달래기 위해
이프티메로 변신해 페넬로페의 꿈속에 나타난다.

던 페넬로페가 꿈의 문을 열고 대답했다. "아우여, 어디서 오셨는가? 아마도 먼 곳에서 살아 이제야 서로 보는 거겠죠. 이런 상황에서도 정녕 슬퍼하지 않아도 된단 말이오? 나는 사자와 같은 남편을 잃었고 그것도 모자라 사랑하는 아들을 멀리 타국으로 보냈소. 그 아이를 생각하면 가슴이 찢어지오. 타국에서 무슨 변고를 당하지 않았나 떨리고 두렵다오. 게다가 저 간악한 구혼자들이 흉계를 꾸미며 그가 고국에 돌아오면 죽이려고 하니 말이오." 그러자 아테나가 보낸 그녀가 대답했다. "두려워하지 말고 용기를 내세요. 대단한 수호자가 함께 떠나셨으니 그렇게 가슴 조일 것까진 없겠죠. 누구든 곁에 함께 계셔 주길 빌고 싶은 아테나 여신입니다. 그런 분께서 보살펴 주시는데 걱정할 게 뭔가요? 게다가 그대가 슬퍼하는 것을 여신께서 가엾게 여기시고 지금도 나를 이곳으로 보내셨어요. 사태의 자초지종을 말해 주라고 말입니다." 사려 깊은 페넬로페가 말했다. "그대가 진정 신이고 신의 목소리를 들었다면 원하건대 저 불운한 사람의 소식을 알려주소서. 그가 살았는지 죽었는지." 그 말에 그림자와 같은 그녀가 대답했다. "오디세우스에 대해서는 자세히 말할 수 없습니다. 그가 살았는지 죽었는지. 바람과 같은 헛소문을 전하는 것은 좋지 않으니까요." 이렇게 말하더니 그녀는 빗장 사이로 돌풍을 타고 사라졌고 이윽고 페넬로페는 몹시 기뻐하며 잠에서 깼다. 그동안 구혼자들은 배 위에서 텔레마코스를 죽일 무서운 음모를 꾸미고 있었다. 바다 한가운데 이타카와 험악한 사모스의 중간에 놓인 아스테리스라는 조그만 섬이 있었다. 아카이아인들은 배를 이곳의 작은 만에 정박시키고 매복해 텔레마코스를 기다렸다.

『오디세이아』 4장 분석

메넬라오스의 아내는 스파르타에서 납치되어 트로이아 전쟁을 일으킨 헬레나와 같은 인물이다. 그녀는 트로이아 전쟁이 끝나갈 무렵 변신해 트로이아 성에 잠입한 오디세우스를 만났다. 그가 첩자임을 눈치챈 헬레나는 그의 비밀을 보호했다. 메넬라오스는 트로이아의 패배로 이어진 교활한 오디세우스의 전설적인 '트로이 목마' 계략을 회상한다. 텔레마코스는 이 이야기를 듣고 기뻐하지만 다음 날 오디세우스가 아직 살아 있다는 메넬라오스의 계시에 더 고무된다. 스파르타로 돌아갈 자신의 길을 알아두기 위해 이집트에 갇힌 메넬라오스는 포세이돈의 부하인 '바다의 장로' 프로테우스와 대적해야 했다. 프로테우스의 딸인 '바다의 님프'는 메넬라오스에게 아버지를 이기는 방법을 말한다. 메넬라오스는 집으로 돌아가는 길에 오디세우스가 오기기아 섬의 칼립소에 붙잡혀 있다는 것을 알게 된다.

수 세기 동안 일부 학자들은 어느 시인도 『일리아드』 세계와 『오디세이아』 세계를 제시할 수 없다고 주장했다. 『일리아드』에서는 『오디세이아』에서 등장한 것과 동일한 캐릭터 중 많은 부분이 젊음의 활력으로 가득 차 있으며 전쟁의 명예나 정욕의 스릴에 전념한다. 헬레나가 그 예다. 그녀는 여전히 『오디세이아』에서 꽤 눈에 띄지만 그녀를 위해 기꺼이 전쟁터에 나가고 싶어 하는 욕망으로 남성들을 몰아넣었던 『일리아드』의 헬레나와는 전혀 다른 중년 여인으로 등장한다. 그러나 『일리아드』에서의 그녀 묘사와 『오디세이아』에서의 묘사 사이의 불균형은 시간의 흐름(약 20년)을 나타낸다. 오디세우스의 놀라운 점은 세월이 흘렀음에도 그는 구혼자들의 모욕에 맞서 전성기 때처럼 다시 무기를 들 수 있다는 것이다.

05 Chapter

오디세우스와 칼립소

『오디세이아』 5장 요약

오디세우스는 귀향길에 포세이돈의 노여움을 사 난파당하고 홀홀단신으로 오기기아섬에 표류한다. 섬의 여신인 칼립소는 오디세우스를 유혹해 사랑의 포로로 삼는다. 오디세우스 문제를 해결하기 위해 신들은 올림포스에 다시 모인다. 포세이돈이 불참한 가운데 아테나는 다시 한번 오디세우스의 주장을 옹호한다. 제우스는 칼립소에서 이타카 왕을 석방하기 위해 아들 헤르메스를 즉시 오기기아섬으로 보내자는 데 동의한다. 제우스는 아테나에게 텔레마코스가 무사히 집으로 돌아와 구혼자들의 매복을 피하도록 도와달라고 한다. 칼립소는 제우스의 명령을 어기면 안 된다는 것을 알고 마지못해 헤르메스의 지시를 따르기로 한다. 그녀는 오디세우스에게 뗏목과 보급품을 제공하지만 호위하진 않는다. 에티오피아 방문을 마치고 돌아온 포세이돈은 바다에서 오디세우스를 발견하고 삼지창을 들어 올리고 그를 익사시킬 뻔한 폭풍을 보낸다. 아테나와 바다 님프의 도움으로 오디세우스는 페니키아인들의 고향인 셰리아섬 해안으로 향한다.

―――――

'새벽의 여신' 에오스가 인간 남편인 티토노스의 침대에서 일어나 아침을 열 준비를 한다. 에오스의 연인이자 남편인 티토노스는 트로이아 왕 라오메돈의 아들이자 프리아모스의 형제. 에오스는 이 미소년을 사랑해 아이티오페스로 데려가 에마티온과 멤논을 낳는다. 에오스는 제우스에게 요청해 티토노스를 불사의 몸으로 만들지만 불로(늙지 않는 것)의 몸으로 만들어주는 것을 깜빡 잊는다. 티토노스는 완전히 쭈글쭈글한 노인이 되어버린다. 티토노스의 꼴을 더 이상 보기 싫었던 여신은 그를 궁궐 구석방에 가두고 청동 문을 잠가버렸다. 티토노스는 점점 쪼그라들더니 어린아이처럼 작아져 다시 요람에 눕는 신세가 되었다. 방 안에서 계속 울음소리가 들려 에오스가 문을 열어 보니 티토노스는 온 데 간 데 없고 매미 한 마리가 벽에 붙어 '에오스! 에오스!' 하며 울고 있었다. 제우스가 그를 가엾게 여겨 매미로 바꾼 것이다. 텔레마코스가 애타게 찾던 이타카 왕 오디세우스는 트로이아 전쟁을 승리로 이끌고 부하들과 함께 배를 타고 고향 이타카로 향한다. 귀향 도중 굶주림에 지친 부하들이 오디세우스의 명령을 따르지 않고 헬리오스의 신성한 소를 잡아먹어 신들의 노여움을 산다. 제우스는

에오스 여신과 티토노스
영원히 살 생명을 받았으나
영원한 젊음을 얻지 못한 티토노스가 늙어 가는 장면이다.

오디세우스의 배를 난파시키고 그의 모든 부하의 목숨을 빼앗는다. 혼자 살아남은 오디세우스는 배 잔해에 매달려 바다 위를 떠돌다가 칼립소가 사는 전설의 섬 오기기아섬에 표류하게 된다. '새벽의 여신' 에오스가 날을 밝히자 오기기아섬에서 표류 중이던 오디세우스는 겨우 정신을 차리고 눈을 뜬다. 정신을 차린 것은 향기로운 내음 때문이었다. 오디세우스는 눈을 뜨자 자신을 뚫어지게 바라보는 여신과 눈길이 마주쳤다. 오디세우스는 깜짝 놀라 자리에서 벌떡 일어났다. 오디세우스가 일어난 곳은 환상적인 동굴로 오색 창연한 꽃들이 만발하고 따뜻한 해풍이 불어오는 아늑한 낙원이었다. "이방인이여, 죽음의 광풍을 뚫고 이곳까지 온 그대는 영웅이 분명하군요. 여기서는 안심해도 됩니다. 당신은 신이 제게 보낸 인간이니까요." 머리를 곱게 땋은 칼립소는 미소로 오디세우스를 안심시켰다. 그녀는 티탄족 아틀라스의 딸로 매우 아름답지만 무시무시한 여신이었다. 그래서 신이든 필멸의 인간이든 아무도 그녀와 관계를 맺지 않았다. 오디세우스는 자리에서 일어나 자신을 보살펴준 칼립소에게 고마움을 표했다. "여신이 아니었다면 저는 이미 죽은 목숨인데 이렇게 돌봐주셔서 어떻게 고마움을 표해야 할지 모르겠습니다. 여신께서 원하시는 것이 있다면 어떤 부탁이라도 힘닿는 데까지 의무로 생각할 겁니다." 오디세우스의 말을 들은 칼립소는 반짝이는 눈으로 기쁨의 시선을 보내며 말했다. "호호! 우선 시장하실 테니 우리만의 작은 연회를 즐겨요." 칼립소는 오디세우스를 자신의 화롯가로 안내했고 섬에 가득한 도금 향은 오디세우스의 가슴을 뛰게 했다. 칼립소는 속살이 훤히 드러난 투명한 얇은 베일을 걸치고 화려한 꽃에 둘러싸인 채 섬의 님프들을 대동했다. 오디세우스를 위한 작은 연회였지만 흥을 돋우기 위해 님프들은 연회석 주위에서 아름다운 춤을 추었다. 칼립소는 연회를 매우 능수능란하게 이끌어나갔다. 오디세우스는 모처럼 찾아온 향락에 정신이 팔려 고향 생각도 점점 잊혀 갔다. 그렇게 그날 하루는 오기기아섬의 향연에 빠져들었다. 문제는 그날 밤이었다. 그동안의 피로를 씻은 오디세우스는 님프들에 의해 목욕을 마치고 잠자리에 들었다. 그는 안락한 침구가 펼쳐진 양모에 몸을 누이고 깊은 잠에 빠졌다. 잠결에서도 그를 깨운 것은 향기로운 내음이었다. 오디세우스가 겨우 눈을 뜨자 그의 곁에 아름다운 칼립소가 누워 있었다. 그것도 오디세우스를 포옹한 채 숨을 죽이고 있었다. 깜짝 놀라 일어나 앉은 그의 눈앞에 관능적이고 숨막히는 여신의 나신이 들어왔다. 그녀의 가슴은 풍만했고 조각을 다듬은 듯한 미려한 허리와 산을 이루는 골반의 굴곡은 제우스도 반할 몸매였다. 오디세우스는 못 볼 것을 본 듯 눈을 감았다. 그가 눈을 감자 이내 그녀의 반응이 전해져 왔다. "왜 눈을 감으세요? 당신을 위해 나는 전라의 몸이 되었어요. 이것은 영웅을 위한 내 사랑의 표시이고 당신과 한 몸이 되고자 해요." 오디세우스는 그녀의 말에 갑자기 고국 이타카의 페넬로페가 떠올랐다. 그는 칼립소를 뿌리치고 자리에서 일어나 침대에서 벗어났다. 놀란 것은 칼립소였다. 그녀는 베일로 몸을 가리고 일어나 오디세우스에게 말했다. "당신은 낮에 한

오디세우스와 칼립소
칼립소는 오디세우스를 유혹해 사랑의 포로로 만든다.

말이 기억나지 않나요? 내가 원하는 것이 있다면 무엇이든 의무로 생각한다는 약속을 잊었나요? 나는 지금 당신에게 부탁을 드리고 있어요. 당신과 결혼해 이 섬에서도 아이 울음소리를 듣고 싶어요." 오디세우스는 당황해 말했다. "당신은 여신이고 저는 인간입니다. 인간인제가 어떻게 감히 신의 신분인 당신을 범할 수 있단 말입니까?" 그러자 칼립소는 고혹적인 가슴을 드러내며 말했다. "오디세우스여, 트로이아 전쟁이 어떻게 일어났나요? '바다의 여신' 테티스가 인간인 펠리우스와 결혼했기 때문이에요. 여신과 인간의 성대한 결혼식에 '불화의 여신' 에리스를 초대하지 않아 그녀의 불화인 황금사과 때문에 트로이아 전쟁이 일어난 거죠. 또한 새벽을 밝히는 여신 에오스와 인간인 티토노스의 결혼도 잊지 않았겠죠? 그리고 '미와 사랑의 여신' 아프로디테는 아름다운 청년 아도니스를 사랑했죠. 그리고 그녀는 당신과 대적했던 아이네이아스의 어머니로 트로이아 왕자 안키세스 사이에서 태어났어요. 그러니 여신과 인간의 사랑은 얼마든지 가능해요. 당신이 나를 거절한다면 여신인 내 신분을 파계해서라도 인간으로 살고싶어요." 말을 마친 칼립소는 오디세우스를 뒤에서 안았다. 그녀의 기습 포옹에 오디세우스는 더 이상 외면할 수 없었다. 그녀를 떼어놓자니 자신의 약속을 어길 뿐만 아니라 인간으로까지 파계하겠다는 그녀의 결심이 두려웠다. 둘은 이내 아무 조건도 없이 입술을 포갰다. 둘의 입맞춤은 사랑의 서막이었다. 오디세우스는 환각에 취한 듯 칼립소의 목덜미를 애무했고 쇄골을 지나 풍만한 가슴으로 향했다. 오디세우스의 눈앞에 다시 드러난 칼립소의 몸은 너무나 환상적이었다. 여신의 나신을 처음 보았을 때는 정신이 혼미해 자세히 못 보았지만 지금 접촉하며 느끼는 그녀의 몸은 투명에 가까울 만큼 매끄럽고 신비로웠다. 둘은 곧 침대로 향했고 광풍과 같은 행위가 펼쳐졌다. 그렇게 시간이 흐를수록 오디세우스는 칼립소에게 빠져들었다. 아무도 찾지 않는 칼립소의 섬에 오디세우스는 최초의 방문자였다. 두 번 다시 못 올 기회를 붙잡기 위해 오디세우스를 향한 그녀의 집념은 대단했다. 그 집착으로 오디세우스는 7년 동안 오기기아섬에서 표류하며 약 2,500번의 성관계를 가졌다고 한다. 칼립소는 하루도 거르지 않고 매일 밤 오디세우스를 원했고 그로부터 자식을 얻고자 했다. 하루의 시작은 어김없이 에오스가 장밋빛 손가락의 새벽빛으로 신들과 인간들에게 비추는 것이었다. 그러자 올림포스의 신들은 집회를 가졌다. 신들 중에는 천둥을 울리는 제우스도 앉아 있었다. 칼립소에게 억류된 오디세우스를 염려하며 아테나가 먼저 입을 열었다. "오, 제우스 아버지시여, 그리고 영원히 존재하시는 축복받은 신들이시여, 앞으로는 어느 왕을 불문하고 그들을 인자하거나 점잖게 만들려고 하지 마옵소서. 저 훌륭한 왕 오디세우스를 생각해 보소서. 그들의 군주로서 자애로운 아버지처럼 나라를 다스렸건만 지금 와 그를 생각하는 이는 아무도 없습니다. 그런데 지금 그 본인은 어느 섬에서 지독한 고난을 슬퍼하고 있어요. 님프 칼립소의 포로로 붙잡혀 있습니다. 그는 섬에서 탈출할 배 한 척도, 귀국을 도와줄 친구 한 명도 없습니다. 설상가상 지금은 부친의 소식을 알아보기 위해 신성한 필로스와 거룩한 라케다이 몬으로 떠난 사랑하는 그의 아들 텔레마코스가 고향으로 돌아오는 길에 구혼자들이 암살을 노리고 있습니다." 아테나 여신의 호소와 같은 말에 구름을 다스리는 제우스가 대답했다. "애야, 그게 무슨 소리냐? 네가 이 계략을 꾸민 장본인 아니냐? 오디세우스가 집으로 돌아가 일대 복수극을 펴도록 말이다. 그리고 텔레마코스의 경우도 네 재주와 능력으로 무사히 귀향시키면 되지 않느냐? 구혼자들이 아무 성과도 없이 되돌아가게 말이다." 이렇게 대답하더니 사랑하는 아들 헤르메스를 향해 말했다. "헤르메스야, 네가 그 문제의 님프 칼립소를 찾아내 오디세우스를 귀환시키려는 우리 신들의 뜻을 분명히 전해주어야겠다. 다만 신이나 인간들의 도움 없이 오디세우스 혼자 힘으로 돌아가도록 말이다. 그는 많은 나무로 엮은 뗏목을 타고 온갖 고난을 겪고 20일 만에 비옥한 스케리아 땅에 다다를 것이다. 그곳에는 신들의 친족 파이아케스족이 사는데 그들은 오디세우스를 신처럼 환대한 후 배에 태워 고국으로 보내줄 것이다. 그것도 트로이아에서 얻은 전리품보다 더 많은 청동, 금, 의복 등을 가득 실은 채. 그는 고국 땅에 돌아갈 운명이니라." 이렇게 말하자 거인 아르고스를 죽인 '전령의 신' 헤르메스는 그 길로 바람처럼 재빨리 날아갔다. 그는 피에리아산맥을 넘어 하늘 높이 날다가 수면 위로 곧장 미끄러져 갔다. 적막한 바다 깊은 곳에서 물고기를 잡으려고 날개깃을 물보라에 적시는 갈매기처럼 헤르메스는 끝없이 일렁이는 파도를 타고 날아갔다.

칼립소 앞에 나타난 헤르메스
헤르메스는 제우스의 명령을 받고 칼립소 앞에 나타나
오디세우스를 놓아줄 것을 요구한다.

이윽고 멀리 보이는 오기기아섬에 이르자 헤르메스는 푸른 바다 위에서 육지로 오르더니 님프가 사는 커다란 동굴까지 걸어갔다. 때마침 동굴 안에는 아름다운 자태의 칼립소 님프가 있었다. 벽난로에서는 커다란 불길이 한참 타올라 삼나무와 향나무 장작이 타는 향기가 온 섬에 가득했다. 그 안에서는 칼립소가 아름다운 목소리로 노래하며 베를 짜고 있었다. 헤르메스는 황홀한 마음으로 사방을 둘러보더니 동굴 안으로 들어갔다. 칼립소는 한눈에 그의 정체를 알아보았다. 오랜만에 만났지만 신들끼리는 전혀 낯설지 않았기 때문이다. 그러나 주변 어디서도 오디세우스의 모습은 보이지 않았다. 그는 해변에 앉아 슬픔으로 가슴 졸이며 망망대해 너머 고국을 그리워하고 있었다. 칼립소는 눈부시게 화려한 의자에 헤르메스를 앉히며 그가 찾아온 이유를 물었다. "황금 지팡이를 가지신 헤르메스님께서 무슨 일로 행차하셨습니까? 내게는 거룩하고 귀중한 분이시지만 지금까지 한 번도 오지 않으셨는데 여기 오신 뜻을 어서 말씀해 주십시오. 제가 할 수 있고 해야 할 일이라면 기꺼이 따르겠습니다. 다만 그 전에 먼저 저를 따라오십시오. 헤르메스님께 환영의 뜻을 표하게 해주십시오." 칼립소는 말을 마치자마자 신성한 음식과 신들이 마시는 넥타르를 준비하였다. 헤르메스는 칼립소의 성찬을 마다하지 않고 흔쾌히 먹고 마신 다음 천천히 입을 열었다. "그대는 '불사의 여신'으로서 내가 찾아온 이유를 물으시는군. 좋아요. 사실대로 말씀드리겠습니다. 나는 위대하신 주신 제우스의 명령으로 왔습니다. 그렇지 않다면 이처럼 머나면 바다를 일부러 건너올 리 없었겠죠. 게다가 이곳은 신들에게 황소를 제물로 바칠 인간들이 사는 곳도 아니잖습니까? 그러나 천상의 제왕 제우스께서 전령인 나를 이곳에 보내 다른 누구보다 더없이 불운만 따라다니는 저 불쌍한 사나이를 그대 곁에서 놓아주라고 명령하셨습니다. 그들은 프리아모스 성을 두고 9년 동안이나 전쟁해 10년 만에 성을 함락시키고 귀국길에 올랐지만 돌아가는 길에 아테나 여신께 죄를 지었죠. 그 때문에 강풍을 만나 거대한 파도에 부딪혔습니다. 이때 공적이 많은 용사 대부분이 죽었지만 오디세우스만은 바람과 파도가 이 섬으로 데려다 주었죠. 제우스께서는 오디세우스를 빨리 이 섬에서 돌려보내라고 그대에게 분부하셨소. 그에게 주어진 운명은 외지에서의 객사가 아니라 자신의 고국에서 동포를 만나는 거라고 합니다." 헤르메스의 말에 칼립소는 몸을 부르르 떨며 위엄 있게 말했다. "참으로 무정하신 분들이군요. 그대 올림포스 신들께서는 질투할 상대조차 못 되는데 유별나게 질투하시고 사랑하는 사나이를 남편으로 맞아 동침하는 여신마저 시기하시다니! 장밋빛 손가락의 '새벽의 여신'이 사냥꾼 오리온을 데리고 계실 때도 안락하게 지내시는 신들께서는 줄곧 시기만 하고 결국 아르테미스의 화살에 죽게 만들었죠. 그뿐만 아니라 '대지의 여신' 데메테르가 이아시온과 사랑에 빠져 경작지 위에서 세 번이나 관계를 맺자 제우스께서는 번쩍이는 번갯불을 날려 이아시온을 죽이셨는데 그것도 모자라 내가 인간과 함께 지내는 것을 또다시 시기하시는군요. 나는 제우스께서 천둥 번개를 던져 그의 배를 바다 한가운데 난파시켰을 때 그를 구해주었습니다. 그는 동료를 모두 잃고 표류하다가 여기까지 떠밀려 왔죠. 그런 그를 나는 사랑하고 보살펴 주었을 뿐만 아니라 평생 죽지도 늙지도 않는 사람으로 만들어 주겠다는 약속까지 했습니다. 그런데 제우스께서 그를 귀환시키라는 명령을 내리셨다고요? 아, 그렇다면 할 수 없죠. 제우스의 명령을 피할 수는 없으니까요. 하지만 서둘러 그를 망망대해로 내팽개칠 수는 없습니다. 내게는 노를 저을 배는커녕 길동무해줄 사람도 없으니까요. 그러니 조금만 시간을 주시면 그에게 솔직히 말한 다음 무사히 귀국할 수 있도록 하겠습니다." 칼립소의 말에 아르고스를 죽인 신 헤르메스는 말했다. "그럼 제우스의 노여움을 명심해서라도 그대가 말한 대로 그를 즉시 보내시오." 헤르메스가 떠나자마자 칼립소는 오디세우스를 찾았다. 오디세우스는 고국으로 돌아가길 갈망하며 망부석처럼 해변에 앉아 있었다. 그의 마음은 이미 칼립소에게서 떠나 있었다. 칼립소는 그 옆에 다가가 말했다. "불행한 분이군요. 제발 그만 울고 그만 슬퍼하세요. 이 섬에서 더 이상 당신의 소중한 인생을 낭비하지 않아도 됩니다. 이제 곧 당신이 돌아가도록 내가 정성껏 도와줄 테니까요. 그러니 빨리 시작해요. 자, 큰 나무를 배 재료로 잘라 눕혀 청동 도끼로 큰 뗏목을 만드세요. 그동안 나는 음식과 물, 술과 의복을 준비하겠습니다. 이것이 나보다 뛰어나신 신들의 뜻이라면." 이렇게 말하자 참을성 있고 존엄한 오디세우스도 부르르 몸을 떨더니 칼립소를 향해 위엄 있게 말했다. "그대여, 당신이 뭔가 다른 뜻을 품

오디세우스와 칼립소
고향 이타카를 그리워하는 오디세우스를 바라보는 칼립소.

으신 게 분명하오. 돌려보낸다는 말과 전혀 다른 또 하나의 방법을 말입니다. 뗏목을 타고 저렇게 험난한 파도를 헤쳐 건너가라뇨? 저 바닷길은 장비를 모두 갖춘 빠른 배도, 아니 그 배가 제우스의 미풍을 받으면서 가도 도저히 건널 수 없는 길입니다. 오, 여신이시여, 황송하오나 나를 괴롭힐 계책이 아니라는 확신을 주시지 않는다면 내 그대의 뜻을 거역할지언정 뗏목은 절대로 만들지 않겠습니다." 그의 말에 칼립소는 미소를 지으며 그를 어루만졌다. "당신은 참으로 신중하시군요. 당신 생각이 정 그렇다면 아래로는 땅, 위로는 하늘, 그리고 영광의 신들을 증인 삼아 맹세하겠습니다. 내 진정으로 그대를 괴롭힐 아무 계략도 품지 않았음을. 내 마음속은 따뜻한 피가 흐르는 그대를 하염없이 동정하고 있습니다." 그들은 이별을 앞둔 연인처럼 한 몸이 되어 사랑을 나누었다. 그리고 칼립소가 앞장서자 오디세우스는 급히 그 뒤를 따라갔다. 마침내 널찍한 동굴에 이르자 오디세우스는 헤르메스가 앉았던 의자에 앉았다. 이어서 하녀들이 고기를 비롯해 먹고 마실 것을 내왔다. 그들은 한참 동안 마음껏 먹고 마셨다. 마침내 칼립소가 입을 열었다. "제우스의 후예이자 라에르테스의 지혜로운 아드님이신 오디세우스여, 정녕 나를 버리고 고국으로 떠날 생각이신가요? 좋습니다. 어쨌든 기분 좋게 떠나세요. 하지만 당신이 고국 땅에 도착하기까지 얼마나 많은 고난을 겪을지 조금이라도 짐작한다면 여기서 이대로 나와 함께 머물려고 할 텐데! 이 집에서 불사의 몸이 되어 나와 함께 오래도록 살려고 하련만! 그대 부인을 만나고 싶어 애태우며 언제까지 그분을 그리워하더라도 말입니다. 분명히 자신 있게 말하지만 그분보다 내가 못하진 않을 거예요. 미모나 몸매까지도. 결국 죽을 인간이 미모나 우아함으로 우리 님프와 겨룬다는 것은 어쨌든 합당한 일이라고 할 수는 없으니까요." 그 말에 지혜로운 오디세우스가 대답했다. "여신님, 제발 그런 일로 내게 노여움을 갖지 마십시오. 정숙한 페넬로페가 자태나 몸매는 당신보다 훨씬 못하다는 것을 나도 잘 압니다. 그녀는 죽을 인간의 몸이지만 당신은 늙지도 죽지도 않는 신 아니십니까? 그럼에도 나는 늘 집으로 돌아간다는 것과 귀향할 행복한 날만 바라는 처지입니다. 신들 중 어느 분께서 내가 탄 배를 또다시 부수더라도 고난을 견딜 굳은 결심으로 참겠습니다. 지금까지 풍파 속에서도 전쟁터에서도 수많은 고난을 헤쳐 왔으니까요." 그러는 동안 해가 저물고 어둠이 찾아왔다. 둘은 동굴 안으로 들어가 껴안고 격정적인 사랑의 밤을 보냈다. 오디세우스는 아내 페넬로페를 여전히 사랑했지만 칼립소와 침대를 함께 써야 했다. 그것은 7년 동안 하루도 거르지 않고 맺은 성관계가 몸에 밴 탓도 있지만 그녀가 자신을 놓아주기로 동의할 때만 떠날 수 있었기 때문이다.

아침이 되자 오디세우스는 외투와 튜닉을 차려입었고 칼립소는 찬란히 빛나는 은빛 겉옷을 입고 황금 허리띠를 두른 다음 머리에는 베일을 썼다. 그리고 손잡이가 올리브 나무인 청동 양날 도끼를 그에게 준 다음 섬 끝 해변으로 안내했다. 그곳에는 물 위에 잘 떠 뗏목 재료로 적합한 나무들이 자라고 있었다. 오리나무, 미루나무, 소나무가 하늘에 닿을 듯 쭉쭉 뻗어 있었다. 그녀는 그곳으로 안내하자마자 동굴로 돌아갔다. 그곳에 혼자 남은 오디세우스가 나무들을 자르기 시작하자 매우 빨리 진행되었다. 20그루를 잘라놓고 청동 도끼로 가지를 치고 능숙하게 깎아 먹줄로 똑바로 균형을 잡았다. 그리고 칼립소가 가져다준 송곳으로 나무에 구멍을 뚫고 서로 맞물린 다음 나무못을 박아 고정시켰다. 목공예에 능숙한 목수처럼 오디세우스는 널찍한 뗏목을 훌륭히 만들어냈다. 그동안 칼립소가 돛으로 사용할 커다란 천 조각을 가져와 오디세우스는 돛도 훌륭히 만들어냈다. 모든 것이 준비되자 굴림대를 이용해 뗏목을 빛나는 바다로 끌어내렸다. 모든 작업은 나흘 만에 끝났다. 닷새째 되던 날, 칼립소는 오디세우스를 손수 목욕시키고 마지막이 될지도 모를 사랑을 나누었다. 서로 이별을 앞둔 상황이어서 여느 때보다 상대방에게 집착했다. 누가 먼저랄 것도 없이 포옹하며 거칠어지는 순간에도 칼립소는 오디세우스에게 말했다. "우리의 사랑은 이번이 마지막이 될 거예요. 그러나 우리는 평생 서로 기억할 거예요. 나는 이미 당신과 결혼한 몸이에요. 그대를 떠나보내지만 지금 내 몸 안에는 당신의 아이가 자라고 있으니 이제 이 섬에서도 어린아이의 울음소리가 들리겠죠." 칼립소의 말대로 그녀는 오디세우스의 아들 라티노스를 임신 중이었다. 그녀는 여신이었지만 모성의 본능으로 자신의 아이만을 위해 살기로 결심했다. 둘은 한바탕 격정적인 사랑을 나눈 후 칼립소는 오디세우스에게 화려하고 향기로운

칼립소 동굴의 오디세우스
칼립소와 오디세우스가 사랑을 나누는 장면이다.

옷을 입혀 미련 없이 떠나보냈다. 진한 포도주, 물, 음식이 든 부대를 가득 실어주는 것도 잊지 않았다. 오디세우스는 기쁨에 젖어 매우 능수능란하고 침착하게 키를 다루며 거친 바다로 나아갔다. 그는 플레이아데스 성단과 늦게까지 하늘에 뜬 큰곰자리를 보느라 꼬박 밤을 지새웠다. 오리온을 감시하는 큰곰자리는 바다에 잠기지 않아 칼립소가 늘 이 별을 왼쪽에 두고 항해하라고 당부했기 때문이다. 오디세우스는 무려 17일 동안 항해했고 드디어 18일째 되던 날, 파이아키아산들이 안개 자욱한 바닷속 하나의 곶처럼 그의 앞에 어슴푸레 나타났다. 그러나 에티오피아에서 돌아오던 '지진의 신' 포세이돈이 그 모습을 지켜보고 있었다. 바다 위를 달려가는 오디세우스의 뗏목을 발견한 포세이돈은 분노가 치밀어 머리를 흔들며 혼자 중얼거렸다. "아니, 이게 무슨 일이람! 신들이 오디세우스에 대한 자신들의 결정을 번복한 것이 틀림없구나. 내가 에티오피아에 가 있는 동안 말이야. 게다가 벌써 파이아키아에 다가서고 있다니. 이곳은 그가 고난의 큰 올가미에서 벗어나기로 정해져 있는 곳인데. 벌써 여기서 끝나면 안 되지." 이렇게 말하고는 두 손에 삼지창을 집어 들고 구름을 모으며 바다를 마구 휘저었다. 그리고 모든 방향의 바람과 대양을 함께 덮어버리자 천상에서 밤이 생겨 동풍과 남풍이 무시무시하게 불어대는 서풍과 높은 하늘에서 생긴 북풍을 동반해 함께 몰아치자 거대한 파도가 일었다. 그때 용감한 오디세우스도 두 다리에 맥이 풀려 후들거리고 소중한 심장도 터질 것만 같았다. 그는 절망에 빠져 마음속으로 되새겼다.

"아, 참으로 딱하구나. 바로 눈앞에 육지를 두고도 가지 못하다니! 과연 칼립소의 말대로 고국으로 돌아가기 전에 바다에서 고난을 겪는 모양이다. 제우스께서는 어찌 구름을 몰아 하늘을 덮고 온갖 광풍을 날리신단 말인가. 오, 이제 신들이 나를 버리셨구나. 트로이아의 너른 땅에서 쓰러져간 그리스 병사들이야말로 나보다 세 배나 행복한 사람들 아닌가. 아니, 네 배나 더 영광스러운 사람들이지. 트로이아 대군이 펠레우스 아들의 시신을 빼앗으려고 내게 청동 창을 던졌을 때 죽었더라면 차라리 좋았을 걸! 그랬다면 크고 장엄한 장례식이 치러지고 아카이아인들은 내 이름을 드높이 칭송했겠지. 그러나 지금 나는 하찮게 객사할 운명인가 보구나." 그의 하소연과 같은 넋두리에도 아랑곳하지 않고 거친 파도는 뗏목을 집어삼킬 듯 계속 휘몰아쳤다. 마침내 그는 뗏목에서 떠밀려 그토록 세게 쥐고 있던 키를 놓쳐버렸다. 동시에 돛대가 부러지더니 눈 깜짝할 사이에 바닷속으로 가라앉았다. 물속으로 한없이 휘말려 들어가던 그는 거센 물결을 거슬러 물 위로 떠오를 수가 없었다. 칼립소가 입혀 준 옷들이 젖어 무거웠기 때문이다. 그럼에도 그는 안간힘을 다해 겨우 물 위로 떠올랐다. 그는 바닷물을 토해 내며 숨을 고르다가 겨우 뗏목을 찾아내 올라앉아 죽음의 운명을 피하려고 했다. 하지만 집채만한 파도가 여전히 뗏목을 사정없이 몰아쳐 절체절명의 위기로 몰아넣었다. 그때 발목이 예쁜, 카드모스의 딸 이노가 그 광경을 목격했다. 그녀는 일찍이 인간의 목소리를 가진 레우코테아였지만 지금은 신들의 존경을 받는 님프가 되어 바닷속에서 살고 있었다. 이노는 오디세우스가 허둥지둥 떠돌아다니는 것을 가엾게 여겨 갈매기로 변신해 바다 위를 날아 오디세우스를 향해 말했다. "불운한 분이시여, 대지를 뒤흔드는 포세이돈님의 노여움을 사 고난을 겪고 있습니까? 그러나 포세이돈님은 그대를 절대로 죽음으로 몰아넣진 못할 겁니다. 자, 지혜가 부족한 이여, 내 말을 들으시오. 그 옷들을 벗고 뗏목을 놓고 헤엄쳐 파이아키아 기슭으로 올라가도록 애써보시오. 그 방법만이 당신이 살 길이오. 이 스카프를 그대에게 주리다. 이것은 불사의 것으로 그대 목에 감으면 어떤 참화나 죽음도 두렵지 않을 것이오. 그리고 육지에 오르자마자 이 스카프를 검푸른 바다로 던지시오." 님프 이노가 그에게 스카프를 주고 깊은 바닷속으로 들어가자 또다시 파도가 몰아쳤다. 의지가 강한 오디세우스는 곰곰이 생각하며 혼잣말로 중얼거렸다. "오, 내 처량한 신세여! 뗏목을 버리라니 또 어느 신께서 내게 새로운 올가미를 씌우려는 건가? 이제 절대로 듣지 않으리라. 이 뗏목만이 거친 바다에서 나를 지켜줄 것이다. 하지만 파도가 뗏목을 산산조각낸다면 그때는 헤엄치자. 이보다 더 좋은 방법은 생각할 수 없으니." 오디세우스가 그런 생각을 할 때 대지를 뒤흔드는 포세이돈이 또다시 뗏목을 집어삼킬 파도를 불러일으켰다. 이어서 파도에 강타당한 뗏목은 오디세우스의 기대에도 불구하고 산산조각나 흩어지고 말았다. 그제야 오디세우스는 통나무 하나를 부여안고 말을 탄 듯 걸터 앉았다. 그리고 칼립소가 준 옷을 벗고 이노가 준 스카프를 목에 감고 바다에 뛰어들어 헤엄치기 시작했다. 그 모습을

오디세우스 앞에 나타난 이노
포세이돈의 저주로부터 구해주는 바다의 님프 이노

본 포세이돈이 머리를 흔들며 혼잣말로 중얼거렸다. "고생 좀 실컷 하고 인간 세상으로 귀환하라. 그래야 너 스스로 고난을 가볍게 여기지 않겠지." 포세이돈은 일렁이는 파도 속에서 흰 물거품 같은 준마를 채찍질하며 그의 유명한 거처인 아이가이로 돌아갔다.

한편, 아테나 여신은 또 다른 계획을 세웠다. 모든 바람을 묶고 북풍인 보레아스만 불게 해 오디세우스가 파이아키아 대지로 찾아가도록 했다. 이렇게 이틀 밤낮을 거센 파도와 싸운 오디세우스는 거의 초죽음 상태였다. 하지만 사흘째 되던 날, 머리카락이 아름다운 '새벽의 여신' 에오스가 광명을 가져오자 바람이 멈추고 바다도 잠잠해졌다. 통나무 하나에 의지한 오디세우스가 고개를 들자 바로 눈앞에 육지가 보였다. 마치 병상에 누운 아버지가 신들의 도움으로 되살아나는 것을 지켜보는 자식들 마음과 같았다. 오디세우스는 육지를 보고 사력을 다해 헤엄쳤다. 기슭에 거의 다다랐을 때 요란한 소리가 들려왔다. 거센 파도가 바위에 부딪히는 소리였다. 그곳에는 온통 바위와 암초로 이루어진 절벽이 펼쳐져 있었다. 오디세우스는 기진맥진해 스스로 한탄했다. "오, 이 무슨 기구한 운명인가! 사력을 다해 헤엄쳐 왔건만 사방이 층암절벽이구나. 이곳의 거센 파도에 휩쓸리면 내 몸은 날카로운 바위에 부딪혀 결딴나겠구나. 아, '지진의 신' 포세이돈이 얼마나 노여워한다는 말인가!" 그가 그런 생각을 하는 동안 거친 물결은 어느새 그를 험한 바위 기슭으로 데려다 주었다. 아테나가 그의 마음속에 집중력을 불어넣어 주지 않았다면 그의 살갗은 찢기고 뼈는 부서졌을 것이다. 그는 두 손을 뻗어 바위를 붙잡고 큰 파도가 지나갈 때까지 사력을 다해 바위에 매달려 있었다. 그렇게 운 좋게 파도를 피하자 이번에는 되돌아오는 파도가 밀어닥쳐 그를 먼 바다로 끌고 나갔다. 낙지 빨판에 많은 모래가 달라붙듯 그의 억센 팔에서 살점이 떨어져 바위에 붙으면 물결이 밀려와 치는 것이었다. 아테나 여신이 그에게 밝은 지혜를 주지 않았더라면 그때 그는 모든 것을 포기하고 죽었을 것이다. 그는 해변으로 밀려 부서지는 파도 바깥으로 뚫고 나와 육지를 바라보며 곧장 헤엄쳐 갔다. 그렇게 맑은 물이 흐르는 냇가 어귀에 다다른 그는 안도의 한숨을 내쉬었다. 그곳에는 바위도 없고 평평해 바람을 피할 곳도 있었다. 오디세우스는 얼른 마음속으로 기도했다. '신이시여, 제발 저를 굽어살피소서. 저는 포세이돈의 노여움을 피해 이곳까지 왔습니다. '불사의 신'들께서도 표류하는 인간은 멀리하지 않는다고 했습니다. 이제 오랜 고난과 역경을 거쳐 이곳까지 왔으니 저를 가엾게 여겨 제 소원을 들어주소서.' 그 말을 들은 하신(河神)이 곧바로 물결을 잠재워 그가 강어귀까지 무사히 가도록 해주었다. 어귀에 다다른 그는 팔다리가 축 늘어지고 정신도 혼미했다. 물에 퉁퉁 불은 몸은 물먹은 솜처럼 무거웠고 입과 코에서는 짠물이 쏟아져 나왔다. 그는 숨도 제대로 쉴 수 없었다. 가까스로 한숨 돌린 그는 이노가 준 스카프를 풀어 흐르는 물에 던졌다. 오디세우스는 마침내 갈대밭에 누워 곡식을 키우는 대지에 입을 맞추었다. 그러고는 숲속으로 들어가 사방이 확 트인 물가를 골랐다. 그곳에는 올리브나무 덤불이 우거져 있었다. 이 숲은 바다에서 불어오는 습한 바람의 기세에도 끄떡없고 태양도 이글거리는 그 빛의 화살을 던질 수 없으며 비도 아래까지 뚫고 들어가 적시진 못했다. 그만큼 서로 가지를 꽉 얽어댄 채 무성하게 자라나 있었다. 오디세우스는 그 밑으로 들어가 손으로 낙엽을 긁어모아 널찍한 잠자리를 만들었다. 떨어진 잎이 매우 많아 남자 두 명, 아니 세 명을 몹시 추운 겨울에도 숨겨 주기에 충분했다. 참을성 있는 오디세우스는 그것을 보고 기뻐하며 그 한복판에 몸을 누이고 몸 위에 낙엽을 잔뜩 끌어 덮었다. 사람들이 불씨를 거무스름한 재 속에 묻어두듯 오디세우스는 낙엽 속에 드러누웠다. 그러자 아테나는 그가 쓰라린 고통에서 벗어나 회복되도록 그에게 잠을 쏟아부어 주었다.

『오디세이아』 5장 분석

서사시를 통해 호메로스는 관객이 이미 음모에 익숙하다는 이론을 확인하는 방식으로 다가오는 사건을 슬며시 드러낸다. 그는 5장에서 헤르메스에게 명령을 내리면서 오디세우스의 미래를 말할 때 다시 그렇게 한다. 시인의 재능은 그가 원사를 돌리는 방식으로 보여준다. 그가 가장 좋아하는 장치 중 하나는 수사학적이고 효과적인 언어 조작, 특히 캐릭터의 대중 연설이다. 한 가지 예는 2장의 이타카에서 집회하는 것이다. 또 다른 예는 아테나가 제우스에게 간청한 것으로 5장 시작 부분의 올림포스의 신성한 집회에서 볼 수 있다. 『오디세이아』가 여전히 존재하는 서양 문학의 초기 예 중 하나임을 고려하면 수사학 수준은 매우 정교하다. 아테나는 설득력 있게 아이러니를 사용해 그녀의 요점을 밝힌다. 그녀는 제우스와 다른 신들이 필멸의 왕이 친절하거나 오디세우스의 운명이 그 같은 특성이 보상받지 못한다는 것을 입증한 이후 다시는 허용하지 않을 것을 제안한다. 그는 배와 선원들을 잃었고 오기기아에 버려졌으며 아들의 생명은 위험에 처해 있었다. 제우스는 확신에 찬 판사이자 방종하는 아버지처럼 그녀의 사건을 인정하고 오디세우스를 풀어주려는 그녀의 계획을 계속 진행할 것을 제안한다. 5장은 독자가 오디세우스와의 첫 만남을 제시하므로 호메로스가 칼립소섬의 해변에서 혼자 그를 보여주기로 선택한 것은 흥미롭다. 시 전체에서 오디세우스는 일련의 명백한 모순이며 우리가 고정관념의 서사시 영웅에서 찾아볼 수 있는 것보다 훨씬 복잡한 인물이다. 오늘날 기준으로 보면 페넬로페가 20년 동안 절대적으로 독신이 될 것으로 예상되는 서사시에서 도덕성의 명백한 이중 기준을 엿볼 수 있다. 페넬로페는 모든 구혼자를 거부하고 남편의 귀환을 애타게 기다리는 반면, 오디세우스는 적어도 두 명 이상과 성관계를 갖고 있다. 독자가 『오디세이아』에서 오디세우스를 처음 만났을 때 그는 칼립소의 침대에서 환락의 밤을 보내고 집과 가족으로부터의 부재를 애도하는 날을 보냈다. 호메로스의 관객들은 이 같은 차이를 조화시키는 데 어려움을 겪지 않았을 것이다. 오디세우스는 칼립소가 그에게 제공해야 할 명백한 매력에도 불구하고 페넬로페와 이타카에서의 그의 삶으로 돌아가고 싶어 한다. 오디세우스나 그의 동시대 청중에게는 그가 자신을 위한 행동규범과 페넬로페를 위한 행동규범이 차이가 있다는 것에 의문을 갖지 않는다. 칼립소는 헤르메스가 오디세우스를 풀어줄 것을 제안했을 때 신들의 이중 기준에 분노한다. 그녀는 '질투라면 타의 추종을 불허하는 군주'들인 남성 신들에 대한 호언장담을 시작하는데 그녀는 인상적인 예를 인용한다. 그러나 결국 그녀는 제우스의 심판에 응해야 했다.

오디세우스와 파이아키아섬의 나우시카

『오디세이아』 6장 요약

알키누스 왕과 아레테 여왕은 파이아키아섬에서 항해하는 파이아키아인들을 다스린다. 오디세우스가 험난하게 상륙한 다음 날 아침, 친구로 변신한 아테나는 딸 나우시카와 몇 명의 시녀를 보내 잠자는 영웅이 쓰러진 곳 근처에서 옷을 빨래할 것을 지시한다. 나우시카는 하반신을 겨우 가린 오디세우스를 만난다. 방황하는 이방인에게 마음이 끌린 그녀는 오디세우스에게 궁궐을 찾고 여왕에게 자신을 소중히 여기는 방법을 알려줘 그의 안전한 통행을 보장한다. 오디세우스는 그녀의 지시에 따라 왕실에서 호의적으로 받아들여진다. 결국 그는 자신의 정체성을 밝히고 그를 이타카로 돌려보내려는 파이아키아인들의 제안을 환영한다. 그러나 그는 자신의 무용담을 그들에게 이야기한다. 이 이야기는 6~8장에서 이어진다.

낙엽 더미 속에서 깨어날 줄 모르고 잠든 오디세우스를 두고 아테나 여신은 파이아키아 도시를 떠났다. 이들은 원래 확 트인 고원에서 살았는데 이웃에는 몹시 교만하고 거친 외눈박이 거인 키클로페스족이 살고 있었다. 그래서 신과 같은 나우시토오스는 백성을 이끌고 그들을 피해 스케리아 땅에 둥지를 틀었다. 그리고 그곳에 성을 쌓은 다음 집이나 사원을 짓고 밭을 나눠 가졌다. 그런데 나우시토오스는 피할 수 없는 죽음의 운명을 따라 눈을 감았고 알키누스가 왕이 되어 나라를 통치했다. 빛나는 눈의 여신 아테나는 오디세우스의 귀환을 돕기 위해 그의 궁궐로 찾아간 것이다. 아테나 여신은 아름답게 장식된 침실로 곧바로 갔고 그곳에는 알키누스 왕의 딸 나우시카가 잠자고 있었다. 그녀 외에도 시녀 두 명이 근처에서 자고 있었는데 둘 다 매우 아름다웠다. 아테나 여신은 조용히 나우시카의 머리맡에 다가가 말을 걸었다. 여신은 유명한 바다 선장 디마스의 딸로 변신했는데 그녀는 나우시카의 동갑으로 친할 뿐만 아니라 아테나의 마음에도 꼭 들었기 때문이다. 디마스의 딸로 변신한 아테나 여신은 바람의 숨결처럼 나우시카의 침대 옆으로 올라와 머리 위를 맴돌며 말했다. "나우시카여, 그대의 어머님은 어찌 그토록 무심하신가요? 혼기가 꽉 찼거늘 어떻게 몸치장은커녕 이처럼 고운 옷들을 손질도 하지 않고 내팽개치나요? 아름다운 옷을 입고 몸을 단장하면 매우 좋은 평판을 듣습니다. 자, 날이 밝는 대로 우리 빨래하러 가죠. 그럼 아버님과 어머님도 흔쾌히 여기실 거예요. 이제 처녀 시절도 오래 남지 않았으니까요. 이미 오래전부터 전국의 우수한 젊은이들이 당신을 아내로 맞길 고대하고 있어요. 빨래터는 여기서 꽤 멀어 빨래할 옷을 수레에 싣고 가야 해요." 아테나 여신이 그렇게 말하고 나서 그녀의 방에서 나와 올림포스로 돌아가자 곧 '새벽의 여신'이 장밋빛 손가락을 내밀어 나우시카를 깨웠다. 그녀는 지난밤 꿈이 너무 신기해 곧바로 내전으로 달려가 부모님을 만났다. 그녀의 어머니는 하녀들과 함께 보라색 원사를 돌리는 벽난로 옆에 앉아 있었고 아버지는 파이아키아 귀족의 초대를 받아 왕자들과 함께 밖으로 나가는 중이었다. 그녀는 아버지 알키누스 왕에게 다가가 말했다. "아버지, 죄송하지만 튼튼하고 좋은 수레 하나만 내주세요. 냇가로 나가 빨래를 해야 해요. 아버지께서도 회의 하러 가실 때 깨끗한 옷을 입으시고 결혼한 두 오빠를 제외하고도 아직 미혼인 오빠 세 명도 무도회에 갈 때마다 깨끗한 린넨을 찾기 때문이에요." 그녀는 자신의 결혼식 얘기는 한마디도 안 했다. 자신의 문제를 직접 말하는 것이 부끄럽고 쑥스러웠기 때문이다. 그러나 왕은 모든 것을 짐작하고 대답했다. "애야, 노새든 무엇이든 네가 원하는 대로 내주마. 그리고 가장 튼튼하고 좋은 수레를 가져가거라." 이렇게 말하고 시종들에게 분부하자 그들은 바퀴가 튼튼한 수레를 문밖에 준비하더니 그곳으로 노새를 끌어내 멍에에 매두었다. 그러자 소녀는 궁궐 안에서 호화로운 옷들을 날라와 깨끗이 손질한 짐수레 위에 올려놓았다. 어머니가 바구니 속에 각양각색의 맛있는 음식을 담고 반찬 따위도 섞어놓고 포도주를 염소 가죽 주머니에 따라 넣자 소녀는 짐수레 위에 올라탔다. 어머니는 또한 공주와 시녀들이 목욕한 후에 몸에 바르라고 황금 병에 올리브유도 넣어주었다. 소녀가 채찍과 윤기가 도는 가죽 고삐를 손에 쥐고 노새를 달리게 하자 노새들은 발굽 소리를 내며 부지런히 달려 옷가지와 공주를 실어갔는데 혼자가 아니라 시녀들도 따라갔다. 나우시카와 일행은 깨끗한 물이 흐르는 강가에 다다랐다. 그곳에는 늘 물이 마르지 않는 빨래터가 있어 더러운 옷을 빨기에는 안성맞춤이었다. 그들은 노새의 고삐를 풀어 꿀맛 같은 풀을 뜯어 먹게 하고는 물가에서 옷들을 앞다퉈 빨기 시작했다. 그런 다음 깨끗이 빤 옷들은 언덕에 한 줄로 널고 목욕한 후 바람이 부는 언덕에서 점심을 먹고 빨래가 마르길 기다리며 솔을 풀어 던지는 공놀이를 했다. 하얗고 가느다란 팔을 가진 나우시카도 시녀들과 어울렸다. 그 모습이 너무 아름다워 '활의 명수' 아르테미스가 에리만토스산을 따라 내려가 멧돼지와 재빠른 사슴을 사냥하며 님프들과 어울려 놀던 때의 모습과 똑같았다. 이윽고 빨래가 다 마르자 나우시카는 수레를 노새에 맨 후 옷들을 정리해 곧 떠나려고 했다. 그때 빛나는 눈의 여신 아테나가 오디세우스를 깨웠다. 예쁜 처녀가 파이아키아 성까지 그를 데려가도록 하기 위해서였다. 아테나의 계획에 따라 나우시카가 시녀에게 던진 공이 그만 깊이 감도는 물굽이로 들어가버렸다. 그들이 지르는 비명에 자고 있던 오디세우스는 눈을 떴다. '오, 내가 과연 인간 세상에 온 것인가? 저들은 거칠고 야만스럽고 무례한가, 이방인에게

나우시카를 만나는 오디세우스
오디세우스가 나뭇잎으로 겨우 몸을 가리고 나우시카 앞에 나타나자
나우시카는 오디세우스가 범상한 인물이 아니라고 판단하고 그와 대화를 나눈다.

친절하고 신을 두려워하는가? 설마 아름다운 님프들은 아니겠지! 어쨌든 처녀들의 목소리가 요란하구나. 자, 일어나 알아봐야겠다.' 이때 오디세우스는 난파를 당한 끝에 바로 몇 시간 전 바다로부터 피신해 완전히 벌거숭이가 되어 있었다. 자다가 깨보니 수풀 사이로 젊은 처녀들, 그것도 미천한 농가의 딸들이 아닌 잘 차려입은 처녀들의 모습이 눈에 들어온 것이다. 구원을 청하고 싶은 마음이 간절했지만 벌거벗은 몸으로 어떻게 그녀들 앞에 나서겠는가? 그때야말로 그의 수호신인 아테나가 나설 기회였다. 아테나는 지금까지 오디세우스가 위기에 처할 때마다 그를 버린 적이 없었다. 오디세우스는 잎이 많이 달린 나뭇가지를 꺾어 하반신만 겨우 가린 채 숲에서 걸어 나왔다. 처녀들은 그를 보자 사방으로 도망쳤지만 나우시카만은 예외였다. 아테나가 그녀를 도와 용기와 분별력을 주었기 때문이다. 오디세우스는 공손한 태도로 멀찌감치 서서 비참한 사정을 말했다. "오, 여왕이시여." 오디세우스가 말했다. "당신은 여신입니까, 필멸의 여인입니까? 당신이 여신이고 천국에서 산다면 나는 당신이 제우스의 딸 아르테미스라고 추측할 수 있습니다. 당신의 얼굴과 모습은 그녀 외에는 아무도 닮지 않았기 때문입니다. 반면, 당신이 필멸의 인간이고 지상에서 산다면 당신의 아버지와 어머니는 매우 행복하시겠군요. 꽃처럼 예쁜 당신이 춤출 때마다 부모님의 기쁨은 더 커지겠죠. 당신을 아내로 맞는 인간은 이 세상에서 가장 영광스러운 인간일 겁니다. 지금까지 당신과 같은 분을 인간 세상에서 본 적이 없습니다. 언젠가 델로스의 아폴론 신전 가까이서 자라는 싱싱한 어린 야자나무를 본 적이 있습니다. 많은 무사를 이끌고 가다가 그토록 신선하고 훌륭한 것을 보자 멍하니 입만 벌리고 서 있었습니다. 그런데 지금 당신을 뵈니 그때처럼 놀랍고 두려워 아무 말도 할 수 없습니다. 저는 어제 바다에서 표류한 지 20일 만에 이곳에 상륙했습니다. 그동안 성난 파도와 거친 바람은 저를 끊임없이 공격했죠. 제가 이곳에 온 것도 어느 신의 인도 덕분으로 아직도 신의 공격이 끝나지 않은 것 같습니다. 신들께서는 제게 또다시 많은 시련을 주시겠죠. 여왕이시여, 저를 가엾게 여기소서. 당신은 내가 만난 첫 번째 사람이고 저는 이 나라에서 아는 사람이 없기 때문입니다. 몸에 걸칠 헌 옷 한 벌만 주소서. 아울러 당신께 축복이 충만하길 기도하겠습니다. 신이시여, 남편과 한마음이 되도록 해주소서. 이보다 더 큰 축복은 없는 것. 부부가 한마음 한뜻일 때보다 훌륭하고 고귀한 것은 없나니 그것은 그들의 적들을 혼란시키고, 친구들의 마음을 기쁘게 해주고, 그들 자신은 그 누구보다 그것에 대해 많이 알고 있습니다." 이에 나우시카가 대답했다. "낯선 이방인이시여, 보아하니 분별력 있고 잘 정돈된 사람처럼 보이는군요. 인간들에게 복을 내려주시는 것은 올림포스의 주신 제우스께서 하실 일이죠. 당신의 운명도 틀림없이 제우스께서 좌우하셨겠죠. 다만 당신이 우리 땅에 오셨으니 옷 걱정은 하지 마세요. 당신이 어떤 분이든 이토록 간절히 청하는데 도와드리지 않을 수 없네요. 우리는 파이아키아인들이고 저는 파이아키아를 다스리는 알키누스의 딸입니다." 공주는 곧 도와드리겠다고 대답했고 아버지에게 이 사실을 말씀드리면 분명히 환대할 거라고 덧붙였다. 그녀는 도망친 시녀들을 불러 경박한 행동을 꾸짖고는 파이아키아인들은 두려워한 적이 없다는 사실을 상기시켰다. 그녀는 이분은 제우스의 나라에서 온 불행한 나그네이니 정중히 대접해야 한다고 하녀들에게 말했다. 그리고 하녀들에게 음식과 옷을 가져오라고 지시했다. 마차 속에는 남자 형제들의 옷 몇 벌이 있었다. 그녀는 또한 오디세우스에게 기름의 작은 덩어리인 비누를 가져와 시냇가에서 씻으라고 했다. 시녀들이 그의 목욕 준비를 하자 오디세우스는 "젊은 여성들이여, 여기 계속 계시면 나는 씻을 수 없습니다. 나는 아름다운 젊은 여성들 앞에서 벌거벗는 게 부끄럽습니다."라고 말했고 시녀들은 몸을 돌려 물에서 나왔고 오디세우스는 외진 데로 가 몸과 머리에 낀 소금기를 시냇물에 씻겨 내고 시녀들이 준비한 기름을 몸에 발랐다. 아테나 여신은 그를 이전보다 더 크고 강하게 보이게 했고 머리카락은 히아신스처럼 흘러내리게 했다. 그가 옷을 입고 나타나자 시녀들은 모두 감탄했다. 위풍당당하게 걸어오는 젊고 잘생긴 오디세우스를 바라보던 나우시카는 가슴이 뛰기 시작했다. 그녀는 그런 감정을 숨길 수 없었던지 혼잣말로 이 같은 남편을 자신에게 보내달라고 기도했다고 말했다. "낯선 이방인이시여." 나우시카가 오디세우스에게 말했다. "이제 우리 성으로 가시죠. 그곳에 가면 아버지뿐만 아니라 우리의 고명한 인사들을 모두 만날 겁니다. 손님께서는 매우 현명하신 분 같아 이렇게 부탁드립니다. 들과 논밭을 지나가는 동안 시녀들에

묻혀 쫓아오십시오. 그리고 성에 들어가면 높은 탑과 성곽을 지나고 양쪽에는 도시로 들어가는 좁은 입구가 있는 항구가 있습니다. 그곳은 이곳 사람들이 배를 정박하는 곳입니다. 그 중간에 포세이돈 사원이 있는 곳을 볼 수 있고 조금 더 지나가면 사람들이 검은 배의 밧줄, 닻, 돛 등의 장비를 손질하고 있을 겁니다. 파이아키아인들은 활이나 화살 등을 모르는 뱃사람들로 돛과 노, 배에 대한 자부심으로 바다 멀리 항해합니다. 나는 그들의 입에서 나오는 안 좋은 험담과 추문이 두렵습니다. 그들 중 경망스러운 사람들이 우리를 만나면 '나우시카와 함께 다니는 낯선 미남은 누구일까? 그를 어디서 만났을까? 아, 나우시카의 신랑감이겠지. 지나가는 배가 파선했나 보군. 혹시 신이 그녀의 기도를 듣고 그녀와 결혼하려고 왔을 거야. 차라리 그게 낫겠군. 외지로 나가 신랑을 맞는다면 청혼했던 이 지역의 많은 사람을 무시하는 거겠지!'라고 말할 겁니다. 이것은 나에 대한 일종의 폄하 발언이며 나는 그것을 불평할 수가 없습니다. 나도 결혼하기 전 부모형제와 친구의 승낙도 없이 남자와 어울리는 여자를 지금까지 비난해왔기 때문입니다. 낯선 이방인이시여, 이제 내 말대로 따른다면 빠른 시일 안에 아버님의 호의를 얻어 무사히 귀국하실지도 모릅니다. 가는 길에 아테나 여신에게 헌정된 길가의 아름다운 포플러 숲을 볼 수 있습니다. 그 안에 우물이 있고 그 주위에 초원이 있습니다. 그곳에는 아버지의 영지와 과수원이 있습니다. 거기서 잠시 머무시죠. 그러다가 궁궐에 거의 다 왔다고 생각되면 마을로 와 아버지 알키누스의 집으로 가는 길

오디세우스에게 옷을 건네는 나우시카
나우시카는 오디세우스의 벌거벗은 몸을 가리도록 옷을 주고
자신의 궁궐로 뒤따라 오라고 초대한다.

을 물어보십시오. 그곳을 쉽게 찾을 겁니다. 어떤 아이도 당신에게 그것을 알려줄 겁니다. 마을 전체에서 아무도 그만큼 높고 훌륭한 집을 갖고 있지 않기 때문입니다. 당신이 성문을 지나 바깥 법원을 통과해서 내 어머니에게 올 때까지 안쪽 법원을 가로질러 오른쪽으로 가십시오. 당신은 저희 어머니가 불 옆에 앉아 보라색 양모를 돌리는 것을 볼 겁니다. 어머니의 좌석 가까이에는 '불멸의 신'처럼 꼭대기에 앉아 있는 아버지 자리가 있습니다. 아버지는 신경쓰지 말고 어머니 무릎에 손을 얹고 머나먼 타향에서 왔다고 귀국할 날을 하루빨리 맞게 해달라고 기도해 보십시오. 그대가 어머니의 동정심만 산다면 귀국할 방법이 쉽게 생길 겁니다." 말을 마친 나우시카는 채찍으로 노새를 치며 앞서나갔다. 해가 질 무렵에야 그들은 아테나 여신의 성스러운 숲으로 왔고 오디세우스는 앉아서 제우스의 막강한 딸에게 기도했다. "지혜를 품은 제우스의 따님 아테나여, 제 기도를 들어주소서. 포세이돈께서 저를 짓밟고 있을 때 제 소원을 외면하셨지만 이번만은 굽어살피소서. 파이아키아인들에게 호의적으로 받아들여지도록 허락해 주십시오." 아테나 여신은 그의 기도를 들었지만 그녀는 오디세우스의 항해를 방해하려는 삼촌 포세이돈이 여전히 두려워 공개적으로 자신을 그에게 보여주진 않았다.

07
Chapter

알키누스 궁궐의 오디세우스

　오디세우스가 아테나 여신에게 기도하는 동안 나우시카는 시녀들과 함께 성으로 들어갔다. 그녀가 궁궐에 다다르자 수려한 모습의 오빠들이 우르르 몰려나와 수레에서 노새를 풀고 깨끗이 말린 빨래를 안으로 들여갔다. 나우시카는 자신의 침실로 갔다. 그곳은 아페리아 출신의 노부인 에우리메두사가 그녀를 위해 이미 불을 밝혀 놓은 상태였다. 에우리메두사는 나우시카의 유모였고 지금도 그림자처럼 옆에 붙어 여러 수발을 들었다. 나우시카는 피곤했지만 오디세우스가 궁궐로 무사히 들어올지 걱정부터 앞섰다.

　한편, 오디세우스는 일어나 마을로 향했다. 아테나 여신은 파이아키인 누구라도 그에게 무례하거나 그가 누구인지 물어볼 경우에 대비해 그를 숨기기 위해 온통 짙은 안개를 거리에 흘렸다. 그런 다음 그가 마을로 막 들어설 때 어린 소녀 모습으로 그에게 다가갔다. 그녀는 바로 앞에 섰고 오디세우스는 이렇게 말했다. "혹시 이 성을 다스리는 알키누스의 궁궐이 어디인지 알려줄 수 있나요? 저는 먼 타국에서 온 나그네인데 이곳을 전혀 모릅니다. 아시는 것을 알려주십시오." 그러자 어린 소녀로 변신한 아테나가 말했다. "좋습니다. 그곳은 저의 집과 바로 이웃했기 때문에 당신이 찾는 집을 보여 드리겠습니다. 저를 따라오면서 어떤 사람과도 대화나 질문을 하지 마세요. 이곳 사람들은 낯선 사람을 좋아하지 않기 때문입니다. 그들은 포세이돈의 은혜로 새보다 빠른 속도로 바다를 항해하는 사람들입니다." 그녀가 길을 안내하는 대로 오디세우스는 그녀의 발걸음을 뒤따랐다. 그가 도시 한가운데를 지나갈 때 파이아키아인 중 아무도 그를 볼 수 없었다. 위대한 여신 아테나가 오디세우스를 짙은 어둠의 구름 속에 감추었기 때문이다. 오디세우스는 그들의 항구, 배, 집회 장소, 도시의 고귀한 성벽을 보고 감탄했는데, 그들이 왕의 거처에 도착하자 아테나가 말했다. "자, 이곳이 당신이 찾던 그 궁궐입니다. 제우스의 보살핌을 받으시는 왕께서는 식사 중이실 겁니다. 식탁 주변에 앉은 많은 위대한 사람들이 보이겠지만 두려워하지 말고 직진해 여왕을 찾으십시오. 그녀의 이름은 아레테이고 남편 알키누스의 아내이자 왕족입니다. 그 가계도를 간단히 말씀드리면 이렇습니다. '바다의 신' 포세이돈과 영웅

파이아키아 선원으로 변신한 오디세우스와 아테나
오디세우스가 궁궐로 가기 전 파이아키아 선원으로 변신한 모습으로
아테나 여신이 소녀로 변신해 그에게 길을 안내한다.

에우리메돈의 막내딸 페리보이아는 장남 나우시투스를 낳았습니다. 나우시투스는 한동안 파이아키아 왕으로 있으면서 렉세노르와 알키누스 두 아들을 두었습니다. 그러나 렉세노르는 결혼 직후 아폴론이 쏜 화살에 맞아 죽었죠. 그에게는 외동딸 아레테가 있었는데 알키누스는 훗날 아레테를 왕비로 맞아 지금까지 끔찍이 사랑하고 있답니다. 게다가 지금 왕비는 자녀와 남편, 온 백성의 존경을 받고 있답니다. 그래서 거리로 나올 때마다 모두 그녀를 여신으로 맞아 존경을 표합니다. 또한 그분은 워낙 이해력이 많으셔서 남자든 여자든 친절히 대하시고 외면하는 적이 없답니다. 그분의 마음만 얻는다면 손님도 원하는 곳에 가실 수 있을 겁니다." 아테나 여신은 이렇게 말하고 아름다운 스케리아섬을 떠났다.

한편, 오디세우스는 궁궐 뜰 안으로 들어가기 전에 서서 주위를 살펴보았다. 그 화려함이 그를 놀라게 했다. 쇠벽이 입구로부터 집안까지 이어졌고 문은 금으로 되어 있었다. 문기둥은 은으로 되어 있었는데 군데군데 금장식이 박혀 있었다. 문 양쪽에는 여러 마리의 맹견이 금과 은으로 조각되어 있었고 입구를 지키는 듯 늘어서 있었다. 벽을 따라 쭉 놓인 의자 위에는 파이아키아 처녀들이 손으로 짠 훌륭한 직물이 덮여 있었다. 금으로 만든 우아한 청년상들은 손에 횃불을 들고 장내를 밝히고 있었다. 무려 50명의 하녀가 가사에 여념이 없었는데 곡식을 빻거나 베틀에서 직물을 짰다. 파이아키아 여성들은 남성들이 배를 다루는 데 다른 나라 사람들보다 뛰어나듯 가사에서는 다른 어느 나라 여인들보다 뛰어났다. 궁정 밖 4에이커(약 4,900평)나 되는 넓은 정원에는 석류, 배, 사과, 무화과, 올리브나무 등 수많은 나무가 높이 솟아 있었다. 겨울의 추위나 여름의 폭염에도 나무는 잘 자랐다. 한 그루 나무에서 열매를 맺으면 다른 나무에서는 싹이 터 계속 번갈아 앞다퉈 자라났다. 포도원도 풍작이었다. 한쪽에서는 꽃이 피었거나 익은 포도송이가 달린 나무가 있었고 다른 쪽에서는 포도 수확자가 발로 포도즙을 짜는 기구를 틀고 있었다. 정원 가장자리에는 잘 가꾼 온갖 빛깔의 꽃들이 1년 내내 피어 있었고 정원 한가운데 샘 두 군데에서는 물이 솟아올랐다. 그중 한군데 샘의 물은 궁궐 안마당으로 흘러들어 시민들은 그곳에서 필요한 물을 얻을 수 있었다. 오디세우스는 감탄하며 그 광경을 바라보았지만 자신은 그들의 눈에 띄지 않았다. 아테나가 그의 주변에 뿌린 안개가 아직 가시지 않았기 때문이다. 한참 구경한 후 그는 빠른 걸음으로 혼자 들어갔다. 홀에서는 대신과 원로들이 모여 헤르메스에게 제주를 따르고 있었다. 헤르메스에 대한 예배가 만찬 후 행해진 것이다. 바로 그때 아테나는 안개를 벗겨 오디세우스의 자태가 장로들 눈앞에 나타나게 했다. 그는 왕후가 앉은 곳으로 나아가 그녀의 발밑에 무릎 꿇고 고국으로 돌아갈 수 있도록 은총과 원조를 간청했다. 그리고는 물러나 탄원자의 예절에 따라 난롯가로 가 앉았다. 잠시 말하는 자가 아무도 없었다. 이윽고 한 원로가 왕을 향해 입을 열었다. "우리의 호의를 바라는 손님을 탄원자의 자세로 기다리게 하는 것은 예의가 아닙니다. 그를 우리 사이에 앉히고 식사와 술을 대접하십시오." 그 말을 들은 왕은 일어나 오디세우스에게 악수를 청하고 그를 안내했다. 왕은 자기 아들에게 자리를 양보시키고 그 자리에 그를 앉게 했다. 이윽고 음식과 술상이 나오자 오디세우스는 그것을 먹고 원기를 회복했다. 왕은 족장과 원로들을 물러가게 한 후 내일 오디세우스의 신병 문제 처리를 위한 회의를 소집하겠다고 했다. 모두 물러가고 오디세우스가 왕과 왕비와 남았을 때 왕비는 그가 입은 옷이 자신과 시녀들이 만든 것임을 눈치채고 물었다. "손님이시여, 감히 한마디 여쭙겠습니다. 그대는 누구시고 어디서 오셨습니까? 그리고 이 옷은 누가 주었나요? 바다를 표류하다가 이곳까지 오셨다고 하지 않으셨나요?" 그녀의 질문에 오디세우스가 대답했다. "왕비님이시여, 제 괴로움을 어찌 일일이 말씀드릴 수 있겠습니까? 신들께서는 제게 너무 큰 고통을 주셨습니다. 하지만 물어보시니 말씀드리겠습니다. 바다 멀리 오기기아섬에 아틀라스의 딸 칼립소가 살고 있습니다. 그녀는 머리를 곱게 땋은 여신으로 신께서 그 여신에게 저를 보내셨습니다. 제우스께서 일으킨 천둥 번개에 저 혼자만 겨우 살아남아 난파된 배를 붙잡고 9일 동안이나 표류했습니다. 그런데 10일째 되던 날, 그 무서운 여신 칼립소가 사는 오기기아섬 근처로 저를 보내시더군요. 저를 구한 여신은 부족함 없이 정성으로 저를 보살펴 주었습니다. 그곳에서 7년 동안이나 붙잡혀 있는데도 제 마음은 전혀 움직이지 않았습니다. 칼립소가 준 옷을 눈물로 적신 적이 한두

파이아키아 왕비 아레테 앞에 무릎을 꿇은 오디세우스
오디세우스는 나우시카 공주의 어머니이자 알키누스의 부인인 아레테 왕비에게
무릎을 꿇고 고국으로 돌아가게 해달라고 간청한다.

번이 아니었죠. 그러던 중 8년째 되던 해 제우스께서 분부하셨는지, 스스로 마음이 변했는지 드디어 가도 된다고 허락했습니다. 그리고는 잘 만든 뗏목에 빵과 맛있는 술, 넉넉한 곡식을 싣고 의복을 입히고 포근하고 부드러운 바람을 불어 저를 보내주었습니다. 마침내 저는 18일 만에 당신 나라로 오게 되었습니다. 저는 벌거벗은 몸으로 숲속에 들어가 낙엽 속에 몸을 묻고 정신없이 잤습니다. 이튿날까지 잠에 곯아떨어졌죠. 그리고 해 질 무렵 공주님의 시녀들이 모래 위에서 즐겁게 노는 소리에 잠에서 깼습니다. 일행과 함께 계신 공주님은 여신과도 같았습니다. 그래서 저는 공주님께 간절히 매달렸죠. 공주님께서는 저를 이해해주시면서도 저를 꺼리시더군요. 하지만 충분한 음식과 붉은 술을 내주셨고 저를 목욕시키고 이 옷까지 내주셨습니다. 이 모든 것을 숨김없이 말씀드릴 수밖에 없어 죄송하기 그지없습니다." 그 말을 들은 알키누스 왕은 언짢은 기색으로 말했다. "손님께서 그토록 간청하셨는데도 그 애가 그대를 안내하지 않은 것은 내 딸이 행동을 잘못한 것이오." 왕의 말에 오디세우스가 대답했다. "왕이시여, 부디 죄 없는 공주님을 책망하지 마십시오. 사실 따라오라고 제게 말씀하셨습니다. 하지만 저를 보시면 폐하의 심중이 어지러우실까 봐 제가 망설인 겁니다. 땅 위를 걷는 인간은 의심이 많으니까요." 알키누스가 다시 말했다. "그대여, 그만한 일로 내 마음이 무작정 화를 내는 건 절대로 아닙니다. 무슨 일에서든 정도를 아는 것이 좋으니까요. 아버지 신이신 제우스님이나 아테나 여신이나 아폴론께서도 당신만큼 훌륭한 분, 나와 똑같은 생각을 가지신 분, 그만한 분을 내 딸의 남편이 되게 해주시면 정말 좋으련만! 그대가 원한다면 집과 재산을 드리리다. 설령 그대 마음이 움직이지 않더라도 절대로 그대를 붙잡진 않으리다. 그것은 신들의 아버지이신 제우스를 거스르는 일이니까. 자, 언제든지 원하기만 하면 안내해 드리겠소. 오늘은 편히 누워 잠을 청하시오. 그대의 고국까지 안내해 드리라고 사공에게 지시할 테니. 그대가 원하는 곳이라면 비록 금발의 라다만티스와 함께 가이아의 아들 티티오스를 방문했을 때 본 에우보이아보다 더 멀어도 개의치 않겠소. 사공들은 하루 만에 거기까지도 다녀왔는데 지치지 않았으니까. 그대는 우리 배의 성능이 얼마나 뛰어나고 이 지역 청년들이 항해를 얼마나 잘하는지 짐작할 수 있을 것이오." 오디세우스는 왕의 약속에 기쁜 마음을 주체할 수 없었다. 그는 제우스에게 거듭 감사의 절을 올리고 오랜만에 푹신한 융단 위 침대에서 단잠을 이루었다.

알키누스 궁궐의 향연과 경기

 '새벽의 여신' 에오스가 동녘을 물들일 때 오디세우스는 모처럼 달콤한 잠에서 깨 잠자리에서 일어났다. 오디세우스보다 먼저 일어난 알키누스는 오디세우스를 데리고 항구 옆 파이아키아 회의장으로 안내해 윤기가 나는 돌 위에 그를 앉혔다. 아테나 여신은 알키누스의 하인 모습으로 변신해 오디세우스가 집으로 돌아가는 것을 돕기 위해 마을을 돌아다녔다. 그녀는 이 사람 저 사람 찾아다니며 오디세우스의 귀환을 꾀했다. "파이아키아의 명장과 고관들이여, 회의장으로 가시죠. 어제 알키누스 궁궐에 찾아온, 신과 같은 모습의 그를 알고 싶다면 그곳으로 가보시죠." 이같이 여신이 그들의 관심을 유도해 회의장은 순식간에 사람들로 꽉 찼다. 그들은 라에르테스의 현명한 아들 오디세

우스를 황홀하게 바라보았다. 아테나 여신이 그의 머리와 어깨에 고상하고 늠름한 기운을 불어넣어 주었기 때문이다. 그렇게 모든 파이아키아인들이 그에게 호감을 갖게 되었다. 사람들이 모여들자 알키누스 왕이 입을 열었다. "자, 지금부터 내 말을 똑똑히 들으시오. 여기 앉아 계신 손님이 누구신지 나도 잘 모릅니다. 그러나 표류하다가 내 집까지 오신 분이니 그가 원하는 곳까지 데려다줍시다. 그러니 어서 검게 칠한 새로운 배와 노를 저을 가장 건장한 청년 52명을 뽑읍시다. 그리고 내 집에서 손님 접대 연회를 열 것이니 모두 빠짐없이 참석해 자리를 빛내 주시오. 특히 신성한 음유시인 데모도코스도 오게 하시오. 신께서 그에게 뛰어난 재주를 주셨으니 참석해 우리 흥을 돋웁시다." 그가 이렇게 큰 소리로 말하고 앞장서자 홀을 가진 영주들이 뒤따랐고 전령은 신성한 음유시인을 부르러 갔다.

한편, 52명의 젊은이가 뽑혀 명령대로 황량한 바닷가로 향했다. 배가 놓인 바닷가에 이르자 그들은 검게 칠한 배들을 바닷물 깊은 곳까지 끌어내리고 돛대와 돛을 검은 배 안에 싣고 노를 가죽끈으로 튼튼히 매 놓았다. 모든 것을 정해진 순서대로 실행해 모래사장에서 멀리 떨어진 바다 위에 배를 띄워 정박시키고 알키누스의 궁궐로 다시 향했다. 알키누스 궁궐은 현관과 정원, 방마다 남녀노소 불문하고 사람들로 가득 차 있었다. 알키누스 왕은 양 열 두마리, 돼지 여덟 마리, 뒤뚱거리는 소 두 마리를 잡기로 했다. 그들은 서둘러 가죽을 벗기고 칼질해 유쾌한 연회를 베풀었다. 그때 음유시인 데모도코스가 도착했다. 그는 뮤즈의 지극한 사랑을 받아 시력을 잃은 대신 아름다운 목소리를 선사받은 것이다. 데모도코스는 연회장 한가운데 은으로 도금된 고급 의자에 앉아 청아한 음색의 하프를 켜며 영웅호걸의 노래를 부르기 시작했다.

> 그는 무사이의 사랑을 받았지만
> 무사이는 그에게 좋은 것과
> 나쁜 것을 함께 주었다네.
> 그의 시력을 빼앗은 대신
> 천상의 노래를 선물했다네.

그는 노래 제목으로 그리스군이 트로이아 성안에 침입할 때 책략으로 사용한 목마를 선택했다. 아폴론이 그에게 영감을 주어 그는 그 중대한 시기의 여러 두려운 일과 공적을 감동적으로 노래 불렀다. 듣는 이들은 모두 즐거웠지만 단 한 명 오디세우스는 노래를 듣고 눈물을 흘렸다. 그러나 그는 우는 모습을 파이아키아인들에게 보이고 싶지 않아 눈물을 닦고 손잡이 두 개가 달린 잔을 들고 신들에게 술을 부었다. 분위기가 절정에 이르자 알키누스 왕이 사람들에게 말했다. "이 자리의 명장과 고관들이여, 이제 즐길 만큼 즐겼으니 시합하는 게 어떻겠소? 우리가 권투, 레슬링, 멀리뛰기, 달리기에서 얼마나 우수한

파이아키아 경연대회
파이아키아 왕 알키누스는 손님인 오디세우스를 위해
경연대회를 선언한다.

지 손님이 귀국해 전하도록 해줍시다." 맨 먼저 달리기부터 시작되었다. 사람들은 한 덩어리가 되어 벌판에 뽀얀 먼지를 일으키며 하늘을 날듯 달려갔다. 그중 인품이 뛰어난 알키누스의 아들 클리토네오스가 단연 1위로 달려 우승을 차지했다. 그다음 레슬링 경기에서는 에우리알로스가 최고였고 멀리뛰기에서는 암피알로스, 원반던지기에서는 엘라트레우스, 권투에서는 라오다마스가 우승을 차지했다. 드디어 모든 경기를 마치자 알키누스의 아들 라오다마스가 입을 열었다. "자, 우리 손님께서는 체격이 무척 좋으신데 무슨 경기에 능하신지 여쭤봅시다." 그러자 에우리알로스가 맞장구쳤다. "자, 라오다마스의 말이 옳습니다. 이제 그분과 시합을 해보면 어떻겠소?" 그러자 라오다마스가 광장 한가운데로 나오며 오디세우스를 향해 말했다. "손님께선 저와 겨뤄보시지 않겠습니까? 인간이 살아가면서 신체로 이기는 것보다 더 큰 영광은 없죠. 자, 어서 나오셔서 근심을 털어버리고 저와 겨뤄보시죠. 타고 가실 배와 사공도 대기 중입니다." 그의 말을 들은 오디세우스가 대답했다. "라오다마스여, 어찌 이런 요구로 저를 농락하십니까? 슬픔으로 가득 찬 자가 무슨 경기를 하겠습니까?" 이에 에우리알로스가 그에게 짐짓 시비를 걸고 나섰다. "오, 보아하니 손님께서는 많은 사람처럼 경기에 능하진 않은 것 같군요. 손님께서는 바다의 두목이니 재화나 많이 고국으로 가져갈 생각만 하시는 건 아닌가요?" 그러자 오디세우스는 그를 매섭게 노려보며 말했다. "말이 너무 심하구려. 물론 신들께서 모든 인간에게 뛰어난 재주를 내려주신 건 아니죠.

외모가 남보다 떨어져도 언변에 월계관을 씌워 주셨다면 만인이 그를 우러러보며 신처럼 숭배하지 않겠소? 반면, '불사의 신'처럼 외모가 빼어나도 지혜가 없을 때도 있소. 하지만 그대도 서툰 말솜씨로나마 내 마음을 울리긴 했소. 그대의 무례한 말처럼 내가 경기에 그렇게 미숙한 것도 아니오. 한때 나도 이름을 날렸지만 지금은 비참하고 불쌍한 처지구려. 진저리날 만큼 많은 전쟁과 고초를 겪었지만 경기에 참가하리다." 오디세우스는 말을 마친 다음 외투를 걸친 채 자리에서 벌떡 일어나 파이아키아인들이 엄두도 못 낼 만큼 커다란 원반을 집어 들고 한 번 휘두르더니 냅다 던졌다. 그러자 노 젓기의 명수인 파이아키아인들은 원반에 맞을까 봐 모두 땅에 납작 엎드렸다. 원반은 그의 손에서 가볍게 내달아 표시한 거리보다 훨씬 멀리 날아갔다. 그때 아테나 여신이 인간으로 변신해 장소를 일러주었다. "손님이시여, 손님이 던진 원반이 멀리 떨어진 것은 맹인도 알 수 있을 것이오. 파이아키아에 이만큼 던질 사람은 없을 테니 한동안 안심해도 될 것이오." 그 말을 들은 오디세우스는 자신의 참된 벗이 있음에 매우 기뻤다. 그는 용기백배해 사람들에게 말했다. "자, 누구든지 원한다면 나와 겨뤄봅시다. 권투, 레슬링, 달리기 뭐든지 상관없소. 그대들이 나를 부추겼으니 겨뤄봅시다." 연회장은 침묵으로 뒤덮였다. 잠시 후 알키누스 왕이 입을 열었다. "손님이시여, 지각 있는 자라면 감히 그대를 모욕하지 못했을 것이오. 부디 훌륭한 솜씨를 발휘해 고국으로 돌아가실 때 오늘의 무용담을 전하시는 게 어떻겠소? 그리고 제우스께서 우리 조상 대대로

원반던지기에 나서는 오디세우스
오디세우스는 파이아키아인들이 상상할 수 없는
무거운 원반을 멀리 던져 주위를 놀라게 한다.

물려주신 행적도 말씀해 주시는 게 어떻겠소? 우리는 완벽한 권투 선수도 레슬링 선수도 아니오. 다만 빨리 달리거나 배 타는 데 능숙할 뿐이오. 그리고 우리가 좋아하는 것은 연회, 노래, 무용, 다양한 의상과 목욕, 따뜻한 수면이오. 자, 파이아키아의 최고 무용수들이여, 일어나 흥을 돋우라. 그래야 손님께서 우리가 항해술에 얼마나 능하고 달리기, 무용, 음악에 뛰어난지 고국으로 돌아가 동포에게 전해 주시리라. 데모도코스여, 어서 아름다운 하프를 켜라." 신과도 같은 알키누스의 명령이 떨어지자 시종은 국왕의 성에서 속이 빈 하프를 가져오기 위해 일어섰다. 그들은 경기할 때마다 순조로운 처리가 습관인 사람들이었다. 그래서 땅바닥을 평평하게 만들고 경기장을 춤추기에 알맞도록 아담하게 다졌다. 데모도코스는 한가운데로 나아가 하프를 켜기 시작했다. 그를 둘러싼 선남선녀들이 스텝을 밟으며 능숙하게 춤추었다. 오디세우스는 그들의 경쾌한 스텝에 황홀했다. 음유시인이 하프의 선율에 맞추어 저 유명한 아레스와 아름다운 왕관을 쓴 아프로디테의 사랑 노래를 부르기 시작했다. 아레스는 아프로디테에게 많은 선물을 주고 헤파이스토스의 침실을 더럽혔다. 그들의 밀회 장면을 엿본 헬리오스는 그 사실을 '대장간의 신' 헤파이스토스에게 알렸다. 이 불미스러운 소식을 접한 헤파이스토스는 대장간으로 가 그 둘을 꼼짝 못하도록 매둘 커다란 모루와 족쇄를 만들었다. 그리고 교묘한 그물을 만들어 자신이 아끼는 침대 다리 주변과 서까래에 올가미를 쳐 놓았다. 거미줄처럼 가늘게 쳐 놓아 신도 속을 만했다. 그렇게 만반의 준비를 마친 그는 자신이 가장 좋아하는 렘노스로 가는 척했다. 그러자 '전쟁의 신' 아레스는 헤파이스토스가 자리를 비운 줄 알고는 '미와 사랑의 여신' 아프로디테의 사랑을 애타게 요구했다. "사랑스러운 분이시여, 이제 헤파이스토스도 없으니 어서 침대로 가 우리의 뜨거운 열정을 불태웁시다. 그대의 절름발이 남편은 지금쯤 렘노스의 야만인 신티에스족을 만나고 있을 것이오." 그의 말을 기쁘게 받아들인 아프로디테가 옷을 벗고 풍만하고 아름다운 나신으로 침대에 눕는 순간 두 신은 헤파이스토스가 설치해둔 올가미에 걸려 꼼짝할 수 없었다. 그때 숨어서 지켜보던 헤파이스토스가 그들에게 다가왔다. "제우스 아버지와 '불멸의 신'들이시여, 여기 이 가련하고 황당한 모습을 보소서. '미의 여신'인 아프로디테가 내 불구를 명분으로 나를 모욕한 것도 부족해 이제 아레스에게 사랑을 바치고 있습니다. 그는 절름발이인 나와 달리 수족도 멀쩡하고 잘생겼기 때문이죠. 오, 차라리 태어나지 않았다면 좋았을 텐데! 자, 이리 오셔서 내 침대에서 불륜의 사랑을 속삭이는 이들을 보십시오. 하지만 아무리 뜨거운 사랑도 끝은 있는 법. 그들은 곧 싫증을 내겠죠. 그러나 불행히도 올가미는 풀리지 않을 겁니다. 이 철없는 여신의 버릇을 고치기 위해 만들었기 때문입니다." 그의 말을 들은 여러 신들이 청동 홀로 모여들었다. '지진의 신' 포세이돈, 행운을 가져다주는 헤르메스, 활을 멀리 쏘는 아폴론도 왔다. 그러나 여신들은 부끄러운 생각에 모두 집에 남아 있었다. 복을 내리는 그 남자 신들이 대문 앞에 멈춰 섰는데 꾀에 능한 이 헤파이스토스의 교묘한 사슴을 바라보자 그칠 줄 모르는 웃음소리가 신들 사이에서 터져 나왔다. 그리고는 옆에 있는 이와 서로 얼굴을 마주 보며 소곤거렸다. "못된 짓은 오래가지 못하는군요. 오히려 느림보가 걸음이 빠른 자를 따라잡죠. 여기서도 헤파이스토스는 느리지만 아레스를 결국 붙잡았거든요. 아레스는 올림포스를 지배하는 신들 중 걸음이 가장 빠른 남자 신인데도 말이죠. 한편은 절름발이지만 계략을 썼단 말이에요. 게다가 몰래 통정한 벌금도 물어야겠죠." 그렇게 신들은 서로 이야기했고 아폴론이 헤르메스에게 말했다. "헤르메스여, 무엇을 그리 골똘히 바라보는가? 그대는 진정 저런 상황에서도 부끄럽지 않은가?" 그 말에 '전령의 신' 헤르메스가 대답했다. "제발 그랬으면 좋겠습니다. 철망 따위는 현재의 세 배 정도 칭칭 휘감아도 상관없겠소. 그리고 그대들 남자 신과 심지어 여자 신 모두 구경거리로 삼더라도 내가 황금의 아프로디테와 몸을 섞는다면 어떤 수치도 견딜 것이오." 그렇게 말하자 '불사의 신'들 사이에서 큰 웃음이 터졌다. 그러나 포세이돈만은 그 웃음에 휩쓸리지 않고 늘 일하는 것으로 유명한 헤파이스토스에게 아레스 신을 풀어주고 용서해 줄 것을 권했다. 그리고 그를 향해 위엄 있게 말했다. "풀어주게나. 내가 그대에게 약속할 테니. 그대가 요구하는 대로 저자가 '불사의 신'들 앞에서 마땅한 보상금을 그대에게 깨끗이 치르게 할 테니." 그 말에 헤파이스토스가 말했다. "그렇게 간곡히 요청하시니 청을 차마 거절할 수가 없소." 그렇게 말하고 힘센 헤파이스토스는 그 사슬을 풀어주었다. 두 신은 매우 튼튼한 사슬에서 풀려

올림포스 최대의 스캔들
'미의 여신' 아프로디테가 '전쟁의 신' 아레스와 몰래 정을 통하다가
헤파이스토스에게 발각되어 여러 신들에게 창피를 당하는 장면이다.

나오자마자 날아올라 아레스는 트라키아로 달려갔고 '미와 사랑의 여신' 아프로디테는 키프로스섬의 파포스로 향했다. 여신이 도착한 파포스 샘은 처녀성을 복원시키는 영험한 샘으로 여신은 그곳에서 목욕을 하고 새로운 처녀성을 다시 복원했다.

이것이 데모도코스가 부른 노래의 줄거리였다. 오디세우스와 파이아키아인들은 이를 듣고 매우 즐거워했다. 잠시 후 알키누스는 할리오스와 라오다마스에게 춤출 것을 명령했다. 춤 솜씨에서 그들을 앞지를 자가 없었기 때문이다. 이에 그들은 재주꾼인 폴리보스가 특별히 만들어 준 자색 공을 들고 놀이하며 우아하게 춤추었고 다른 젊은 이들은 소리 높여 장단을 맞추었다. 그때 오디세우스가 입을 열었다. "알키누스 왕이시여, 당신께서 말씀하신 대로 참으로 훌륭한 춤 솜씨입니다. 보고 있자니 놀라울 뿐입니다." 그의 말에 흡족해진 알키누스는 노의 명수인 파이아키아인들에게 말했다. "이 자리의 명장과 고관들이여, 이분은 참으로 현명하신 분 같소. 자, 이분께 선물을 드립시다. 각자 깨끗한 망토와 튜닉, 순금 달란트를 손님께 드리고 식사를 합시다. 그리고 에우리알로스가 불경한 언사를 했으니 사과의 말과 선물을 드립시다." 그때 에우리알로스가 알키누스에게 말했다. "왕이시여, 말씀대로 따르겠습니다. 은 자루에 상아를 갈아 만든 칼집에 든 순 청동제 단검을 손님께 드리겠습니다. 그분에게 매우 훌륭한 선물이 될 겁니다." 그리고는 은 자루가 달린 단검을 오디세우스에게 건네며 말했다. "손님이시여, 섭섭하게 들으셨다면 부디 용서하십시오. 신이시여, 이분을 고국으로 무사히 돌려보내 사랑하는 가족과 만나게 해주소서." 그러자 오디세우스가 대답했다. "고맙습니다. 신이시여, 이분께 행운을 내려주소서. 겸손하신 사과의 말씀뿐만 아니라 이렇게 훌륭한 선물까지 주시다니 정말 고맙습니다. 절대로 섭섭하게 생각하지 않을 겁니다." 그렇게 말하며 은 자루가 박힌 검을 두 어깨에 둘러맸다. 그동안 해도 저물고 그의 손에는 온갖 훌륭한 선물이 들려졌다. 시종들이 그 선물들을 알키누스의 궁궐로 나르고 알키누스의 거룩한 아들들이 그 훌륭한 선물들을 예의 바른 어머니 곁에 맡겨 놓았다. 그러자 알키누스 왕이 왕비 아레테에게 일렀다. "부인, 가장 좋은 상자에 깨끗한 망토와 튜닉을 손수 넣으시오. 그리고 큰 솥에 불을 지펴 물을 데우시오. 손님이 목욕하신 후 파이아키아 귀족들의 선물을 보게 합시다. 나도 아껴둔 금잔을 선사하리다. 그럼 신들께 제주를 올릴 때마다 내 생각을 할 것이오." 아레테는 그의 말에 따라 시녀에게 지시한 후 화려한 상자를 가져와 파이아키아인들이 선사한 물건들을 집어넣고 손수 망토와 화려한 튜닉을 넣으며 옥구슬이 굴러가는 듯한 목소리로 말했다. "자, 뚜껑을 닫으시고 단단히 잠그세요. 가시는 도중 잃을지도 모르니." 오디세우스는 그 말을 듣자마자 뚜껑을 덮고 단단히 매듭을 지었다. 그리고는 시녀가 준비한 따뜻한 목욕물을 바라보았다. 머리가 탐스러운 칼립소의 집을 떠난 후 지금까지 이같이 사치스러운 대접을 받아본 적이 없기 때문이다. 시녀들은 그를 목욕시키고 올리브 유를 몸에 발라주고 아름다운 망토와 속옷을 입혀 주었다. 목욕을 마친 그는 술잔치가 벌어지는 회랑으로 발걸음을 옮겼다. 그때 지붕을 튼튼히 떠받친 기둥 뒤에서 아름다운 공주 나우시카가 그를 기다리고 있었다. 그녀는 오디세우스를 바라보며 둘만의 공간이 있을 만한 기둥 뒤로 옮겼다. 먼저 나우시카 공주가 입을 열었다. "안녕히 가세요. 고향에 가시거든 가끔 저를 기억해 주세요. 맨 먼저요. 우선 생명을 되찾으신 빚을 제게 지고 계시니까요." 그 말에 참을성 있는 오디세우스가 대답했다. "나우시카, 마음이 너그러운 알키누스 왕의 따님이시여, 이제 정말 기원합니다. 헤라 여신의 배우자이시며 천둥 번개를 울리시는 제우스께서 제가 고향에 돌아갈 기회를 갖게 해달라고 말입니다. 고향에 돌아가서도 나는 당신께 늘 신과 같이 경배할 겁니다. 당신은 내 생명의 은인이십니다." 그들은 누가 먼저랄 것도 없이 포옹과 긴 입맞춤을 나누었다. 그들에게는 아쉬운 시간이었지만 자리로 돌아올 수밖에 없었다. 오디세우스는 연회장으로 가 알키누스 왕 곁의 팔걸이 의자에 걸터 앉았다. 그때 사람들은 이미 잘라놓은 고기를 각자에게 나눠주고 포도주를 섞는 참이었다. 시종은 최고의 가인을 데려왔다. 그는 백성이 소중히 여기는 음유시인 데모도코스였다. 연회에 모인 사람들 가운데 그를 앉히고 높은 기둥에 의자를 기대 놓았다. 때마침 오디세우스가 자기 몫의 등심 한 조각을 자르며 시종을 향해 말했다. "시종이여, 자, 이 살점을 가져다 데모도코스에게 드시라고 해주오. 저분에게 인사하고 싶소. 이 땅에 사는 모든 인간 중에서 가인은 당연히 명예와 존경을 받아 마땅하오. '예술의 신'이 그들에게 노래의 길을 가르치며 가인 여러분을 감싸 보호하고 계시기 때문이오." 데모도코스는 오디세우스가 건넨 고기를 받아 들고 마음속으로 기뻐했다. 그는 오랜만에 포식할 수 있었다. 그때 오디세우스가 다시 말했다. "데모도코스여, 나는 많은 사람 중에서 특히 당신을 정말 찬미합니다. 제우스의 따님이신 아테나 여신께서 당신을 가르쳤습니까? 아니면 아폴론 신께서 가르쳤습니까? 특히 아카이아인들의 내력을 조리 있게 노래하시니 말이오. 그들의 행적, 그들이 짊어진 운명, 그들이 겪은 고난을 하나도 빠짐없이 그 자리에 당신이 함께 있었던 것처럼 말이오. 이제 다른 주제로 옮겨 목마를 만들던 구절을 불러주시오. 에페이오스가 아테나 여신의 도움으로 목마를 만들자 오디세우스가 꾀를 내 그 속에 무사들을 잔뜩 숨기고 트로이아 성채로 몰고 가 일리오스를 공략했던 것 말이오. 실제로 그 내력을 빈틈없는 사연으로 올바로 이야기해준다면 지금 당장이라도 모든 사람에게 말해주겠소. 과연 신께서 진심으로 당신에게 신성한 노래의 힘을 내려주셨다고." 그렇게 말을 마치자 데모도코스는 신의 영감을 얻어 노래를 불렀다. 바로 그리스 병사 대부분이 막사에 불을 놓고 놋자리가 보기 좋게 갖추어진 배들을 타고 출항했다는 대목부터 시작했다. 한편에서는 이미 오디세우스를 비롯한 무사들이 그 목마 안에 숨어 성벽 안으로 들어갔기 때문이다. 이렇게 목마가 서 있는 한편에서는 트로이아인들이 그것을 둘러싸고 앉아 왁자지껄 떠들고 있었다. 속이 빈

트로이아의 목마

트로이아 전쟁은 10년 동안 벌어졌지만 승부를 가리지 못했다.
이에 오디세우스는 지혜를 발휘해 거대한 목마를 만들어 모두 철수시키고
목마 안에 정예병들을 은폐시켜 성공을 거둔다.
음유시인 데모도코스는 오디세우스의 무용담을 노래한다.

목마의 배를 무자비한청동 칼로 갈라 볼지, 절벽 꼭대기로 끌고 가 바위 위에서 던져버릴지, 이대로 거대한 제물로 신들의 마음을 위로해 드릴지, 그들의 의견은 세 갈래로 나뉘어 있었다. 결국 세 번째 방법으로 결정될 운명이었다. 즉, 이 성은 커다란 목마를 성안에 머물게 해 멸망하는 운명이었다. 바로 그 목마 안에 그리스 병사들이 모두 트로이아인들에게 살육과 죽음의 운명을 가져다주기 위해 들어앉아 있었다. 그다음으로 음유시인은 아카이아인들의 아들들이 목마에서 계속 나와 일리오스 도성을 함락시킨 내용을 노래로 불러나갔다. 노래에 따르면 목마 안 병사들은 야밤에 몰래 나와 미리 정해둔 곳으로 가 높고 험준한 성을 무찔러 나갔다. 그동안 오디세우스는 데이포보스의 집으로 발걸음을 서둘렀는데 이는 군신 아레스의 모습과 같았다. 더구나 신과 같은 메넬라오스와 함께 거기서 말할 수 없이 거친 싸움을 감행해 마음이 넓은 아테나 여신의 힘을 빌려 승리할 수 있었다는 것이다. 이 같은 줄거리를 세상에 이름 높은 가인이 노래로 불러나갔다. 한편, 노래에 심취하던 오디세우스의 눈썹 밑에서 눈물이 흘러내려 두 볼을 적시고 있었다. 그때 다른 사람들은 그가 눈물을 흘리는 것을 눈치채지 못했지만 바로 옆자리에 있던 알키누스만은 알아차리고 침통한 신음에 귀를 기울이자마자 사람들에게 말했다. "똑똑히 들으시오. 이제 데모도코스에게 고음으로 울리는 하프 연주를 그만두게 하시오. 저 노래가 누구에게나 즐거운 것이라고는 할 수 없으니 우리가 만찬을 시작하고 신성한 가인이 노래를 시작한 후로 줄곧 이 손님은 애처로운 비탄에 빠져 있었소. 아무래도 심한 슬픔이 가슴속에 꽉 찬 것 같소. 그러니 이제 노래는 그만두는 게 좋겠소. 모두 함께 즐겁게 지내도록 주인 측과 손님도 그러는 편이 훨씬 나을 것 같소. 그리고 그대여, 내 그대를 형제로 생각하고 한마디만 물으니 솔직하게 말해 주시오. 그대의 고국에서 가족이나 이웃이 부르는 이름은 무엇이오? 아무리 천하거나 지위가 높은 사람도 이름은 다 있으니 부모님이 지어 준 이름이 있을 것 아니오? 그대가 어느 나라, 어느 곳, 어느 성에서 왔는지 말씀해 주셔야 그대를 모시고 갈 배가 방향을 잡지 않겠소? 우리 배는 평범한 배들과 달리 키잡이가 없고 모두 사공이 알아서 한다오. 도시와 기름진 모든 땅을 알고 안개와 구름에 싸여도 파선되거나 침몰하지 않고 정말 빠르게 바다를 건넌다오. 그러나 일찍이 선친인 나우시토오스께서는 우리가 호송하는 것을 포세이돈이 매우 시기한다고 말씀하신 적이 있소. 또한 언젠가는 우리 배가 안개가 낀 바다를 건너 호송하고 돌아갈 때 포세이돈 신께서 파선시켜 우리를 덮칠지도 모른다고 하셨소. 그러니 이제 그대가 표류한 장소와 그대가 본 아름다운 도시와 사람들을 말씀해 주시오. 혹시 거칠고 못된 사람들이었소? 아니면 상냥하고 친절한 사람들이었소? 그리고 아르고스인들의 행적과 트로이아의 운명을 듣고 왜 그렇게 슬피 우는 것이오? 인간이 싸우는 것은 모두 신의 뜻 아니오? 매우 가까운 사람이나 아들이나 사위가 트로이아 땅에서 전사한 건 아니오? 아니면 진실하고 막역한 친구를 잃은 건 아니오? 이해심 있는 친구야말로 형제보다 나으니 말이오."

『오디세이아』6~8장 분석

『오디세이아』파이아키아 장은 민속 전설의 영향을 받은 가능성이 가장 크다. 그것은 많은 문화권에서 발견되는 장르에 적합하며 아름답고 순진한 어린 소녀, 종종 공주가 일반적으로 나이가 많고 늘 경험이 많은 거칠고 잘생긴 낯선 사람에게 끌린다. 때로는 둘이 사랑을 나눈다. 현대에도 이 같은 패턴은 소설과 드라마의 인기 있는 주제다. 이 경우 오디세우스는 처녀 나우시카의 매력을 인정하지만 페넬로페에게 돌아가야 해 키르케나 칼립소와 마찬가지로 시간을 낭비할 여유가 없다. 파이아키아는 분명히 유토피아다. 사소한 예외를 제외하고 사람들은 품위 있고 문명적이고 친절하다. 지금 어린 소녀로 변신한 아테나는 오디세우스에게 지역 남성들이 낯선 이방인들을 환영하지 않는다고 경고하지만 진실은 가난한 방문객에게 환대와 도움의 오랜 전통이 있는 곳이다. 파이아키아인들은 무기력한 낯선 이방인을 고국으로 돌려보내기 위해 길을 떠나는 것으로 유명하다. 이것은 우리가 보통 『오디세이아』에서 발견하는 관대한 환영조차 능가하며 잃어버린 방랑자의 보호자이자 공급자인 제우스에 대한 지역주민의 헌신과 일치한다. 오디세우스는 아름다운 나우시카를 향한 마음을 자제하는데 키르케와 칼립소와 달리 그녀와 사랑하게 되면 이타카의 페넬로페나 나우시카 둘 중 한 명을 두고 고심할 것이 뻔하기 때문이다. 또한 오디세우스는 아레테 여왕의 도움과 자비를 받고 있어 나우시카를 향한 마음은 조심스러웠다.

파이아키아섬 자체는 낙원이다. 우리는 파이아키아인들이 난폭한 거인 키클로페스족 가까이서 살았지만 당시 그들의 신과 같은 왕 나우시토오스가 그들을 이 풍요로운 땅으로 옮겼음을 알게 된다. 사과, 배, 무화과, 석류 등이 특징인 호화로운 과수원은 1년 내내 열매를 맺었다. 채소와 곡물이 풍부한 파이아키아에서는 굶주리는 사람이 없었다. 파이아키아인들은 위대한 전사는 아니지만 뛰어난 선원으로 춤과 운동경기에 탁월하다. 운동경기에서 브로드시라는 젊은이가 공개적으로 오디세우스를 조롱하고 원반던지기 시합에 도전해 알키누스 왕을 당황시킨다. 위대한 오디세우스는 즉시 젊은 남성들이 감당할 수 있는 것보다 더 멀리 원반을 던진다. 음유시인 데모도코스가 트로이아의 영웅들을 노래할 때 오디세우스가 울자 알키누스 왕은 트로이아 전쟁의 영웅이 그들 중에 있다고 의심하게 만든다. 오디세우스는 마침내 자신의 정체를 밝히고 자신의 무용담을 이야기해주는 데 동의한다. 서사시 전반에서 반복되는 주제는 외모와 현실 사이의 갈등이다. 아테나는 변신의 주인이며 그녀의 목적에 가장 적합한 형태로 나타난다. 텔레마코스나 오디세우스와 같이 그녀의 보살핌을 받는 캐릭터가 인상적으로 보여야 할 때 그녀는 재능을 발휘한다. 예를 들어 오디세우스는 아테나 여신의 도움으로 거지 모습에서 위엄있는 모습으로 변신한다. 아테나는 그를 더 크고 더 거대하고 모든 면에서 더 화려하게 보이게 한다. 물론 트로이아 전쟁의 영웅은 변신에 서툰 사람이 아니다. 그는 트로이아에 잠입하기 위해 거지로 변신하고 그리스 전사들로 가득 찬 거대한 목마 계략을 주도했는데 음유시인 데모도코스가 그 장면을 노래한다. 오디세우스는 이타카 귀환에서 더 많이 변신할 것이다. 그가 이야기하는 무용담을 통해 '외모 대 현실'이라는 주제는 그의 탐구를 복잡하고 풍요롭게 만든다.

거인족 키클로페스

『오디세이아』 9장 요약

연회에서 오디세우스는 파이아키아인들에게 자신의 무용담을 들려준다. 트로이아에서의 승리 이후 그와 그의 부하들은 키코네스족의 거점인 이스마로스로 항해한다. 오디세우스는 이스마로스를 손쉽게 점령하지만 오디세우스를 따르는 부하들은 도시를 약탈하고 남성들을 죽이고 여성들을 겁탈한다. 오디세우스는 그런 부하들에게 즉시 재물을 가지고 떠나라고 충고하지만 그들은 그의 경고를 무시한다. 키코네스족은 증원군을 결집해 반격을 가해 결국 그리스인들을 격퇴한다. 오디세우스와 살아남은 부하들은 바다로 후퇴한다. 폭풍우가 배를 덮쳐 날려버리지만 드디어 연꽃을 먹는 사람들의 땅에 도착한다. 주민들은 적대적이지 않았다. 그러나 양귀비 씨앗인 로토스를 먹으면 기억을 잃고 집으로 돌아가고 싶은 욕망도 잃는다. 오디세우스는 부하들을 바다로 겨우 되돌린다. 이어서 도착한 섬은 무시무시한 외눈박이 거인 키클로페스족의 땅이었다. 그들 중 한 명인 폴리페모스는 오디세우스와 부하들을 동굴 속에 가둔다. 그리스 영웅의 지혜로운 계획만 탈출을 허락한다.

———

　지혜로운 오디세우스는 음유시인 데모도코스의 노래를 듣고는 알키누스 왕에게 입을 열었다. "알키누스 왕이시여, 신과 같은 목소리를 가진 음유시인의 노래를 듣는 것은 좋은 일입니다. 온 백성이 즐거운 시간을 보내고 손님들이 질서정연하게 앉아 듣고 식탁 위에는 빵과 고기가 가득하고 모든 사람을 위해 잔을 채우는 것보다 좋거나 즐거운 것은 없습니다. 이것은 실제로 사람이 볼 수 있는 것만큼 아름다운 광경입니다. 그러나 당신이 내 슬픈 사연을 듣고 싶어 하시니 무엇부터 말씀드려야 할지 모르겠습니다. 신들은 제게 너무나 가혹한 운명을 주셨습니다. 먼저 제 이름부터 말씀드리겠습니다. 여러분이 제 이름을 알고 있어야 훗날 제가 불운에서 벗어나면 여러분을 대접할 수 있으니까요. 저는 라에르테스의 아들 오디세우스로 산림이 울창한 네리톤산과 많은 섬들, 둘리키온과 사메, 자킨토스섬들로 둘러싸인 이타카에서 살고 있습니다. 이타카섬이야말로 서쪽으로 가장 멀리 나지막하게 누워있고 다른 섬들은 해 뜨는 동쪽에 접해 있죠. 인간이 자기 고국보다 좋아하는 곳은 없는 것 같습니다. 사실 아름다운 여신 칼립소가 저를 동굴 속에 가둔 후 함께 살고 싶어 했습니다. 아이아이아섬의 간악한 키르케도 저를 남편으로 삼아 자기 집에 가둬두려고 했지만 모두 제 마음을 돌리진 못했습니다. 아무리 호화로운 집에서 살아도 고국의 산천, 부모 형제보다는 못했습니다.

지금부터 고난으로 가득 찼던 제 귀국 여정을 이야기하겠습니다. 그것은 트로이아를 떠날 때부터 제우스께서 제게 보내신 겁니다. 저는 키코네스족의 나라인 이스마로스를 함락시켜 그곳 백성들을 복종시켰고 부녀자와 많은 전리품도 부족함 없이 나눠 가졌죠. 앞으로 전진하라고 명령했지만 동료들은 괘씸하게도 따르지 않았습니다. 정신없이 술타령을 벌이며 수많은 양 떼와 뒤뚱거리는 암소들을 마구 포획했습니다. 그동안 키코네스족은 이웃 사람들에게 원정을 부탁했는데 그 수가 엄청나고 말을 타거나 땅에서 싸우는 데 매우 능한 종족이었습니다. 봄날 아침 꽃이 피듯 그들은 이른 아침부터 몰려왔습니다. 우리는 수적으로 이미 절대 열세였고 태양이 짐승을 잠재울 무렵 마침내 키코네스족의 공격을 피해 구사일생으로 도망쳐 나왔습니다. 우리는 배를 몰아 나갔죠. 친한 전우들이 전사해 가슴 아팠지만 죽음을 면한 것을 기쁘게 생각했습니다. 양 끝이 휜 배들은 불쌍한 전우들의 이름을 일일이 세 번씩 소리 높여 불러보기 전에는 앞으로 나아가지 않았답니다. 그들은 키코네스족의 칼에 맞아 그곳 들판에서 죽었습니다. 그런데 이번에는 우리 함선들을 향해 뭉게구름을 부르시는 제우스 신께서 심한 북풍을 불러일으켰습니다. 무시무시한 돌풍과 함께 드넓은 땅과 태양도 모두 구름으로 뒤덮을 만큼 하늘에서 어둠이 쏟아져 내렸습니다. 그로부터 우리 함선들은 뱃머리를 파도에 파묻은 채 끌려갔고 돛은 모두 내려 배 안에 두었습니다. 그리고는 재빨리 노에 매달려 배를 육지로 저어갔습니다. 사흘째 되던 날, '새벽의 여신'이 장밋빛 손가락을 내밀자 우리는 다시 돛대를 세우고 흰 돛을 달아 올렸습니다. 그러나 말레아곶을 도는 순간 북풍이 몰아치는 바람에 고국을 눈앞에 두고 다시 표류하게 되었습니다. 그로부터 9일 동안 망망대해에서 풍랑에 시달리다가 10일째 되던 날, 연꽃을 먹는 나라에 상륙했습니다. 우리는 기슭에 올라 점심을 먹은 후 이곳에 사는 종족을 염탐하기 위해 전령을 포함해 세 명을 뽑았습니다. 그 종족을 염탐하러 간 동료들은 발각되어 생포되었지만 그 종족은 동료들을 죽이지 않고 오히려 연꽃을 맛보라며 주었습니다. 꿀맛처럼 달콤한 이 연꽃을 먹으면 귀향은커녕 아예 이곳에 눌러앉아 연꽃만 먹고 싶어 하는 것이었습니다. 어쩔 수 없이 저는 동료들을 끌고 와 배에 묶는 한편 다른 충성스러운 동료들을 독려해 재빨리 빠른 배에 태웠죠. 누군가 연꽃을 먹고 귀향하는 것을 잊을까 봐 겁이 난 겁니다. 우리는 급히 배를 타고 노를 저어 잿빛 바다로 나아갔고 자만심 강한 키클로페스족이 사는 땅에 상륙했습니다. 그곳에는 애써 씨를 뿌리거나 땅을 갈지 않아도 온갖 곡물이 자라고 있었습니다. 높은 산등성이 동굴에서 가족 단위로 사는 그들은 일정한 관습이 없었고 타인에 대한 관심도 없었습니다. 키클로페스 항구로부터 비탈진 섬이 포구 둘레를 끼고 길게 뻗어 있었죠. 사람이 전혀 살지 않는 무인도였지만 수많은 야생 염소가 살고 있었습니다. 배를 정박시키기에 적합한 포구가 있어 굳이 밧줄로 매둘 필요도 없었고 닻을 던지거나 뱃머리로부터 밧줄을 비끄러매지 않아도 될 정도로 좋은 환경이었습니다. 게다가 포구 위쪽 맑은 우물 주변에는 키 큰 미루나무가 에워싸고 있었습니다. 우리는 어느 신의 인도로 칠흑 같은 밤 그곳에 도착했습니다. 달빛도 없고 안개가 자욱한 밤 배가 기슭에 닿자 해변에 내려 거기서 잤습니다. 장밋빛 '새벽의 여신'이 빛을 밝히자 우리는 모두 일어나 섬을 샅샅이 정찰했습니다. 그때 제우스의 따님인 아르테미스 여신의 도움으로 우리는 활과 긴 창을 들고 세 패로 나누어 산양을 잡기 시작했습니다. 우리 배는 총 12척이었는데 배마다 산양을 여덟 마리씩 나누고 제 배에 열 마리나 줄 정도로 산양을 많이 잡아 해 질 때까지 고기와 술을 마음껏 먹었습니다. 우리가 키코네스성을 함락했을 때 술을 병마다 가득 채웠기 때문에 아직도 배에 술이 남아 있었습니다. 우리는 키클로페스섬을 건너다보았습니다. 그곳에서는 연기가 나고 사람 소리와 양과 염소 소리도 들렸습니다. 다음 날 아침이 밝아오자 저는 집회를 열고 모두에게 이렇게 제안했죠. '내 훌륭한 동지들이여, 나는 일행과 함께 저 섬 사람들을 알아보고 오겠소. 그들은 어떤 사람인지, 거만하고 사나운지, 친절하고 신을 공경하는지.' 저와 동료들이 키클로페스섬에 접근하자 지붕을 월계수로 얹은 동굴이 보였습니다. 그곳에는 많은 산양 떼가 있었는데 주위에는 키 큰 소나무와 잎이 무성한 느티나무가 높이 둘러쳐져 있었고 커다란 돌들이 경계를 이루고 몸집이 큰 사나이가 누워 자고 있었는데 다른 사람들과 교류하지 않고 양치기로 혼자 사는 것처럼 보였습니다. 그는 참으로 우리 인간이 아닌 불가사의한 괴물로 보였는데 뚝 떨어진 높은 산처럼 보였습니다. 그때 저는 특별히 힘센 12명을 뽑아 함께 떠났는데 염소 가죽 자루에 달콤한 포도주를 가득 담아갔습니다. 우리가 동굴로 들어갔을 때 이미 그는 밖에서 양 떼를 돌보고 있어 동굴 내부를 샅샅이 살펴볼 수 있었습니다. 동굴 속에는 치즈와 우유를 넣은 통과 주발, 우리마다 새끼 양과 새끼 염소 등이 질서정연하게 가득 들어 있었습니다. 잠시 후 동굴 주인 폴리페모스가 큰 나뭇짐을 지고 돌아와 동굴 입구에 내려놓았습니다. 그는 젖을 짜기 위해 양과 염소를 동굴 안으로 몰아넣고 그 안으로 들어오자 황소 20마리의 힘으로도 끌 수 없는 거대한 바위를 동굴 입구에 끌어다 놓고 앉아 양젖을 짰습니다. 젖의 일부는 치즈 생산을 위해 저장하고 나머지는 식사 때 먹기 위해 그대로 두었습니다. 둥근 눈으로 사방을 둘러보다가 낯선 사람들이 눈에 띄자 큰 소리로 우리는 누구이고 어디서 왔냐고 물었습니다. 저는 매우 공손한 태도로 폴리페모스에게 말했습니다. "우리는 그리스인들로 최근 트로이아를 정복해 빛나는 공을 세우고 대원정 후 귀국하는 길입니다. 식량이 필요하니 도와주십시오." 그러자 폴리페모스는 아무 대답도 없이 한쪽 손을 내밀어 제 부하 둘을 붙잡아 동굴 벽에 내던져 머리를 박살 내고는 그들의

오디세우스와 폴리페모스
오디세우스가 폴리페모스에게 술을 권하는 장면이다.

시신을 남김없이 먹어치우고 나서 동굴 바닥에 누워 깊은 잠이 들었습니다. 저는 그 기회를 놓치지 않고 그가 자는 동안 칼로 찌를 생각도 해봤지만 그러면 우리 모두 죽을 거라고 판단했습니다. 거인이 동굴 입구에 갖다 놓은 바위를 우리 힘으로는 도저히 움직일 수 없어 영원히 동굴 속에 갇힐지도 모르기 때문입니다. 다음 날 아침에도 거인은 그리스인 두 명을 붙잡아 전날처럼 살점 하나도 남기지 않고 먹어치우고 나서 동굴 입구의 바위를 열고 전과 같이 양 떼를 몰고 나간 후 바위를 움직여 입구를 다시 막았습니다. 그가 나가자 저는 피살당한 부하들의 원수를 갚고 남은 부하들과 탈출할 방법을 궁리했습니다. 저는 큰 나무 막대를 준비할 것을 부하들에게 지시했습니다. 우리는 폴리페모스가 지팡이를 만들기 위해 베어온 막대를 동굴 안에서 발견했습니다. 우리는 그 끝을 뾰족하게 깎아 불에 바짝 말려 동굴 바닥 짚 아래에 감추고 가장 용감한 네 명을 선발했고 저는 다섯 번째로 그들에게 가담했습니다. 저녁이 되자 키클로페스가 돌아와 전과 같이 바위를 굴려 동굴 입구를 열고 양 떼를 안으로 몰아넣었습니다. 그리고 전과 같이 젖을 짜고 여러 준비를 한 후 다시 제 부하 둘을 붙잡아 머리를 박살 내 그것으로 저녁 식사를 했습니다. 그가 식사를 마치자 저는 그에게 접근해 술 한 사발을 따라주며 말했습니다. "폴리페모스여, 이것은 술입니다. 사람 고기를 먹은 후 마시면 좋습니다." 거인은 그것을 받아 마시고는 매우 좋다며 더 달라길래 더 따라주자 매우 기뻐하며 은총을 베풀어 저를 맨 마지막에 잡아먹겠다며 제 이름을 물었습니다. "제 이름은 우티스(아무도 아니다)입니다." 저는 제 이름을 밝히는 대신 아무도 아니라는 뜻의 우티스라고 대답했습니다. 저녁 식사가 끝나자 거인은 자리에 누워 잠이 들었습니다. 나는 선발된 부하 네 명과 함께 막대 끝을 불 속에 넣어 벌겋게 달군 후 거인의 애꾸눈에 바로 겨눠 깊이 박고 목수가 나사를 돌리듯 빙빙 돌렸습니다. 거인은 동굴이 떠나갈 듯 비명을 질렀습니다. 나는 부하들과 재빨리 동굴 한쪽 구석에 숨었습니다. 거인은 울부짖으며 멀리 떨어진 동굴에서 사는 키클로페스들을 소리 높여 불렀습니다. 그들은 부르짖음을 듣고 동굴 주위에 모여 무슨 고통으로 그렇게 떠들어 잠도 못 자게 하느냐고 물었습니다. 그가 "오, 친구들이여, 나는 죽네! 우티스가 나를 괴롭힌다." 하고 울부짖자 그들이 대답했습니다. "아무도 그대를 괴롭히지 않는다면 그것은 제우스 짓이므로 그대는 참아야 한다." 그러면서 신음하는 그를 남겨놓고 물러갔습니다. 제 이름을 '우티스'라고 한 계략이 그렇게 성공했죠. 다음 날 아침 키클로페스는 양 떼를 목장으로 내보내기 위해 바위를 굴렸지만 양이 나가는 것을 확인하기 위해 동굴 입구에 서 있었습니다. 그래서 저와 제 부하들은 양 떼에 섞여 도망칠 수 없었지만 저는 부하들에게 동굴 바닥에 있던 버들가지로 마구를 만들게 했고 양 세 마리를 한 조로 그에 마구를 채워 나란히 걷게 했습니다. 세 마리 중 중간 것에 그리스인들이 한 명씩 매달리고 양쪽 양들이 보호했습니다. 양이 지나갈 때마다 거인은 그 등과 옆구리를 만졌지만 배를 만질 생각은 하지 못했습니다. 그렇게 부하들 모두

폴리페모스의 외눈을 찌르는 오디세우스
술에 취한 폴리페모스를 불에 달군 막대로
외눈을 찌르는 오디세우스와 그의 일행.

무사히 통과했고 마지막으로 제가 통과했습니다. 동굴에서 몇 발짝 떨어진 거리로 나오자 저와 부하들은 양에서 몸을 풀고 많은 양 떼를 몰고와 배가 있는 해안으로 돌아와 서둘러 양을 배에 싣고 해안을 떠났습니다. 안전한 거리가 되자 제가 부르짖었습니다. "폴리페모스야! 신들이 네 잔악한 행위를 복수할 것이다. 네가 수치스러운 맹인이 된 것은 오디세우스의 소행인 줄 알아라." 그 말을 듣자 폴리페모스는 산 등성이에 돌출한 바위를 잡아 뿌리째 뽑아 공중으로 높이 들어 올려 소리가 나는 곳으로 힘껏 던졌습니다. 하지만 그 거대한 바위는 아슬아슬하게 함대를 비껴 떨어졌습니다. 큰 바위가 갑자기 바닷속으로 떨어지는 바람에 배는 육지로 몰려나와 하마터면 침몰할 뻔했습니다. 우리가 배를 해안으로부터 겨우 끌어내 출항하자 저는 큰 소리로 거인을 다시 부르려고 했지만 부하들이 만류했습니다. 그러나 저는 그가 던진 바위를 우리가 무사히 피했다는 것을 폴리페모스에게 알리고 싶어 못 견딜 지경이었습니다. 저는 이전보다 안전한 거리에 이르자 다시 소리쳤습니다. "폴리페모스야! 아무리 힘세도 하나뿐인 눈을 잃고 뭘 하겠느냐! 죽은 우리 동료들을 생각하면 네 목숨이 붙어 있는 것만으로도 다행으로 알아라." 비로소 우리는 동료들이 애태우며 기다리는 섬에 도착했습니다. 우리는 우묵한 배에서 폴리페모스의 양들을 끌어내 골고루 나눠 가졌습니다. 그러나 제 몫으로 동료들이 특별히 골라준 숫양의 넓적다리를 태워 제우스 신께 바쳤습니다. 그렇게 우리는 해 질 때까지 온종일 고기와 맛있는 술을 마음껏 먹고 마셨고

폴리페모스를 조롱하는 오디세우스
분노한 폴리페모스가 오디세우스의 배를 향해 커다란 바위를 던지려고 한다.

해가 서산으로 질 무렵 해변에 누워 잠을 청했습니다. 이윽고 장밋빛 '새벽의 여신'이 손가락을 내밀 무렵이 되어서야 저는 동료들을 깨워 배에 올라 닻줄을 풀게 했습니다. 우리는 배를 띄워 각자 제자리에 앉아 파도를 헤치며 노를 저어 바다를 헤쳐 나아갔습니다. 우리만이라도 죽음에서 벗어난 것을 기뻐했지만 잃은 사랑하는 동료들은 어찌 잊겠습니까!

『오디세이아』 9장 분석

독자들은 오디세우스가 자신을 파이아키아인들과 동일시하는 것에 대한 자부심을 허영심과 혼동하면 안 된다. 한 사람의 이름과 명성은 호메로스 세계에서 매우 중요하다. 오디세우스가 자신의 '명성이 하늘에 닿았다'고 말할 때 그는 단지 사실을 말하고 자신을 확인하는 것이다. 명성은 이 문화에서 가장 중요하다. 그러나 그의 이름에 대한 자부심은 폴리페모스에게서 탈출하는 동안 자신을 확인하는 오디세우스의 의심스러운 판단을 예고한다. 다음 9~12장은 영웅의 무용담을 다루며 『오디세이아』 서사시에서 가장 유명한 부분이다. 이 시점에서 오디세우스는 자신이 고국인 이타카로 직접 돌아갈 수 없는 이유를 논하지 않는다. 유명한 이타카의 음유시인 페미우스는 『오디세이아』 1장에서 '트로이아에서 집으로 돌아가는 아카이아인들의 여정'을 노래할 때 이 이야기를 개괄적으로 묘사한다. 세부 사항은 명시되어 있지 않지만 아약스가 아테나 성전에서 카산드라를 강간하려고 시도한 이야기와 그리스인들이 그녀에게 내린 처벌은 호메로스 청중에게 잘 알려졌을 것이다.

많은 비평가가 오디세우스의 무용담을 영웅이 어떤 지혜를 얻고위대한 왕이자 위대한 전사가 될 준비를 하는 일련의 시련이나 시험으로 간주한다. 그렇다면 판단이 열쇠인 것 같다. 오디세우스가 살아남으려면 궁극적으로 현명하고 용감하고 날카로워야 한다.

첫째 테스트는 키코네스에 대한 것이다. 일부 학자들은 오디세우스가 이스마로스를 습격하는 것은 키코네스가 트로이아의 동맹국이기 때문이라고 주장한다. 다른 사람들은 그가 단순히 도시가 거기 있어 도시를 점령했다고 결론 지었다. 당시 약탈은 병사들에게 합법적인 직업이었다. 문제는 습격이 아니라 오디세우스 부하들이 어리석게도 그의 충고를 무시한 것이다. 승리와 상당한 약탈을 얻은 오디세우스는 자신의 길을 가고 싶어 한 반면, 그의 부하들은 키코네스들이 증원군을 모으는 동안 술을 마시고 잔치를 벌이는 틈에 기습해 결국 그리스 병사들을 쫓아낸다. 오디세우스는 각 배에서 여섯 명을 잃고 운 좋게 바다로 도망친다. 오디세우스는 탈출하지만 폭풍과 강한 북풍이 그의 배를 진로에서 몰아낸다. 말레아곶(크레타섬의 북쪽과 약간 서쪽의 키테라 부근)을 돌면서 그는 북서쪽으로 480㎞가량 북쪽으로 항해하면 집으로 돌아갈 수 있었지만 폭풍이 그를 몰아낸다. 9일 후 그는 연꽃을 먹는 사람들의 땅에 도착한다(호메로스의 지리학은 의심스럽지만 일부 학자들은 이것을 리비아나 그 부근으로 추정한다).

『오디세이아』 중 일부는 익숙하지만 서사시 자체에 익숙하지 않은 학생들은 로토파고스족 관련 부분의 길이가 20~25행에 불과하다는 사실에 놀랄 것이다. 호메로스는 보편적 주제, 마약을 통한 망각의 유혹을 언급했다. 연꽃을 먹는 사람들은 그리스인들을 죽이는 데 관심이 없다. 위험한 것은 연꽃과 그것이 일으키는 망각증이다. 이번에는 오디세우스의 판단이 우세하며 너무 많은 사람이 야망과 기억을 없애는 꿀과 달콤한 과일에 유혹당하기 전에 그의 부하들을 바다로 되돌려 놓는다. 살아남은 오디세우스와 일행이 다음에 방문하는 키클로페스섬은 파이아키아와 가장 극명하게 대조된다. 한때 파이아키아인들은 키클로페스족 근처에서 살았지만 무법자인 짐승을 피하기 위해 이주했다. 파이아키아는 문명화되었고 평화를 사랑하지만 키클로페스는 법률이나 협의회도 없고 예의나 환대에도 관심이 없다. 이 에피소드에서 오디세우스의 행동에 의문이 제기된다. 근해 섬에서 염소 고기를 먹으며 연회를 벌인 오디세우스와 그의 부하들은 계속 나아갈 수 있었지만 오디세우스는 본토에 누가 살고 있는지 궁금했다. 오디세우스는 아폴론의 사제로부터 받은 매우 강한 포도주와 그의 가장 훌륭한 부하 10여 명을 데리고 본토 해안 근처 동굴 조사에 나선다. 그곳은 키클로페스족의 일원인 폴리페모스의 은신처였다. 동굴에서 풍부한 음식을 발견한 오디세우스 일행은 그것을 탈취해 항해하길 원하지만 오디세우스는 매력적인 주인이 아님을 증명하는 주인의 환대를 시도하기 위해 머물 것을 주장한다. 포세이돈의 아들이자 신들만큼 강력한 폴리페모스는 자신의 저녁 식사를 위해 오디세우스 일행 중 두 명을 잡아먹고 나머지는 나중에 잡아먹기 위해 동굴 안에 가둔다. 폴리페모스가 떠날 때 오디세우스는 계획을 세운다. 거인이 문걸이로 사용하는 올리브 나무에서 그들은 1.8m 길이의 뾰족한 무기를 만든다. 그날 밤 돌아온 폴리페모스는 저녁으로 두 명을 더 잡아먹고 오디세우스는 그에게 술을 준다. 오만한 거인은 큰 그릇 세 개를 가득 채운다. 술을 마시며 폴리페모스가 오디세우스의 이름을 묻자 지혜로운 영웅은 '우티스'라고 대답한다. 거인이 잠들자 그들은 즉시 기회를 포착해 올리브나무 막대로 폴리페모스의 한쪽 눈을 찔러 실명시킨다. 괴물은 고통으로 비명을 지르며 도움을 청하지만 다른 키클로페스가 밖에 도착해 누가 그를 공격했는지 묻자 폴리페모스는 '우티스(아무도 아니다)'라고 대답한다. 이튿날 아침, 눈이 먼 폴리페모스가 숫양을 내쫓을 때 오디세우스와 부하들은 양 밑에 붙어 동굴을 탈출한다. 다시 오디세우스와 부하들이 항해를 떠나면서 오디세우스는 다시 좀 의외의 행동으로 부상당한 괴물에게 조롱을 퍼붓는다. 그러나 오디세우스는 폴리페모스의 눈을 응징한 죄업으로 포세이돈으로부터 시련이 계속되리라 확신한다. 폴리페모스는 '바다의 신'인 아버지 포세이돈에게 복수를 요청한다.

아이올리스와 키르케

『오디세이아』 10장 요약

　키클로페스섬을 탈출한 오디세우스와 부하들은 바람의 주인인 아이올리스 집에 도착해 한 달 동안 따뜻한 환대를 받는다. 오디세우스는 아이올리스로부터 황소 가죽 주머니를 받는다. 그 안에는 배를 자유롭게 몰 수 있는 바람이 담겨 있다. 10일 동안의 항해 끝에 그들은 섬과 아주 가까이 다다라 실제로 섬에서 불을 피우는 사람들을 볼 수 있을 정도였다. 지친 오디세우스는 잠이 든다. 호기심과 의심이 많은 그의 부하들이 보물을 찾기 위해 황소 가죽을 열자 바람이 쏟아져 나와 배를 다시 아이올리스섬으로 되돌려 보낸다. '바람의 신'은 그들을 더 도와주는 것을 거부하고 오디세우스와 일행을 내쫓는다. 이제 그들은 노를 저어야 했다. 7일째 되던 날, 라이스트리고네스족의 험악한 성채인 텔레필로스에 도착하지만 사람을 잡아먹는 라이스트리고네스족의 공격으로 오디세우스 일행의 배만 간신히 탈출한다. 이어서 오디세우스는 아름답지만 위험한 '마법의 여신' 키르케가 사는 아이아이아섬에 도착한다.

—————

　외눈박이 거인 폴리페모스의 섬에서 극적으로 탈출한 우리가 다음으로 찾아간 곳은 아이올리아섬이었다. 그곳에는 히포타스의 아들로 '영생의 신'들의 사랑을 받는 아이올리스가 살고 있었다. 그는 '불사의 신'들과 친한 사이였다. 그곳도 바다 위에 뜬 섬이어서 섬 주변에는 난공불락의 청동 성벽과 깎은 듯한 절벽이 위용을 자랑했다. 아이올리스는 자식이 12명 있었는데 아들과 딸이 각각 여섯 명이었다. 그런데 왕은 자신의 딸들을 아들들이 아내로 맞게 해 그들은 언제나 친애하는 아버지와 정겨운 어머니 곁에서 끊임없는 향연으로 나날을 보내고 있었다. 수많은 맛있는 음식이 그들 앞에 놓였고 고기 굽는 연기가 성안에 가득 찼고 떠들썩한 연회 소리는 그칠 줄 몰랐다.

　"밤이 되면 두꺼운 천으로 싸인 잘 만들어진 침상에 사랑하는 아내 곁에서 잠드는, 그런 분들이 사는 도시와 훌륭한 성에 다다랐습니다. 우리는 그곳에서 한 달 동안 극진한 대접을 받았어요. 아이올리스는 트로이아와 그리스인들의 항해, 아카이아인들의 귀환을 내게 물었고 나는 성심성의껏 대답해 주었습니다. 그리고 내가 무사히 귀국할 수 있도록 도움을 요청하자 그는 거절하지 않고 그 방법을 알려주었습니다. 그는 제우스 신께 모든 바람의 지배권을 위탁받아 바람 방출이나 보류를 마음대로 조절할 힘이 있었기 때문입니다. 그는 9년 된 소가죽으로 만든 자루를 내게 주었는데, 그 안에는 거세게 몰아치는 바람이 들어 있었고 잔잔한 서풍만 불게 해 우리 배가 순항하도록 배려해주었습니다. 9일 동안 우리는 평온한 바다 위에서 순풍에 돛을 달고 질주했어요. 10일째 되던 날 우리는 멀리 아른거리는 고국 땅을 보았습니다. 그동안 저는 자지도 않고 키 옆에 있었는데 긴장이 풀렸는지 마침내 지쳐 잠들었습니다. 그러나 제가 자는 동안 동료들은 그 신비스러운 자루 이야기를 나누었습니다. "여보게, 오디세우스만 횡재했군. 사람들이 그를 얼마나 부러워하겠는가. 오직 그만 아이올리스 왕으로부터 저 자루를 받았으니 말일세. 저 자루 속에는 값비싼 보물이 들어 있을 거야." 그들은 그 자루 속에 친절한 아이올리스 왕이 자신들의 함장에게 선사한 보물이 들어있을 거라고 결론 내리고 자신들도 나눠 갖기 위해 자루를 열기로 했습니다. 자루 끈을 풀자마자 바람이 모두 튀어나왔습니다. 그동안 잔잔했던 바다 물결은 포악한 광풍으로 돌변해 거친 파도를 일으켜 배를 해안에서 점점 멀리 밀어냈습니다. 잠에서 깬 저는 차라리 물속으로 몸을 던져버리고 싶었지만 마음을 다시 굳게 먹고 머리를 감싼 채 배에 누웠습니다. 무서운 폭풍은 그치지 않고 휘몰아쳐 우리가 출항한 아이올리아섬으로 함선들을 되돌려 보냈습니다. 이윽고 해변에 도착한 우리는 배에서 내려 식사했고 저는 전령

오디세우스에게 바람주머니를 주는 아이올리스
오디세우스의 무사한 항해를 위해 아이올리스 왕이
바람주머니를 주는 장면이다.

한 명과 동료를 데리고 아이올리스의 궁궐로 향했습니다. 우리가 안으로 들어가 입구 기둥에 기대앉자 그들은 깜짝 놀라 물었습니다. "오디세우스님, 이게 어찌 된 건가요? 도대체 무슨 악령이 당신을 덮쳤나요? 우리는 당신이 원하는 곳이라면 어디든 갈 수 있도록 성심성의껏 보내드렸어요." 그들의 말에 나도 마음속으로 거북했지만 그들에게 말했죠. "괘씸한 내 동료들과 심술궂은 잠이 나를 불행에 빠뜨렸습니다. 그러니 염치없지만 우리를 구해주소서. 당신은 충분한 힘이 있지 않습니까?" 그렇게 나는 부드러운 말투로 부탁했지만 그들은 아무 말 없이 듣기만 했습니다. 그러던 중 아이올리스 왕이 대답했습니다. "어서 이 섬에서 물러가라. 지금 보니 당신들은 가장 치욕스러운 족속이구려. '영광의 신'들에게 멸시받는 자를 도와주거나 길을 안내할 이유가 내게는 없소."

그렇게 우리는 궁궐에서 쫓겨나 거기서부터 다시 무거운 마음으로 배를 몰아갔죠. 우리의 어리석음 때문인지 이미 순풍도 불지 않았고 그렇게 6일 밤낮 동안 항해를 계속했죠. 7일째 되던 날, 라이스트리고네스족의 험악한 성채 텔레필로스에 다다랐습니다. 그곳은 목동들이 번갈아 가며 양 떼를 모는 곳이었습니다. 우리는 검은 배를 포구 맨 끝에 정박시키고 닻줄을 바위에 단단히 결박했습니다. 그곳에는 사람이나 짐승은 보이지 않고 하늘로 뭉게뭉게 올라가는 연기만 보여 저는 동료 두 명과 전령으로 한 명을 더 뽑아 세 명의 정찰대를 보냈습니다.

정찰대는 성 바로 앞에서 물을 긷는 처녀를 만났는데 그녀는 라이스트리고네스족의 왕 안티파테스의 발랄한 딸이었습니다. 그녀는 아르타키아의 맑은 샘으로 물을 기르기 위해 온 것입니다. 우리 정찰대가 그녀에게 이 땅의 왕은 누구이고 백성은 어떤 사람들인지 묻자 그녀는 곧 아버지의 성채를 가리켰습니다. 셋은 그 훌륭한 궁궐 안으로 들어가 왕비를 만났는데 산봉우리처럼 거대한 몸집에 놀라고 말았습니다. 왕비는 회의장으로 달려가 남편 안티파테스를 불러왔습니다. 그는 거기서 우리 일행을 몰살시킬 음모를 꾸몄던 것입니다. 그는 우리에게 음식을 주겠다고 속여 방심한 사이 동료 한 명을 붙잡아 식탁에 올리고 말았습니다. 다른 두 명이 기겁해 재빨리 도망쳐 배로 달려오자 그는 온 성이 떠나갈 듯 고함을 질렀습니다. 고함 소리를 듣고 용감한 라이스트리고네스족이 곳곳에서 모여들었는데 헤아릴 수 없었습니다. 또한 그들은 절벽에서 사람 체중만한 바위를 우리 쪽으로 던졌습니다. 갑자기 배가 산산조각나고 동료들의 비명이 울려 퍼졌습니다. 그런데도 그들은 고기를 작살로 찌르듯 소름 끼치는 살육을 멈추지 않았습니다. 그들이 깊은 포구 안에서 동료들을 죽이는 동안 저는 날카로운 검을 옆구리에서 빼 검은 뱃머리에 묶인 밧줄을 끊고 다른 동료들을 재촉해 어떻게든 이 위기에서 빠져나가기 위해 힘껏 노를 저을 것을 명령했죠. 모두 죽음이 두려워 열심히 노를 저은 덕분에 위로부터 덮치는 바위를 피해 겨우 앞바다까지 배가 나오자 안도의 한숨을 쉬었죠. 그러나 다른 배들은 모두 그대로 좌초되고 말았습

오디세우스의 배를 공격하는 라이스트리고네스족
오디세우스 일행이 라이스트리고네스족으로부터 공격 당하는 장면이다.

다. 우리가 많은 동료를 잃고 가슴 아파하며 도착한 곳은 아이아이아 섬이었는데 이곳에는 올린 머리도 아름다운 키르케가 살고 있었습니다. 그녀는 사람 목소리로 말하는 무서운 여신으로 못된 마음을 가슴에 품은 아이에테스의 친누나였습니다. 이 두 신은 인간에게 빛을 주는 '태양신' 헬리오스가 아버지이고 '대양신' 오케아노스의 딸 페르세가 어머니입니다. 우리는 이 섬의 포구 은밀한 곳을 물색해 배를 숨겨두고 뭍으로 나와 이틀 낮 이틀 밤을 피곤과 고민으로 속썩이며 누워 있었습니다. 드디어 사흘째 되던 날 새벽, 나는 창과 날카로운 칼을 들고 서둘러 배에서 나와 산으로 올라갔습니다. 산 위에서 아래를 내려다보니 빽빽한 수풀로 둘러싸인 키르케의 집에서 연기가 피어올랐습니다. 그때 나는 어떡할지 곰곰이 생각했습니다. 아무래도 우선 배로 가 동료들에게 정찰을 시키는 게 낫다고 생각해 배로 돌아가려는데 어느 신께서 나를 동정하셨는지 커다란 사슴 한 마리를 보내셨습니다. 나는 청동 창으로 사슴을 포획해 어깨에 둘러메고 배로 향했습니다. 그 사슴은 어찌나 크고 무거운지 도중에 쉬었다가 들 정도였죠. 나는 배에 도착해 동료들에게 말했습니다. "동지들이여, 아무리 힘들어도 마지막 날이 오기 전에 하데스 궁으로 갈 수는 없네. 자, 음식과 마실 것이 배에 남아 있으니 그것을 먹고 힘을 내세." 동료들은 커다란 사슴을 보자 환호성을 지르며 서둘러 식사 준비를 했습니다. 그리고 해가 떨어질 때까지 술과 고기로 배를 채웠습니다. 이윽고 다음 날 새벽이 되자 나는 동료들을 모아놓고 말했습니다. "동지들이여, 여기가 어디인지 전혀 모르오. 어디가 동쪽이고 어디가 서쪽인지 분간되지도 않소. 방법을 생각해 봅시다. 어제 아침 험준한 산에 올라가 이 섬을 내려다보니 섬이 나지막하게 누웠는데 그 중간쯤 빽빽한 수풀과 나무 사이에서 연기가 피어올랐소." 내 말을 들은 동료들의 얼굴이 하얗게 변했습니다. 생각만 해도 몸서리쳐지는 안티파테스의 행위와 거만한 키클로페스의 만행이 떠올랐기 때문인데 모두 눈물을 뚝뚝 흘리며 슬퍼했습니다. 하지만 그렇게 울고불고해도 소용없어 나는 단단히 무장한 일행을 두 패로 나눠 책임자를 정해 한 편은 내가 인솔하고 다른 한 편은 신과 같은 에우릴로코스가 인솔하게 했습니다. 우리는 청동 투구 속에 든 제비를 뽑았는데 에우릴로코스가 뽑혔습니다. 그는 동료들을 이끌고 윤기가 나는 돌로 세운 널찍한 키르케의 집을 찾아냈습니다. 그 집 주변에는 온통 늑대와 사자 등 산짐승이 돌아다녔는데 그녀가 마약으로 길들여와 동료들에게 긴 꼬리를 흔들며 아양을 떨었습니다. 주인이 식사를 마치고 나올 때 주인의 비위를 맞추려고 달려드는 개처럼 강한 발톱을 숨긴 늑대나 사자도 낯선 사람들을 둘러싸고 아양을 떨었습니다. 놀란 그들은 간신히 두려움을 참고 지켜보았습니다. 때마침 아름다운 키르케가 베틀에서 베를 짜고 있었는데 여신들의 수공예품이 그렇듯 매우 날씬하고 고상한 훌륭한 솜씨였습니다. 그러면서도 사내들의 마음을 울릴 것 같은 고운 목소리로 노래를 불렀습니다. 맨 먼저 말을 꺼낸 사람은 무사의 우두머리 폴리테스였는데 동료 중 내가 특별히 아끼고 신뢰하는 유능한 사나이였습니다. "이것 보게, 동지들! 집 안에서 여신과 같은 여인이 커다란 베틀 앞을 오가며 고운 목소리로 노래부르고 있네. 그 소리가 이 마루 전체에 울리는데 그녀에게 말을 걸어보세." 그 말에 모두 소리높여 그녀를 부르자 그녀는 바로 나와 빛나는 쌍여닫이문을 밀어 열고 반갑게 그들을 불러들였습니다. 동시에 그들은 아무 생각 없이 그녀를 따라 들어갔습니다. 다만 에우릴로코스는 남아서 조심스럽게 지켜보기로 했습니다. 그녀는 집 안으로 모두 데리고 들어가 소파와 팔걸이 의자에 앉히고 치즈, 보릿가루, 노란 벌꿀을 탄 향긋한 포도주를 내놓았습니다. 그 음식물에는 야릇하고 무서운 마약이 섞여 있었는데 고향 생각을 모두 잊게 할 목적이었습니다. 동료들이 잔을 돌려가며 술을 마시자마자 그녀가 회심의 미소를 지으며 갑자기 요술 지팡이로 그들의 머리를 사정없이 내리치자 동료들은 점점 돼지로 변했습니다. 너무나 갑자기 변한 모습에 그들이 소리쳤지만 나오는 소리는 돼지 멱 따는 소리였습니다. 그 모습을 본 에우릴로코스는 기겁해 우리가 있는 곳으로 정신없이 달려왔습니다. 그는 얼마나 놀랐는지 눈물만 흘리며 아무 말도 없었습니다. 우리가 이상히 여겨 계속 묻자 동료들이 당한 액운을 겨우 전했습니다. 그의 말을 들은 내가 은도금한 큰 칼을 어깨에 메고 그가 온 길을 되돌아가자고 하자 그는 내 무릎을 휘어잡고 엎드려 애원했습니다. "오, 제우스께서 아끼시는 분이시여, 나는 여기 있겠습니다. 지금 그대가 가봤자 돌아오지 못하고 동료도 데려오지 못할 테니 그냥 빨리 달아납시다. 이 무서운 악운으로부터 어서 벗어나야

돼지로 변신시키는 키르케
마법사 키르케가 오디세우스 일행을 돼지로 변신시켜 우리 안에 넣는 장면이다.

합니다." 이에 나는 그의 만류를 뿌리치며 말했습니다. "에우릴로코스여, 그대는 여기 남아 식사라도 하고 진정하시오. 나는 가지 않고는 못 견디겠소." 그렇게 말하고 배 옆을 떠나 섬 안쪽으로 갔습니다. 앞으로 점점 나아가 신성한 숲의 나지막한 곳, 키르케의 커다란 집에 가려던 순간 황금 지팡이를 쥔 헤르메스가 내게 다가왔습니다. 그는 코밑에 수염이 쭈뼛 나기 시작하는 청년의 모습이었죠. 그는 내 손을 잡더니 이렇게 말했습니다. "어허, 이번에는 또 어디로 가시는가? 불운한 당신이, 더구나 혼자 언덕길을 오시다니. 이곳 지리에 어두우면서도. 당신 부하들은 돼지로 변해 저 키르케의 돼지우리 안에 갇혀 있네. 그렇군! 그들을 구출하러 오셨군. 하지만 당신 혼자 돌아오기도 힘들어. 당신도 틀림없이 다른 사람들처럼 여기 남게 될 걸세. 내 말을 듣게. 재난으로부터 당신을 안전하게 지켜 드리리다. 자, 효험 있는 이 약초를 가지고 키르케의 집으로 가게. 그 힘이 재앙을 막아줄 테니. 그럼 키르케의 마법을 모두 알려드리지. 먼저 여러 가지를 섞은 즙을 만들어 줄 걸세. 그 음식물에는 마법의 약도 섞여 있을 걸세. 하지만 그렇게 해도 당신에게는 마법을 걸 수 없네. 효험 있는 이 약초가 그렇게 못 하게 할 테니. 이걸 받게. 그리고 자세히 가르쳐 드리지. 키르케가 당신에게 긴 지팡이로 덤비면 그때를 놓치지 말고 날카로운 검을 허리에서 빼 그를 덮치게. 당장이라도 죽일 듯 서슬 퍼렇게. 그럼 그녀는 겁을 먹고 자신의 침대로 이끌 걸세. 그럼 당신은 여신과 사랑을 나누는 것을 절대로 거절하면 안 되네. 그녀가 동료들을 마법에서 풀어주고 당신에게도 잘 대접하도록 하기 위해서지. 그러려면 먼저 신에게 중대한 맹세를 할 것을 그녀에게 요구해야 하네. 당신에게 못된 재앙을 절대로 꾸미지 않고 당신 몸에서 무기마저 빼앗은 벌거숭이로 만들고 나서 쓸개 빠지고 남자답지 못한 사람으로 만들 생각을 품지 않을 것을 말일세." 아르고스의 정복자이자 제우스의 전령인 헤르메스가 이렇게 말하며 땅에서 뜯은 풀을 내게 주었습니다. 신들이 '몰리'라고 부르는 그 풀은 뿌리가 검고 꽃은 우윳빛이었습니다. 그러나 인간의 손으로는 캐기 어렵고 신만 캘 수 있는 것입니다. 헤르메스가 수풀이 우거진 섬을 지나 올림포스로 향한 후 나는 키르케의 집으로 향했습니다. 나는 불안감을 억누르고 발걸음을 옮겼죠. 머리카락이 아름다운 여신의 안뜰에 서서 큰 소리로 부르자 키르케는 내 소리를 듣고 문을 열어주었습니다. 그때 마음이 무척 괴로우면서도 뒤를 따라가 보니 그녀는 나를 안으로 안내해 은으로 장식된 팔걸이 의자에 앉혔습니다. 그리고는 황금 술잔에 혼합된 음료를 내왔죠. 내가 무심한 척 음료를 마시자 키르케는 흡족한 듯 미소를 지으며 지팡이로 나를 사정없이 치며 말했습니다. "자, 너도 돼지우리로 가 동료들과 함께 자라!" 그렇게 말할 때 나는 날카로운 칼을 허리에서 빼 키르케에게 덤볐죠. 당장이라도 죽일 듯 서슬 퍼렇게. 그러자 여신은 비명을 지르며 단검 밑으로 빠져나와 내 무릎에 매달려 겁먹은 목소리로 눈물을 흘리며 말했습니다. "당신 이름은 무엇이고 어디서 오셨나요? 당신 고국은 어디이고 부모님은 어디 계신가요? 이 약초를 마셨는데

오디세우스 앞에 무릎 꿇은 키르케
오디세우스가 키르케의 마법을 무용지물로 만들고 그녀를 위협하는 장면이다.

도 마법에 전혀 걸리지 않으시다니 놀라울 뿐입니다. 다른 분들은 이 요망한 약의 작용을 받지 않을 수 없으니까요. 오, 당신은 틀림없이 오 디세우스시군요. 온갖 계략을 잘 아시는 그분. 황금 지팡이를 가진 아 르고스를 죽인 신께서 그분이 조만간 올 거라고 늘 말씀하셨죠. 트로 이아로부터 검게 칠한 빠른 배를 타고 귀국하는 도중 들를 거라고 했 죠. 어쨌든 이제 칼을 칼집에 다시 꽂고 내 침대 위에 올라 나를 가지 세요. 사랑과 잠 속에서 서로 믿는 법을 교감해야 하니까요." 그녀는 그렇게 말하고 대리석 같은 풍만하고 고운 여신의 몸매를 드러냈습니 다. 마녀 키르케는 요염하고 거부할 수 없는 관능미가 넘쳤지만 나는 그녀에게 이렇게 대답했죠. "아니, 키르케님. 새삼스럽게 당신에게 친 절하라고 어찌 요구하시나요? 당신 댁에서 내 동료들을 돼지로 만들 고 나까지 이곳으로 끌고 와 야릇한 꾀로 그런 말을 하다니. 침실로 가 당신 침대 위에 오르라니. 그것도 무기도 없는 무방비 상태의 알몸으 로 만들어 돼지로 만들 속셈 아닙니까? 그대가 나를 해칠 의사가 없음 을 신께 맹세하지 않는 한 당신 침대 위로 올라가지 않겠습니다." 그 러자 곧 그녀는 내 뜻을 받아들여 굳은 맹세를 신께 올렸습니다. 그제 야 나는 아름다운 키르케의 침실에 들었습니다. 그동안 시녀 네 명이 분주히 시중을 들었습니다. 아름다운 자태를 뽐낸 그녀들은 모두 푸 른 바다로 흘러가는 성스러운 강, 숲속, 우물가에서 태어났습니다. 한 시녀가 화려한 자색 담요를 의자에 씌우고 그 위에 면을 깔자 다음 시 녀가 너무나 달콤한 꿀 포도주를 황금 잔에 부었고 다른 시녀는 물을

오디세우스와 키르케
키르케는 인간인 오디세우스의 침착함과 무용에 매료되어
그를 남편으로 삼고 싶어 한다.

길어 커다란 가마솥에 붓고 불을 지펴 물 온도를 맞춘 후 내 머리와 어깨에 물을 부어 내 온몸의 피로를 씻어냈습니다. 마침내 나는 그녀가 누운 침대에 들었습니다. 그녀는 요부답지 않게 뺨을 붉히면서도 도발적으로 나를 요구했습니다. 나는 가까이 다가온 그녀의 얼굴을 확인할 수 있었습니다. 둥근 이마와 청명한 눈과 짙은 눈썹에 콧날은 매끄럽게 오똑 솟았고 작고 붉은 입술은 목석과 같은 내 마음에 뜨거운 불을 질렀습니다. 키르케는 더 기다릴 것도 없이 청동과 같은 내 몸을 포옹하며 애무했습니다. 나는 정신이 혼미해지는 순간 정신이 번쩍 들었습니다. 그녀의 뜨거운 행위 속의 모종의 음모가 염려되었기 때문입니다. 독은 독으로 다스리듯 나는 수세적 자세에서 벗어나 거칠게 공격했습니다. 트로이아 성을 함락시킬 때 거대한 목마의 위용과 같았죠. 음모에 맞서 싸우려는 인정사정없는 내 공격에 마침내 키르케는 동물처럼 울기 시작했습니다. 그녀는 처참하게 몸이 꺾이며 환희의 비명을 내질렀습니다. 그녀는 다음 날 새벽이 올 때까지 격정에 몸을 떨어야 했습니다. 장밋빛 '새벽의 여신'이 밤의 장막을 거두자 나는 그녀의 침대에서 일어났습니다. 키르케는 격렬했던 정사 때문인지 숨을 고르며 내 품 안에 안겨 있었습니다. 내가 슬그머니 일어나 침실에서 나와 보니 식탁 위에 시녀들이 준비한 빵과 진수성찬이 차려져 있었습니다. 하지만 도무지 먹을 기분이 아니었습니다. 내가 음식을 들지 않고 몹시 괴로워하자 침실에서 나온 키르케가 다가와 순종적인 어투로 물었습니다. "오디세우스시여, 어째서 아무것도 드시지 않고

오디세우스와 키르케
오디세우스는 헤르메스의 분부대로
키르케의 유혹을 거절하지 않고 그녀와 동침한다.

벙어리처럼 앉아 계신가요? 내가 수상한 짓을 할지 의심하시나요? 하지만 나는 굳은 맹세로 이미 그대의 여자가 되었어요." 그녀의 말에 나는 그녀를 오해했음을 깨달았습니다. 그녀는 많은 남성을 동물로 둔갑시켰지만 해칠 의도가 아니라 그녀가 사랑할 수 있는 남성을 찾는 수단이었죠. 그녀의 말에 나는 대답했습니다. "키르케시여, 올바른 정신을 가졌다면 동료들이 돼지우리 속에서 괴로워할 텐데 어찌 혼자만 먹고 마실 수 있겠습니까? 나를 진정으로 위한다면 내 동료들을 마법에서 풀어주시오." 내 부탁에 키르케는 마법지팡이를 들고 밖으로 나가더니 돼지로 변한 동료들을 우리 밖으로 끌어내 동료들 사이를 지나가며 또 다른 마약을 발라 주었습니다. 그러자 마약 때문에 생긴 돼지 털이 모두 빠지고 다시 인간으로 돌아왔습니다. 그들은 나를 알아보고 손을 잡으며 눈물을 흘렸습니다. 여신도 동정을 느꼈는지 이렇게 말했습니다. "오디세우스님, 먼저 배를 뭍으로 끌어올려 충성스러운 당신 동료들을 데리고 돌아오십시오." 그녀의 말에 내 마음도 움직여 동료들이 기다리는 해안으로 돌아갔습니다. 온종일 어미 소가 밖에서 풀을 뜯다가 외양간으로 돌아오자 송아지들이 달려들듯 그들은 나를 만나자 반갑게 몰려와 울었습니다. 그들은 감격에 젖어 입을 열었습니다. "오, 제우스께서 내려주신 분이시여, 이렇게 무사히 오시다니. 우리가 당신을 얼마나 기다렸는지 모릅니다. 나머지 동료들은 어떻게 되었나요?" 나는 그들의 흥분을 가라앉히며 말했습니다. "자, 먼저 배를 해안에 정박시키고 우리 짐과 모든 선구를 동굴 안에 넣어두고 서둘러 나와 함께 키르케의 집으로 가 동료들을 만납시다. 그곳에는 먹고 마실 것이 넘친다오." 그들은 선선히 나를 따라나섰지만 에우릴로코스만 혼자 남아 동료들을 만류시켰습니다. "여러분, 어디로 가겠다는 것이오? 어째서 그 같은 재앙 속으로 자청해 가겠다는 건가? 그녀는 자네들을 돼지나 늑대, 사자로 만들 것이고 우리는 그녀의 커다란 집을 지키는 동물이 되어야 하네. 그대들은 키클로페스에게 당한 일을 벌써 잊었는가? 그때 오디세우스의 말을 듣고 그놈의 동굴에 남았다가 동료들이 희생당하지 않았는가?" 그러자 가장 가까운 사이였던 그를 예리한 칼로 땅에 고꾸라뜨릴 마음이 일었지만 사방에서 동료들이 말렸습니다. "제우스께서 아끼시는 분이시여, 그대가 허락한다면 이 사람만은 여기서 배를 지키게 합시다. 우리는 어서 키르케의 집으로 갑시다." 그러나 동료들이 배에서 나오자 에우릴로코스도 내 비난이 두려워 우리를 따라나섰습니다. 우리가 키르케의 집에 도착했을 때 동료들은 즐겁게 식사하다가 우리를 보자 얼싸안고 울음을 터뜨렸습니다. 키르케도 우리 일행을 따뜻이 맞아 정성껏 모두 목욕시키고 올리브유를 발라주고 두꺼운 망토와 튜닉을 입혀 주었습니다. 이윽고 키르케가 내 옆으로 다가와 말했습니다. "지략이 뛰어나신 오디세우스여, 이제 눈물을 거두시오. 그대들이 바다와 육지에서 온갖 풍파를 겪은 것을 잘 아오. 자, 이리 와 술이나 들며 마음을 가라앉히고 고향을 떠나올 때의 마음으로 돌아갑시다. 그대는 너무 지쳐 유쾌한 시간을 한 번도 갖지 못한 것 아니오?" 그 말에 내 마음도 어느

오디세우스와 키르케의 사랑
키르케는 칼립소와 달리 마법사이고 악독했지만
오디세우스에게는 착한 여인이었다.

정도 풀렸습니다. 그렇게 우리는 고기와 맛있는 술로 하루하루를 보냈습니다. 그렇게 해가 바뀌고 세월이 흘러 1년이 지난 어느 날 충실한 동료들이 내게 말했습니다. "오디세우스여, 그대가 살아서 고국으로 돌아갈 운명이라면 지금이 적기 같소." 그 말에 내 마음에서도 동요가 일었습니다. 나는 키르케의 화려한 침실로 가 그녀의 무릎에 엎드려 간청했습니다. "키르케시여, 이제 당신께서 나와 맺은 약속을 지키셔야죠. 나를 보내주시기로 한 약속 말입니다. 나도 간절히 원하고 내 동료들도 틈나는 대로 애원하느라 지쳤습니다." 그녀는 놀랍게도 순순히 내 뜻을 받아들였어요. 나중에 안 사실이지만 그때 그녀는 내 아이(텔레고노스)를 임신 중이었습니다. 그녀는 내가 걱정되어 이렇게 말했습니다. "오, 지혜로운 오디세우스여, 그대의 마음이 그렇다면 굳이 여기서 머물 필요가 없지만 무서운 하데스 궁으로 가 예언자 테이레시아스에게 조언을 구하시오. 테이레시아스는 꿋꿋한 의지를 지닌 눈먼 예언자로 비록 몸은 죽었지만 '명부의 여왕' 페르세포네의 은총을 받아 모든 것을 알고 있다오." 그녀의 말에 나는 그만 가슴이 메어 그녀를 부둥켜안고 흐느껴 울었습니다. 하데스 궁은 죽은 자들만 가는 명부로 내가 더 이상 햇빛을 볼 수 없으리라 생각했기 때문입니다. 마침내 눈물을 멈추고 키르케에게 물었습니다. "오, 키르케시여, 누가 나를 그곳까지 안내할 겁니까? 하데스 궁으로 항해한 자가 지금까지 아무도 없지 않습니까?" 그러자 그녀는 내 머릿결을 쓰다듬으며 말했습니다. "오디세우스여, 안내할 사람 걱정은 하지 마세요. 배에 돛대를 세우고 흰 돛을 활짝 피고 앉아 있으면 북풍이 그곳으로 데려가줄 거예요. 그러나 세상 끝의 큰 강물인 오케아노스를 배로 건너면 그곳은 풀이 무성한 페르세포네 강변과 동산이 있는 곳입니다. 키 큰 갯버들과 열매가 뚝뚝 떨어지는 버드나무가 우거져 있죠. 깊은 소용돌이가 굽이치는 그곳 오케아노스 강가에 배를 대고 혼자 하데스 궁으로 가세요. 그곳 아케론으로 피리플레게톤과 스틱스의 지류인 코키토스가 흘러 들어가고 커다란 바위가 두 물줄기를 합류시켜 주죠. 그곳에 도착하면 먼저 사방 한 팔 길이의 구덩이를 파고 그 주위의 모든 고인에게 술을 부어 올리세요. 처음에는 꿀을 섞어 붓고 두 번째에는 달콤한 포도주, 세 번째에는 물과 그 위에 흰 보릿가루를 뿌리세요. 그리고 죽어 무력한 고인들 머리에 정성껏 기도를 올리고 이렇게 언약하세요. 이타카로 돌아가면 궁궐 장작더미 위에 가장 좋은 암송아지를 올리고 테이레시아스를 위해서는 별도로 점이 없는 가장 훌륭한 검은 양을 골라 올리겠다고요. 그렇게 명성이 드높은 고인들에게 기도한 다음 숫양 한 마리와 검은 암양 한 마리를 어두운 죽음의 골짜기인 에레보스 쪽으로 머리를 향해 올리되 그대는 돌아서서 강기슭을 바라보세요. 그럼 고인이 된 영혼들이 많이 몰려올 거예요. 그런 다음 그대의 동료들을 불러 양가죽을 벗겨 불에 그을린 다음 무서운 페르세포네 등의 신들에게 올리세요. 그동안 그대는 죽어 무력한 고인들이 피 가까이 접근하지 못하게 하면서 테이레시아스의 말을 기다리세요. 그럼 그가 다가와 비로소 그대에게 돌아갈 길과 망망대해를 건너는 방

〈키르케 조각상〉
루브르 박물관 소재

법 등 귀로를 조언해줄 거예요." 나는 7년 동안 오기기아섬의 칼립소 여신과 구속적인 관계여서 마법을 부리는 키르케를 경계했지만 그녀는 아무에게도 해를 끼치지 않았습니다. 나를 향한 그녀의 사랑은 헌신적이어서 날이 밝으면 그녀와 헤어져야 한다는 생각에 밤새도록 그녀의 몸을 탐닉했습니다. 그것을 느꼈는지 키르케도 적극적이었습니다. 우리는 물고 물리는 두 마리의 물고기가 되어 서로 몸을 교차하고 뒤틀며 헤엄쳤습니다. 그러는 순간 시간이 얼마 남지 않았음을 느끼고 오랫동안 서로 눈을 응시했죠. 그렇게 밤새도록 사랑을 나누고 이야기하는 동안 금관을 쓴 '새벽의 여신'이 손가락을 펼치며 나타났습니다. 그녀는 내게 망토와 튜닉 등의 의복을 손수 입혀 주었고 그녀 자신도 무척 빛나는 망토와 번쩍이는 금띠를 두르고 머리에는 베일을 썼는데 너무나 우아했습니다. 나는 내실을 오가며 다정한 말로 동료들을 깨워 일으켰습니다. "자, 이제 일어나시오. 이곳을 떠날 시간이 되었소. 키르케 그녀가 우리의 귀국을 허락했소." 내가 그렇게 말하자 우리 중 가장 나이 어린 청년 엘페노르는 매우 심약했는데 혼자 술에 취해 지붕 위에 누워있다가 사다리를 타고 내려와야 한다는 것을 잊고 그만 뛰어내렸죠. 목뼈가 부러지고 그 혼령은 저승으로 가고 말았습니다. 나는 아이아이아섬을 떠나며 동료들에게 말했습니다. "그대들은 지금 우리가 그리운 고국으로 간다고 생각하겠지만 키르케는 우리가 무서운 페르세포네와 하데스 궁으로 가 테이레시아스의 영혼에게 조언을 구해야 한다고 말했소." 그러자 그들은 그 자리에

키르케로 그려진 엠마 해밀턴
키르케는 서양 미술에서도 많은 예술가들에게 영감을 준 인물이다.
위 그림은 넬슨 제독의 연인이자 정부인 엠마 해밀턴을 키르케로 묘사했다.

주저앉아 대성통곡하며 머리를 쥐어뜯었습니다. 이렇게 눈물을 흘리며 처량하게 바다로 나아가는데 키르케는 소리도 없이 다가와 숫양과 검은 암양을 검은 배에 매달아주고 가볍게 빠져나갔습니다.

『오디세이아』10장 분석

오디세우스와 일행이 이타카로 거의 돌아갈 뻔했는데 포세이돈의 심판은 너무나 가혹했다. 아이올리스는 오디세우스에게서 깊은 인상을 받아 그를 환대한다. 그는 잠재적으로 파괴적인 모든 바람을 이용해 황소 가죽에 단단히 묶고 오디세우스의 배에 황소 가죽을 꽂는다. 그러나 키코네스에 대한 승리 이후 그가 그랬듯 오디세우스는 부하들에 대한 통제력을 잃는다. 그가 자는 동안 호기심과 불신이 사고를 부른다. 그들은 황소 가죽 속의 보물을 공유해야 한다고 생각하고 열어본다. 그러나 고국 이타카를 눈앞에 두고 비극적이게도 역풍이 몰아쳐 아이올리스에게 되돌아간다. '바람의 신'은 오디세우스를 더 도와주는 것을 거부했다. 신들이 그렇게 불행한 사람을 경멸해야 한다고 그가 추론했기 때문이다. 오디세우스는 폭풍우가 이타카에서 그를 날려버리자 당연히 절망하지만 고난의 항해를 다시 시작한다. 오디세우스가 텔레필로스에 상륙하자 상황은 더 악화된다. 오디세우스와 일행은 처음에 친절해 보이는 라이스트리고네스 주민들을 확인하기 위해 조심스럽게 정찰대를 보내지만 식인종인 그들의 공격은 폴리페모스의 공격을 연상시키듯 거대한 바위를 던지고 선원들을 창으로 찔렀다. 그런 가운데 냉정함을 유지한 오디세우스만 노를 젓는 것을 허용한다. 많은 희생자를 낳은 오디세우스는 겨우 배 한 척을 몰아 무서운 '마법의 여신'이 있는 아이아이아섬에 도착한다.

오디세우스는 다시 정찰대를 보낸다. 그들은 마법의 매력과 새의 목소리를 가진 아름답고 친절한 여신에게 미혹되어 돼지로 변하는데 오직 에우릴로코스만 그 현장을 목격하고 오디세우스에게 도망쳐 이 사실을 알린다. 오디세우스는 즉시 그들을 구하기 위해 홀로 나선다. 그의 결단은 항상 감탄스러운 용기를 불러 일으키지만 용기만으로는 그들을 구할 수 없다. 그러나 용기를 잃지 않은 자에게는 신의 가호가 따르기 마련이다. 젊은이로 변신한 헤르메스가 개입해 마녀를 이기는 방법을 오디세우스에게 알려준다. 그는 마법의 약에 해독제 역할을 할 허브인 몰리를 먹어야 했다. 여신이 지팡이를 휘두를 때 오디세우스는 칼을 뽑아 반격해 그녀를 제압한다. 키르케는 항복하고 오디세우스에게 상당한 성적 호의를 베푼다.

여기서 키르케의 관점에서 살펴볼 것이 있다. 오디세우스가 신들의 도움으로 위험한 '괴물'을 물리치는 것처럼 보일지 모르지만 이 의견에는 몇 가지 문제점이 있다. 첫째, 오디세우스는 키르케와 1년을 보내고 그녀와 함께 아이를 낳는다. 이것은 일반적으로 괴물과 함께 하는 일이 아니다. 그리고 그녀가 그에게 잠자리를 나눌 침대를 제공하면서 그것이 상호신뢰에 도움이 될 거라고 말한다. 그녀는 전투가 아닌 관계를 원한 것이다. 결국 키르케는 아무에게도 해를 끼치지 않았다. 그녀는 오디세우스와 사내들의 마음을 꿰뚫어 볼 만큼 지각력이 뛰어났다. 그리고 키르케가 그들을 거부해 짐승으로 만든 이유가 분명히 드러난다. 그들은 매혹적인 그녀에게 강한 욕망을 품었지만 그녀가 원하는 것은 아니었다. 그녀의 미모가 그들에게 동기를 부여하는 것이지 내면의 자아는 아니었다. 그녀의 아름다움은 다른 사람의 욕망을 부를 수 있지만 그것은 그녀의 문제가 아니다. 그녀가 영향을 미쳐야 하는 것은 다른 사람의 마음이 아닌 그녀 자신의 마음이다. 그녀의 변화를 도와줄 사람은 자신을 바꾸지 않는 사람이다. 그녀가 오디세우스를 선택한 이유는 그가 자신의 변함없는 마음을 이미 창조했기 때문이다. 그는 과거의 어느 시점에서 자신을 위해 모든 상황에서 지금 살고 있는 명예의 규범을 만들었다. 그녀는 자신이 하고 싶은 일을 오디세우스에게서 발견해 그에게서 매력을 느낀 것이다. 오디세우스가 그녀를 함락시킬 수 있었던 것은 신의 도움 덕분이었지만 욕망보다 앞선 마음속의 자아였다. 누구보다 그 점을 느낀 키르케는 항복하는 순간 마음의 문도 열었다. 이 사건들은 헤르메스의 예상대로 전개되며 오디세우스와 일행은 모처럼 안식을 취한다. 그러나 그들은 계속 나아가길 원했고 오디세우스가 떠날 때까지 키르케의 헌신은 계속되었다.

11 Chapter

명계로 내려간 오디세우스

『오디세이아』11장 요약

죽은 자의 땅은 안개와 구름에 싸여 태양 빛도 뚫지 못하는 킴메리오이족 나라 근처에 있었다. 오디세우스는 키르케의 당부대로 규정된 장소에 구덩이를 파고 우유, 꿀, 부드러운 포도주와 순수한 물을 붓는다. 그는 보릿가루를 예리하게 뿌린 다음 죽은 자를 끌어들이기 위해 숫양의 어두운 피를 희생시킨다. 맨 먼저 접근한 것은 오디세우스의 남자 중 한 명인 엘페노르로 그는 키르케의 집을 떠나기 직전 사망했다. 엘페노르는 지난 밤 키르케 집 지붕 위에서 술에 취해 보냈고 새벽에 지붕에서 떨어져 목이 부러졌다. 오디세우스가 죽은 자의 땅으로 가는 여정이 긴박해 엘페노르는 묻히지 않은 채 남겨졌고 그리스인들이 아이아이아로 돌아올 때 그의 영혼에 대해 적절한 의식을 치른다. 또한 제물의 피에 다른 영혼들이 몰려든다. 오디세우스의 어머니 안티클레이아, 예언자 테이레시아스, 옛 동지 아가멤논과 아킬레우스 등이 있다.

———

　검은 배가 미끄러지듯 앞으로 나아가면서 순풍이 계속 불어왔습니다. 인간의 언어를 쓰는 여신, 아름답게 머리를 땋은 키르케는 검은 뱃머리 뒤쪽에서 고마운 동지와 같은 순풍을 돛에 잔뜩 보내주었습니다. 온종일 우리는 바람이 부는 대로 항해했습니다. 마침내 해가 지자 세상의 끝, 깊이 흐르는 오케아노스에 다다랐습니다. 그곳에는 킴메리오이족의 나라와 도성이 있는데 안개와 구름에 싸여 태양 빛조차 내리쬐지 않았습니다. 우리는 키르케가 말한 대로 배를 기슭에 정박하고 양을 내리고 오케아노스 물굽이를 따라 걸었습니다. 그런 다음 나는 사방 한 팔 길이의 구덩이를 파고 주위 모든 고인에게 술을 부었습니다. 우선 꿀을 섞고 달콤한 포도주와 물을 부었습니다. 그리고는 흰 보릿가루를 뿌리며 무력한 고인들의 머리에 정성껏 기도를 올렸습니다. 그리고 이타카로 돌아가면 궁궐 장작더미 위에 새끼를 배지 않은 가장 훌륭한 암송아지를 올리고 테이레시아스를 위해서는 별도로 점이 없는 가장 좋은 검은 양을 골라 올리겠다고 맹세했습니다. 그렇게 내가 영혼들에게 기도와 맹세를 한 후 양을 잡아 구덩이에 넣고 목을 쳤습니다. 검은 피가 쏟아지자 이 세상을 떠난 고인들의 망령이 저승 세계의 밑바닥에서 모여들었습니다. 새 색시들과 총각들, 고생을 거듭한 노인과 안타깝게 처녀로 죽은 혼령, 청동 창에 찔려 죽은 수많은 병사와 참살당한 수많은 혼령이 괴성을 지르며 구덩이로 모여들었습니다. 심한 공포가 엄습했지만 나는 동료들에게 양 껍질을 벗겨 불에 그을린 다음 거대한 하데스와 무서운 페르세포네 등의 신들께 기도를 올리도록 시켰습니다. 그리고 칼을 빼 들고 앉아 죽어서 무력한 고인들이 피 가까이 접근하지 못하도록 하면서 테이레시아스의 망령을 기다렸습니다. 맨 먼저 온 것은 우리 동료였던 엘페노르였습니다. 우리가 미처 매장도 못한 채 키르케의 집에 그의 시신을 두고 왔기 때문입니다. 나는 그를 보자 울음이 북받쳐 떨리는 목소리로 말했습니다. "엘페노르여, 어떻게 이 어두운 암흑 속으로 왔는가? 내 검은 배보다 먼저 도착했구려." 내가 이렇게 말하자 그는 탄식하며 대답했습니다. "나를 파멸에 빠뜨린 것은 신이 내리신 사나운 운명과 무서운 포도주입니다. 키르케의 집 지붕 위에 누웠다가 그만 떨어져 이곳까지 오고 말았습니다. 지금 여기 있지는 않지만 당신이 뒤에 남겨두고 온 부인과 당신을 길러주신 아버지, 그리고 당신 아들 텔레마코스의 이름을 빌려 부탁하노니 저를 지금처럼 그대로 두지 마소서. 혹시 저 때문에 신의 노여움이 당신께 미칠까 두렵습니다. 저를 무장한 채 화장해 훗날 검푸른 바닷가에 이 불운한 사람의 무덤을 만들어 주소서. 그런 다음 무덤 앞에는 제 생전에 동료들과 함께 저었던 노를 꽂아주소서." 이렇게 말했으므로 나도 그 말에 대답했습니다. "불행한 친구여,

테이레시아스를 만나는 오디세우스
명계의 예언자 테이레시아스가
오디세우스 앞에 나타나는 장면이다.

소원대로 해주겠소." 그렇게 엘페노르의 혼령과 슬픈 말을 주고받는 동안에도 나는 여전히 고인들이 피 가까이 접근하지 못하도록 꼼짝하지 않고 자리를 지켰습니다. 그때 돌아가신 내 어머니, 위대한 아우톨리코스의 따님이신 안티클레이아의 영혼이 왔습니다. 내가 그분과 이별했을 때는 성스러운 일리오스로 떠날 때였습니다. 그분을 뵙자 슬픔이 북받쳤습니다. 그러나 눈물을 흘리면서도 테이레시아스의 말을 듣기 전에는 피 가까이 오지 못하도록 했습니다. 이윽고 테바이의 테이레시아스가 황금 왕홀을 든 채 도착해 내게 말했습니다. "지략이 뛰어나신 오디세우스여, 적막이 흐르는 이곳 죽음의 나라에까지 나를 찾아온 이유가 무엇인가? 먼저 구덩이에서 비켜서시게. 내 양의 피를 마시고 나서 그대가 알고 싶어하는 것을 말해주겠네." 내가 은으로 장식된 칼을 칼집에 집어넣고 비켜서자 그 유명한 맹인 예언자는 검은 피를 마시고 입을 열었습니다. "위대하신 오디세우스여, 그대는 꿈같은 귀국의 날을 묻기 위해 내게 왔구려. 하지만 사랑하는 아들을 눈멀게 한 그대에게 아직도 노여움을 풀지 못하는 포세이돈으로부터 빠져나오리라 생각하진 않소. 그러나 고난을 겪다 보면 귀향할 날이 올 것이오. 그대와 동료들이 정신만 차린다면 머지않아 검푸른 망망대해를 헤치고 트리나키아섬에 다다를 것이오. 그곳에서는 선견지명이 있는 헬리오스의 소와 양들이 풀을 뜯어 먹고 있소. 그대가 이 가축들을 해치지 않는다면 고난을 겪을지언정 이타카로 가게 될 것이오. 하지만 그것들을 괴롭힌다면 그대는 물론 동료들까지 무사하지 못할 것이오.

그대만 운 좋게 피할지도 모르지만 대신 고국에 있는 그대의 집에도 비극이 닥칠 것이오. 그대의 아내에게 구혼한 무리가 그대의 재산을 탕진할 텐데 그대가 돌아가 복수할 것이오. 하지만 그대의 집에서 그들을 참살한 다음에는 다시 길을 떠나 바다도 모르고 소금에 절인 음식도 먹지 않는 사람들이 사는 곳에 도착할 때까지 계속 노를 저어 갈 것이오. 그들은 붉게 칠한 배뿐만 아니라 노조차 모르오. 그때 한 행인이 그대의 빛나는 어깨에 키질하는 부채를 지녔다고 말하거든 즉시 노를 땅에 꽂고 포세이돈에게 숫양과 황소 100마리 제물을 준비해 하늘을 다스리는 '불사의 신'들에게 각각 제사를 올리시오. 그럼 무사히 여생을 마치고 그대의 종족들은 그대 주위에서 행복하게 살 것이오." 이렇게 말하기에 나도 그 말에 대답했습니다. "위대하신 예언자 테이레시아스여, 이 모든 것이 신께서 제게 주시는 운명인가 봅니다. 그러나 이것만은 숨김없이 알려주소서. 조금 전 저는 돌아가신 어머니의 영혼을 뵈었습니다. 어머니는 아무 말 없이 앉아 자식의 얼굴을 보려고도 말을 걸려고도 하지 않으셨습니다. 어떡해야 저를 다시 알아보실지 알려 주십시오." 이렇게 말하자 그는 곧바로 내게 대답했습니다. "오, 그것은 이 세상을 떠난 영혼이 피 가까이 접근하도록 그대가 내버려둔다면 그는 그대에게 진실을 말할 것이오. 반면, 피 가까이 접근하지 못하도록 막는다면 그는 돌아가는 법이오." 이렇게 말하더니 그 예언자는 하데스 궁으로 돌아가버렸습니다. 그러나 나는 어머니의 영혼이 검은 피를 마실 때까지 그 자리에 그대로 굳게 버티고 서 있었죠.

그러자 어머니는 곧 나를 알아보시고 슬피 우시며 말씀하셨습니다. "사랑하는 아들아, 살아 있는 네가 어떻게 이 죽음의 땅으로 왔느냐? 너는 트로이아로부터 아직도 이타카에 가지 못하고 집에 있는 아내도 만나보지 못한 것이냐?" 이렇게 말했으므로 나도 그 말에 대답했습니다. "어머님, 부득이한 사정으로 테바이 사람인 테이레시아스의 영혼으로부터 조언을 듣기 위해 이곳에 왔습니다. 풍랑과 싸우느라 유명한 아가멤논 왕을 따라 트로이아군과 싸우기 위해 원정 간 날부터 지금까지 그리운 고국에 아직 발도 들여놓지 못했습니다. 어머니, 제게 솔직히 말씀해 주십시오. 도대체 어떤 죽음의 운명이 어머님의 생명을 빼앗았습니까? 오랜 병환 때문이었나요? 아니면 화살을 쏘아대는 아르테미스 여신께서 그 우아한 화살을 보내 죽이신 겁니까? 아버님과 아들과 아내 이야기도 들려주십시오." 이렇게 말하자 어머님은 곧바로 대답하셨습니다. "네 아내는 성에서 꾸준한 생각으로 버티고 있지만 눈물로 세월을 보내고 있단다. 그리고 네 훌륭한 왕위는 아직 아무에게도 빼앗기지 않았단다. 또한 텔레마코스는 무사히 가산을 유지하고 살고 있지만 네 부친은 네가 무사히 돌아오기만 기다리며 들에서 살고 계시고 나는 아들을 기다리는 슬픔 때문에 말라죽은 거란다." 나는 돌아가신 어머니의 영혼을 세 번이나 껴안으려고 했지만 번번이 실패해 나는 어머님을 향해 절망적인 목소리로 외쳤습니다. "어머님! 제가 이렇게 열심히 잡으려는데 어째서 기다려 주시지 않습니까? 저승길에서나마 그리운 두 팔로 얼싸안고 어머님과 함께 가슴이 찢어지는 슬픔을 나누려고 하는데요. 그렇다면 이것은 거룩하신 페르세포네님이 저를 더 비탄에 젖게 하려고 보내신 단순한 환상일 뿐인가요?" 이렇게 말씀드리자 어머님은 곧 대답하셨습니다. "오, 불쌍한 내 아들아! 지금 보니 네가 세상에서 가장 불행하구나! 제우스의 따님 페르세포네께서 방해하시는 게 아니라 이곳에서는 인간과 왕래할 수가 없단다. 생명이 육체를 떠나면 영혼은 꿈처럼 날아가 배회한단다. 마음을 단단히 먹고 어서 이곳을 빠져나가 내 말을 명심해 네 아내에게도 전해다오." 그렇게 말을 주고받는데 '지하 세계의 여왕' 페르세포네가 보낸 여인들이 몰려왔습니다. 그들은 위대한 자들의 딸이나 아내였는데 검은 피를 둘러싸고 모여들었습니다. 나는 그들에게 어떻게 물어볼 수 있을지 궁리하다가 가장 좋은 방법이 떠올랐습니다. 바로 긴 칼을 허리에서 뽑아 들고 모두 피를 마시지 못하게 하는 것이었죠. 그래서 그들은 한 명씩 차례대로 와 내가 묻는 말에 각자의 혈통을 밝혔죠. 맨 처음 나는 귀족의 자손인 티로를 보았습니다. 그녀에 의하면 거룩한 살모네우스의 딸이자 아이올리스의 아들인 크레테우스의 아내였다고 합니다. 그녀는 거룩한 에니페우스강의 신을 사모했는데 그 강은 모든 강들 중 가장 아름다웠기 때문이죠. 그래서 이 에니페우스의 아름다운 강기슭을 가끔 찾아가 목욕했는데 그녀의 아름다운 자태를 본 포세이돈은 '강의 신' 에니페우스로 변신해 그녀 곁에 나타났죠. 포세이돈은 그녀가 처녀로서의 띠를 풀었을 때 잠들게 한 후 사랑의 행위를 거침없이 했죠. 그리고 그녀가 정신을 차리자 포세이돈은 그

오디세우스가 어머니를 만나다
명계로 간 오디세우스가 자신의 어머니
안나클레이아를 만나는 장면이다.

녀의 손을 꼭 잡고 이름을 불러 말했어요. "여인이여, 우리의 사랑을 기뻐하라! 돌고 도는 세월로 1년이 가면 그대는 눈부신 아기를 낳으리라. 신인 나와의 인연은 결코 헛되지 않으니. 그대는 그 어린것을 보살펴라. 지금은 집에 돌아가 남에게 절대로 말하지 말고 이름도 밝히지 말라. 내가 바로 거대한 대지를 뒤흔드는 '지진의 신' 포세이돈이다." 이렇게 말하고 신은 파도가 일렁이는 바닷속으로 들어가버렸습니다.

한편, 잉태한 처녀는 펠리아스와 넬레우스를 낳는데 둘 다 제왕의 싹처럼 자랐습니다. 펠리아스는 드넓은 고장 이올코스에서 살며 많은 양을 가졌고 넬레우스는 모래사장이 이어지는 필로스에서 살았습니다. 또한 여성들 사이에서 여왕으로 군림한 티로는 크레테우스에게서 다른 세 아들을 낳았습니다. 바로 아이손과 페레스, 마차 몰기를 좋아하는 아미타온입니다. 그다음에는 아소포스강의 신의 딸 안티오페를 만났는데 그녀의 미모에 반한 제우스가 사티로스로 변신해 잠자는 그녀를 겁탈해 그녀는 암피온과 제토스 두 아들을 낳았다고 했습니다. 또한 나는 제우스와 관계해 사자의 용맹함을 지닌 헤라클레스를 낳은, 암피트리온의 아내 알크메네를 보았습니다. 헤라클레스는 오만한 크레온의 딸 메가라를 아내로 맞았고 오이디푸스의 어머니인 아름다운 이오카스테를 보았습니다. 이 여인은 아무것도 모른 채 자기 아들을 남편으로 맞아 관계를 갖는 어처구니없는 행동을 했습니다. 그 아들 오이디푸스는 자기 아버지를 살해하고 어머니와 결혼한 자로 신들은 얼마 안 가 그 사실을 사람들에게 알렸습니다. 그에게 가혹한 벌을 꾸몄던 것이죠. 그래서 그는 괴로운 회한으로 고통받으며 테바이 사람들을 다스려 나갔습니다. 하지만 이오카스테는 높은 천장에 목을 맨 후 모든 고통을 자식에게 남기고 떠난 셈이죠. 그리고 미모가 뛰어나 넬레우스가 한때 수많은 예물을 주고 결혼한 아름다운 클로리스를 보았습니다. 이 여인은 이아소스의 아들인 암피온의 막내딸이었는데 일찍이 넬레우스가 수많은 혼수품을 보내 뜻을 이루었죠. 그녀는 필로스의 왕비가 되어 영광스러운 자식들, 네스토르와 크로미오스, 페리클리메노스, 그리고 모든 남성이 구혼할 정도로 경탄할 미모의 페로를 낳았습니다. 그다음 나는 틴다레오스에게 굳세고 용감한 두 아들을 낳아준 레다를 보았습니다. 두 아들인 '군마의 명수' 카스토르와 권투 선수 폴리데우케스는 기름진 땅을 장악하고 있었습니다. 지하에서까지 그들은 제우스의 은총을 받고 있었습니다. 하루는 죽고 하루는 사는 식으로 말입니다. 그들은 신과 동등한 영예를 받은 것입니다. 또한 나는 알로에우스의 아내 이피메데이아를 보았습니다. 그녀는 포세이돈과의 사이에서 신과 같은 오토스와 유명한 에피알테스를 낳았지만 둘 다 단명했죠. 그들은 일찍이 가장 키가 큰 오리온 다음으로 크고 잘생겼다고 합니다. 그 뒤로 파이드라와 프로크리스, 마법사 미노스의 딸인 미모의 아리아드네를 보았습니다. 이 여인은 전에 테세우스가 크레타섬에서 존엄한 아테네 마을의 언덕으로 데려오려고 했지만 뜻을 이루지 못했죠. 그러기 전에 아르테미스 여신이 바다로 둘러

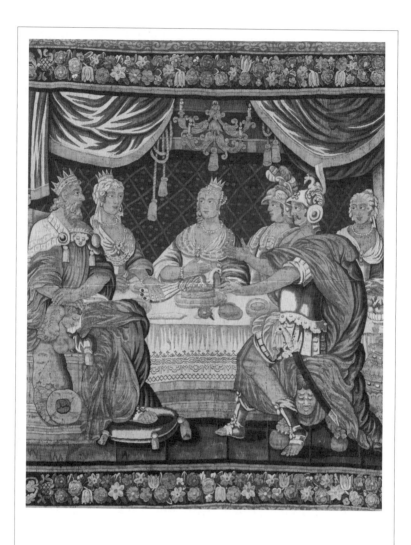

알키누스 궁궐의 오디세우스
오디세우스의 명계 체험 이야기에 놀라는 알키누스 궁궐 사람들의 모습으로
테피스트리(직물) 그림이다.

싸인 낙소스섬에서 디오니소스 입회하에 죽여버렸습니다. 그리고 마이라, 클리메네, 사랑하는 남편의 목숨을 황금과 바꾼 가증스러운 에리필레를 보았습니다. 이같이 많은 사람을 다 열거하려면 밤을 새워도 모자랄 겁니다. 이제 동료들을 찾아가야 할 시간입니다. 내 호송은 오직 당신과 신들에게 달려 있습니다." 드디어 오디세우스가 장황한 말을 마치자 홀 전체는 마법에 걸린 듯 잠잠했다. 그런 가운데 알키누스 왕의 아내인 흰 팔의 아레테 왕비가 입을 열었다. "파이아키아 시민들이여, 그대들은 이분을 어떻게 보십니까? 생김새, 훤칠한 키, 가슴속에 간직한 그 지혜를. 또한 이분은 나를 찾아오신 손님이지만 영광은 그대들에게 돌아갈 것이니 이분에게 아낌없이 선물을 줍시다. 신의 은총으로 그대들의 집에 많은 보물이 있으니까요." 그러자 가장 나이 많은 에케네오스 공이 말했다. "동지들이여, 왕비님의 말씀이 참으로 지당한 것 같습니다. 우리 모두 그렇게 합시다. 알키누스께서도 반드시 그렇게 생각하리라 믿소." 그 말에 이번에는 알키누스가 소리 높여 말했다. "과연 그렇군. 지금 그 말은 진정으로 옳소. 자, 그럼 손님을 보낼 준비를 합시다." 그 말에 지혜 많은 오디세우스가 대답했다. "알키누스 왕이시여, 모든 사람 중 특별히 뛰어나신 신이시여, 훌륭한 선물들을 마련해 운반할 준비를 하는 데 시간이 필요하다면 1년인들 못 기다리겠습니까? 저로서는 선물을 가득 싣고 금의환향하는 게 훨씬 낫죠. 사람들은 그런 내게 모두 경의를 표할 겁니다." 그 말에 이번에는 알키누스가 소리 높여 말했다. "아니, 오디세우스여, 우리가 당신을 볼 때 적당히 수다를 떨어 남을 속이려는 사기꾼으로는 절대로 생각하지 않소. 사실 이 검고 넓은 땅은 아무도 그 출처를 알 수 없는 거짓말을 엮어대는 인간들을 수없이 기르고 있죠. 그러나 그대는 모든 아르고스인들의 풍파와 그대 자신의 비극을 음유시인이 노래하듯 했소. 자, 아직 잘 시간이 아니니 내게 그 놀랄 만한 업적들을 말해주시오. 그런 이야기라면 밤을 새도 상관없소. 그대는 그대와 함께 트로이아로 가 최후를 마친 동료들을 보았소?" 지혜가 뛰어난 오디세우스가 물었다. "고귀하신 왕이시여, 말할 시간과 잠잘 시간은 따로 있는 법입니다. 그러나 그렇게 듣고 싶으시다면 동료들의 고난과 이후 벌어진 비극들을 말씀드리겠습니다. 그들은 무시무시한 트로이아 전쟁으로부터는 벗어났지만 간사한 한 여인의 간계에 빠져 죽었습니다. 그리고는 신성한 페르세포네 여왕이 여인들의 영혼을 흩어지게 하자 아트레우스의 아들 아가멤논의 영혼이 고뇌에 찬 모습으로 찾아왔습니다. 그 주위에 모인 다른 영혼들은 그와 함께 아이기스토스 저택에서 죽임을 당한 사람들이었습니다. 그리고 아가멤논은 곧바로 저를 알아보더니 큰 소리로 울며 하염없이 눈물을 흘렸습니다. 그리고 손을 내밀려고 무척 애를 쓰며 제 팔에 의지하려고 했죠. 그러나 그의 몸은 이미 힘이 사라졌고 네 팔다리 관절에 남아 있던 기력까지 완전히 잃고 말았습니다. 그 모습을 보자 눈물이 앞을 가리고 측은함을 느껴 그에게 높은 소리로 말을 걸었습니다. "참으로 명예로운 아트레우스의 아들이자 그리스 연합군 총사령관인 아가멤논이시여, 어떻게 이곳에서 만난단 말입니까? 포세이돈이 무서운 역풍을 몰아 당신의 배를 난파시켰습니까? 아니면 육지에서 괴한에게 당하셨습니까? 그것도 아니면 도시와 여인을 정복하기 위해 싸우다가 쓰러지셨습니까?" 내가 이렇게 묻자 그가 곧 대답했습니다. "오, 지략이 뛰어나신 오디세우스여, 포세이돈이 죽인 것도 아니고 육지에서 괴한이 죽인 것도 아닙니다. 아이기스토스가 저주받은 내 아내와 음모를 꾸며 나를 이지경으로 만들었소. 나를 자기 집으로 불러 베푼 연회에서 소를 베듯 나를 잡은 것이오. 내 동료들도 송곳니가 번쩍이는 돼지가 살해되듯 참살당했소. 이보다 끔찍한 광경은 보지 못했을 것이오. 진수성찬을 차려놓은 식탁 주변이 우리의 피로 얼마나 낭자했는지! 그중 가장 처참한 것은 간악한 내 아내 클리타임네스트라가 바로 내 옆에 있던 트로이아 공주 카산드라를 죽였을 때요. 그녀의 비명을 듣고 내가 그 칼을 잡으려고 팔을 드는 순간 팔이 땅에 그냥 떨어졌소. 그러나 그 무도한 여인은 등을 돌려 외면한 채 죽어가는 내 눈을 감겨 주거나 입을 닫아주려고 하지도 않았소. 그녀는 남편을 살해할 못된 모략을 꾸미고 있었소. 내가 집에 돌아가면 아이들과 온 가족이 반갑게 맞을 것으로 생각했소. 그런데 그녀는 난데없이 못된 생각으로 자신과 후세에 태어날 상냥한 여성들에게 치욕을 남긴 것이오." 이렇게 말했으므로 나도 대답했습니다. "오, 슬프구나. 애당초 발단부터 그녀들 때문이었소. 헬레네와 클리타임네스트라는 친자매로 헬레네 때문에 수많은 우리 병사들이 죽었습니다. 그런데 이번에는 클리타임네스트라가 멀리

명계의 오디세우스
고대 그리스 세계에서 저승은 땅속 깊은 곳에 존재한다고 믿었는데
오디세우스가 명계에서 여러 망령들을 만나는 장면이다.

계신 당신에게 간계를 꾸몄던 것이군요." 내가 이렇게 말하자 그도 내게 대답했습니다. "그러니 지금 이후로 당신도 여성들에게 절대로 친절하면 안 돼요. 그리고 충분히 아는 일도 모두 털어놓으면 안 돼요. 즉, 어느 정도는 말하더라도 중요한 것은 숨겨야 합니다. 하지만 오디세우스여, 당신 처지로는 아내 때문에 죽음이 미칠 일은 없을 것이오. 그녀는 헬레네와 클리타임네스트라와 사촌 자매지간이지만 매우 현명하고 충분한 분별력을 가슴속에 가졌으니까요. 이카리오스의 딸로서 생각이 깊은 페넬로페이잖소. 우리가 트로이아 원정을 떠날 때 그녀는 앳된 새색시였지. 게다가 어린 젖먹이가 가슴에 매달려 있었는데 그도 이제 어엿한 성인이 되었을 것이오. 머지않아 그대는 훌륭하게 자란 아들과 포옹할 것이오. 그런데 내 아내는 아들을 보여주기는커녕 앞질러 나를 죽여 없앴소. 충고하는데 고향에 도착하면 공공연히 항구로 들어가지 마시오. 몰래 숨어들라는 말이오. 여자는 절대로 믿을 수 없으니까. 내 아들 문제로 돌아가 이 점을 더 분명히 말해주오. 내 아들 오레스테스가 아직 살아 있다는 소문을 들었는지, 어딘가 오르코메노스나 모래사장이 이어지는 필로스, 아니면 널찍한 스파르타의 메넬라오스에게 가 있는지 말이오." 그가 이렇게 말했으므로 나도 그 말에 대답했습니다. "아가멤논 대왕이시여, 그런 일을 왜 제게 캐묻습니까? 나는 아무것도 모릅니다." 이같이 슬픈 대화가 오가는 동안 펠레우스의 아들 아킬레우스의 영혼과 파트로클로스의 영혼, 명예로운 안틸로코스의 영혼이 왔습니다. 발빠른 아킬레우스는 나를 알아보고 한탄했습니다. "지략이 뛰어나신 오디세우스여, 그대는 어찌 감각도 없는 영혼의 세계인 이곳 하데스 궁까지 오셨소?" 아킬레우스의 질문에 나도 대답했습니다. "여신의 아들이자 아카이아인 중 가장 용맹하신 아킬레우스여, 나는 이곳에 테이레시아스 예언자로부터 신탁을 듣기 위해 왔습니다. 험준한 이타카섬으로 어떻게 가야 할지 말입니다. 아킬레우스여, 그대보다 행복한 자는 없을 것이오. 그대가 살아 있을 때부터 우리는 그대를 신처럼 존경했소. 그리고 지금은 저승에서 고인들의 위대한 왕이 되셨으니 죽음을 슬퍼할 이유가 있겠소?" 내가 이렇게 묻자 그는 곧바로 대답했습니다. "오디세우스여, 내가 죽었다고 위로의 말을 하진 마시오. 인간 세계를 떠나온 고인들의 왕이 되기보다 차라리 거지로 인간 세상에서 살고 싶소. 이제 그런 말은 하지 말고 소중한 내 아들과 아버님이신 고귀한 펠레우스의 소식을 전해주오. 그리고 아직도 미르미돈 사람들의 존경을 받으시는지 궁금하오. 한때 나는 트로이아 최강의 적장 헥토르를 베어 그리스군을 구한 적이 있소. 아! 그때처럼 1시간 동안만이라도 아버님 댁으로 돌아갈 수 있다면 아버님을 경멸하는 무리를 혼내줄 텐데." 아킬레우스의 말에 나는 대답했습니다. "고귀하신 펠레우스님 소식은 전혀 듣지 못했습니다. 그러나 사랑하는 아들인 친애하는 네오프톨레모스에 대해서는 사실대로 말씀드리죠. 스키로스에서 그를 배에 태워 중무장한 아카이아인들에게 데려온 적이 있습니다. 우리가 트로이아 도성에 대해 회의할 때는 늘 먼저 의견을 말했고 더구나 그의 말은 틀림없었죠. 다만 신과 같은 네스토르와 나만 그를 능가할 정도였으니까요. 한편, 트로이아 벌판에서 그의 용기는 아무에게도 뒤지지 않으려고 했고 늘 앞장서 으뜸을 보여주었죠. 그리고 수많은 적의 병사를 무찔렀는데 그 중 가장 출중한 자를 당신 아들이 처치했단 말이오. 또한 그는 아가멤논 다음으로 외모가 빼어났죠. 우리 그리스군 정예병들이 에페이오스가 만든 목마에 들어갔을 때 다른 장수들과 고관들은 모두 눈물을 훔치고 사시나무 떨듯 떨었지만 아드님만은 얼굴빛 하나 변하지 않고 눈물도 흘리지 않았습니다. 게다가 목마에서 나가 칼자루와 무거운 청동 창을 휘둘러 트로이아군을 전멸시켜 달라고 제게 간청했죠. 마침내 그는 우리가 그 견고한 도성을 점령했을 때 전리품을 한몫 챙기고 아무 상처도 없이 출항했습니다. 상처 하나 없는 몸으로 말입니다." 자기 아들에 대한 오디세우스의 찬사에 아킬레우스는 몹시 기뻐하며 초원을 활보해 사라져 갔습니다. 그동안 이승을 떠났던 다른 영혼들이 근심스러운 듯 모여 서서 각자의 가족 소식을 물었습니다. 다만 텔라몬의 아들 아이아스의 영혼만 아킬레우스의 갑주의 승부 때문에 저 멀리 떨어져 있었습니다. 그 승부는 아킬레우스가 죽자 그의 갑주를 누구에게 줄지를 둘러싸고 배 안에서 실랑이가 벌어졌을 때 내가 그를 이겼던 사건입니다. 그 갑주를 상품으로 내놓은 것은 아킬레우스의 어머니 테티스 여신이었고 판정을 내린 건 트로이아의 처녀들과 아테나 여신이었죠. 이 승부에서 내가 이기지 않았다면 좋았을 거라고 후회했지만 때는 이미 늦었습니다. 그 갑주 때문에 아이아스는 모욕을 느꼈는지 자살했으니까요. 그는 용모나 용맹함이나 이름이 높은 펠레우스의 아들을 빼면 어느 장수들보다 뛰어난 무사였습니다. 그래서 내가 먼저 그에게 말했습니다. "유명한 텔라몬의 아들 아이아스여, 아직도 그 저주받은 갑주 때문에 분노를 버리지 못했습니까? 신들께서 그것을 줘 그리스군에게 얼마나 큰 화를 미쳤습니까? 우리 모두 그대의 죽음을 놓고 슬픔을 가누지 못하고 있습니다. 아킬레우스의 목숨과 똑같이 그대의 목숨도 아까워했죠. 제우스 신 말고 누구를 탓하겠습니까? 신께서는 이상하게도 아카이아 용사를 미워해 그대의 운명까지 망쳐 놓았으니 이제 노여움을 풀고 이리 가까이 와 내 말을 좀 들으시오." 그러나 그는 아무 대답도 없이 죽어 사라진 다른 영혼들을 따라 에레보스로 가버렸습니다. 그가 더 머물렀다면 내가 먼저 말을 걸었을지도 모릅니다. 그보다 내 가슴에는 이 세상을 떠난 영혼들을 만나고 싶은 생각이 간절했습니다. 그런데 마침 미노스의 모습을 보았던 것이죠. 그는 제우스의 훌륭한 아들로 황금 홀장을 손에 들고 앉아 영혼들을 심판하고 있었습니다. 다음으로 나는 거대한 오리온이 아름다운 산에서 야생동물들을 수선화가 핀 꽃밭으로 데려가는 것을 보았습니다. 그의 손에는 절대로 부러뜨릴 수 없는 청동 곤봉이 들려 있었죠. 그다음으로 '태초의 여신' 가이아의 유명한 아들 티티오스를 만났습니다. 키가 2.7m나 되는 그는 평평한 땅 위에 누웠는데 독수리 두 마리가 양쪽에서 주둥이를 그의 몸속에 넣고 간을 쪼아 먹고 있었지만 그는 새를 내쫓지 못했습니다. 제우스의 총애를 받는 부인 레토가 피토로 갈 때 그녀를 납치하려고 했기 때문입니다. 그리고 탄탈로 스가 호수에서 무서운 시련을 겪는 장면을 목격했습니다. 그의 턱밑 까지 물이 찼지만 물을 마시지 못하고 있었습니다. 물을 마시려고 머 리를 숙이면 물은 말끔히 사라지고 발밑에 시커먼 땅만 보였습니다. 그다음 나는 양어깨로 큰 바위를 짊어지고 언덕을 올라가는 시시포스 를 보았는데, 산꼭대기 위로 바위를 밀어 올리느라 안간힘을 쓰는 그 의 노력이 절정에 달했을 때 바위는 산 아래로 다시 굴러떨어졌습니 다. 그리고 나는 거대한 헤라클레스를 보았습니다. 그는 영생의 신들 과 즐기는가 하면 제우스와 헤라 사이에서 태어난 '청춘의 여신' 헤베 를 아내로 맞았습니다. 그에게 목숨을 잃은 여러 영혼이 그를 에워싸 고 늘어놓는 불평이 까마귀 떼 소리처럼 일었습니다. 헤라클레스는 활을 꺼내 금방이라도 쏠 듯 두리번거렸습니다. 가슴을 둘러싼 훌륭 한 장식의 문장에는 곰, 멧돼지, 눈이 번쩍이는 사자 등 여러 동물과 전쟁과 살육에 대한 장식들이 새겨져 있었습니다. 헤라클레스는 나를 알아보더니 이렇게 말했습니다. "제우스의 후손인 지혜로운 오디세우 스여, 자네도 나처럼 액운의 운명에 끌려다니나 보군. 내가 태양 빛 아래서 늘 짊어지던 그런 운명 말일세. 나는 크로노스의 아들인 제우 스의 아들이었지만 끝없이 고난을 겪어왔다네. 나보다 비천한 인간에 게 굴복당했으니 말일세. 더구나 그놈은 고역인 까다로운 열두 가지 일을 수없이 내게 지시했거든. 그놈이 나를 저승으로 보낸 이유는 머 리가 셋 달린 개를 데려오라고 해서야. 그보다 더 어려운 일은 없다고

시시포스의 노역
신을 우롱한 죄로 양어깨에 큰 바위를 짊어지고 언덕을 올라가면
정상에서 다시 굴러떨어져 반복적으로 바위를 짊어지는 형벌을 받는 장면이다.

생각했던 거야. 그 개는 저승 문턱을 지키는 개로 내가 그곳에서 끌고 바깥 세계로 데려갔는데 헤르메스와 빛나는 눈의 아테나 여신이 나를 따라와 주었네. 그렇게 말을 마친 그는 저승 깊은 곳으로 다시 들어가 버렸지만 나는 그 자리에 그대로 꼼짝하지 않고 서 있었네. 혹시라도 테세우스나 페이리토오스, 신들의 아들들을 만나보고 싶었기 때문이네. 하지만 갑자기 수만 개의 영혼이 떼 지어 끔찍한 괴성을 지르며 몰려드는 것 같았네. 혹시 페르세포네가 그 무서운 괴물 고르곤의 머리라도 보낼지 모른다는 섬뜩한 생각에 나는 쏜살같이 배로 달려올 수밖에 없었고 눈 빠지게 나를 기다리던 동료들을 재촉해 닻줄을 감고 순풍이 부는 대로 그곳을 빠져나왔네."

『오디세이아』 11장 분석

죽은 자들의 땅으로 향하는 여행은 오디세우스에게 큰 시험이었다. 그와 가까운 전사 동지들, 전설적인 인물들, 심지어 자신의 어머니 혼령까지 지켜봐야 하는 상황에 놓여 있다. 그는 테바이에서 온 맹인 예언자 테이레시아스와 이야기를 나누어야 어머니나 다른 사람들이 다가오는 것을 허락할 수 있었다. 피를 마시는 것은 일시적으로 죽은 자를 소생시킨다. 간단히 말해 그들은 오디세우스와 대화하고 오직 진리만 말할 수 있다. 테이레시아스는 신들 중 하나인 '지진의 신' 포세이돈이 오디세우스가 그의 아들 폴리페모스의 눈을 멀게 해 화가 나 오디세우스와 그의 부하들에게 많은 문제를 일으킬 것으로 봤다. 그러나 테이레시아스는 그리스인들이 적절한 판단과 통제를 한다면 집으로 돌아갈 수 있다고 말했다. 무엇보다 그들은 유혹과 상관없이 헬리오스의 가축에게 해를 끼치지 말아야 했다. 그들이 해를 끼친다면 오디세우스의 부하들은 죽을 것이다. 테이레시아스는 오디세우스가 폴리페모스의 저주를 되풀이하며 자신은 결국 집에 도착할 수도 있지만 그는 모든 동료를 잃고 그의 집안은 혼란에 빠질 거라고 경고한다. 더욱이 선지자는 오디세우스에게 바다에 대해 거의 모르는 종족을 만나 노를 '포도 곡물의 팬'으로 생각할 때까지 내륙으로 노를 젓고 결국 또 다른 탐험을 할 것을 지시한다. 그자리에서 오디세우스는 포세이돈에게 어떤 희생을 치러야 한다. 그가 이런저런 지시를 따른다면 오디세우스는 자신의 삶을 살아갈 수 있고 평안히 죽을 수 있다. 그러나 내륙 여행은 『오디세이아』에서 말한 사건 이후 일어난다.

슬픔과 갈망으로 죽은 오디세우스의 어머니와의 만남은 서사시에서 가장 감동적인 장면 중 하나다. 죽은 자들 중 그녀를 볼 때까지 오디세우스는 어머니의 죽음을 알지 못했다. 그녀는 슬퍼하고 의지를 잃은 아버지를 이야기한다. 오디세우스는 어머니를 붙잡기 위해 세 번 시도하지만 더 이상 살과 피가 아니어서 실패했다. 오디세우스의 동지인 트로이아의 영웅 아가멤논과 아킬레우스는 접근하는 많은 혼령들 중 하나다. 아가멤논은 그의 아내 클리타임네스트라와 그녀의 정부 아이기스토스에 의한 살인 이야기를 서사시 전반에서 반복적으로 언급하며 클리타임네스트라의 살인적인 불륜과 페넬로페의 헌신적인 충성심을 효과적으로 대조한다. 더 큰 논란거리는 아킬레우스의 등장이다. 그것은 죽음과 명예에 대한 영웅적 이상과 모순되어 특정 형태의 영광스러운 불멸을 초래하기 때문이다. 여기서 아킬레우스의 태도는 죽은 자의 왕이라기보다 거지 신세라도 살아 있는 존재가 되길 원했다. 그의 유일한 위안은 아들이 잘 지낸다는 말을 듣는 것이었다.

12 Chapter

세이렌과 스킬라와 카립디스

『오디세이아』 12장 요약

오디세우스는 엘페노르의 장례식을 위해 키르케의 아이아이아섬으로 돌아온다. 키르케는 다음 여정의 보급품과 주의해야 할 경고를 말하며 다시 한 번 도움을 준다. 먼저 저항할 수 없는 유혹의 노래로 선원들의 배를 해안 암초로 유인해 파괴하는 세이렌을 지나가야 한다. 다음으로 그들은 충돌하는 바위를 피해야 한다. 충돌하는 바위를 돌아나가기로 선택한 오디세우스는 스킬라와 대결해야 한다. 첫 번째는 안개가 감춰진 돌출된 동굴에 숨은 여섯 마리 괴물이다. 그녀는 전투에서 패하지 않으며, 두꺼운 송곳니의 세 줄이 특징인 그녀의 끔찍한 머리 각각에 하나씩 적어도 여섯 명의 동료를 집어삼킬 것이다. 또한 스킬라보다 무서운 바다 괴물 카립디스를 조심해야 하는데 카립디스는 하루에 세 번 근처의 모든 것을 집어삼키는 소용돌이를 일으킨다. 이 같은 공포로부터 살아남는다면 그들은 가장 위험한 시험, 즉 '태양신' 헬리오스 섬의 유혹에 직면할 것이다. 그들이 무엇을 하든 동료들은 태양신의 신성한 가축을 해치면 안 된다. 그래야만 이타카로 무사히 돌아갈 수 있다. 반면, 그들이 어떤 신성한 동물에게 해를 끼친다면 배와 사람들은 파괴될 것이다. 오디세우스만 살아남을 수 있지만 그는 혼자 방황하며 온갖 고초를 당하고 집으로 돌아갈 것이다. 이 마지막 주의사항은 폴리페모스의 저주와 테이레시아스의 예언을 반영한다. 키르케의 진심 어린 경고는 사건의 진정한 상징임이 입증되었다.

───

우리는 오케아노스강을 지나 대양을 향해해 키르케가 사는 아이아이아섬에 도착했습니다. 우리는 사력을 다해 배를 바닷가로 끌어올린 후 모두 모래언덕 위로 올라가 '새벽의 여신'이 날을 밝힐 때까지 눈을 붙였습니다. 이윽고 동이 트자 나는 동료들을 키르케의 집으로 보내 엘페노르의 시신을 가져오게 하고 쓰라린 가슴으로 그의 장례를 치렀습니다. 시신이 불타고 그의 무기도 다 타버릴 때쯤 무덤을 올려 쌓고 봉분 위에 노를 끌어와 세웠습니다. 일을 마치자 키르케가 곧바로 모든 준비를 하고 여신은 시녀들을 시켜 양식과 많은 고기, 새빨갛게 반짝이는 포도주를 날라 왔습니다. "당신들은 지독한 사람들이군요. 산 목숨으로 하데스의 궁으로 내려가다니! 다른 사람들이 한 번 보는 죽음을 그대들은 두 번이나 보는구려. 자, 이리 와 해가 질 때까지 술이나 드세요. 해가 뜨면 다시 떠나야 할 테니. 내 그대들이 어떤 난관에 부딪히더라도 아무 피해 없이 갈 수 있도록 길을 알려드리죠." 이렇게 말해 우리 마음을 다시 한번 설득했습니다. 그렇게 우리는 해가 질 때까지 온종일 그곳에 앉아 다 못 먹을 만큼 많은 고기와 달콤한 포도주로 향연을 계속했습니다. 그러나 해가 지고 어둠이 몰려오자 동료들은 술에 취한 채 모두 배 닻줄 옆에서 곯아떨어졌죠. 키르케는 이때를 기다렸다는 듯 내 손을 잡아당기더니 멀찌감치 떨어진 모래 구덩이에 준비해둔 자리를 깔고 누웠죠. 나도 저승의 영혼과의 끔찍했던 기억을 지우기 위해 향긋한 여신의 몸을 탐닉했습니다. 폭풍우와 같은 뜨거운 정사가 한바탕 펼쳐진 후 키르케는 이렇게 말했습니다. "지금부터 내 말을 똑똑히 들어주세요. 잊어버리면 신께서 생각나게 해주시겠죠. 먼저 당신은 세이렌을 만날거에요. 그 님프들은 모든 사람을 마법으로 속입니다. 자신들에게 접근해온 사람은 누구든지 말입니다. 그래서 누구든 영문도 모르고 가까이 접근해 세이렌의 소리를 듣기만 해도 고향에 돌아가 아내와 어린 자식들을 볼 수 없게 되죠. 세이렌들의 노랫소리에 넋이 나갔으니까요. 풀밭에 앉은 그들 둘레에는 썩어가는 사람들 뼈로 가득한데 그 꼴이 되고 말 거예요. 그러니 그 옆을 빠져나가야 합니다. 동료들 귀에는 꿀처럼 달콤한 밀랍을 연하게 이겨 발라야 합니다. 당신 외에는 아무도 그 노래를 못 듣게 해야 합니다. 하지만 당신이 듣고 싶다면 들어도 좋아요. 다만 그 경우, 모든 사람에게 지시해 돛대 기둥에 당신의 몸을 밧줄로 결박해야 합니다. 밧

다시 만난 오디세우스와 키르케
키르케가 명계를 다녀온 오디세우스에게
다음 항해에서 생길 위험을 알려주는 장면이다.

줄을 풀어달라고 동료들에게 애원한다면 그럴수록 더 꽉 조여달라고 미리 말하세요. 그곳을 통과하면 두 길이 나올 거예요. 한쪽 길에는 돌출한 암초들이 있는데 '영광의 신'들은 이곳을 떠도는 바위들이라고 부르죠. 그곳은 날짐승도 빠져나갈 수 없어요. 암브로시아를 제우스께 나르는 비둘기조차 빠져나갈 수 없어요. 이 무서운 암초가 통행세로 그들 중 한 마리씩 잡아가므로 제우스도 한 마리씩 더 보내는 실정입니다. 따라서 인간의 배가 이곳을 통과하려면 무서운 파도에 휘말릴 거에요. 지금까지 통과한 배는 이아손 원정대의 아르고스 한 척뿐입니다. 그것도 이아손을 사랑하는 헤라가 보내주지 않았다면 불가능했을 거예요. 다른 바닷길에는 암초가 두 개 있는데 그중 하나는 뾰족한 끝이 하늘로 치솟아 검은 구름이 걷히는 날이 단 하루도 없습니다. 바위도 깎은 듯 반들반들하고 뾰족해 팔다리가 20개라도 기어오르거나 내려갈 수 없습니다. 절벽 중간에는 에레보스로 향하는 어두운 동굴이 있는데 이곳이 바로 당신이 배를 몰고 갈 곳이에요. 이곳에는 스킬라가 무서운 고함을 지르며 살고 있는데 갓 낳은 새끼 이리가 짖는 소리 같아요. 괴물은 간사하고 악독해 그 모습을 보고 좋아할 사람은 한 명도 없어요. 신께서 만나보더라도 말입니다. 그 괴물은 흉측한 다리가 12개이고 긴 목은 6개나 달려 있고 무서운 머리가 붙어 있습니다. 세 줄로 빈틈없이 난 이빨은 검은 죽음의 빛을 내죠. 이 괴물은 하반신을 동굴 안에 숨긴 채 목만 그 무서운 동굴에서 빼내 바위 주변을 헤매며 물표범, 물개나 더 큰 먹이를 찾습니다. 크게 울부짖는 포세이돈의 아내 암피트리테가 그런 바다짐승을 수없이 키우고 있으니까요. 그래서 그쪽으로는 뱃사람들이 배를 타고 무사히 빠져나간 적이 없고 그럴 자신이 있는 사람도 없습니다. 스킬라가 검푸른 뱃머리의 배에서 닥치는 대로 뱃사람 머리를 낚아채기 때문이죠. 다른 쪽 바위는 보는 바와 같이 무척 낮고 두 바위 사이 거리는 화살을 맞출 정도로 가깝죠. 그 바위에는 큰 무화과 나무가 있고 그 아래로 성스러운 바다 괴물 카립디스가 하루에 세 번 시키면 물을 무섭게 내뿜었다가 빨아들이고 있습니다. 그녀가 물을 빨아들일 때는 절대로 그곳에 가면 안 됩니다. 드넓은 땅을 뒤흔든다는 신조차 당신을 화근에서 구하지 못할 겁니다. 그러니 오히려 스킬라가 있는 바위에 배를 접근시켜 그 옆을 재빨리 빠져나가야 합니다. 그편이 훨씬 쉬우니까요. 배 안의 동료 여섯 명을 잃고 안타까워하는 편이 한꺼번에 동지를 다 잃는 것보다 나으니까요." 이렇게 말하므로 내가 대답했습니다. "여신이시여, 그 무서운 카립디스를 피할 방법이 정말 없습니까? 그리고 동료들이 죽으면 복수할 방법도 없나요?" 내 말에 키르케는 화난 말투로 대답했습니다. "분별력 없는 분이시여, 아직도 전쟁과 복수에 관심 있으신가요? 설마 '불사의 신'들에게까지 순종하지 않으려는 건 아니겠죠? 그녀는 속세의 인간이 아니라 무시무시하고 감히 싸워볼 수도 없는 '불사의 신'이니 도망가는 게 최선이에요." 나는 여신의 노여움을 가라앉히기 위해 다시 한번 그녀를 끌어안았습니다. "여신이시여, 내가 경솔했소." 그제야 여신은 노여움을 거두고 부드러운 목소리로 말을 이어나갔습니다. "당신이 스킬라와 일전을 벌이기 위해 배를 멈추면 당신뿐만 아니라 동료들까지 모두 죽을 거예요. 그러니 전속력으로 스킬라의 어머니, 인간에게 해악을 끼치는 그녀를 낳은 크라타이이스를 계속 부르면서 지나가세요. 그럼 그녀가 다음 장소로 가게 해줄 거예요. 그다음에는 태양신의 암소들과 양들이 풀을 뜯고 있는 트리나키아섬에 도착할 거예요. 그곳에는 일곱 무리의 소 떼와 각각 50마리씩의 양 떼가 있는데 이 가축들로부터는 새끼가 태어나지 않고 죽지도 않아요. 이 가축들의 목자는 머리카락이 아름다운 님프들인 파에투사와 람페티에인데 신성한 네아이라가 그들을 태양신 헬리오스에게 낳아주었소. 네아이라는 그들을 낳아 기를 때 그들을 멀리 트리나키아섬으로 보내 그곳에서 살게 했죠. 당신이 귀국을 유념해 이 가축들을 손대지 않는다면 이타카까지 갈 수 있지만 가축을 건드렸다간 당신뿐만 아니라 동료들까지 무사하지 못할 거예요. 당신이 죽음의 구렁텅이에서 벗어나더라도 당신이 아끼던 동료들은 죽음을 면치 못할 거라는 말이에요."

이렇게 여신과 이야기하는 동안 황금의자에 앉은 '새벽의 여신'이 찾아왔습니다. 그러자 진정으로 우아한 여신 키르케는 섬 안으로 가버렸습니다. 나는 반대로 배가 있는 곳으로 가 동지들을 모아 배에 태웠습니다. 배에 타자 닻줄을 풀라고 지시하고 곧바로 모두 놋자리에 앉았습니다. 그러자 올린 머리가 아름답고 사람 목소리를 내는 무서운 여신 키르케는 검게 칠한 뱃머리 뒤에서 고맙게도 순풍을 돛폭 가득히 보내줘 우리는 돛에 달린 밧줄을 배 여기저기에 배치해놓고 쉬었습니다. 순조롭게 항해를 계속할 즈음 드디어 나는 동료들에게 고백했습니다. "동지들이여, 신성한 여신 키르케가 내게 한 예언을 말해주겠소. 먼저 그녀는 불가사의한 세이렌족의 노래와 꽃동산을 피하라고 했소. 그리고 나 혼자만 그 소리를 들으라고 했소. 그러니 나를 돛대에 똑바로 묶어 밧줄로 조이시오. 내가 풀어달라고 애원하면 더 세게 결박해 꼼짝 못 하도록 하시오." 이렇게 동료들에게 부탁하는 동안 배는 세이렌족이 사는 섬에 다가갔습니다. 그곳은 물결 소리도 나지 않는 고요한 바다와 같았습니다. 나는 키르케가 알려준 대로 동료들에게 밀랍 귀마개로 귀를 막게 했습니다. 동료들이 나를 돛대 기둥 아래에 튼튼한 동아줄로 꼼짝 못 할 정도로 세게 결박하고 전속력으로 배를 저어나가자 아름다운 노랫소리가 내 귓가에 들렸습니다. "자, 가까이 오세요. 평판이 높은 오디세우스여, 아카이아 기사의 꽃이여, 당신의 배를 보내주고 우리 노래를 들어주소서. 우리 입에서 달콤하게 울려 퍼지는 노래를 듣지 않고선 아무도 검은 배를 타고 이곳을 통과할 수 없어요. 우리 노래를 들으면 즐겁고 유익한 정보를 얻을 것이오. 넓은 트로이아에서 아르고스 군대나 트로이아 군대가 신들의 뜻에 따라 어려움을 겪었던 사건을 모두 알고 있소. 우리가 모르는 일은 없으니까요." 이 같은 내용의 아름다운 선율에 내 마음도 움직여 동료들에게 눈짓으로 결박을 풀어달라고 명령했지만 그들은 몸을 구부린 채 노만 저었고 페리메데스와 에우릴로코스는 내 몸을 더 세게 결박했습니다. 그러자 세이렌 님페들이 배 가까이 나타나 노래를 불렀습니다. 우리

오디세우스와 세이렌
오디세우스가 세이렌의 유혹을 피하기 위해
스스로 돛대에 묶여 있는 장면이다.

는 사력을 다해 노를 저어 그녀들을 따돌릴 수 있었습니다. 이윽고 그녀들의 노랫소리가 들리지 않았지만 노를 더 저어 안전한 곳에 이르자 충실한 동료들은 나를 결박에서 풀어주었고 나는 그들의 귀마개를 귀에서 빼내 주었습니다. 우리가 그 섬을 벗어나자마자 나는 높은 파도가 포효하며 크게 일렁이는 것을 보았습니다. 동료들이 겁에 질려 노를 놓치자 배는 멈추고 말았습니다. 그것을 본 나는 배 안을 오가며 동료들 곁에 다가가 부드럽게 말했습니다. "여보게, 동지들. 지금까지 우리는 온갖 고난을 겪어왔네. 사실 이번 고난은 키클로페스가 그 강력한 힘으로 우리를 동굴에 가두었을 때보다 크다고 할 수 없네. 그때도 우리는 지혜를 모아 위기를 모면했네. 자, 그러니 그대들은 자리에 앉아 노를 저어주시오. 제우스께서 이 난관을 벗어나 죽음을 피할 길을 열어주실지 누가 알겠소? 그리고 키잡이여, 그대는 배의 키를 잡는 만큼 저기 보이는 안개와 파도 바깥쪽으로 배를 돌려 빼내야 하네. 그다음은 뾰족한 바위 옆을 잘 따라가야 하네. 자칫 방심해 그 바위 옆 뱃길을 놓치지 않도록 정신을 집중해 주시게." 그러나 나는 피할 수 없는 스킬라에 대해서는 말하지 않았습니다. 이윽고 좁은 해협을 통과할 때 스킬라가 보였고 다른 쪽에서는 거대한 카립디스가 땅의 검은 모래가 드러날 정도로 소용돌이치고 있었습니다. 그 소용돌이는 물을 토할 때 많은 불을 지핀 솥처럼 물거품을 마구 뿜으며 양쪽 암초 봉우리 꼭대기까지 높이 물보라를 일으키며 날려 올렸습니다. 우리는 그녀에게 들켜 죽을까 봐 공포에 떨었습니다.

한편, 스킬라는 절벽 한가운데서 몸을 내밀어 오디세우스 배에서 가장 건장한 동료 여섯 명을 순식간에 잡아채 갔습니다. 그들은 손발이 허공에 매달린 채 비명을 지르며 최후의 절규를 하듯 내 이름을 외쳤습니다. 뾰족하게 돌출된 바위에서 어부가 긴 낚싯대를 바닷속에 던졌다가 낚아 올리면 물고기가 버둥거리며 올라오듯 내 동료들도 절벽 꼭대기를 향해 몸부림치며 올라갔습니다. 이때를 놓치지 않고 나는 동료들을 독려해 배를 저어나가게 했습니다. 그렇게 암초를 통과해 무서운 카립디스와 스킬라를 피해 나가자 얼마 안 가 이번에는 태양신의 섬에 이르렀습니다. 그곳에는 헬리오스의 이마가 넓은 훌륭한 소나 양 떼가 많이 있었습니다. 검게 칠한 배를 타고 아직 바다 위에 떠있는데도 때마침 외양간으로 돌아가는 소들과 양들의 울음소리가 들려왔습니다. 그러자 키르케와 저승에서 만난 테이레시아스 예언자의 경고가 문득 떠올라 슬픔을 억누르고 동료들에게 말했습니다. "자, 곤경에 처한 동지들이여, 내 테이레시아스와 키르케의 예언을 말하겠소. 그들은 지상낙원 태양신의 섬을 피하라고 누차 경고했소. 피하지 않으면 처참한 재앙이 닥친다고 말이오. 자, 그러니 전속력으로 저 섬을 통과합시다." 내 말을 들은 동료들은 매우 실망했습니다. 그때 에우릴로코스가 곧바로 내게 따지듯 말했습니다. "오디세우스여, 그대는 참으로 쇠로 만든 사람인가 보오. 피로와 슬픔에 지친 동료들이 육지를 밟지도 못하게 하다니! 우리는 바다가 아닌 섬에서 한 끼라도 해결하고 싶소. 그런데도 그대는 망망대해에서 밤새도록 헤매라고 하는

스킬라의 공격을 받는 오디세우스
오디세우스 일행이 스킬라의 공격과
카립디스의 소용돌이 사이에서 사투를 벌이는 장면이다.

구려. 그리고 이 어두운 밤중에 배를 해치는 바람이 여러 방향에서 세차게 불어올 것이오. 처참한 파멸을 어느 방향으로 피하려고 합니까? 갑자기 폭풍이 불어오면 어떡할 겁니까? 그러니 캄캄한 밤의 권유대로 섬에 상륙해 빠른 배 옆에서 저녁 준비를 하고 그대로 하룻밤 묵고 아침 일찍 배를 타고 넓은 바다로 떠납시다." 그가 이렇게 말하자 다른 동료들도 모두 그의 제안에 찬성했습니다. 그때 나는 신께서 뭔가 재앙을 꾸민다는 것을 확실히 깨달아 소리 높여 그에게 말했습니다. "에우릴로코스여, 나는 혼자이니 그대들이 나를 강요할 수도 있을 것이오. 어쨌든 그대들 모두 내게 굳은 맹세를 해야 하네. 우리가 소 떼나 양 떼를 발견하더라도 잡아먹을 생각은 절대로 하면 안 되네." 내가 이렇게 말하자 동료들은 내가 명령한 대로 곧 맹세했습니다. 그래서 서약을 끝낸 우리는 넓은 포구로 들어서 달콤한 샘물 근처에 배를 정박시키고 내려 저녁 준비를 했고 스킬라에게 죽임을 당한 동료들을 밤이 깊도록 생각하며 슬피 울었습니다. 모두 잠든 새벽 3시 무렵 제우스께서 무서운 폭풍우를 쏟아부으셨습니다. 우리는 새벽이 되어서야 배를 육지로 끌어올리고 단단히 정박시켰습니다. 나는 그때도 동료들에게 당부했습니다. "우리 배에 아직 많은 음식과 술이 있으니 절대로 소와 양을 건드리면 안 되오." 그들은 내 당부를 받아들였지만 한 달 내내 남풍만 불어왔고 다른 바람은 불지 않아 배를 바다에 띄울 수가 없었습니다. 동료들은 곡식과 술이 남은 동안에는 소를 가까이하지 않았지만 양식이 바닥나자 물고기를 낚시해 잡아먹고 들판에 익은 열매를 따 먹었습니다. 한편, 나는 고국으로 돌아가는 길을 알려달라고 신들께 기도하기 위해 동료들과 떨어져 바람이 불지 않는 곳을 찾아가 기도를 드렸죠. 그러나 신들은 내게 잠을 쏟아부었습니다. 그동안 에우릴로코스는 동료들과 음모를 꾸몄습니다. "배고픔에 처한 동지들이여, 내 말을 잘 들어보게. 아무리 비참한 인간에게도 죽음은 무서운 것임이 틀림없소. 그중에서도 굶어서 황천에 가는 게 가장 처참한 죽음이오. 자, 태양신의 소 떼 중 가장 좋은 놈을 골라 '불사의 신'들께 제사를 지냅시다. 그리고 이타카로 돌아가면 태양신 헬리오스의 신전을 보기 좋게 지어 근사한 제물을 마음껏 올립시다. 하지만 소를 건드렸다는 이유로 태양신이 노해 우리를 멸하고자 한다면 망망대해를 밤낮으로 헤매다가 죽느니 차라리 출렁이는 저 물결에 목숨을 내던지는 게 나을 것이오." 에우릴로코스가 이렇게 말하자 다른 동료들도 찬성했고 곧 태양신의 소 떼 중 가장 좋은 놈을 가까운 곳에서 몰고와 소를 둘러싸고 느티나무 잎을 따내면서 신들께 축원을 올리고 소의 목을 잘라 가죽을 벗기고 넓적다리를 잘라 불 위에 얹었습니다. 제주도 없어 물로 대신하고 내장을 불 위에 그을렸습니다. 때마침 잠에서 깬 나는 배가 있는 해변으로 향했는데 고기 굽는 고소한 냄새가 코를 찔렀습니다. 나는 신음하며 '불사의 신'들에게 절규하듯 항의했습니다. "제우스와 '불사의 신'들이시여, 제게 어찌 그토록 끝없이 잠을 내리셨나요? 제가 잠든 사이 동료들은 무서운 일을 저지르고 있습니다."

한편, 긴 예복 차림의 람페티에는 태양신 헬리오스에게 찾아가 우리가 신의 소를 잡은 사실을 알렸습니다. 그러자 헬리오스는 분노가 치밀어 곧 '영생의 신'들에게 아뢰었습니다. "제우스 주신이시여, 그리고 영원히 행복하게 계시는 모든 신이시여, 라에르테스의 아들 오디세우스의 동료들을 벌해주소서. 그들은 무례하게도 내가 아끼던 소를 잡아먹었습니다. 그들이 소의 대가를 충분히 지불하지 않는다면 하데스 궁으로 가 빛을 비추겠습니다." 이 말에 구름을 지배하는 제우스 주신이 대답하셨습니다. "태양신이시여, 제발 그대는 '불사의 신'들 사이에서 빛나주게. 그리고 내 곧 번쩍이는 번개로 그들의 빠른 배를 강타해 망망대해에서 산산조각내리라." 이 같은 내막은 머리카락이 아름다운 칼립소에게서 들었는데 그녀에 의하면 '전령의 신' 헤르메스에게서 전해들었다고 합니다. 그래서 나는 배가 있는 해변으로 내려가 여기저기 한 사람 한 사람 옆으로 가까이 가 책망했지만 이제 어쩔 도리가 없었습니다. 소는 이미 죽었으니까요. 그 후 얼마 안 가 신들께서는 그들에게 불길한 징조를 내리기 시작했습니다. 소 껍질이 기어 다니는가 하면 꼬치에 꽂은 쇠고기가 소리를 내고 불에 구운 쇠고기도 소처럼 울기 시작했습니다. 그로부터 6일 동안 충실한 내 동료들은 태양신의 소 떼 중 가장 좋은 놈을 몰고 와 먹어치웠습니다. 때마침 제우스 신께서 7일째를 계산했을 때 그때까지 돌풍과 같이 미친 듯이 불던 바람이 잠잠해져 우리는 재빨리 배를 타고 넓은 바다로 나가 돛대를 세우고 그 위에 돛을 달았습니다. 그런데 섬에서 완전히 멀어져 육지

라곤 전혀 안 보이고 넓은 하늘과 바다만 보일 때 제우스 신께서 선창이 빈 배 위에 검은 구름을 세우셨는데 그 구름 때문에 아래가 어두워지기 시작했습니다. 그 후부터 배는 빨리 달릴 수 없었습니다. 갑자기 거센소리를 내며 갈바람이 몰아쳤고 심한 돌풍까지 불어 돛대 앞줄이 두 개나 끊기고 말았습니다. 돛대는 뒤로 넘어가기 시작하고 밧줄도 모두 선창 속으로 힘없이 떨어지고 그 돛대가 배 고물대에 있던 노잡이 머리에 맞아 두개골을 산산조각내 그는 해녀처럼 갑판에서 바다로 떨어져 용감했던 그 영혼은 육신을 떠나고 말았습니다. 제우스 신은 천둥소리와 동시에 벼락을 배에 떨어뜨렸습니다. 배는 빙그르르 돌며 유황불 냄새로 가득 찼고 동료들은 배에서 떨어져 물새 떼처럼 검은 배 주변과 물결에 휩쓸려 갔습니다. 드디어 큰 파도가 용골로부터 판자를 흐트렸고 쇠가죽으로 만든 뒷버팀줄도 끊어놓았습니다. 나는 용골과 돛대를 묶은 후 그 위에 앉아 태풍을 견뎠습니다. 그때 무섭게 몰아치던 서풍이 잦아지는 듯하더니 갑자기 남풍이 불었습니다. 나는 그 무서운 카립디스에게 다시 가는 것 같아 괴로웠습니다. 밤새 표류한 나는 드디어 날이 밝아서야 스킬라의 바위와 카립디스가 있는 곳에 다다른 것을 알았습니다. 카립디스가 바닷물을 모조리 삼켜버리자 나는 암초에 솟은 무화과 나무 위로 올라가 박쥐처럼 매달렸습니다. 그러나 자꾸 발이 미끄러져 나무 위로 기어오를 수 없었습니다. 거대한 그것이 카립디스를 덮고 있었기 때문입니다. 나는 카립디스가 돛대와 용골을 다시 토해낼 때까지 매달려 있었습니다. 한참 만에 기다

카립디스의 공격을 받는 오디세우스
모든 것을 빨아들이는 카립디스로부터 구사일생으로
살아남는 오디세우스

리던 것이 나왔습니다.

저녁 무렵 돛대와 용골을 묶은 재목이 비로소 카립디스 밖으로 나왔습니다. 나는 재목 한가운데로 뛰어내려 손으로 저어 갔습니다. 불행 중 다행으로 인간과 신들의 아버지께서는 내가 스킬라를 더 이상 보지 않게 해주셨습니다. 그로부터 9일 동안 나는 물결에 휩쓸렸고 열흘째 되던 날 밤 신들께서 오기기아섬 근처로 인도했습니다. 그곳에는 사람 목소리를 내는 무서운 여신이자 머리를 땋은 칼립소가 살고 있었습니다. 칼립소는 내게 친절히 대접해 주었습니다. 그리고 그곳에서 겪은 일들은 이미 말씀드렸습니다. 그 이야기를 되풀이하면 말하는 이나 듣는 이나 재미가 없을 테니 이만 마치겠습니다.

『오디세이아』 12장 분석

충성심과 약속 준수는 호메로스의 세계에서 가장 높은 미덕 중 두 가지다. 죽은 자의 땅에 대한 공포와 탈출 구호에도 불구하고 오디세우스의 첫 번째 생각은 엘페노르의 시신을 매장하기 위해 아이아이아로 돌아가는 것이다. 매장 의식에 대한 간략한 설명은 시신이 전사의 갑옷과 함께 장례식에서 태워졌음을 알려준다. 재는 기념비적인 돌과 '심어진 선원의 노'로 얹힌 작은 언덕에 묻혀 있다. 그의 무덤에 왕관을 씌우는 의식은 약 1,500년 후 서사시 「베어 울프(Beowulf, 8세기 초의 고대 영어 서사시)」의 끝에 있는 항해 전사들의 의식과 유사하다. 로토파고스족 장과 마찬가지로 세이렌 장은 서사시에서 가장 유명한 에피소드 중 하나임을 고려하면 놀라울 정도로 짧다(40줄 미만). 다시 한 번 호메로스는 보편적 진리, 치명적이지만 저항할 수 없는 호소력으로 인류의 투쟁을 기록했다. 키르케의 해결책은 현실적이고 간단하다. 오디세우스 일행은 밀랍으로 귀를 막고 그녀는 오디세우스의 지적 호기심을 충족시키기 위해 세이렌의 노래를 들려주어야 하는데 그 해결책은 배 돛대에 그를 안전하게 묶는 것이다. 이윽고 그들이 세이렌을 목격했을 때 키르케의 조치로 노래를 들을 수는 없었지만 오디세우스는 세이렌의 부름에 복종하려는 욕망에 거의 미쳐버린다. 스킬라와 카립디스를 지나가려면 오디세우스의 궁극적인 리더십이 필요했다. 그는 적절한 판단을 내려야 할 뿐만 아니라 일이 잘 풀리더라도 여전히 여섯 명의 선한 사람을 잃는다는 것을 인식해야 한다. 키르케의 조언대로 그는 소용돌이 카립디스를 피하고 머리가 여섯 개인 괴물 스킬라의 측면을 지나가는 것을 시도한다. 그의 본능에 반해 그는 싸움을 멈추지 않고 괴물의 공격을 밀어내지만 눈앞에서 여섯 명이 목숨을 잃는 것은 오디세우스가 방황하는 동안 가장 가슴 아픈 경험이다. 오디세우스의 방황에 대한 심판의 마지막 시험은 태양신 헬리오스의 섬에서 일어난다. 오디세우스는 테이레시아스의 예언과 키르케의 경고 때문에 섬에 표류하지 않고 우회하길 원했지만 부하들을 대신한 에우릴로코스는 오디세우스에게 섬에 상륙해 휴식하게 해줄 것을 간청한다. 그는 배 안에 많은 보급품이 있으므로 부하들이 섬을 습격하거나 신성한 소를 해치는 것을 걱정할 필요가 없다고 확신했다. 에우릴로코스의 말대로 배에는 많은 음식과 음료가 있었지만 한 달 동안 바람이 불지 않아 그들은 배를 띄울 수가 없었다. 오디세우스는 신들의 도움을 요청하러 내륙으로 가지만 황소 가죽 주머니에 든 역풍 때문에 이타카에 접근했을 때처럼 깊은 잠에 빠진다. 그리고 식량이 바닥나자 그때처럼 부하들은 반란을 일으킨다. 에우릴로코스가 이끄는 그들은 태양신의 신성한 가축 중 가장 훌륭한 가축을 도살하고 아이러니하게도 희생 의식을 치르며 포도주가 없어 물로 대신한다. 신들은 희생당한 제물로 달갑게 여기지 않았고 제우스는 격분하지만 일주일 후 배가 항해할 때까지 처벌을 기다린다. 배가 출항한 후 육지가 보이지 않자마자 제우스는 괴물과 같은 폭풍을 일으켜 배를 파괴하고 모든 사람을 죽이고 오디세우스만 살려준다. 돛대로 뗏목을 재빨리 만든 오디세우스는 카립디스의 소용돌이에서 살아남아 열흘 후 칼립소의 섬 오기기아에 표류한다. 그리고 앞에서 소개했듯이 그곳에서 7년 동안 그녀의 성노예와 다름없는 포로가 된다.

오디세우스가 이타카로 돌아오다

『오디세이아』 13~14장 요약

오디세우스의 무용담에 대한 그의 설명은 완벽하다. 파이아키아인들은 오디세우스 이후 벌어진 사건들을 알고 있었다. 그들은 알키누스가 오디세우스가 집으로 무사히 돌아갈 거라고 확신시키고 손님에게 더 많은 선물을 주기 위해 몇 초 동안 침묵을 지킨다. 오디세우스는 오래전부터 잃어버렸던 트로이아의 공정한 몫을 뛰어넘는 보물을 가지고 이타카에 도착할 것이다. 그들의 관습에 따라 파이아키아는 방랑자의 안전한 통로를 제공한다. 이것은 제우스의 뜻으로 그에게 불평하는 포세이돈의 짜증을 유발한다. 포세이돈은 파이아키아에 대한 복수를 품는다. 아테나는 이타카에서 오디세우스를 만나 그를 늙은 거지로 변신시킨다. 오디세우스는 자신의 충성스러운 돼지치기 에우마이오스를 만난다.

오디세우스가 장엄하고 긴 무용담을 마치자 그들은 모두 그의 이야기에 매료되어 경탄을 쏟아냈다. 곧 알키누스가 소리 높여 그에게 말했다. "오디세우스여, 지금까지 그대가 온갖 고난을 겪었지만 앞으로는 표류하지 않고 고향으로 돌아가리라 생각합니다. 그리고 내 여러분께 부탁할 것이 있소. 여러분께서 가져온 선물은 번쩍거리는 금제 상자 속에 이미 넣어두었소. 자, 이제 손님에게 큰 솥과 큰 냄비를 드립시다." 알키누스 왕의 말을 들은 사람들은 모두 기뻐하며 집으로 돌아갔다. 그리고 새벽이 오자 다시 청동 솥을 가지고 서둘러 배로 왔다. 알키누스 왕도 손수 배까지 와 선물을 긴 의자 밑에 넣어주었다. 오디세우스는 빛나는 태양을 향해 머리를 돌렸다. 얼마나 고대한 귀국인가! 온종일 밭에서 일한 농부가 노을이 지는 하늘을 반가워하듯 그는 일몰을 기다리며 알키누스 왕과 '노의 명수' 파이아키아인들에게 말했다. "뛰어난 통치자이신 알키누스 왕과 훌륭하신 여러분은 지금 나를 무사히 보내기 위해 신들께 제물을 바치고 보내 주십니다. 왕이시여, 신의 가호가 깃들길 바랍니다. 또한, 여기 계신 분들과 부인들, 자녀들에게도 신들께서 기쁨을 내리시어 불행이 가까이 오지 않도록 해주소서!" 그가 이렇게 말하자 사람들이 모두 기뻐하며 오디세우스를 호송할 것을 주장했다. 그러자 알키누스 왕이 시종에게 말했다. "폰토노오스여, 술을 걸러 여기 계신 모든 분들께 따르라. 제우스 아버지께 기도를 올린 후 손님을 보내드릴 것이다." 이렇게 말하자 폰토노오스는 마음을 즐겁게 해주는 좋은 술을 물과 섞어 모든 사람에게 골고루 부어주고 모두 제자리에서 넓은 하늘을 지배하는 신들께 신주를 바쳤다. 다음은 오디세우스가 일어서면서 아레테 왕비의 손에 두 귀가 달린 술잔을 놓고 소리 높여 그녀에게 말했다. "왕비님이시여, 당신께 행운이 깃들길 기원합니다. 이제 나는 이곳을 떠나지만 당신은 이 궁궐에서 아드님과 이 나라 백성과 그중에서도 알키누스 왕과 즐겁게 지내십시오." 그런 가운데 아레테 왕비는 오디세우스가 타고 갈 배에 여종을 시켜 폭이 넓은 깨끗한 옷감과 속옷을 들려 보내고 튼튼하게 만들어진 함과 곡식과 빨간 포도주를 보냈다. 그리고는 오디세우스가 눈을 뜨지 않고 잠들 수 있도록 뱃고물 쪽에 두꺼운 모포를 깔아주었다. 오디세우스가 배에 올라 아무 말 없이 눕자 배웅나온 선원들도 각자 닻자리에 천천히 줄지어 앉으며 구멍이 뚫린 바위에서 줄을 풀었다. 때마침 그들이 몸을 뒤로 젖히며 바닷물을 노로 저어나갈 때 달콤한 잠이 오디세우스의 눈 위에 떨어져 죽음에 가까운 꿈속으로 몰고 갔다. 그렇게 들판 위에서 마차의 암말들이 발맞춰 가죽 채찍을 맞으며 달리기 시작해 발굽을 높이 차올리고 갈 길을 재빨리 재촉하듯 뱃머리는 높이 치솟고 배꼬리에는 출렁이는 바다 물결이 미친 듯 으르렁거리며 배는 아무 위험 없이 줄기차게 달려나갔다. 매와 같은 솔개도 날짐승 중 가장 날렵하다는데 그들도 따라갈 수 없을 만큼 재빨리 배는 물결을 가르며 신과 같은 슬기로운 지혜를 가진 무사를 싣고 나아갔다.

드디어 샛별이 떠오를 무렵 그들은 이타카의 한 포구에 도착했다. 그곳은 해신의 이름을 딴 포르키스였다. 그곳에는 두 개의 곶이 있었는데 포구를 향해 안쪽으로 비스듬히 경사를 이루어 닻줄을 내리지 않아도 배를 멈출 수 있었다. 또한 포구 어귀에는 '물의 님프' 나이아스가 이용하는 쾌적한 동굴이 있었는데 주변에는 올리브나무가 우거져 있었다. 동굴 속에는 돌로 만든 희석용 술동이와 두 귀가 달린 술병이 많았고 거기서 꿀벌들이 집을 만들고 있었고 돌로 만든 긴 베틀에서 님프들이 엷은 빛의 베를 자주 짰는데 보기에도 경탄스러운 물건이라고 한다. 또한 그곳에는 늘 샘물이 흘렀다. 이 동굴에는 입구가 두 개인데 하나는 북쪽을 향해 사람이 들어갈 수 있지만 다른 하나는 남쪽을 향해 신들만 들어가는 입구여서 사람들은 들어갈 수 없었다. 이윽고 선체의 절반쯤이 육지에 얹혔다. 선원들은 배에서 깊이 잠든 오디세우스를 깨우지 않고 들어 올려 모래 위에 눕힌 다음 위대한 아테나의 은총으로 파이아키아인들이 보낸 선물들을 꺼내 모래사장에 쌓아두었다.

한편, 오디세우스를 괴롭혔던 '지진의 신' 포세이돈은 제우스에게 투덜댔다. "제우스시여, 나는 이제 하찮은 파이아키아인들로부터 존경을 못 받아 신계에서도 위엄을 잃었습니다. 오디세우스가 숱한 고난을 겪은 후에야 귀국할 거라고 말한 것은 일찍이 당신께서 언약하고 허락하신 것입니다. 그런데도 이들은 그가 자는 동안 이타카 땅에 내

나이아스
그리스 신화에 등장하는 '물의 님프'로
다른 님프들과 마찬가지로 신의 영역에 속하면서도 영원한 존재는 아니며
단지 기나긴 생명을 지닌 존재들이다.

려놓았습니다. 더욱이 황금과 청동, 금은 등 수많은 보화를 주면서 말입니다." 이에 신들의 주신 제우스가 말했다. "넓은 땅을 뒤흔드는 신이시여, 지금 무슨 말을 하는가? 다른 신들이 그대를 절대로 업신여기지 않을 걸세. 더욱이 나이도 많고 성품도 올바른 그대에게 무례한 짓을 하기는 어려울 것이네. 그러나 인간들 중 누군가가 완력이나 권력만 믿고 그대에게 경의를 표하지 않는다면 언제든지 가능한 보복을 그대에게 허락하겠네. 그대가 바라듯이 그대 마음에 맞도록 하는 게 좋을 걸세." 그러자 이번에는 포세이돈이 대답했다. "검은 구름의 신이시여, 나는 늘 당신을 존경해 왔습니다. 그러나 곧 분부대로 지금 파이아키아인들의 배를 공격해 귀로를 막고 앞으로는 나그네를 호송하는 습관을 갖지 못하도록 거대한 산으로 그들의 도시를 덮어버리겠습니다." 이에 구름을 지배하는 제우스가 대답했다. "친애하는 신이시여, 그것이 최선일 것 같소. 그럼 사람들이 돌아오는 배를 바라볼 수 있을 때 배를 돌로 변하게 하시오. 그대가 그렇게 하면 그 도시를 거대한 산으로 뒤덮는 셈이 될 테니." 그 말을 들은 포세이돈은 스케리아로 먼저 가 기다렸고 배가 속력을 내 가까이 다가오자 배를 돌로 만들어버리고 그곳을 떠났다. 그러자 긴 노를 젓는 파이아키아인들은 서로 쳐다보며 수군거렸다. "어느 신이 고국으로 돌아오는 배를 멈추었단 말인가?" 그들은 그 같은 일이 왜 일어났는지 몰랐다. 그러자 알키누스 왕이 큰 소리로 모두에게 말했다. "옛날 선왕께서 하신 말씀이 이루어질 조짐이구려. 우리가 손님들을 안전하게 호송하는 것을 포세이돈이 시기해 화려한 우리 배를 부수고 우리 도시를 거대한 산으로 뒤덮겠다더니 드디어 그날이 오고 말았도다. 자, 모두 내 말에 귀 기울이시오. 지금부터 우리 도시에 누가 오든 절대로 호송하지 맙시다. 그리고 포세이돈에게 황소 열두 마리를 제물로 바쳐 노여움을 풀어봅시다. 그럼 우리를 가엾게 여기시어 더 이상 우리 도시를 괴롭히지 않으실지도 모르니." 이 같은 사연으로 파이아키아인들은 포세이돈 신에게 기도를 올렸다.

한편, 오디세우스는 고향 땅에서 잠을 깼지만 너무 오랫동안 자기 나라를 떠나 있었고 여신이 주변에 안개를 끼게 해 알아볼 수가 없었다. 그것은 제우스의 딸 아테나의 소행이며 다른 사람들이 그를 알아보지 못하게 만들고 그에게 필요한 모든 것을 일러주기 위해서였다. 오디세우스는 벌떡 일어나 머나먼 바다를 바라보며 신음하더니 무릎을 치며 통탄했다. "아, 슬프도다! 나는 지금 어디에 와 있는가? 이 고장 사람들은 어떤 사람들인가? 내가 가져온 이 금은보화를 어디에 둘 것인가? 차라리 다른 강대한 왕을 찾아갔더라면 내 귀국을 도와주었을지도 모를 텐데. 이 물건들을 어디에 두어야 할지 모르겠구나. 나를 양지바른 이타카로 데려다주겠다고 철석같이 약속해놓고 지키지 않다니 파이아키아 왕과 고관들은 고약한 인간들이구나! 하소연하는 사람을 보호하는 제우스 신이시여, 저버린 약속을 두고 바라건대 그들을 벌해주소서. 그럼 내 물건이나 조사해보자. 그들이 돌아갈 때 혹시 배에 싣고 가지 않았는지." 그가 아름다운 큰 솥, 냄비, 금, 화려한 의복들을 세어보니 모두 그대로였다. 그러나 그는 고향을 그리워하며 물결이 출렁이는 해변을 거닐며 비탄에 잠겼다. 그러자 바로 곁에 아테나 여신이 젊은 목자의 모습으로 나타났다. 오디세우스는 기쁨에 넘쳐 앞으로 나아가 말을 걸었다. "반가운 분이시여, 당신은 내가 이 땅에 와 처음 만나는 분입니다. 자, 내 그대에게 무릎 꿇고 바라건대 내 재산과 생명을 구해 주시오. 그리고 여기가 어디이고 어떤 사람들이 사는지 사실대로 말해주면 고맙겠소." 그러자 빛나는 눈의 아테나 여신이 입을 열었다. "낯선 이방인이시여, 아무것도 모르는 걸 보니 먼 곳에서 방금 오셨군요. 이곳은 사람들에게 널리 알려진 곳입니다. 이곳에서는 곡식과 포도주가 많이 나고 사시사철 비가 내려 항상 깨끗한 이슬이 맺히죠. 온갖 산림이 울창해 소와 염소 치기에 적합하고 마르지 않는 샘들이 곳곳에 있습니다. 손님께서도 트로이아까지 퍼진 이타카의 명성을 들었으리라 생각합니다." 여신의 말을 들은 오디세우스는 날아갈 듯 기뻤지만 영리한 사람답게 본심을 숨기고 이야기했다. "이타카라면 바다 멀리 크레타 땅에서도 들은 적이 있소. 나는 이도메네우스의 사랑하는 아들이자 발빠른 오르실로코스를 죽이고 그곳에서 도망쳐 나왔소. 그는 내가 온갖 풍파를 겪고 얻은 트로이아의 전리품을 빼앗으려고 했습니다. 그의 바람대로 트로이아에서 내가 그의 아버지에게 호의적으로 대하지 않았기 때문이죠. 나는 동료 한 명과 매복해 있다가 청동 창으로 그를 베어버렸죠. 그렇게 그를 죽이자

고국 이타카 땅에 키스하는 오디세우스
오디세우스가 고국 이타카 땅에
입 맞추는 장면으로 아테나 여신이 동행한다.

마자 오만한 페니키아인들에게 내 전리품을 주면서 신성한 엘리스로 데려가 달라고 부탁했습니다. 그러나 공교롭게도 강풍을 만나 표류하다가 밤이 되어서야 이곳에 닿았습니다. 그러나 내가 너무 피곤해 쏟아지는 단잠을 억누르지 못하자 그들은 내 물건들을 내가 누운 모래사장 옆에 부려놓고는 아름다운 페니키아로 떠나 나는 가슴에 상처를 입고 혼자 남게 되었습니다." 그의 말을 가만히 듣고 있던 아테나 여신은 미소를 지으며 그를 어루만지더니 갑자기 눈부시게 아름다운 여인으로 변해 말했다. "지략이 뛰어나신 그대는 진심으로 그리워하는 고국에 와서도 그 익숙한 거짓말을 그만두지 못하시는구려. 그러나 이제 그런 이야기는 그만합시다. 둘 다 거짓에 능수능란하니 말이오. 지혜와 책략이라면 그대는 인간들 중 1인자이고 나는 모든 신들 중에서 명성을 얻고 있소. 그대는 제우스의 딸 아테나를 모른단 말이오? 항상 그대를 보호해주고 모든 파이아키아인들의 사랑을 받게 해준 것도 바로 나였소. 또한 지금도 나는 그대와 연극을 꾸미고 파이아키아인들이 준 물건들을 감출 작정이오. 지금부터 마음을 굳게 먹으시오. 그대에게는 아직 수많은 일이 남아 있기 때문이오. 남녀노소를 불문하고 아무에게도 그대가 돌아왔다는 소식을 알리지 마시오. 오직 침묵만으로 고통을 참고 모든 사람의 멸시를 감수하시오." 그러자 풍부한 지혜를 가진 오디세우스가 대답했다. "여신이시여, 인간으로서 제아무리 현명하더라도 온갖 변신을 꾀하시는 여신을 알아보기는 참으로 어렵습니다. 아카이아의 자손으로 태어나 트로이아에서 전쟁을 하는 동안 여신께서 제게 베푸신 친절을 모르는 자가 없습니다. 그러나 우리가 프리아모스의 강대한 도시를 점령한 후 신께서 아카이아인들을 뿔뿔이 흩어놓은 이후로 당신을 뵌 적이 없습니다. 저는 신들이 불운한 경지로부터 저를 건져주시는 그날까지 천신만고 헤매고만 있었습니다. 파이아키아인들의 기름진 땅으로 당신께서 인도하시어 저를 위로해주신 그날까지도 고난은 계속되었습니다. 이제 당신의 아버님 이름을 빌려 간청하옵니다. 제 생각으로는 이 장소가 섬 모양이 뚜렷한 이타카가 아니고 어딘가 다른 땅에서 방황하고 있는 것 같습니다. 그것을 당신이 놀려주기 위해 그렇게 말씀하신 것이죠. 제 마음을 혼란시키려고 말입니다. 정말 제가 그리던 고향 땅에 닿았는지 말씀해 주십시오." 그러자 빛나는 눈빛의 여신 아테나가 말했다. "누구든지 방랑하다가 고국에 돌아오면 기꺼이 아내와 자식을 보기 위해 서둘러 집으로 향하거늘 그대는 아예 그들을 찾지도 묻지도 않는구려. 나는 그대가 동료들을 모두 잃더라도 고국으로 돌아오리라는 것을 믿어 의심치 않았소. 그리고 사랑하는 아들의 눈을 멀게 해 화가 난 포세이돈과 다툴 생각은 추호도 없소. 자, 이리 오시오. 내 이타카의 자연을 보여주리다. 이곳은 포르키스 포구이고 위쪽에는 올리브나무가 있소. 그리고 바로 옆에는 나이아스라는 님프들이 사는 깨끗한 동굴이 있소. 이쪽을 보시오. 그대가 항상 님페들에게 많은 소를 제물로 올리던 곳이오. 그리고 이곳은 온통 숲으로 둘러싸인 네리톤이오." 여신이 이렇게 말하고 안개를 거두자 사방이 확연히 드러났다. 그러자 오디세우스는 너무 기뻐 엎드려 고국 땅에 입을 맞추고는 곧 두 손을 모아 님프들에게 기도를 올렸다. "냇가의 님프들이여, 제우스의 딸들인 당신들을 다시 만날 생각도 못 했습니다. 제발 지금은 지극한 제 기원을 받아주십시오. 그리고 제물도 올리겠습니다. 전리품을 운반하시는 제우스의 따님께서 제 삶과 사랑하는 제 자식을 지켜주신다면 먼저 제 선물을 받아주소서." 그의 말을 들은 아테나가 말했다. "그런 일은 당신이 걱정하지 않아도 되오. 그보다 지금 바로 보물을 그 큰 동굴 속에 숨겨두고 최선의 대책을 고민해 봅시다." 그리고는 여신은 어두컴컴한 동굴로 가 숨길 장소를 찾았고 오디세우스는 금과 변치 않는 청동, 잘 만들어진 의복 등 파이아키아인들이 선물해준 보물들을 감추었고 '방패의 여신' 아테나는 동굴 입구를 돌로 가렸다. 그런 다음 그들은 신성한 올리브나무 옆에 앉아 교만한 구혼자들을 처치할 방법을 의논했는데 먼저 빛나는 눈빛의 여신 아테나가 말했다. "오디세우스여, 염치도 없는 구혼자들을 처치할 방법을 궁리해보소서. 그들은 3년 동안이나 당신의 성에서 뻔뻔하게 행패를 부렸습니다. 여신과 다름없는 당신 부인에게 결혼 선물을 주면서 구혼했답니다. 당신 부인은 당신의 귀국을 학수고대하며 늘 비탄에 잠겨 있으면서도 모든 사내에게 희망적인 말을 건네며 약속했지만 마음속으로는 늘 다른 기원을 했습니다." 이에 지혜가 풍부한 오디세우스가 대답했다. "진정으로 여신께서 모든 것을 숨김없이 알려주시지 않았더라면 저도 아가멤논이 당한 것처럼 제 집에서 참변을 당했을지도 모릅니다. 자, 제가 그들에게 어떻게 복

오디세우스와 아테나
아테나 여신이 오디세우스를 노인으로 변신시키는 장면이다.

수해야 할지 묘안을 알려주십시오. 우리가 트로이아의 왕관을 벗기던 그때와 같이 제 가슴속에 용기를 주소서. 여신께서 제 옆에 계시기만 한다면 300명이 덤벼도 두렵지 않습니다." 이에 눈빛이 빛나는 여신 아테나가 대답했다. "나는 당신 곁에서 힘껏 도와줄 거예요. 언제나 그 일로 어려울 때는 절대로 당신을 잊지 않을 거예요. 그래서 당신 집 재산을 탕진하는 그 무리와 구혼하는 남성들 모두 반드시 피와 머릿골을 뿌리며 넓은 땅바닥을 물들일 겁니다. 이제 모든 사람이 당신을 몰라보도록 만들어 드리죠. 그대의 아름다운 피부를 주름지게 하고 머리는 금발을 없애고 보기만 해도 메스꺼운 누더기를 입혀드리겠소. 그리고 전에 그토록 아름다웠던 그대의 눈을 흉측하게 만들어 구혼자들과 그대의 아내, 아이조차 몰라보도록 해주겠소. 먼저 돼지를 키우는 에우마이오스에게 가시오. 그는 그대뿐만 아니라 그대의 아들과 정숙한 페넬로페에게 충성을 다하고 있소. 그는 아레투사 샘터 근처에서 돼지들에게 풀을 먹이고 있을 것이오. 그를 만나 모든 것을 물어보시오. 그동안 나는 아름다운 여인의 나라 스파르타로 가 그대의 사랑하는 아들 텔레마코스를 불러오리다. 그는 지금 그대가 아직 살아 있을지, 그대 소식이라도 들을 수 있을지 궁금해하며 라케다이몬의 메넬라오스에게 가 있소." 이에 지혜가 많은 오디세우스가 대답했다. "아니, 모든 것을 알고 계시면서 그 아이에게 왜 말씀해주지 않으셨습니까? 그 아이도 망망대해에서 표류하며 온갖 고난을 겪고 집에 있는 구혼자들이 가산을 없애버린다면 어떡할 건가요?" 이에 빛나는 눈빛의 여신 아테나가 말했다. "그 아이 일은 절대로 걱정하지 마세요. 내가 보냈으니. 그 땅에 가 훌륭한 명예를 얻도록 했어요. 그리고 아무 사고 없이 아트레우스의 아들 메넬라오스의 집에서 편안히 태산과 같은 선물도 받으며 지낼 것이오. 사실 구혼자 무리가 그가 검은 배를 타고 고향으로 돌아오기 전에 그를 죽이려고 설치면서 기다리고 있지만 그 계획은 실패할 것이오. 그 전에 당신네 집 양식을 먹어치우는 구혼자들부터 모조리 혼내줄 날도 멀지 않았소." 말을 마친 아테나는 지팡이로 오디세우스의 등을 두드려 흉측한 몰골의 노인으로 만들고 나서 그와 헤어져 텔레마코스를 데려오기 위해 라케다이몬으로 떠났다.

14
Chapter

오디세우스, 돼지치기 에우마이오스를 만나다

　오디세우스는 포구에서부터 험하고 거친 산길을 지나 아테나 여신의 말대로 돼지치기 에우마이오스를 찾아갔다. 오디세우스는 안뜰에 앉아 있던 에우마이오스를 발견했다. 그는 오디세우스의 가장 충실한 시종으로 성심성의껏 살림을 관리해왔다. 안뜰은 매우 높고 앞이 확 트여 멀리까지 보였다. 그곳은 돼지치기 에우마이오스가 주인이 떠난 후 왕비와 늙은 라에르테스 몰래 손수 지은 곳이었다. 돌을 파내고 가시들이 많은 관목으로 덮어씌웠고 뜰 밖으로는 참나무 말뚝을 촘촘히 박고 서로 바짝 붙여 12개의 우리를 만들었다. 돼지우리 안에는 새끼를 밴 암돼지 50마리씩 넣었고 수돼지는 밖에 내놓고 길렀는데 그

수는 훨씬 적었다. 교만한 구혼자들이 살찐 수퇘지들만 골라 향연을 벌였기 때문이다. 그래도 남은 수퇘지는 360마리나 되었고 그들 옆에는 그가 키우는 야수와 같은 개 네 마리가 지키고 있었다. 개들은 오디세우스를 보더니 거칠게 짖으며 달려들었다. 오디세우스는 너무 놀라 지팡이를 땅에 떨어뜨리며 그 자리에 털썩 주저앉고 말았다. 그때 에우마이오스가 달려 나와 개들을 말리지 않았더라면 끔찍한 봉변을 당할 뻔했다. 비로소 에우마이오스가 말했다. "노인장, 이놈의 개들이 하마터면 당신을 물어뜯을 뻔했구려. 영명하신 주인 생각에 슬프지만 다른 사람들을 먹이기 위해 돼지를 치고 있습니다. 그분은 말도 안 통하는 이국땅에서 헤매며 고초를 겪고 계실 텐데……. 자, 안으로 들어가 음식을 드시죠. 그리고 어디서 오셨고 어떤 풍파를 겪으셨는지 말씀해 주십시오." 그는 두껍게 깐 나뭇잎 위에 침구로 쓰는, 털 많은 산양 가죽을 널찍이 푹신하게 깔아 노인으로 변신한 오디세우스를 앉혔다. 오디세우스는 그의 환대에 매우 기뻐하며 말했다. "오, 제우스와 불사의 모든 신이시여, 그의 소원을 들어주소서. 그는 진심으로 나를 극진히 맞았나이다." 그러자 에우마이오스가 대답했다. "노인장, 비록 당신보다 천해도 업신여기면 안 되죠. 나그네는 모두 제우스가 보살피시는 것 아닙니까? 저희 주인께서도 아가멤논의 복수를 갚기 위해 트로이아 전쟁에 참전하셨는데 지금은 소식조차 모릅니다." 그렇게 말하고는 재빨리 겉옷을 띠로 질끈 졸라매고 돼지우리를 향해 나갔다. 그곳에는 돼지들이 갇혀 있었는데 두 마리를 끌고 나와 도살해 털

돼지치기 에우마이오스
심성이 착하고 충직한 하인으로 주인 오디세우스가
20년 동안 집을 비운 동안에도
자신이 맡은 일을 게을리하지 않으며 충성을 지킨다.

을 불로 태운 다음 고기를 썰어 여러 꼬챙이를 가져와 아직 뜨끈뜨끈한 것을 꼬챙이째 오디세우스 앞에 바쳤다. 거기에 흰 보릿가루를 뿌리고 담쟁이 무늬가 새겨진 나무 그릇에 달콤한 포도주 진국을 물로 섞어 자신도 오디세우스 앞에 앉아 먹을 것을 권하며 말했다. "노인장, 젖내 나는 돼지고기나마 사양하지 마시고 드소서. 저 구혼자들은 살찐 돼지만 인정사정없이 잡아먹습니다. 비록 해안을 습격해 전리품을 배에 가득 싣고 가는 적이더라도 신의 노여움이 두려울 텐데, 그들은 무슨 배짱으로 그렇게 오만방자한지 모르겠습니다. 날이면 날마다 그들이 도살하는 돼지, 양, 염소 수를 헤아릴 수도 없습니다. 그 귀한 포도주도 마구 퍼마십니다. 실제로 그분의 재산은 엄청나 검은 대륙이나 이타카를 통틀어서도 따를 자가 없죠. 대륙의 수많은 암소 무리, 양 떼, 돼지 떼, 염소 떼를 가진 분입니다. 하지만 구혼자들은 날마다 한 마리씩 가장 살찐 놈으로 갖다 바치라고 합니다. 어쩔 수 없이 가장 좋은 놈을 골라 꼬박꼬박 갖다 바치고 있습니다." 오디세우스는 음식을 먹으며 그의 말을 묵묵히 듣고 있었다. 그러면서도 속에서는 분노가 치밀었다. 에우마이오스가 큰 술잔에 포도주를 가득 채우자 그것을 받아들고 그에게 물었다. "아, 참으로 친절한 양반이시여, 당신의 주인은 누구시오? 그 재산으로 당신을 사들인 분이? 그분이 아가멤논의 복수를 위해 목숨을 바쳤다고 했죠? 말씀해 보시오." 그러자 에우마이오스가 말했다. "노인장, 이 지역에 그분 소식을 가져온 유랑자는 많았지만 그분의 부인이나 사랑하는 아드님의 신뢰는 아직 얻지 못했습니다. 유랑자들은 그저 잠이나 자고 허무맹랑한 소리나 늘어놓죠. 그러나 왕비께서 마다하지 않으시고 친절히 대접하시는 이유는 객지에 남편을 보냈기 때문입니다. 노인장도 입을 의복을 받기만 하면 있는 말, 없는 말 잘도 꾸며낼 겁니다. 하지만 그분은 이미 혼백만 남아 유족과 내게 근심만 남기셨습니다. 내가 어느 지역을 가본들 그렇게 점잖은 분을 다시 뵐 수 있겠습니까? 나를 낳아 길러준 부모를 다시 찾아가더라도 그렇진 못할 겁니다. 부모보다 더 그리운 분, 바로 오디세우스 왕이십니다." 오디세우스는 감정을 절제하며 그에게 말했다. "아, 친절한 양반이시여, 참으로 당신은 남의 말은 받아들이지 않고 이제 그분이 돌아오시지 않는다고 믿는구려. 그러나 내 맹세컨대 오디세우스님은 돌아오십니다. 그분께서 돌아오시는 날 내게 꼭 사례하셔야 하오. 좋은 의복으로 말이오. 하지만 그전에는 내 아무리 궁해도 받지 않으리다. 기갈에 쫓겨 거짓말하는 자는 지옥에 떨어지기 때문이오. 자, 모든 신들 중 으뜸이신 제우스께 맹세하겠소. 이번 달이 지나고 새 달이 오면 그분은 집으로 돌아와 구혼자들에게 복수할 것이오." 그의 장담에 에우마이오스가 대답했다. "노인장, 이 좋은 소식에 사례할 형편도 안 되지만 오디세우스께서는 집으로 돌아오시지 않을 것이오. 그러니 조용히 마시면서 다른 이야기나 하시죠. 위대하신 오디세우스 왕만 생각하면 내 가슴이 찢어지오. 하지만 내 소원대로 오디세우스님이 돌아오신다면 정말 좋겠소. 그러나 아드님 일로 매우 슬픕니다. 나는 왕자님이 그의 부친 못지않은 두각을 보이리라 생각했죠. 그런데 신의 짓인지, 인간의 짓인지 그의 예지력을 망쳐놔 그는 찾지도 못하는 아버지 행방을 찾아 이곳을 떠났고 지금 무례한 구혼자들이 매복해 그가 돌아오기만 기다리고 있습니다. 그건 그렇고 노인장이시여, 당신이 겪은 고난이나 말씀해 보시오." 그러자 오디세우스가 말했다. "내 모든 것을 솔직히 이야기하리라. 출신부터 말하면 크레타섬의 유복한 지주의 아들이었소. 나 외에도 많은 아들이 큰 저택에서 자랐소. 그러나 나는 첩의 소생이었소. 하지만 힐라코스의 아들 카스토르께서는 나를 적자들과 다름없이 대해 주셨소. 당시 아버지는 크레타인들로부터 신과 같은 추앙을 받았지만 죽음의 운명을 맞자 거만한 정실의 아들들은 재산을 배분하기 위해 제비뽑기를 했소. 그 결과, 나는 가장 작은 몫으로 집 한 채를 물려받아 아내를 맞이했소. 땅을 많이 소유한 지주의 딸이었죠. 장인은 건강한 체격과 전쟁을 두려워하지 않는 내 용기를 보고 딸을 준 것 같소. 그때는 정예 복병으로 뽑히면 항상 선봉에 서고 강철 같은 내 정신은 죽음도 두렵지 않았소. 나는 전쟁의 선봉에 서서 어느 놈이든 잡히기만 하면 가차없이 베었소. 그래서 아카이아인들이 트로이아에 도착하기 전에 아홉 번이나 함대와 병사들의 지휘자로 타국을 정벌해 많은 재산을 노획했소. 그렇게 나는 크레타인들의 존경을 받게 되었소. 그러나 제우스 신께서는 일리오스로 배를 인도하라고 내게 분부하셨소. 나는 그곳에서 9년 동안 전쟁을 했고 10년째 되던 해 겨우 프리아모스 도시를 점령하고 귀국길에 올랐소. 그런데 전지전능하신 제우스께서 내게 가혹한 운명을 주셨소. 겨우 한 달 동안만 내 자식들과 아내, 재산에 대한 기쁨을 맛본 것이오. 그리고 그 후 계속 배 위에서만 살았소. 나는 동료들과 함께 이집트로 항해하려고 했소. 아홉 척의 배가 준비되자 갑자기 힘이 솟은 나는 충실한 동료들과 함께 6일 동안 향연을 베풀고 많은 제물을 준비해 신께 바쳤소. 그리고 7일째 되던 날 우리는 온화한 북풍에 돛을 달고 크레타 평야를 출항해 아무 피해 없이 무사히 갈 수 있었소. 그렇게 닷새 만에 유유히 흐르는 이집트강에 이르러 강어귀에 양쪽이 휜 배를 매고 나는 충성스러운 동료들에게 명령해 그대로 배 옆에 머물러 배를 지키게 하고 각지로 정찰대를 파견했소. 그러나 그들은 혈기왕성한 대로 오만한 생각에 몸을 맡기고 이집트인들이 훌륭하게 가꾸어 놓은 밭을 마구 짓밟고 여성과 아이들을 잡아오고 남성은 죽였는데 그 요란한 소문은 곧 그들 도성에까지 퍼졌소. 그래서 그 마을 사람들은 그 소리를 듣고 날이 새자마자 우르르 몰려와 평원 전체가 보병, 기병, 청동의 번쩍임으로 가득했소. 그러나 우레를 울리는 제우스께서 우리 동료들의 가슴에 비참한 패망감을 심어놓아 아무도 적 앞에 나가 싸우려고 하지 않았소. 사방에서 재앙이 우리를 덮친 것이오. 적들은 그때를 놓치지 않고 우리 병사들을 많이 베고 생존자들을 끌고 가 노역을 시켰소. 그때 나는 그곳에서 차라리 죽길 바랐소. 불행이 잇달아 닥쳤기 때문이오. 나는 곧 튼튼한 투구를 벗고 방패와 창을 내던지고 왕의 전차로 달려가 그의 무릎에 입 맞추었소. 왕은 그런 내가 불쌍했는지 전차에 나를 태웠소. 그러나 여전히 많은 무사들

에우마이오스를 만나는 오디세우스
돼지치기 하인 에우마이오스가
노인으로 변신한 오디세우스를 대접하는 장면이다.

이 나를 찌르려고 호시탐탐 노리고 있었소. 그곳에서 그대로 7년 동안 이나 머물며 많은 재물을 끌어모았지만 8년째 되던 해, 악행을 일삼는 한 페니키아인이 왔소. 매우 탐욕스러운 그는 이미 많은 사람에게 폐해를 입힌 자였소. 그가 교묘한 수단으로 나를 페니키아까지 끌고 가 나는 그곳에서 1년 동안 살았소.

해가 바뀌자 그는 나를 짐과 함께 호송하는 척하며 리비아행 배에 태웠소. 그는 나를 리비아에 팔아넘겨 거액을 챙길 속셈이었소. 그와 함께 강제로 배에 오르자 불길한 예감이 들었소. 배는 북풍을 받으며 크레타로 향했지만 제우스께서 뇌성벽력을 내리치자 배는 온통 유황 연기로 가득했소. 모두 급류에 떠내려 갔지만 제우스께서는 내가 검은 배의 돛대를 잡게 해 천만다행으로 위험에서 벗어날 수 있었소. 나는 돛대를 잡고 간신히 무서운 바람을 견뎌냈소. 그렇게 9일 동안 견디다가 10일째 되던 날 밤, 나는 테스프로티아 땅에 다다랐소. 그곳은 영웅 페이돈 왕이 있는 곳으로 테스프로티아 왕자가 나를 구해준 것이오. 그곳에서 오디세우스 소식을 들었소. 테스프로티아 왕의 말에 의하면 고향 땅으로 돌아가는 오디세우스를 손님으로 융숭히 대접하고 오디세우스에게 얻은 보배로운 선물들을 보여주었다고 하오. 그것들은 왕실에 쌓아두었는데 얼마나 많은지 10대 손까지 부유하게 누릴 것 같았소. 왕은 오디세우스가 고국 이타카로 바로 돌아가야 할지, 몰래 돌아가야 할지, 제우스의 계시를 듣기 위해 잎이 무성한 참나무 숲으로 떠났다고 했소. 그러나 나는 오디세우스를 보지 못하고 그곳을 떠나야만 했소. 테스프로티아의 배가 곡창지대인 둘리키온으로 떠나기 때문이었소. 왕은 그들에게 성심성의껏 나를 아카스토스 왕에게 안내하라고 일렀소. 그러나 그들은 항해 도중 음모를 꾸미며 나를 노예로 팔아넘길 궁리를 했습니다. 그들은 내 튜닉과 망토를 벗기고 지금 입고 있는 이 누더기를 입혔습니다. 그리고 저녁 무렵 이곳 이타카에 이르자 나를 결박하고 저녁을 먹으러 갔습니다. 그러나 신들이 결박을 풀어줘 나는 머리에 누더기를 뒤집어쓴 채 잎이 무성한 숲속으로 들어가 몸을 웅크리고 누웠습니다. 그때 저녁을 먹고 돌아온 그들은 나를 찾지 못하자 그대로 배를 타고 돌아갔습니다. 나는 신들의 도움으로 그곳을 벗어났고 착하신 그대의 농장까지 오게 된 것입니다." 오디세우스의 말을 들은 에우마이오스가 대답했다. "아, 참으로 불운한 손님이시군요. 영감님의 이야기를 들으니 얼마나 고생하시고 방랑하셨는지 짐작이 가오. 하지만 오디세우스 얘기는 전혀 감명을 주지 못했습니다. 당신과 같은 양반이 왜 거짓말을 해야 하오? 나도 우리 주인이 신들의 미움을 받아온 것을 알고 있습니다. 물론 트로이아 적진에서 죽은 것도 아니고 전우의 품에서 최후를 맞은 것도 아니죠. 그랬다면 모든 아카이아 병사가 그분의 묘지를 마련하고 그 아드님도 엄청난 영광을 얻었겠죠. 그러나 불운하게도 파도에 휩쓸려 불귀의 객이 되고 말았습니다. 나는 이곳에서 살면서 왕비님인 페넬로페께서 부르시지 않는 한, 도성에는 절대로 안 갈 겁니다. 소식을 가져온 사람에게 모두 자세히 캐물으면서 어떤 사람은 멀리 떠나버린 왕을 기억하며 슬퍼하고 또 어떤 사람은 그 집의 음식을 먹어치우죠. 그러나 나는 한 아이톨리아인의 얘기에 속은 이후로 더 이상 묻지 않습니다. 그는 사람을 죽이고 여러 나라를 이리저리 방랑한 끝에 우리 집으로 찾아온 것인데 얼빠진 내가 그를 매우 친절히 돌봐주었던 것이오. 그랬더니 그는 크레타에서 오디세우스가 이도메네우스와 함께 폭풍으로 파손된 배를 고치는 것을 보았다고 말했소. 또한 여름이나 초가을이면 많은 재물을 가지고 동료들과 함께 돌아오실 거라고 했소. 아, 노인이시여, 내게 위로의 말을 하지 마시오. 그런다고 내가 당신을 존경하거나 사랑하진 않을 테니. 다만 나는 '나그네의 신'이신 제우스를 경외하고 당신이 너무 불쌍해 도와주는 것뿐이오." 이에 지혜가 많은 오디세우스가 말했다. "그대는 좀처럼 사람을 믿지 못하는구려! 그럼 우리 올림포스를 다스리는 12신을 증인 삼아 맹세합시다. 그대의 주인이 돌아오신다면 내게 망토와 튜닉 등 의복을 주어 둘리키온으로 보내주시오. 반대로 주인이 오시지 않으면 그대가 큰 바위 위에서 나를 아래로 떠밀어 다른 거지들이 다시는 속이지 못하게 하소서." 오디세우스의 말에 에우마이오스가 대답했다. "노인이시여, 당신을 내 집에 손님으로 대접하고 당신의 목숨을 다시 빼앗는 것이 영예와 행복을 영원히 누리는 길이라면 내 그리하리라. 그러나 지금은 저녁을 먹을 시간입니다. 곧 동료들과 집에서 맛있게 식사하신 후 확인해도 늦지 않습니다." 그렇게 둘이 이야기 나누고 있을 때 돼지치기 사내들이 방목 중이던 돼지를 몰고 들어왔다. 돼지를 우리 안에 몰아넣자 여기저기서 꿀꿀거리는 소리가 들려왔다. 그러자 에우마이오스가 동료들에게 말했다. "가장 튼실한 돼지를 잡아 먼 곳에서 오신 손님을 대접합시다. 우리도 돼지 치느라 고생했으니 마음껏 먹어봅시다." 그가 청동 도끼로 장작을 쪼개자 다른 사람들이 튼실한 5년생 수돼지를 잡아다 불 옆에 놓았다. 에우마이오스는 먼저 송곳니가 번쩍이는 수돼지의 머리털을 잘라 불에 태우고 오디세우스가 귀국하길 모든 신께 기도했다. 그런 다음 똑바로 서서 참나무 몽둥이로 돼지를 내리치자 다른 사람들이 나서서 돼지 목을 자르고 털을 그을렸다. 돼지치기는 팔다리에서 날고기를 발라내 장작 위에 올리고 보릿가루를 뿌려 불에 굽고 나머지는 잘게 썰어 꼬챙이에 꿰어 잘 구워 쟁반에 담고 손을 놀려 7인분으로 나누었다. 하나는 님프들과 헤르메스에게 기도를 올릴 때 놓고 나머지는 각각 분배했다. 오디세우스에게는 존경의 의미로 널찍한 등심살을 올렸다. 그러자 에우마이오스에게 오디세우스가 말했다. "에우마이오스여, 내게 대한 것처럼 제우스로부터도 호감을 받으시길 바랍니다." 그 말에 에우마이오스가 대답했다. "내놓은 것을 많이 잡수시오. 상당히 색다른 손님이시군. 그걸로 즐거우시다면 좋겠소. 사람이 마음속으로 소원하는 일도 신께서 해주시는 게 있고 안 해주시는 게 있소. 다시 말해 무슨 일이든 신께서는 모두 하실 수 있다는 말이오." 그는 말을 마치고 '영생의 신'들에게 가장 좋은 부위를 구워 올린 후 포도주를 오디세우스에게 권한 다음 자리에 앉았다. 그들은 유쾌하게 식사한 후 자기 처소로 쉬러 갔다. 그리고 달이 없는 어두운 밤이 찾아왔다. 밤새도록 제우스가 비를 내렸고 서풍도 끊임없이 습기를 몰고 왔다. 그들 사이에서 오디세우스는 돼지치기 에우마이오스의 마음을 떠보려고 말했다. "자, 에우마이오스와 여러분, 잠시 내 말을 들어보시오. 나는 술의 힘을 빌려 말하겠소. 술은 매우 엄숙한 사람조차 노래하고 춤추고 굳이 하지 않아도 될 말까지 하게 만드는 마법과 같은 힘이 있죠. 어쨌든 내 조금도 숨기지 않고 말하리다. 아, 우리가 복병을 정렬시켜 트로이아 도시로 잠입해 들어갔을 때처럼 내가 젊고 기운이 팔팔하다면 좋을 텐데! 나는 오디세우스와 메넬라오스에 이어 세 번째 서열이었습니다. 우리가 성벽 근처에 이르러 풀밭과 습지에 엎드려 있을 때 살을 에는 듯한 북풍이 몰아치면서 하늘에서는 찬 눈이 내렸고 방패 주변에는 얼음이 돋았습니다. 외투와 튜닉을 입고 있던 다른 사람들은 편안히 잘 수 있었습니다. 그러나 나는 어리석게도 외투를 벗어놓은 채 방패와 화려한 가죽 무릎덮개만 가져갔습니다. 새벽 3시가 되어 별들도 보이지 않을 때 나는 바로 옆에 있는 오디세우스에게 말했습니다. "라에르테스의 아드님이시여, 외투가 없으니 정말 못 견디겠습니다. 신께서 튜닉만 입도록 꾀어 속은 겁니다." 그러자 그분은 무슨 생각을 하셨는지 조용히 말씀하셨습니다. "다른 사람들이 듣지 않도록 조용하시오." 그리고는 조금 큰 목소리로 말했습니다. "자, 동료들이여, 이곳은 배에서 너무 멀리 떨어진 곳이오. 그래서 말인데 배에 있는 아가멤논에게 증원군을 요청하는 게 좋겠소." 그러자 안드

라이몬의 아들 토아스가 얼른 일어나 자줏빛 외투를 벗어 던지며 배로 달려갔습니다. 나는 그 옷을 기꺼이 입고 잠들었습니다. 아, 그때처럼 내가 젊고 기운이 팔팔했다면 돼지치기가 우정에서나 훌륭한 전사에 대한 예의에서나 내게 외투를 줄 텐데. 그러나 내가 이렇게 남루한 옷을 입었기 때문에 모두 비웃는단 말이오." 그러자 에우마이오스가 말했다. "노인장이시여, 말씀 잘 들었습니다. 지금 하신 말씀이 조금이라도 귀에 거슬리거나 쓸모없는 것은 아닙니다. 오늘 밤 필요하신 게 있다면 옷이든 뭐든 전혀 부족함 없이 드리죠. 그러나 내일 아침에는 전에 입고 오셨던 것을 다시 입고 가셔야 합니다. 우리도 한 벌씩밖에 여벌이 없기 때문입니다. 하지만 오디세우스의 아드님만 오신다면 외투, 튜닉뿐만 아니라 가시고 싶은 곳으로 보내드릴 겁니다." 에우마이오스는 그렇게 말하고는 얼른 일어나 바로 불 옆에 오디세우스의 잠자리를 깔아주고 그 위에 양 가죽과 염소 가죽을 펴주었다. 오디세우스는 거기에 몸을 뉘었다. 이내 오디세우스는 잠이 들었고 젊은이들도 잠이 들었다. 그러나 에우마이오스는 그곳에서 자는 게 내키지 않아 뾰족한 창을 들고 바위 밑, 송곳니가 번쩍거리는 돼지우리로 가 누웠다. 오디세우스는 주인이 없는 동안에도 돼지치기가 그토록 정성껏 관리한 것이 내심 기뻤다.

「오디세이아」 13~14장 분석

이야기가 환상적인 세계에서 돌아오면서 속도가 느려진다. 13~14장에서 드디어 오디세우스가 이타카로 돌아온다. 또한 그들은 서사시에서 가장 중요한 주제 중 두 가지인 환대와 충성심을 고려한다. 13장에서 논쟁 중 하나는 환대의 모델인 파이아키아인들이 친절과 관대함 때문에 신들에 의해 처벌받아야 한다는 것이다. 포세이돈은 자신이 필사자들의 존경을 받지 못하며 파이아키아인들이 오디세우스를 고국으로 무사히 돌려보냈다고 제우스에게 불평한다. 여기서 가장 중요한 갈등은 포세이돈이 호메로스의 세계에서 예외적인 미덕의 관습인 낯선 사람들에게 안전한 통행을 허락한 데 대해 파이아키아인들을 처벌하길 원한다는 것이다. 제우스가 오디세우스를 보호했기 때문에 상황은 더 복잡하다. 포세이돈은 오디세우스가 무용담을 시작하기 직전에 파이아키아 왕이 언급했던 알키누스 아버지에 대한 예언을 되풀이하면서 오디세우스의 배가 무사히 정박하기 전 침몰시킬 것을 서약한다. 그런 다음 그는 파이아키아 항구 주변에 '거대한 산을 쌓을 것'을 천명해 복수하려고 했다. 이에 제우스는 해변이 보이는 곳에서 배를 돌린 다음 항구 주변에 산을 쌓을 것을 제안한다.

파이아키아에게는 발생 가능한 두 가지 허점이 있다. 첫 번째는 포세이돈이 항상 마음을 바꿀 수 있다는 것이다. 알키누스가 처음 예언에 대해 말했을 때 그는 '바다의 신'이 복수를 통해 따라갈 수 있거나 그의 마음을 따뜻하게 하는 것을 취소할 수 있다고 말했다. 포세이돈이 배를 돌로 만들어버리자 파이아키아인들은 항구가 영원히 닫히기 전에 포세이돈의 노여움을 달래기로 결심한다. 알키누스는 신속히 항해를 중단할 것을 약속하고 포세이돈에게 수십 마리의 가장 훌륭한 황소를 제물로 바칠 것을 요구한다. 파이아키아에 대한 또 다른 희망은 비잔티움의 고대 편집자 아리스토파네스에 의해 처음 옹호되었다. 그는 그리스어가 약간 바뀌면서(세 글자를 바꿔 놓음) 제우스가 포세이돈에게 배를 돌로 만드는 데 동의했지만 항구를 닫지 말라고 지적했다. 이 해석은 서사시의 나머지 부분과 제우스의 명성과 더 일치하는 것처럼 보인다. 불행히도 우리는 무슨 일이 일어났는지 전혀 모른다. 호메로스는 파이아키아인들의 운명을 우리의 상상에 맡긴다. 이제 이타카에서 오디세우스는 보호가 필요했다. 그는 파이아키아에서 출발하는 대부분의 여정 동안 잤고 깼을 때는 이타카를 알아볼 수가 없었다. 아테나는 오디세우스의 보물을 숨기도록 땅을 덮을 안개를 제공했다. 또한 영웅을 늙은 거지로 변신시켰다. 그가 일리아드에서 성공적으로 그랬듯이 오디세우스는 정보수집을 위해 거지 모습이 된다. 오디세우스의 첫 번째 인간 접촉은 충성심과 환대의 전형인 그의 돼지치기 에우마이오스와 함께 한다. 에우마이오스는 그의 늙은 왕을 거듭 칭찬하지만 오디세우스가 곧 돌아올 거라는 거지의 약속에도 불구하고 그의 주인은 죽었다고 주장한다. 에우마이오스는 구혼자들을 경멸했다. 주인의 재산을 지키는 사람으로서 그는 특히 외지인들이 돼지 등의 가축 떼를 죽인 방식에 분개한다.

15 Chapter

텔레마코스의 귀향

『오디세이아』 15~16장 요약

에우마이오스와 거지로 변신한 오디세우스는 대화를 계속하며 주인을 향한 에우마이오스의 충성을 보여준다. 그는 자신의 삶의 이야기와 그가 어떻게 이타카에 왔는지 이야기한다. 한편 아테나는 구혼자들이 매복한 장소를 무사히 지나갈 수 있게 텔레마코스를 안내해준다. 여신은 이타카에 도착하면 돼지치기에게 가라고 말한다. 에우마이오스는 페넬로페에게 아들의 무사 귀환을 알리기 위해 보내졌다. 아테나는 이번 기회에 오디세우스의 모습을 다시 한번 바꾸어 이전 모습으로 바꿔놓았다. 오디세우스는 자신의 진정한 정체성을 아들에게 밝히고 구혼자들을 물리칠 계획을 세운다.

한편, 안티누스는 다른 구혼자들에게 텔레마코스를 암살할 방법을 알려준다. 그러나 구혼자 중 가장 품위 있는 암피노모스는 신들의 뜻을 알아내기 위해 인내심을 요구한다. 구혼자들이 텔레마코스 암살을 연기하는 데 동의함에 따라 그의 주장은 받아들여진다. 페넬로페는 침입자들과 대면하지만 부드럽게 말하는 에우리마코스에 의해 차단된다. 돼지우리로 돌아온 아테나는 오디세우스를 다시 늙은 거지로 만든다. 필사자들 사이에서 오직 텔레마코스만 그가 누구인지 알고 있다.

한편, 아테나 여신은 오디세우스의 아들에게 조기 귀국을 종용하기 위해 라케다이몬으로 떠나 텔레마코스와 네스토르의 아들이 이름 높은 메넬라오스의 성관홀에서 자는 것을 보았다. 네스토르의 아들은 깊은 잠에 빠져 있었지만 텔레마코스는 아버지에 대한 근심 때문에 눈을 말똥거리고 있었다. 바로 그때 빛나는 눈의 아테나가 그의 옆으로 가 말했다. "텔레마코스여, 집을 떠나 이같이 이국땅을 배회하다니! 게다가 집안 살림을 내팽개치고 네 성 안에 저 기고만장한 구혼자들을 내버려둔 채. 자, 이제 집으로 돌아가 어머니를 만나시오. 외할아버지와 외삼촌들이 에우리마코스와 재혼할 것을 어머니에게 권하고 있으니. 그 사내는 다른 구혼자들보다는 낫지. 그러나 어머니가 집안 재산을 가져가게 하진 마시오. 여자의 마음을 그대도 잘 알 것이오. 그래서 죽은 남편이나 전 자식 생각은 전혀 안 하고 입에 담지도 않는 법이오. 그러니 그대가 가장 신뢰할 만한 시녀에게 전 재산을 관리하게 하고 신이 그대에게 훌륭한 신부를 보내줄 날까지 기다리시오. 또 한 가지 말할 것이 있소. 구혼자들 중 가장 힘센 자들이 험한 사모스와 이타카 사이 바다에서 그대를 암살할 목적으로 매복해 있소. 물론 나는 그 계획이 성공하리라 생각하진 않소. 머지않아 대지는 그대의 가산을 탕진한 구혼자 몇 명을 집어삼킬 것이오. 그때까지 그대는 튼튼한 배로 밤낮을 가리지 말고 계속 항해하시오. 그럼 그대를 지켜온 신이 순풍을 보내줄 것이오. 그렇게 이타카 해안 가까이 도착하면 배와 동료들만 성으로 보내고 그대는 돼지치기 에우마이오스를 찾아가시오. 그대의 어머니 페넬로페에게 그대가 무사하다는 것을 알리시오." 아테나 여신은 말을 마치고 올림포스로 돌아갔다. 텔레마코스는 자리에서 일어나 네스토르의 아들을 깨웠다. "어서 일어나시오. 서둘러 길을 떠나야 하오." 그러자 페이시스트라토스가 말했다. "텔레마코스여, 이 밤중에 어디를 간단 말입니까? 곧 날이 밝을 것이니 메넬라오스 왕께서 선물을 수레에 싣고 흔쾌히 보내줄 때까지 기다립시다. 손님으로 폐를 끼친 사람은 친절을 베푼 주인을 언제까지나 잊지 않으니."

그러는 동안 황금 손가락을 가진 '새벽의 여신'이 나타나자 머리를 땋은 헬레네 옆에서 자고 있던 메넬라오스 왕이 일어나 텔레마코스 앞에 나타났다. 커다란 망토를 걸친 텔레마코스는 얼른 메넬라오스 옆에 섰다. "백성들의 지도자이신 메넬라오스 왕이시여, 저를 고국으로 돌아가게 하소서. 고국이 너무나 그립습니다." 그의 말을 들은 메넬라오스가 입을 열었다. "텔레마코스여, 그렇게 간절히 가고 싶어 하는 자네를 절대로 이곳에 오래 머물게 하진 않겠네. 다만 내가 선물을 마련할 때까지만 기다려 주시오. 그리고 시녀에게 성찬을 차리라고 일러두었으니 그대가 출발하기 전에 들고 간다면 영광이겠소. 또한 그대가 헬라스와 중앙 아르고스를 통과한다면 나도 동행하리다. 그럼 아무도 우리를 빈손으로 보내진 않을 것이오. 화려한 청동 세 발 솥, 냄비, 한 쌍의 노새, 황금으로 만든 신주 잔 등을 우리에게 선물할 것이오." 그의 말을 들은 텔레마코스가 대답했다. "왕이시여, 저는 즉시 고국으로 가겠습니다. 떠나올 때 가사를 돌볼 사람을 미처 정하지 못했기 때문입니다. 아버지를 찾아다니더라도 제 목숨을 잃거나 값진 가산을 탕진하고 싶진 않습니다." 메넬라오스는 그 말을 듣자마자 부인과 시녀들에게 식사 준비를 명했고 보에토오스의 아들 에테오네우스에게 불을 피워 고기를 굽게 하고 헬레네와 아들 메가펜테스와 함께 창고로 향했다. 재물을 쌓아둔 곳에 다다른 메넬라오스는 손잡이 두 개가 달린 잔을 들고 메가펜테스에게는 은 술병을 들게 했다.

한편, 헬레네는 손수 수를 놓은 예복을 맨 밑에서 골라 가져왔는데 그것은 별처럼 아름답게 반짝였다. 그들은 텔레마코스 앞에 선물들을 놓으며 말했다. "텔레마코스여, 내 집에 있는 기념품 중 가장 아름답

헬레네 앞에서 눈물을 보이는 텔레마코스
헬레네가 오디세우스의 아들 텔레마코스에게
많은 선물로 그의 귀향을 위로하는 장면이다.

고 가치 있는 것을 드리겠소. 이것은 귀국길에 시돈의 왕 파이디모스에게서 받은 은 술잔으로 금 테두리가 둘러쳐졌는데 헤파이스토스의 작품이오." 그렇게 말하며 메넬라오스는 두 귀가 달린 술잔을 텔레마코스의 손에 건네주었다. 그러자 용맹한 메가펜테스는 눈부신 은제 희석용 술동이를 날라 그의 앞에 놓았다. 또한 아프로디테의 미모를 가진 헬레네는 두 손으로 옷가지를 받쳐 들고 옆에 서서 그의 이름을 불렀다. "텔레마코스 왕자님이시여, 저도 선물로 이걸 드립니다. 아름다운 그대의 혼례식 때 신부에게 입혀 주세요." 텔레마코스는 매우 기쁜 마음으로 선물들을 받았다. 그리고 그들이 안락의자에 앉자 시녀는 화려한 금 항아리에 물을 담아와 부어 손을 씻게 했다. 옆에는 잘 닦은 탁자를 펴고 빵 등을 날라 한쪽 옆에 놓고 그 밖에도 손님에 대한 인사로 온갖 요리를 접시에 담아 먼저 마련된 것부터 곁들여냈다. 또한 보에토오스의 아들이 고기를 잘라 나르고 메가펜테스는 포도주를 따랐다. 텔레마코스와 페이시스트라토스는 실컷 먹고 마신 후 수레에 올랐다. 그러자 메넬라오스가 따라 나와 신들에게 제주를 부으며 말했다. "잘 가시오, 젊은 용사들이여. 우리 아카이아인들이 트로이아에서 전쟁을 치르는 동안 아버지처럼 자상하게 대해주신 네스토르께도 안부 전해주소서." 그러자 텔레마코스가 대답했다. "분부 받들겠습니다. 그리고 이타카로 돌아가 아버님을 뵙게 되어 오늘의 이 친절과 값비싼 선물을 아뢸 수 있다면 얼마나 좋을까요!"

그가 말하는 동안 독수리 한 마리가 날아와 큰 거위를 잡아채 가자 사람들이 함성을 지르며 따라갔지만 독수리는 공중에서 빙 돌더니 하늘 오른쪽으로 사라졌다. 이에 페이시스트라토스가 메넬라오스에게 물었다. "스파르타의 영웅이신 메넬라오스 왕이시여, 이게 무슨 징조입니까?" 그의 질문에 메넬라오스가 골똘히 생각하자 긴 예복 차림의 헬레네가 대신 말했다. "집안의 저 거위를 독수리가 채 간 것은 오디세우스께서 오랜 유랑 끝에 돌아오셔서 구혼자들에게 복수한다는 신의 계시입니다. 어쩌면 벌써 돌아왔는지도 모르죠." 이에 텔레마코스가 대답했다. "올림포스의 주신 제우스 신께서 제발 그 말씀대로 이뤄주시길 그럼 귀국 후에도 왕비님을 신처럼 받들겠습니다."

그가 말을 마치고 말 두 필에게 채찍질하자 말들은 도성을 지나 빠르게 들판을 향해 달렸다. 온종일 말들은 멍에를 흔들며 달렸다. 이윽고 황혼이 찾아오자 그들은 파라이에 도착해 디오클레스의 집에서 하룻밤 묵었다. 그리고 새벽이 오자 다시 말을 몰아 필로스의 험준한 성으로 향했다. 그곳에 도착한 텔레마코스가 먼저 네스토르의 아들에게 말했다. "친구여, 내 부탁이 있네. 우리는 아버지들의 우정으로 이미 친구를 선언한 사이 아닌가? 더욱이 우리는 동갑에 함께 여행한 사이여서 우정도 돈독해졌네. 친구여, 여기서부터는 내 배로 떠나겠으니 먼저 들어가게나. 네스토르 왕께서 굳이 만류하시면 지체되니 나는 곧바로 이타카로 가야겠네." 이렇게 말하자 네스토르의 아들은 신중히 생각해 보았지만 텔레마코스의 말이 최선이었다. 페이시스트라 토스는 말을 해변에 있는 배에 댄 후 메넬라오스에게서 받은 선물들을 배에 실었다. "내가 집에 도착하기 전에 서둘러 배에 오르게. 그대가 그냥 간다는 걸 아버지께서 아시면 분명히 만류하실 것이네." 네스토르의 아들은 말을 마치자 갈기가 탐스러운 말을 타고 궁궐을 향해 말을 몰았다.

한편, 텔레마코스는 동료들을 불러 말했다. "자, 동지들이여 선구를 갖춰 바로 떠나세나." 그의 명령을 받은 동료들은 배에 올라 노를 걸었다. 그렇게 서두르는 가운데도 아테나 여신에게 제물을 올리는 것을 잊지 않았다. 그때 사람을 살해하고 아르고스에서 도망쳐온 한 예언자가 그에게 다가왔다. 그는 일찍이 무척 부유한 필로스인 멜람푸스의 자손으로 1년 동안이나 넬레우스를 피해 고국을 떠나 있었다. 넬레우스에게 복수해 그 딸을 자기 동생의 아내로 삼았기 때문이다. 바로 그 테오클리메노스가 텔레마코스 옆으로 다가온 것이다. 때마침 텔레마코스는 빠른 배 옆에서 기도를 드리고 제주를 올리는 참이었는데 그를 향해 간절히 말했다. "그대여, 당신이 올리는 제물과 신, 그대의 생명과 동료들의 생명을 걸고 묻노니 그대는 누구의 자손이고 어디서 왔으며 고국은 어디요?" 이에 텔레마코스가 대답했다. "처음 뵙는 분이시여, 그렇게 물으시니 솔직히 대답하리다. 나는 이타카인으로 아버님 성함은 오디세우스입니다. 그분은 지금 행방이 묘연한데

테오클리메노스를 만나는 텔레마코스
아르고스의 예언자 테오클리메노스는
살인을 저지르고 도피생활을 하던 중 필로스에서
오디세우스의 아들 텔레마코스를 만나 함께 이타카로 가
오디세우스의 귀향과 구혼자들에게 닥칠 재앙을 예언한다.

혹시 소식을 들을 수 있을 것 같아 온 것이오." 그 말에 신과 같은 테오클리메노스가 애원했다. "나도 내 종족을 살해하고 고향에서 도망쳐 나왔다오. 그 후 추방자 신세가 되어 이곳저곳 유랑하는 중이오. 부탁하노니 그들에게 잡히지 않도록 배에 좀 태워 주시오." 그 말에 영리한 텔레마코스가 말했다. "그리하시죠. 그리고 이타카에 무사히 도착하는 대로 그대를 환영해 드리리다." 텔레마코스는 이렇게 말한 후 자신의 청동 창을 받아 둥근 배의 갑판 위에 놓았다. 그리고 자기 옆에 테오클리메노스를 앉혔다. 동료들은 닻줄을 풀고 소나무 돛대를 올린 후 밧줄로 단단히 동여맸다. 쇠가죽으로 꼰 끈으로 흰 돛을 올리자 아테나 여신이 순풍을 불어줘 배를 빠른 속도로 나아가게 했다. 그렇게 아름다운 강이 흐르는 칼키스를 지나 페아이에 가까워지자 어둠이 내리기 시작했다. 그들은 계속 노를 저어 에페이아인들이 다스리는 신성한 엘리스를 지나갔다. 텔레마코스는 자신이 죽음을 면할 수 있을지 곰곰이 생각하며 고국으로 향했다.

한편, 오디세우스는 선량한 돼지치기와 식사를 마친 후 그들을 시험해보고 싶었다. "에우마이오스님과 여러분께 한마디 묻겠습니다. 내가 여기 계속 머물면 여러분께 폐를 끼치니 날이 밝는 대로 구걸하러 시내로 다시 가야겠으니 길을 좀 알려주소서. 그래서 존엄한 오디세우스님의 궁궐로 가 현명하신 페넬로페님께 소식을 전하고 나서 무례한 구혼자들과도 사귀면 좋은 식사라도 대접받을지 누가 압니까?" 그 말을 들은 에우마이오스는 크게 화를 내며 말했다. "노인장, 왜 그런 생각을 하십니까? 당신이 그곳으로 가시면 정말 다시는 돌아오지 못하십니다. 그 불한당 같은 자들이 노인장을 가만두지 않을 겁니다. 그리고 당신 같은 분은 그들의 일꾼이 될 수 없습니다. 그들은 젊고 잘생긴 하인들을 뽑기 때문이니 그런 생각은 버리시고 여기 계시죠. 노인장이 여기 계셔도 나나 이곳 사람들은 전혀 불편하게 생각하지 않을 겁니다. 그리고 텔레마코스 왕자님이 오시면 그분이 망토든 속옷이든 입을 것을 주실 것이고 그때 어디든 가고 싶은 곳으로 보내주실 것이오." 그 말에 노인으로 변신한 오디세우스가 대답했다. "에우마이오스님, 당신이 제게 주신 것만큼 제우스 신께서도 당신을 염려해 주시도록 빌겠습니다. 고달픈 내 방랑과 괴로운 한탄을 덜어주시니 말이오. 집 없이 떠도는 것만큼 처량한 것도 없습니다. 더구나 목구멍이 포도청이라 온갖 고초를 겪으면서도 구차하게 연명하는 것이 인생 같습니다. 그런데 주인이 올 때까지 머물러 있으라니 참으로 감격스러울 뿐입니다. 그럼 오디세우스의 아버님과 어머님 이야기를 들려주시죠. 그분들은 아직 생존해 계시나요?" 그 말에 돼지치기들의 우두머리 에우마이오스가 대답했다. "손님께서 궁금하시다면 모든 것을 말해드리죠. 라에르테스님은 아직 살아 계시지만 늘 세상을 떠나게 해달라고 기도한답니다. 그럴 수밖에요. 한 번 떠나 돌아올 줄 모르는 아드님 때문에 몹시 애통해하시니까요. 게다가 현명하신 부인마저 돌아가셨으니 더 안타까워하셔서 더 빨리 늙으셨다오. 그 부인께서도 이름 높은 아드님을 밤낮으로 그리다가 애처롭게 돌아가셨죠. 나는 부인이 살아 계신 동안 항상 뭔가를 여쭤보았죠. 부인의 막내딸 크티메네와 저는 함께 자랐는데 저를 딸과 비교해 차별 없이 아껴주셨기 때문입니다. 그러나 우리가 나이가 들어 크티메네가 예쁜 처녀로 자라자 사메로 출가시키고 부인은 제게 외투와 튜닉 등 훌륭한 옷과 신발을 주시고 농장으로 보내셨습니다. 부인은 저를 무척 아끼셨죠. 이같이 영광의 신들께서 복을 주셔서 먹고 마실 뿐만 아니라 귀한 손님께도 나눌 수 있으니 감사할 일이죠. 그러나 왕비께서는 도무지 기쁜 일이라곤 없답니다. 그 염치없는 구혼자들이 궁궐에 죽치고 있기 때문이죠. 하지만 시종들은 부인을 못 뵐까 봐 밤낮으로 문안 인사를 드리고 조그만 것이라도 갖다 드리는 것을 유일한 낙으로 삼고 있답니다." 오디세우스가 그에게 말했다. "오, 에우마이오스여, 그대는 어릴 때 양친 곁을 떠나 혼자가 되셨구려! 무슨 이유로 그렇게 되셨나요? 양친이 사시는 고국 땅이 점령을 당했나요, 아니면 누군가가 그대를 지금의 집 주인에게 비싼 값에 팔았나요?" 그러자 에우마이오스가 대답했다. "노인장, 먼저 술이나 축이면서 내 이야기를 들어주시죠. 쉬리에라는 섬이 있었소. 들어서 아실지 모르지만 오르티기아 위쪽에 있는 섬으로 별로 넓진 않지만 평화로운 곳이오. 목장을 하기에도 적합하고 염소들에게도 좋고 포도주도 풍부하게 나고 밀 수확도 많고 가뭄도 찾아온 적이 없고 어떤 전염병도 가난한 사람들을 괴롭힌 적이 없었죠. 그리고 마을 사람들이 나이 들어 늙으면 '은활의 신' 아폴론이 아르테미스 여신과 함께 오셔서 손에 쥔 우아한 화살을 쏘아 죽이곤 하셨소. 그곳에는 마을이 두 군데 있었는데 뭐든지 양쪽이 나누곤 했소. 이 두 마을을 우리 아버님이 다스리고 계셨는데 그곳에 항해로 유명한 페니키아인들이 찾아왔습니다. 그들은 욕심 많은 사기꾼으로 노리개 종류를 산더미로 배에 싣고 다녔죠. 아버님 저택에는 아름답고 늘씬하고 손재주도 뛰어난 페니키아 태생의 한 여인이 있었는데 간교한 상인들이 그녀를 유혹해 배 안에서 서로 나체가 되어 동침했죠. 사랑 앞에서 약한 존재가 여자 아닙니까? 상인이 그녀에게 고향과 거주지를 묻자 그녀는 자신의 처지를 모두 설명했죠. "나는 청동의 산지인 시돈의 부자 아리바스의 딸로 타포스 해적들이 들에서 돌아오는 나를 붙잡아 여기 주인댁에 큰돈을 받고 팔았습니다." 그녀의 말을 들은 상인이 조용히 말했죠. "자, 우리와 함께 집으로 돌아가지 않겠소? 아직 부모님은 살아 계시고 부자라는 평판도 듣고 있다오." 이에 그녀가 대답했습니다. "아, 여러분이 저를 무사히 집으로 데려다주겠다고 맹세하신다면 여부가 없죠." 그렇게 상인들은 맹세했고 그녀는 이렇게 말했습니다. "모두 비밀을 지키시고 앞으로 이곳에서 저를 만나더라도 아는 척하지 마세요. 누군가가 그 사실을 알고 왕에게 발설하면 왕은 저를 의심하고 결박해 처박아두고 당신들도 죽이려고 할 테니 그런 이야기는 가슴속에 깊이 담아만 두고 돌아갈 길의 물건들을 어서 사들이세요. 그리고 배가 짐으로 가득 차면 제게 알려주세요. 제 손이 닿는 곳의 금을 모두 훔쳐내올 테니. 그리고 또 한 가지, 뱃삯으로 좋은 걸 드릴 게 있어요. 바로 왕의 아들인데 그 아이를 제가 저택에서 돌보고 있거든요. 꽤 영리한 아이인데 늘 함께 외출하니 그를 납치해 다른 데 팔아넘기면 큰돈을 벌 수 있어요." 그리고는 그녀는 화려한 저택으로 돌아갔습니다. 그들은 1년 동안 그곳에 머물며 많은 금은보화를 배에 사들였습니다. 드디어 그 배가 떠날 무렵 그들은 그 여인에게 매우 약삭빠른 자를 보냈습니다. 그는 호박을 꿴 금목걸이를 가지고 저택으로 왔습니다. 저택의 시녀들과 어머니가 그 목걸이를 구경하며 가격을 흥정하는 사이 그 여인에게 가만히 신호를 보내자 그녀는 저를 데리고 저택 밖으로 나왔습니다. 때마침 모두 회의하러 가 저택에는 아무도 없었습니다. 그녀는 가슴에 큰 잔 세 개를 재빨리 감추고 걸음을 재촉했죠. 어둠이 내릴 무렵 도착한 포구에는 페니키아인들의 배가 있었습니다. 그들은 우리를 배에 태우고 6일 밤낮을 항해했는데 7일째 되던 날 아르테미스 여신이 그 여인에게 화살을 쏘자 상인들은 그녀를 배 밖으로 던져 물고기 밥이 되게 했습니다. 그들은 도착한 이타카 땅에서 저를 라에르테스님께 팔아넘기고 다시 떠났습니다. 그렇게 이 땅에서의 제 운명이 시작된 겁니다." 그 말을 묵묵히 듣던 오디세우스가 그를 위로했다. "에우마이오스님이여, 그대의 말씀을 들으니 마음이 아프구려. 얼마나 괴로웠소? 하지만 그래도 제우스께서는 당신에게 재앙과 함께 좋은 일도 주신 것이오. 고생은 많이 했지만 착한 주인을 만났으니." 그렇게 대화를 주고받던 그들은 잠시 누워 눈을 붙였고 곧 아침이 밝았다.

한편, 텔레마코스 일행은 이타카 육지 가까이 도착해 돛을 내리고 돛대를 치우자마자 노를 저어 선창까지 가 닻을 던져 밧줄을 잘 비끄러맸다. 그들이 기슭으로 올라가 술과 음식을 배불리 먹자 텔레마코스가 먼저 입을 열었다. "동료들이여, 그대들은 배를 몰고 시내로 가시오. 나는 농장에 가 목동들을 찾아보고 저녁 때 돌아가는 상황을 봐가며 마을로 가겠소. 그리고 내일 아침에는 고기와 포도주로 훌륭한 연회를 열어 그대들의 힘들었던 항해에 보답하겠소." 그러자 신과 같은 테오클리메노스가 말했다. "왕자님, 그럼 저는 어디로 가야 하나요? 이타카에는 여러 영주가 계신데 어느 댁으로 가야 하나요? 곧바로 왕자님의 궁궐로 갈까요?" 그러자 텔레마코스가 대답했다. "우리 집으로 가는 건 조금만 미루시죠. 지금 저도 없고 어머니께서도 밖으로 나오시지 않기 때문이오. 그대가 가실 만한 곳을 알려드리겠소. 솜씨가 좋은 폴리보스의 아들 에우리마코스에게 가시죠. 그는 지금 이타카인들이 신처럼 떠받드는데 제 어머니와 결혼해 오디세우스의 권력을 잡으려고 혈안입니다. 하지만 결혼 전에 불행한 사건을 맞을지는 오직 제우스 신께서만 아시죠." 그렇게 그가 말끝을 맺기도 전에 새 한 마리가 오른쪽으로 날아갔다. 아폴론 신의 재빠른 심부름꾼 매였는데 발에 비둘기를 차고 있어 배와 텔레마코스 앞에 날개털이 떨어졌다. 그러자 테오클리메노스는 그를 동료들로부터 조금 떨어진 곳으로 불러 손을 잡으며 이름을 불러 말했다. "텔레마코스님, 저 새가 당신 오른쪽으로 날아온 것은 신의 조짐이 틀림없습니다. 저 새를 보자마자 조

텔레마코스와 테오클리메노스
이타카에 온 테오클리메노스는 텔레마코스에게
날아가는 새의 점괘를 보며 길조라고 예언한다.

짐을 알리는 새임을 알았으니까요. 당신 집안 외에 주권을 잡기에 적합한 집안은 없습니다. 당신들이 영원히 권력을 쥘 겁니다." 이에 텔레마코스가 대답했다. "오, 제발 그대의 말대로 되길 바랍니다. 곧 그대에게 많은 선물을 내려 그대가 축복받은 인물임을 사람들에게 알리겠습니다." 그리고는 충실한 친구 페이라이오스에게 말했다. "페이라이오스여, 그대는 누구보다 내 말을 가장 잘 따라주었소. 그러니 내가 올 때까지 이 손님을 그대 집에서 친절하고 공손히 대접해 주시오." 그 말에 창으로 유명한 페이라이오스가 대답했다. "텔레마코스님, 이분은 제가 돌봐드리죠. 손님을 모시며 결례가 되는 일은 절대로 없을 겁니다." 그는 말을 마치고 배에 올라 동료들에게 닻줄을 풀게 했다. 텔레마코스가 빛나는 샌들을 신고 날카롭고 튼튼한 청동 창을 쥐고 배에서 나오자 그들은 시내를 향해 배를 저어갔다. 동료들과 헤어진 텔레마코스는 돼지치기 에우마이오스에게 향했다.

16
Chapter

오디세우스, 텔레마코스를 만나다

날이 밝자 오디세우스와 돼지치기는 오두막에서 불을 피워 아침 식사를 했고 돼지들을 불러 모아 일꾼들과 함께 떠나보냈다. 그때 텔레마코스가 집 가까이 왔는데 여느 때는 심하게 짖던 개들이 그가 다가오는데도 그를 둘러싸고 꼬리치며 반가워했다. 오디세우스는 누군가가 오고 있음을 알아차리고 곧 에우마이오스에게 말했다. "에우마이오스여, 친구분께서 오시나 봅니다. 개가 꼬리치며 달려드는 걸 보니 아시는 분 같소." 이 말이 끝나기도 전에 그의 그리운 아들 텔레마코스가 문 안에 들어섰다. 술을 거르던 에우마이오스는 벌떡 일어나 한 걸음에 달려가 텔레마코스의 두 손에 입을 맞추며 눈물을 흘리더니 사랑하는 아버지가 죽었다가 다시 살아온 외아들을 맞는 것처럼 소리쳐 말했다. "텔레마코스 왕자님, 필로스로 가셨다길래 다시는 못 볼 줄 알았나이다. 자, 왕자님, 어서 들어오시죠. 제집에 들르시다니 제 마음이 날아갈 듯 기쁩니다. 소인은 왕자님께서 이곳을 찾지 않으시고 성에만 계시길래 못된 구혼자들을 구경하는 데만 재미를 붙이신 걸로 생각했습니다." 그러자 영리한 텔레마코스가 말했다. "나는 그대를 만나러 여기까지 왔소. 그대를 내 눈으로 보면서 이야기를 들어보려고. 어머님께서는 아직 성에 머물러 계신지, 아니면 벌써 다른 남자와 결혼해 떠나셨는지, 그래서 오디세우스 집안의 침상이 이부자리도 없는 빈 침상이 되어 거미줄투성이로 버려지지 않았는지 말이오." 에우마이오스는 텔레마코스의 청동 창을 받아들며 대답했다. "아닙니다. 왕비께서는 궁궐에서 밤낮으로 눈물로 지새우고 계십니다." 오디세우스가 자리를 내주자 텔레마코스는 만류하며 말했다. "그대로 앉아 계십시오. 우리는 다른 방에 자리를 마련하면 되니까요." 그 말에 오디세우스는 다시 자기 자리에 가 앉았고 에우마이오스가 텔레마코스를 위해 푸른 나뭇가지를 밑에 깔고 그 위에 염소 가죽을 펴주자 오디세우스의 사랑하는 아들은 거기에 앉았다. 그다음에 에우마이오스는 그들에게 줄 구운 고기 접시를 들여왔는데 어제 먹다가 남은 고기였다. 그리고 빵 바구니와 담쟁이 무늬가 새겨진 그릇에 꿀처럼 달콤한 포도주를 담아 들고 자신도 존엄한 오디세우스 앞에 와 앉았다. 식사가 끝나자 텔레마코스가 에우마이오스에게 말했다. "이 손님은 어디서 오셨소?

어떻게 이곳까지 오셨고 이분을 모셔온 사람들은 누구요?" 에우마이오스는 텔레마코스의 물음에 대답했다. "왕자님, 이분은 크레타에서 오셨는데 많은 도시를 유랑하며 풍파를 겪으셨고 이번에는 테스프로티아의 배에서 도망쳐 이곳까지 오셨답니다." 그 말에 텔레마코스가 대답했다. "에우마이오스여, 그대의 말을 들으니 참으로 안 됐구려. 하지만 나도 이 손님을 궁궐로 모셔갈 수는 없습니다. 나는 아직 어려서 무례한 구혼자들을 막아낼 힘이 없기 때문입니다. 또한 어머님은 갈피를 잡지 못하시고 재혼문제로 갈등하시는 것 같습니다. 하지만 이분께 내 외투와 튜닉 등 의복과 양날 칼과 샌들을 드려 어디든 가시고 싶은 데로 보내드리겠습니다. 하지만 이곳에 머물고 싶으시다면 그대가 잘 보살펴 주십시오. 이분이 그대에게 폐가 되지 않도록 내가 의복과 음식을 보내겠습니다. 나는 이분을 구혼자들이 있는 곳으로 모시고 가지 않을 것이오. 그들은 매우 무례해 이분을 모욕함으로써 나를 괴롭힐지도 모르기 때문입니다. 사람은 아무리 강해도 혼자서는 여러 명을 감당할 수 없으니 말입니다." 그 말에 참을성 있는 오디세우스가 말했다. "왕자님의 말씀을 들으니 참으로 가슴 아픕니다. 이처럼 고결한 마음을 가지신 왕자님을 구혼자들이 능멸하다니 믿기지 않습니다. 혹시 왕자님이 그것을 기꺼이 받아들이는 건 아닌가요? 아니면 섬 전체 사람들이 왕자님에게 적의를 품었거나 신의 말씀에 따라 그러는 건지요? 정말 그 훌륭하신 오디세우스가 돌아와 주시기만 한다면 무슨 걱정이겠습니까? 하지만 아직 희망이 있습니다. 내 말이 거짓이라면 누구든 내 목을 쳐도 좋습니다. 내가 그들 전체의 재앙으로 라에르테스의 아들 오디세우스의 성관 안으로 들어가지 못한다면 말입니다. 이왕이면 내 집에서 죽는 걸 택할 겁니다. 다른 곳에서 온 손님들을 푸대접하거나 못된 방법으로 시녀들을 저택 안에서 끌고 다니거나 술을 마구 퍼마셔 바닥을 내거나 식량을 무턱대고 헤프게 먹어대는 것을 못 본 척하는 것보다 말입니다. 그들은 조만간 끝낼 것 같지도 않군요. 그럴 이유도 없는 주제에 말입니다." 그 말에 텔레마코스가 대답했다. "그렇다면 손님, 내가 모든 자초지종을 말씀드리죠. 사실 시민들은 내게 적의를 품거나 화를 내진 않지만 지금 집에는 둘리키온, 사메, 자킨토스 등을 통치하는 모든 영주가 모여 어머니께 구혼하는 바람에 집안이 파산 지경입니다. 그러나 어머니께서는 그들의 청혼을 거절하지도 받아들이지도 않고 계십니다. 자, 에우마이오스여, 내가 여기 있다는 것을 아무에게도 알리지 마시고 어머니에게만 어서 안부를 전하시오. 그들은 지금 나를 처치하려고 별의별 음모를 다 꾸미고 있소." 그 말에 돼지치기 에우마이오스가 대답했다. "잘 알겠습니다. 저도 생각이 있으니까요. 그런데 가시는 길에 라에르테스님께 소식을 전하는 게 어떨까요? 그분께서는 최근까지도 오디세우스 왕 때문에 몹시 괴로워하며 식사도 거르고 계십니다. 게다가 왕자님이 필로스로 가시던 날부터는 아예 곡기를 끊으시고 매일 한숨만 쉬고 계신답니다." 그 말에 영리한 텔레마코스가 대답했다. "슬프기 짝이 없는 일이지만 할아버님은 잠시 내버려두는 게 좋겠습니다.

텔레마코스를 맞이하는 에우마이오스
텔레마코스가 이타카로 돌아와 맨 먼저
돼지치기 에우마이오스를 만나는 장면이다.

내가 가장 바라는 것은 아버님의 무사 귀향입니다. 자, 그러니 어머님께 소식을 전하고 돌아오더라도 할아버지 댁에 들를 생각은 아예 하지 마세요. 대신 어머님께 말씀드려 아무도 모르게 시녀를 시켜 할아버님께 소식을 알리세요." 텔레마코스의 조언을 들은 에우마이오스는 얼른 일어나 궁궐로 향했다. 그러자 그 모습을 본 아테나 여신이 집 안으로 들어왔다. 그러나 텔레마코스는 그 모습을 보기는커녕 알아차리지도 못했다. 오디세우스와 개들만 아테나 여신을 알아봤는데 개들은 짖지도 못하고 쥐 죽은 듯 처박혀 있었다. 오디세우스는 여신을 알아보고 방 밖으로 나와 여신 앞에 멈춰 섰고 아테나 여신은 그에게 말했다. "계략에 능한 오디세우스여, 이제 그대 아들에게 숨김없이 말씀하소서. 그래서 그대 부자가 구혼자들의 죽음과 몰락을 꾸며내도록, 세상에 이름 높은 마을을 향해 떠날 길을 만드시오. 나도 그대들 곁에서 이 이상 멀리 떨어져 있진 않을 것이오." 그렇게 말하고 아테나 여신은 황금 지팡이로 그를 어루만졌다. 처음에는 말쑥한 망토와 속옷을 몸에 걸치게 하고 그 몸집을 키워 젊음을 더해준 다음 피부도 거무스름하게 바꾸고는 여신은 다시 사라졌다.

한편, 오디세우스는 방 안으로 들어갔는데 텔레마코스는 깜짝 놀라며 두려움에 다른 데로 눈길을 돌리면서도 '혹시 신이 아닐까?' 생각하며 말했다. "손님이시여, 조금 전과는 전혀 다르십니다. 입으신 옷도 피부색도 다릅니다. 어느 신 같습니다. 제가 잘못한 일이 있다면 부디 자비를 베푸소서." 그 말에 참을성 있는 오디세우스가 대답했다. "나는 결코 신이 아니다. 어째서 나를 신에 비유하는가? 그런 게 아니라 바로 네 아버지다. 나 때문에 네가 탄식하며 죽도록 고생한 그 아버지다. 뭇 인간들에게 난폭한 짓을 당하며 살아온 네 아버지다." 그렇게 큰 소리로 말하고는 아들에게 입을 맞추었다. 지금까지 참아왔던 눈물이 그의 볼을 타고 땅바닥에 뚝뚝 떨어졌다. 그러나 텔레마코스는 그가 자신의 아버지라고 믿기 어려워 다시 물었다. "설마 당신이 내 아버지, 오디세우스는 아니겠죠? 신께서 꾀를 내 저를 놀리시는 거군요. 더 슬퍼하고 탄식하라고 말입니다. 신이 아니고서야 어떻게 단숨에 젊어지고 늙겠습니까? 인간으로서는 도저히 불가능한 일을 제가 믿겠습니까?" 꾀 많은 오디세우스가 아들에게 말했다. "아들아, 아버지가 돌아왔다고 지나치게 정신을 잃는 것은 좋지 않구나. 자, 내가 바로 네 아버지다. 무서운 고난과 풍파, 끝없는 유랑 끝에 20년 만에 고국 땅을 밟은 네 아버지다. 이 모든 게 '전쟁의 여신' 아테나가 그분 뜻대로 변신시킨 것이다. 네 말대로 거지가 젊은이로 변하거나 중생을 낮추거나 높이는 것은 오직 신들만 할 수 있는 일이다."

그제야 모든 사실을 깨달은 텔레마코스는 아버지를 얼싸안고 눈물을 흘렸다. 둘은 눈물이 마를 때까지 부둥켜안고 울었다. 텔레마코스가 말을 꺼내지 않았더라면 둘은 해가 질 때까지 울었을 것이다. "아버님, 어떤 뱃사람들이 그리운 이타카 땅까지 모셔 왔습니까? 그 선원들

오디세우스와 텔레마코스
오디세우스가 자신의 정체를 드러내며
텔레마코스를 포옹하는 장면이다.

은 누구인가요? 걸어서 이곳까지 오셨다고는 생각하지 않습니다." 그러자 오디세우스가 대답했다. "애야, 모든 것을 말해주마. 나를 데려다준 파이아키아인들은 유명한 뱃사람들로 그들은 나그네들을 기꺼이 고향까지 호송해주는 종족이다. 그들은 내가 잠든 사이 이타카까지 데려다주었을 뿐만 아니라 청동, 황금 등 많은 보물까지 줘 동굴 안에 넣어두었단다. 그리고 나는 아테나 여신의 도움으로 구혼자들을 소탕할 방법을 세우기 위해 이곳에 온 것이다. 자, 구혼자들이 얼마나 되는지 말해보거라. 우리 단둘이 남의 힘을 빌리지 않고 그들을 해치울 수 있을지, 아니면 다른 사람들의 도움을 받아야 할지, 그 수가 얼마이고 어떤 자들인지 알고 싶다." 이에 텔레마코스가 대답했다. "저는 일찍이 아버님의 명성을 들었습니다. 무력은 강철 같은 무사이고 이성은 신과 같다고 말입니다. 그러나 송구스럽게도 우리 단둘이 저 간악한 무리와 대결하는 것은 무리라고 생각합니다. 그들은 10명, 20명보다 훨씬 많습니다. 둘리키온에서 52명의 젊은 영주와 6명의 수행원, 사메에서 24명, 자킨토스에서 아카이아족 젊은이 20명, 이타카에서도 12명이 나섰는데 모두 힘이 장사입니다. 그들과 한꺼번에 맞서면 복수는커녕 참패를 당할 겁니다. 그러니 지금 우리 둘을 누가 진정으로 도와줄 수 있는지 찾아보는 게 좋겠습니다." 그 말에 참을성 있고 존엄한 오디세우스가 대답했다. "그렇다면 내 말을 잘 듣고 생각해보거라. 우리 둘과 아테나 여신, 그리고 아버지 신 제우스께서 함께 하신다면 그걸로 충분하겠느냐, 아니면 다른 협력자의 도움을 더 받아야겠느냐?" 그 말에 영리한 텔레마코스가 대답했다. "두 신께서 진정으로 우리를 도와주신다면 마음이 놓이죠. 그분들이야말로 모든 신과 인간을 다스리니까요." 이에 오디세우스가 말했다. "두 신께서는 우리가 싸우면 구경만 하진 않으실 거다. 분명히 우리 편이 되어주실 거야. 그러니 너는 날이 밝는 대로 집으로 가 무례한 구혼자들을 맞거라. 나는 해가 지면 돼지치기를 따라 늙은 거지 차림으로 들어갈 것이다. 그들이 나를 천대하더라도 너는 꾹 참고 보고만 있어야 한다. 그리고 또 한 가지를 일러줄 테니 명심하거라. '예지의 여신' 아테나가 내게 이성을 허락하면 고개를 끄떡일 테니 그때 너는 방에 둔 무기를 모두 다락으로 옮겨 두거라. 혹시 그들이 왜 치우냐고 묻거든 이렇게 대답하거라. "아버님이 두고 떠나실 때보다 너무 그을어 연기를 쐬지 않게 하려고 합니다. 더욱이 손님들께서 과음해 취중에 다투기라도 하면 다칠 위험도 있고 모처럼 모인 연회가 불쾌한 자리가 될까 봐 염려되어 치웠소." 그리고 우리 둘이 쓸 수 있는 칼 두 자루와 창 두 개, 방패를 남겨놓거라. 그럼 제우스와 아테나 여신께서 그들을 멸망의 구렁텅이로 쳐넣을 것이다. 또 한 가지 명심할 것은 네가 내 자식이라면 내가 돌아왔다는 것을 아무에게도 알리지 말거라. 할아버지는 물론 돼지치기나 집안 식구, 심지어 어머니에게도 비밀에 부치거라. 오직 우리 둘만 여자들 동향을 살피고 시종들까지 시험할 것이니 누가 우리 부자를 진정으로 존경하고 두려워하는지 알아보자." 그 말에 명예로운 오디세우스의 아들이 큰 소리로 대답했다. "아버님, 언젠가는 제 마음을 아실 때가 오리라 믿습니다. 제정신은 결코 긴장을 잃지 않았습니다. 하지만 아무래도 그런 일이 우리에게 도움이 된다고 생각할 수는 없으니 심사숙고해 주십시오. 그러자면 많은 시일이 필요할 겁니다. 한 명 한 명 모두 떠보고 알아보려면 말입니다. 그동안 저들은 성관 전체를 차지하고 재산을 마음대로 갉아먹을 텐데요. 멋대로 우쭐거리며 염치불구하고 말입니다. 그보다 여자들에 대해서는 직접 알아볼 수 있겠지만 남자들에 대해서는 제우스께서 확실한 예시를 내리실 때까지 미루시죠."

한편, 필로스로부터 텔레마코스가 타고 온 쾌속선이 이타카에 닿았다. 동료들은 배를 정박한 후 곧바로 클리티오스의 집으로 그 아름다운 선물들을 옮기고 오디세우스의 궁궐로 전령을 보내 정숙한 페넬로페에게 소식을 전했다. 즉, 텔레마코스가 고귀하신 왕비께서 놀라실까 봐 목초지로 갔다고 전하려고 온 전령과 착한 돼지치기는 왕비에게 똑같은 소식을 전하러 왔다가 서로 만났다. 전령은 시녀들에게 말했다. "마님께 알리시오. 사랑하는 아드님께서 돌아오셨다고." 그리고 돼지치기 에우마이오스도 페넬로페에게 그녀의 사랑하는 아들이 시킨 대로 모든 것을 전하고 나서 궁궐을 나와 돼지우리가 있는 오두막으로 돌아갔다. 이 소식을 들은 구혼자들은 한풀 기가 꺾여 궁궐에서 나와 뜰 앞에서 모임을 열었다. 먼저 폴리보스의 아들 에우리마코스가 말문을 열었다. "여러분, 이것 보라는 듯 참으로 맹랑한 소행이 벌어졌소. 텔레마코스의 이번 여행 말입니다. 이렇게 될 줄 꿈에도 생각하지 못했소. 어쨌든 검은 배를 바다로 끌어냅시다. 가장 튼튼한 것으로. 그리고 노 젓는 사람과 어부들을 모아 태우겠소. 그럼 우리 동료들에게 재빨리 알려주겠지. 조속히 돌아오라고." 그런데 그 말이 끝나기도 전에 암피노모스가 자리에서 몸을 돌려 뒤를 돌아보고 깊숙한 포구 안에서 배 한 척을 발견했다. 이제 막 돛을 내리고 손에 노를 잡은 모양이었다. 그래서 그는 빙그레 웃으며 동료에게 말했다. "그리 급하게 서둘 건 없소. 마을에 모두 이미 와 있으니. 신들 중 한 분이 그들에게 말씀하셨거나 그들이 텔레마코스의 배가 옆으로 지나가는 걸 목격하고도 따라잡지 못했던 것 같소." 그가 이렇게 말하자 모두 일어나 해변으로 가 검은 배를 곧 육지로 끌어올리고 힘센 수행원들이 배의 도구들을 날랐다. 그리고 모두 회의 장소로 몰려갔는데 그곳에 젊은이든 늙은이든 다른 사람은 얼씬 못 하게 했는데 그중 에우페이테스의 아들 안티누스가 말했다. "아, 이게 무슨 꼴이람! 신들이 그 녀석을 재난에서 놓아주시다니. 낮에는 항상 서로 파수를 서고 바람이 몰아치는 곳 끝에 앉아 망을 보았는데. 그리고 해가 지면 육지에서 밤을 보낸 적이 없었고 내내 바다에서 빠른 배를 타고 돌아다니며 눈부신 아침을 기다렸단 말일세. 텔레마코스를 기다렸다가 잡아 죽일 작정이었지. 그런데 어느 틈에 신께서 그놈을 고향으로 데려오고 말았네. 그러니 우리는 다시 텔레마코스가 꼼짝 못 하게 죽일 계략을 세워야겠네. 우리 손아귀에서 빠져나가지 못하겠지만 말이야. 그 녀석이 살아

오디세우스 궁궐을 차지한 구혼자들
페넬로페에게 구혼한 구혼자들이 오디세우스의 소와 돼지 등을 축내고
무례한 행동을 일삼는 장면이다.

있는 한 이 일을 이룰 수 없단 말일세. 그는 이미 사려분별을 갖추었고 눈치도 빠르거든. 게다가 마을 사람들도 모든 일에서 우리에게만 호의를 보이는 것도 아니란 말일세. 그러니 저 녀석이 아카이아인들을 회의 장소로 집결시키기 전에 빨리 손을 써야겠네. 그는 잠시도 가만히 있지 않을 테니. 화가 치밀어 모두 모인 자리에서 우리가 그를 간사하고 악독하게 살해할 음모를 꾸몄지만 그를 붙잡지 못했다고 틀림없이 말하겠지. 그럼 시민들은 그 같은 못된 일을 꾸몄다는 말을 듣고 우리에게 죽일 놈들이라고 욕하겠지. 그들이 우리에게 해를 입히거나 자신들 영토 밖으로 몰아내 다른 나라로 쫓겨나면 큰일이니 이쪽에서 선수를 쳐 그를 축출해 그의 가산과 소유물을 적당히 배분하고 집은 그의 어머니에게 줘 누구든 결혼하는 자와 살게 합시다. 이에 찬성하지 않는다면 차라리 각자 집으로 돌아가 그녀에게 선물을 보내 구혼합시다. 그럼 그녀도 가장 마음에 드는 사람을 골라 운명에 따를 수밖에 없을 것이오." 그가 이렇게 말하자 모두 침묵을 지켰다. 이윽고 니소스 왕의 아들 암피노모스가 일어났다. 그는 풀이 무성하고 곡식이 풍성한 둘리키온 태생으로 구혼자들의 지도자였는데 이해심이 많아 페넬로페도 그를 가장 신뢰했다. "동료들이여, 나는 텔레마코스를 죽이고 싶진 않소. 왕손을 죽이는 것은 참으로 무서운 일이니 먼저 신들의 계시를 받읍시다. 위대하신 제우스께서 계시를 내리신다면 나 혼자서라도 그를 죽일 것이오. 그러나 신들이 허락하시지 않는다면 그만둡시다."

한편, 정숙한 페넬로페는 염치없고 교만한 그들 앞에 직접 나서보자는 생각을 문득 했다. 아들을 살해하려는 계획을 시종 메돈에게서 들었기 때문이다. 그녀는 시녀를 데리고 홀에 나타나 구혼자들 앞에서 안티누스를 꾸짖었다. "너무나 교만한 안티누스여, 당신이 제멋대로이고 난폭하고 못된 음모를 꾸미는데도 이타카인들은 당신이 또래들 중 뭔가를 계획하거나 말재주에서 가장 뛰어나다고 말하는데 어찌 텔레마코스의 목숨을 빼앗으려고 하오? 다른 사람에게 나쁜 음모를 꾸미는 것은 부당하오. 그대의 아버지께서 사람들을 피해 이곳으로 피난오셨던 것을 잊었소? 그때 그대 아버지께서는 타포스 해적을 도와 우리와 친하게 지내던 테스프로티아인들을 약탈하는 바람에 죽을 지경에 처했소. 그것을 물리치고 그들의 광적인 분노를 잠재운 분이 오디세우스였소. 그런데도 그대는 그분의 살림을 먹어치우고 그분의 아내인 내게 구혼하고 그 자식까지 죽이려고 하다니 참으로 배은망덕하오. 이제 그대에게 간청하니 제발 그만두고 다른 사람들도 멈추게 하시오." 그러자 폴리보스의 아들 에우리마코스가 대답했다. "정숙한 페넬로페시여, 상심치 마소서. 아드님 텔레마코스에게 해악을 끼칠 자는 단연코 없도록 하겠습니다. 그런 자가 있다면 곧바로 그의 붉은 피가 내 창을 적실 겁니다. 오디세우스 왕이야말로 구운 고기를 내게 몇 번이나 먹여 주시고 포도주도 따라 주셨으니 텔레마코스는 내가 가장 사랑하는 분입니다. 그러니 구혼자들로부터 죽임을 당할까봐 절대로 두려워하지 마십시오." 그러나 그는 겉으로는 그녀를 위로하는 척하면서 텔레마코스를 살해할 생각을 버리지 않았다. 페넬로페는 다시 내실로 올라가 오디세우스를 생각하며 슬프게 울었다. 그러자 빛나는 눈의 아테나 여신이 그녀에게 단잠을 내려주었다.

저녁이 되자 돼지치기 에우마이오스는 오디세우스와 그의 아들에게 돌아와 작은 돼지를 잡아 저녁 식사를 준비했다. 그때 아테나 여신이 오디세우스에게 다가와 지팡이로 등을 두드리자 그는 다시 노인으로 변했다. 아테나는 돼지치기가 이 사실을 알면 페넬로페에게 달려가 알리는 게 두려워 그에게 다시 남루한 옷을 입힌 것이다. 그리고 텔레마코스가 먼저 에우마이오스에게 말했다. "오, 에우마이오스여, 돌아왔구려! 성곽에는 무슨 소식이라도 있습니까? 나를 죽이려고 매복한 자들이 내가 오는 길을 아직도 엿보며 지키고 있습니까?" 그러자 에우마이오스가 대답했다. "제가 궁궐에 도착했을 때 왕자님과 함께 가신 일행 한 분이 왕비님께 먼저 소식을 전하러 왔다가 저를 만났습니다. 언덕에 올랐을 때 빠른 배 한 척이 항구로 들어오는 것이 보였습니다. 배 안에는 여러 남자와 창, 방패가 보였습니다. 잘 모르겠지만 그들이 돌아온 것 같습니다." 그의 말을 듣던 텔레마코스는 얼굴에 미소를 띤 채 돼지치기에게서 시선을 돌려 아버지를 힐끗 쳐다보았다. 이윽고 그들은 한자리에 모여 배불리 먹고 잠자리에 들었다.

『오디세이아』 15~16장 분석

오디세우스와 돼지치기 에우마이오스 사이의 유대감은 높아만 갔다. 에우마이오스는 주인인 오디세우스와 그의 집안 이야기와 자신의 인생 이야기를 거지로 분장한 오디세우스에게 들려준다. 호메로스의 청중은 에우마이오스가 자신의 인생 이야기를 할 때 안타까움을 느낄 것이다. 그는 불륜의 시녀와 상인에게 납치되어 결국 오디세우스의 아버지 라에르테스에게 팔려 왔다고 밝힌다. 오디세우스는 동정심 많고 충직한 하인인 그를 존경하며 위로한다. 오디세우스는 강력하고 용감하고 가치 있는 권력으로 돌아오는 동안 거의 모든 단계에서 아테나 여신의 도움이 필요했다. 그 시점에서 그녀는 텔레마코스를 구혼자들이 그를 죽이려고 매복한 곳을 피해 오디세우스를 만나게 해 복수의 파트너가 될 수 있도록 해야 했다. 아테나는 텔레마코스를 안내하고 배에서 먼저 내려 에우마이오스의 오두막으로 직접 가라고 지시함으로써 자신의 목적을 달성한다. 텔레마코스가 도착한 후 에우마이오스는 아들의 무사 귀환 소식을 알리기 위해 페넬로페에게 보내진다. 오두막에는 아버지와 아들만 남겨졌다. 거지로서 오디세우스는 텔레마코스가 구혼자들에 대해 어떻게 용인할 수 있는지 묻는다. 텔레마코스는 델로스와 스파르타를 여행하면서 아버지의 존재를 많이 몰랐을지도 모르지만 상당한 성숙과 통찰력을 얻는다. 그는 거지의 말을 듣고 자신의 집을 점령한 악당들에게 대항하자는 데 동의한다. 경험이 풍부한 전사 오디세우스는 적에 대한 믿을 만한 정보를 찾는다. 그의 첫 번째 단계는 텔레마코스로부터 구혼자 정보를 듣는 것이다. 이윽고 아테나는 오디세우스를 다시 변신시켜 텔레마코스에게 아버지의 정체를 밝힌다. 텔레마코스는 구혼자들이 약 108명의 귀족과 그들을 따르는 하인들이 있음을 밝히고 둘이 그 숫자를 극복할 방법을 고민한다. 오디세우스는 아테나와 제우스를 믿는다. 그것을 전제로 아버지와 아들은 계획을 세운다. 텔레마코스는 마을로 돌아가 구혼자와 섞여야 했다. 다시 거지로 변신한 오디세우스가 뒤따를 것이다. 구혼자들이 늙은 거지를 아무리 가난하게 대하더라도 오디세우스와 텔레마코스는 시간을 내 그 순간이 올 때까지 뒤로 물러서면 안 된다. 텔레마코스는 모든 무기를 모아 창고에 보관하고 자신과 아버지가 사용할 무기만 남겨둔다. 안티누스는 구혼자 중 가장 공격적인 인물이다. 여론이 텔레마코스 쪽으로 움직인다는 우려에 그는 텔레마코스 암살에 대한 지지를 즉시 받고 싶어 한다. 구혼자들, 특히 안티누스는 거만하고 오만한데 이는 그들의 몰락으로 입증되었다. 그의 오만한 계획은 텔레마코스를 죽인 직후 텔레마코스의 모든 토지와 재산을 몰수하고 구혼자들에게 배분하는 것이다. 그리고 자신은 페넬로페를 차지할 거라고 믿었다. 오직 암피노모스만 안티누스의 음모에 반대하는 용기가 있었다. 그는 구혼자 중 페넬로페가 가장 좋아하는 사람인데 보통 뛰어난 감각과 세련미를 보여주기 때문이다. 암피노모스는 귀족을 죽이는 것은 불쾌한 일이라고 지적하고 신들이 그 문제에 계시가 있는지 확인하기 위해 암살 보류를 제안한다. 나머지 구혼자 대부분은 겁쟁이로 이 보복을 기꺼이 받아들인다. 그가 필요로 하는 지원이 부족해 안티누스는 자신의 음모를 포기해야 한다. 안티누스, 에우리마코스, 암피노모스의 연설은 그들의 성격을 잘 보여준다. 페넬로페가 구혼자들이 아들을 향해 달려가는 것을 볼 때 에우리마코스는 보통 부드러운 대화로 상황을 기교화시키려고 한다. 그는 조작자이자 거짓말쟁이로 자신이 훨씬 똑똑하다고 생각하는 부류의 인물이다. 그가 '정숙한 페넬로페시여, 상심치 마소서. 아드님 텔레마코스에게 해악을 끼칠 자가 단연코 없도록 하겠습니다. 그런 자가 있다면 곧바로 그의 붉은 피가 내 창을 적실 겁니다. 오디세우스 왕이야말로 몇 번이나 내게 구운 고기를 먹여 주시고 포도주도 부어주셨습니다. 그러니 텔레마코스는 내가 가장 사랑하는 분입니다. 그러므로 구혼자들로부터 죽임을 당할지 절대로 두려워하지 마십시오.'라고 주장할 때 페넬로페는 그의 간교한 말에 속지 않는다. 그럼에도 여전히 그녀는 혼자이고 취약하다. 그녀는 그날 밤 잠자리에서 울부짖으며 오디세우스를 갈망한다. 그녀가 모르는 것은 그가 근처에 있다는 것이다.

오디세우스, 거지 분장으로 입궁하다

『오디세이아』 17장 요약

다음 날 아침 오디세우스는 마을로 걸어가 에우마이오스와 합류하는데 그는 여전히 늙은 거지와 동행하고 있다고 생각한다. 텔레마코스는 여행 이야기로 그의 어머니를 응원하며 그들보다 앞서 있었다. 텔레마코스와 함께 예언가인 테오클리메노스는 지금 오디세우스가 이타카에 있다고 페넬로페에게 말하며 정보를 수집한다. 페넬로페는 그녀가 그를 믿을 수 있길 바랐지만 믿을 수 없었다. 마을로 향하는 동안 오디세우스와 돼지치기 에우마이오스에게 행패를 부린 염소치기 멜란티우스가 거지로 변신한 오디세우스의 엉덩이를 걷어차지만 그는 참는다. 오디세우스와 죽어가는 늙은 개 아르고스는 서로 조용히 알아본다. 연회장에서 안티누스는 거지인 오디세우스를 괴롭히고 심지어 그에게 발판을 던진다. 상당한 인내를 발휘한 오디세우스와 그의 아들은 복수를 미룬다.

장밋빛 손가락을 가진 '새벽의 여신'이 어둠을 거두자 텔레마코스는 아름다운 샌들을 신고 큰 창을 들고 성으로 향하기 전 에우마이오스에게 말했다. "더 이상 늦기 전에 어머니를 뵈어야겠습니다. 내가 살아 있다는 걸 확인하지 않으시면 계속 슬퍼하고 한탄하실 겁니다. 부탁하건대 이 불쌍한 손님을 시내로 모시고 가 구걸할 수 있게 해주시오. 나는 할 일이 많아 오는 손님을 일일이 대접할 수 없소. 그렇다고 손님이 이곳에 계속 머물 수는 없소." 이에 오디세우스가 대답했다. "왕자님이시여, 나도 여기 죽치고 있기 싫소. 거지는 거지답게 마을 사람에게 구걸하며 다니는 게 훨씬 마음 편하다오. 어서 떠나시오. 나는 잠시 불에 몸을 녹이고 떠나리다. 옷이 너무 닳아 새벽 찬 서리가 두렵기 때문이오. 게다가 도시도 꽤 멀다고 하니." 텔레마코스는 힘찬 발걸음으로 오두막집을 나와 궁궐로 향했다. 궁궐에 들어서자 유모 에우리클레이아가 양털 덮개를 덮다가 그를 알아보고는 달려와 머리와 입에 키스를 퍼부었다. 그리고 정숙한 페넬로페가 아르테미스나 아프로디테처럼 우아하게 나와 사랑하는 아들의 얼굴과 눈에 키스하고 눈물을 흘리며 떨리는 목소리로 말했다. "네가 서광처럼 왔구나. 다시는 너를 못 볼 줄 알았다. 그래, 너는 내게 말도 안 하고 아버지 소식을 듣기 위해 갔단 말이냐? 자, 무슨 소식을 들었는지 이리 와 말해보거라." 그 말에 슬기로운 텔레마코스가 대답했다. "어머님, 저는 이제야 무서운 죽음의 손에서 벗어날 수 있었습니다. 그러니 눈물을 거두시고 어서 목욕재계하시고 내실로 드시어 황소 100마리를 올리겠다고 신들께 맹세하십시오. 저는 회의장으로 가 필로스에서부터 동행하신 분을 모셔 오겠습니다." 아들의 말을 들은 페넬로페는 목욕을 하고 옷을 갈아입은 다음 제우스에게 기도하며 황소 100마리를 제물로 올리겠다고 맹세했다.

한편, 텔레마코스는 창을 들고 궁궐을 나섰다. 빠른 개 두 마리가 그를 따랐는데 때마침 아테나가 신비한 빛을 부어주어 그를 보는 사람마다 감탄했다. 그러나 그는 웅성거리는 사람들을 피해 아버지의 옛 친구 멘토르와 안티포스, 할리테르세스가 앉아 있는 곳으로 가 자리를 잡았다. 그러자 그들은 텔레마코스에게 여행 중의 일들을 물어왔다. 그때 창던지기로 유명한 페이라이오스가 손님을 모셔 왔다. 텔레마코스도 머뭇거리지 않고 손님에게 다가섰다. 먼저 페이라이오스가 말했다. "텔레마코스여, 여인들을 내 집으로 보내시오. 메넬라오스가 그대에게 준 선물들을 보낼 테니." 그 말에 현명한 텔레마코스가 대답했다. "페이라이오스여, 이 일이 어떻게 될지 아직 잘 모르겠소. 무례한 구혼자들이 성안에서 나를 쥐도 새도 모르게 죽인 다음 재산이든 뭐든 자기들끼리 나눠 갖느니 차라리 자네가 그걸로 행복을 누리길 바라오." 이렇게 말하며 여독이 쌓인 손님을 집안으로 안내했다. 그들이 궁궐에 다다르자 시녀들이 그들을 정성껏 목욕시킨 다음 올리브유를 발라주고 외투와 튜닉을 입혀 주었다. 그리고 나이가 지긋한 하녀가 빵과 맛있는 음식을 날라와 옆에 앉아 시중을 들었다. 멀찌감치 아들과 마주 보고 앉아 실패에 실을 감던 페넬로페는 식사가 끝나자 말했다. "아들아, 나는 이제 내실로 올라가 침대에 누워야겠구나. 그 침대는 네 아버지께서 트로이아로 떠나신 이후로 눈물이 마를 새가 없던 곳이었지. 혹시 아버지께서 돌아오신다는 소식을 들었는지 말해줄 수 없겠니?" 그러자 텔레마코스가 대답했다. "어머님이 그러시다면 본 대로 들은 대로 말씀드리겠습니다. 우리는 필로스의 지도자 네스토르를 찾아갔습니다. 그분은 저를 객지에서 돌아온 자식처럼 반갑게 맞아주셨어요. 하지만 아버님 생사는 들어본 적이 없다며 메넬라오스 왕에게 호송해주셨습니다. 메넬라오스 왕께서는 무슨 일로 왔냐고 제게 물으셨습니다. 제가 사실대로 대답하자 이렇게 말씀하셨습니다. '바다의 노인 프로테우스에게서 들은 바로는 오디세우스는 님프 칼립소의 집에 강제로 억류당한 채 무수한 곤경을 겪고 있다고 했소. 배 한 척도 없고 망망대해를 건너가게 해줄 친구 한 명 없다고 했소.' 그래서 저는 할 수 없이 서둘러 돌아온 겁니다." 이에 곁에 있던 테오클리메노스가 입을 열었다. "현명하신 부인이시여, 감히 제가 한 말씀 드리겠습니다. 모든 신 앞에서 맹세하건대 오디세우스께서 이타카 땅을 밟으신 것만은 분명한 듯합니다. 저는 매끈한 배 위에 앉아 새의 조짐을 보고 그런 점괘를 알아내 아드님께 외쳤습니다." 그 말에 눈치 빠른 페넬로페가 말했다. "오, 손님이시여, 그 말씀이 맞는다면 그 은혜를 어찌 잊을 수 있겠소. 내 그대를 후히 대접하고 많은 선물을 드리

거지 오디세우스
오디세우스가 거지로 변신해 자신의 궁궐 안으로 잠입하는 장면이다.

고 만나는 사람마다 그대를 축복하게 할 것이오." 그들은 서로 이런 말을 주고받았다.

한편, 무례한 구혼자들은 여전히 오디세우스의 궁궐 앞에 모여 전과 다름없이 창과 원반을 던지며 거드름을 피우고 있었다. 점심때가 되어 들에서 목자들이 양 떼를 몰고 돌아오자 시종들은 늘 하던 대로 구혼자들을 안내했다. 그때 시종들 중 가장 신뢰받는 메돈이 말했다. "자, 이제 경기로 마음도 푸셨으니 안으로 들어가 배를 채우시죠." 그때 오디세우스와 착한 돼지치기 에우마이오스는 목초지에서 부지런히 시내로 가던 중이었다. 에우마이오스가 먼저 입을 열었다. "손님께서는 오늘 시내로 가고 싶다는 말씀이시죠? 저는 이곳에 남아 가축을 돌보시는 게 어떨까 생각했는데요. 하지만 왕자님의 뜻이 그렇고 그걸 거역하는 것은 시종의 도리도 아니니 서둘 수밖에 없군요. 저녁때가 되면 금방 쌀쌀해질 테니 어서 가시죠." 그 말에 지혜 많은 오디세우스가 대답했다. "알고 있습니다. 나도 그런 생각을 하던 중이라 정말 지당한 말씀인 줄 압니다. 자, 그럼 떠나 볼까요? 지금부터 당신이 길을 안내해 주십시오. 혹시 무슨 나무를 잘라 만든 막대라도 있으면 하나 주시구려." 그렇게 말하며 초라해 보이는 동냥자루를 두 어깨에 걸쳤는데 멜빵은 새끼줄이었다. 거기에 에우마이오스가 쓰기 좋은 지팡이를 주었다. 그렇게 둘은 길을 떠났는데 오두막에는 개들과 일꾼들이 남아 집을 지켰다. 그렇게 돼지치기는 자기 주인을 마을로 데려간 것이다. 초라한 거지 행색에 노인 모습으로 지팡이를 짚고 몸에는 누추한 누더기를 걸쳤다.

이윽고 험한 길을 따라 마을 근처 맑은 우물가에 이르렀을 때 그곳의 높은 바위틈에서 차가운 물이 흘러 떨어지고 있었다. 조금 높은 곳에는 님프들의 제단이 마련되어 있었는데 그곳에서 염소치기 돌리오스의 아들 멜란티오스가 구혼자들을 먹이기 위해 가장 살찐 염소를 몰고 가다가 그들을 만났다. 그는 그들을 보자 욕설을 퍼부었다. "가련한 돼지치기여, 그대는 이 거지 밥벌레를 어디로 데려가는 것이오? 그는 이집 저집 다니며 문전걸식하는 게 취미이지, 농가에서 일하는 건 못 견딜 것이오. 그를 내 농장이나 돌보라고 넘긴다면 그는 외양간이나 청소하고 기름진 고기와 우유를 먹을 수 있을 텐데. 하지만 그는 유리걸식으로 굳은 몸이니 동냥이나 해 창자를 채우는 게 나을 것이오." 염소치기는 그렇게 말하고 어리석게도 오디세우스의 엉덩이를 걷어찼다. 그럼에도 오디세우스는 화를 삭이며 꾹 참기로 했다. 그러자 에우마이오스가 그를 꾸짖으며 두 손 모아 기도했다. "제우스의 따님이신 우물의 님프들이시여, 일찍이 오디세우스께서 그대의 제단에 새끼 양과 새끼 염소를 바쳤다면 이 소원을 들어주소서. 오, 그분께서 하루빨리 돌아오시도록 도와주소서! 그래서 저 괴한들, 무례하게 가축을 축내는 모리배들을 소탕하소서." 그러자 멜란티오스가 말했다. "이 고약한 놈! 어디서 감히 주둥이를 놀리냐! 오늘이라도 은활을 가지신 아폴론 신이 텔레마코스를 쏘아 죽인다면 속 시원하겠다. 아니면 오디세우스가 돌아올 희망이 사라진 만큼 구혼자들 손에 걸려 죽었으면 좋겠다." 이렇게 말하며 오디세우스 일행과 헤어졌다. 둘은 그대로 천천히 걸어갔다.

한편, 염소치기들은 매우 빠른 걸음으로 성에 이르자 곧 안으로 들어가 구혼자들 사이에 끼어 앉았다. 에우리마코스 맞은편 자리였는데 그와 가장 친했기 때문이다. 그러자 시중드는 자들이 그의 앞에 고기 조각을 나눠 놓고 공손한 우두머리 시녀가 음식을 날라다 놓았다. 때마침 오디세우스와 갸륵한 돼지치기가 찾아와 바로 옆에 머물자 두 사람 주위에서 속이 텅 빈 하프 소리가 들려왔다. 페미오스가 구혼자들을 위해 하프를 뜯으며 노래를 시작한 것이다. 그러자 오디세우스는 돼지치기의 손을 잡으며 말했다. "에우마이오스님, 매우 훌륭한 궁궐이군요. 이게 틀림없이 오디세우스 왕의 성입니까? 겹겹이 건물이 있고 정원이나 성벽과 벽돌 장식이 화려하고 문도 이중이군요. 아무도 넘볼 수 없겠소. 그리고 이곳에서 연회를 벌이고 있나 봅니다. 비계 굽는 냄새가 이렇게 코를 찌르고 하프 소리가 울리니 말입니다." 그 말에 돼지치기 에우마이오스가 대답했다. "벌써 눈치채셨군요. 자, 무슨 일이 벌어지는지 봅시다. 당신이 먼저 궁궐로 들어가 구혼자들과 합석하시죠. 저는 여기 있겠습니다. 아니면 제가 먼저 들어가고 당신이 여기 계셔도 좋습니다. 하지만 밖에 있으면 누군가가 때릴지도 모르니 조심하셔야 합니다." 그 말에 거지 행색의 오디세우스가 대답했다. "알겠소. 내 여기 있을 테니 먼저 들어가시죠. 여기서 얻어맞거나 걷어차이는 것쯤은 능히 견딜 수 있으니까요. 오히려 내가 두려워하는 것은 진저리나는 식욕이오. 그것을 충족시키기 위해 피비린내 나는 전쟁을 하는 것 아니겠소?" 둘이 그렇게 수군거리는 바람에 그곳에서 자고 있던 개가 머리와 꼬리를 치켜들었다. 오디세우스가 기르고 가르쳤던 개 아르고스였다. 한때 사람들은 그 개를 데리고 사나운 염소나 토끼, 사슴을 몰았지만 지금은 아무도 돌보지 않아 노새나 소가 문간에 쏟아놓은 오물더미 위나 거름더미 위에 누워있었다. 그 속에서 아르고스는 개벼룩이 들끓은 채 누워있다가 오디세우스가 가까이 오자 곧 꼬리를 치며 양쪽 귀를 늘어뜨렸지만 주인에게 달려갈 기력이 더 이상 없었다. 그 모습을 본 오디세우스는 에우마이오스 몰래 눈물을 닦고 그에게 물었다. "에우마이오스여, 이 개가 이런 곳에 누워있다니 참으로 놀랍소. 내가 보기에는 훌륭한데 애완용처럼 눈요기나 하는지 모르겠군요." 그러자 에우마이오스가 대답했다. "이 개는 오디세우스 왕께서 친히 기르시던 개입니다. 오디세우스께서 트로이아로 떠나실 때처럼 그 생김새와 동작이 훌륭했다면 당신은 더 놀라셨겠죠. 깊은 숲속에서라도 일단 그놈 눈에만 띄면 사냥감인 동물들은 죽음이었죠. 그러나 지금은 이 개도 주인님처럼 비참한 신세가 되었죠." 이렇게 말하는 사이 개 아르고스는 오디세우스를 알아보고는 격정에 사로잡혀 온 힘을 다해 반기다가 그만 쓰러져 그 자리에서 죽고 말았

성문 앞의 오디세우스
거지로 분장한 오디세우스를 아무도 알아보지 못했지만
늙은 개 아르고스만 주인을 알아보고는 숨을 거둔다.

다. 오디세우스는 드러낼 수 없는 감정을 숨기며 자신의 겉옷을 벗어 사랑하던 개를 덮어주었다. 그 사이 에우마이오스는 궁궐로 들어갔다. 그때 돼지치기 에우마이오스를 먼저 발견한 텔레마코스가 고개를 끄떡여 그를 부르자 에우마이오스는 주위를 살피며 요리사가 요리를 대접할 때 앉는 의자 하나를 가져와 텔레마코스 옆에 앉았다. 시종이 식사를 가져와 그에게 대접했다. 그 뒤를 따라 초라한 행색의 오디세우스가 지팡이를 든 채 궁궐로 들어왔다. 그는 매우 곧게 뻗은 삼나무 기둥에 기댔다. 텔레마코스는 빵을 모두 꺼내고 양손으로 들어야 할 정도로 커다란 고깃덩어리를 돼지치기에게 집어 주며 말했다. "이것을 저 손님에게 드리고 구혼자들에게 돌아다니며 구걸하라고 이르시오. 부끄러움은 아쉬운 사람에게는 쓸데없는 허례일 뿐이오." 돼지치기는 오디세우스에게 텔레마코스의 말을 그대로 전했다. "노인장, 왕자님께서 이것을 당신께 드리고 구혼자들에게 돌아다니며 구걸하시랍니다." 이에 지략이 뛰어난 오디세우스가 대답했다. "제우스시여, 왕자님께 복을 내리시고 소원을 이루게 해주소서." 그리고는 두 손으로 그것을 받아 남루한 자루 위에 놓았다가 음유시인이 노래하는 동안 입에 넣었다. 음유시인이 노래를 멈추자 구혼자들은 집이 떠나갈 듯 떠들어댔다. 그때 아테나 여신은 오디세우스가 구혼자들 사이를 돌아다니며 빵조각을 구걸하면서 누가 옳고 그른지 흑백을 가리도록 충동질했다. 오디세우스는 오랫동안 거지 생활을 한 것처럼 오른쪽부터 손을 내밀며 빠짐없이 구걸하기 시작했다. 그러자 그들은 그를 가

오디세우스에게 고기를 주려는 텔레마코스
텔레마코스가 거지 행색의 오디세우스에게 고기를 주기 위해
에우마이오스에게 고기를 건네는 장면이다.

엎게 여겨 뭐든지 주며 어디서 왔냐고 묻기도 하며 놀려댔다. 그때 염소치기 멜란티오스가 거들먹거리며 말했다. "유명한 왕비의 구혼자들이시여, 나는 돼지치기가 저 사람을 이곳으로 데려오는 것을 보았습니다. 하지만 그가 어디서 왔는지는 나도 모릅니다." 이에 안티누스가 돼지치기 에우마이오스를 책망했다. "어쩌자고 이런 거지를 여기까지 데려왔소? 우리 연회를 망칠 셈이오?" 에우마이오스가 그에게 대답했다. "안티누스여, 그대가 고결한 줄 알았는데 말씀은 그렇지 못하군요. 어느 누가 낯모르는 사람을 연회에 합석시킨다는 말씀이오? 사실 그는 예언자도 아니고 명의도 조선공도 기술자도 음유시인도 아니지만 이 세상 어디서나 환영받소. 하지만 남의 음식을 없애라고 일부러 걸인을 연회로 부를 사람은 없을 것이오. 그리고 보니 당신은 항상 어느 구혼자보다 내게 특히 가혹하십니다. 그러나 나는 페넬로페 왕비와 왕자님께서 이 궁궐에 생존해 계시는 동안은 개의치 않겠습니다." 그러자 텔레마코스가 나서서 말했다. "제발 그만두시오. 말 많은 사람에게 쓸데없이 변명할 필요는 없소. 그는 남을 헐뜯는 것이 버릇이라오." 그리고는 다시 빠른 어조로 안티누스에게 말했다. "안티누스여, 그대는 아버지가 아들을 보살피듯 나를 보살펴 주는군요. 음식이 축날까 심한 말까지 하며 손님을 집에서 내쫓으라고 하시니 말이오. 그러나 신께서는 그런 일을 절대로 시키지 않을 것이오. 뭐든지 그에게 주시구려. 나는 인색하지 않소. 내 어머님이나 오디세우스 가의 시종을 너무 괘념치 마시오. 하지만 그대는 남에게 주기보다 혼자 먹는 게 훨씬 좋은가 보오." 안티누스는 얼굴이 벌개져 텔레마코스에게 말했다. "텔레마코스여, 버릇없이 입을 놀리지 마시오. 구혼자들이 나처럼 저 자에게 대접하다간 그는 이곳에서 족히 석 달은 묵을 것이오." 그는 탁자 밑에서 발판을 가져와 모양새 좋은 발을 올려놓았다. 그러자 오디세우스는 안티누스 옆에 서서 말했다. "보아하니 아카이아인들 중 가장 높으신 나리 같은데 좀 후하게 적선해 주시구려. 그럼 나는 어디를 가든 당신 이름을 높이 칭송하리다. 이 걸인도 한때 부자로 살 때는 유랑자들의 행색을 보지 않고 두둑이 적선했소. 하지만 제우스께서 내 모든 재산을 빼앗아갔소. 신은 진실로 나를 해적과 함께 끝없이 유랑시켰고 결국 멸망의 길을 걷게 했소. 내가 이집트에 갔을 때를 잠시 말하겠소. 나는 이집트에 다다른 후 충실한 내 동료들을 불러 염탐을 보냈소. 하지만 그들은 어리석게도 자기 힘만 믿고 이집트인들의 농장을 노략질했을 뿐만 아니라 그들의 아내와 무고한 어린아이들을 내쫓았소. 온 성이 아수라장이 되자 갑자기 보병과 기병이 몰려왔소. 우리는 완전히 포위되어 죽임을 당하거나 일부는 강제로 끌려갔소. 그러나 나는 그들과 친교가 있던 키프로스 군주 드메토르에게 넘겨져 목숨만은 건져 이곳으로 오게 된 것이오." 그러자 안티누스가 버럭 화를 내며 말했다. "어느 신이 이 원수를 보냈단 말이오? 또다시 쓴맛을 보지 않으려거든 내 식탁에서 어서 떨어지시오. 그저 사람들이 동정하니까 더 염치없는 짓을 하는구려. 하기야 남의 물건을 내주는데 무엇이 아깝겠소?" 그 말에 지혜로운 오디세우스가 대답했다. "그게 무슨

거지로 변신한 오디세우스
거지 행색의 오디세우스가 이타카에 있는
자신의 궁궐 앞에 앉아 있는 모습이다.

말이오? 그렇다면 당신은 보기와 달리 사려분별이 부족하군요. 당신 살림이라면 사람에게 소금 한 톨도 내주지 않겠군요. 지금은 남의 집 음식 신세를 지고 그렇게 잔뜩 가졌으면서 빵 한 조각도 줄 수 없다는 말이오?" 이렇게 말하자 안티누스는 화가 더 치밀어 눈을 부릅뜨고 거침없이 말했다. "이렇게 된 이상 내게 그런 욕설까지 퍼붓고도 여기서 무사히 빠져나갈 줄 아느냐?" 그는 이렇게 말하고 발판을 들어 오디세우스의 오른쪽 어깨를 냅다 쳤다. 그러나 오디세우스는 바위처럼 우뚝 서서 꼼짝도 하지 않은 채 가만히 고개를 흔들며 문간으로 다시 가 자루를 내려놓고 구혼자들에게 말했다. "정숙하신 왕비의 구혼자들이시여, 내가 느낀 바를 잠시 말씀드리겠소. 정말 소든 양이든 자기 재산 때문에 싸우다가 얻어맞는다면 원통할 것도 섭섭할 것도 없지만 지금 안티누스는 그저 굶주린 내 창자 때문에 나를 쳤습니다. 오, 정말 신이 계신다면 저 안티누스를 결혼 전에 화장터 맛이나 보게 해주소서." 이에 사람들이 웅성거리자 에우페이테스의 아들 안티누스가 말했다. "여보게, 조용히 앉아서 먹기나 하시오. 아니면 젊은 사람들에게 괜히 욕보이지 말고 다른 곳으로 가든지." 이 말에 사람들은 몹시 분개했다. 한 거만한 젊은이가 나서서 말했다. "안티누스, 자네가 불행한 떠돌이를 때린 것은 옳지 않네. 오히려 재앙을 부른 것이나 다름없지. 이 사나이가 하늘에 계시는 신이라면 말일세. 사실 신들께서는 다른 나라에서 온 부랑자 행색을 하고 온갖 모습으로 변신해가며 방방곡곡 사람들이 사는 곳을 찾아다닌다고 들었네." 그러나 안티누스는 그들의 말에 아랑곳하지 않았다. 텔레마코스는 아버지가 얻어맞는 모습에 가슴 아팠지만 가만히 머리를 흔들며 마음속 깊이 복수심을 키웠다. 페넬로페는 행인이 맞았다는 말을 시녀에게서 듣고 혼자 중얼거렸다. "'궁술의 신'이시여, 안티누스를 벌하소서!" 그러자 하녀 에우리노메가 말했다. "우리의 이 기도가 부디 실현되길 빕니다. 그렇게만 된다면 여기 있는 남정네들 어느 한 사람도 아름다운 의자에 앉아 새벽까지 목숨을 지탱할 수 없을 거예요." 하녀의 말에 페넬로페가 대답했다. "유모, 모두 꼴보기 싫은 사람들뿐이군. 나쁜 음모만 꾸미고 있군. 특히 안티누스는 가장 못된 놈이지. 불쌍한 과객에게 모두 음식을 줘 자루에 채워 주는데도 안티누스만은 발판으로 그를 내리치다니 말이오." 페넬로페는 이렇게 내실에서 시녀들과 말을 주고받으며 앉아 있었다.

한편, 오디세우스는 아랑곳하지 않고 계속 빵을 먹고 있었다. 그때 페넬로페는 돼지치기 에우마이오스를 가까이 불러 말했다. "에우마이오스여, 그 손님에게 가서 이리 오라고 하시오. 인사나 나누고 혹시 오디세우스 왕의 소식을 들었는지 내 묻고 싶소." 이에 에우마이오스가 대답했다. "왕비님이시여, 그분 말씀을 들으시면 마음이 황홀해지실 겁니다. 저는 오두막집에서 사흘 밤이나 그분과 함께 지냈습니다. 그분은 배에서 빠져나오자마자 제게 오신 분입니다. 저도 그분이 당한 재난 이야기를 아직 다 듣진 못했습니다. 사람들을 즐겁게 해주는 천품을 신으로부터 받은 음유시인의 노래에 귀를 막을 수 없듯이 저는 그분의 이야기에 매혹되고 말았습니다. 그분은 미노스족이 사는 크레타가 고국으로 오디세우스 왕과는 전우 사이라고 하셨습니다. 또한 오디세우스 왕께서 테스프로티아족이 사는 기름진 땅에 살고 계시다가 많은 재화를 가지고 집으로 돌아오는 길이라는 소식을 직접 들었다고 했습니다." 이 말을 들은 페넬로페는 그를 재촉했다. "자, 어서 가서 그분을 모셔 오시오. 다른 사람들이 어떻게 놀든 상관하지 않겠지만, 날마다 소, 양, 살찐 염소들을 잡아 마음대로 흥청대며 술을 마셔대다니. 아, 장차 우리 집은 어떻게 된다는 말이오? 하지만 오디세우스 왕께서 고국으로 다시 돌아오시기만 한다면 그들의 악행을 배로 갚아줄 텐데. 그 손님의 말이 틀림없다는 것을 알게 되면 망토나 옷이나 좋은 것을 입혀줘야지." 이런 말을 들은 돼지치기 에우마이오스는 곧바로 달려가 오디세우스 바로 옆에 다가가 말을 전했다. "손님, 눈치 빠르신 페넬로페님이 당신을 부르시오. 텔레마코스의 모친께서 말입니다. 이 댁 주인님에 대해 뭔가 물어보고 싶으신 게 있나 보오. 온갖 고생을 다 겪고 계신다오. 그런데 당신 말대로 모든 게 확실하다는 것을 알면 망토든 속옷이든 당신이 가장 필요로 하는 옷을 주시겠다고 하오. 또한 빵 같은 것은 마을을 돌아다니다 보면 배는 곯지 않을 거요. 누구든지 생각이 있는 사람들은 적선할 테니." 이에 인내심 강한 오디세우스가 말했다. "에우마이오스님, 지금 당장이라도 이카리오스님의 따님이신 페넬로페님께 모든 것을 사실대로 말하고 싶소. 그분 일이라면 알고도 남음이 있으니까. 둘 다 똑같이 서럽고 쓰라린 고난을 겪은 처지니까요. 그러나 못되게 구는 구혼자들에게 조금 두려움을 느낍니다. 그무리의 오만방자하고 난폭한 행동은 하늘에 닿았군요. 방금 전에도 잘못한 게 전혀 없는 나를 저 사람이 때려 고통을 주었는데도 텔레마코스나 그 누구도 막지 못하더군요. 그러니 부인께서 아무리 급하시더라도 해가 질 때까지 내실에서 기다리시라고 여쭈시죠. 그리고 내 옷이 너무 닳아 난롯가 옆에 자리를 마련해주신다면 더 고맙겠소. 이는 그대에게도 청했던 일이니 그대도 잘 알 것이오." 그의 말을 들은 에우마이오스는 페넬로페에게 다시 향했다. 그가 문에 들어서는 것을 본 페넬로페가 말했다. "왜 손님을 데려오지 않았느냐? 그분에게 무슨 일이라도 생겼는가? 아니면 누군가를 너무 두려워해 그런가?" 그 말에 돼지치기 에우마이오스는 대답했다. "자신을 구하려면 누구든지 그렇게 생각하겠죠. 마님께도 해질녘까지만 기다려달라고 하더군요. 마님을 위해서도 정말 그렇게 하시는 게 좋을 것 같습니다. 마님 혼자 손님에게 조용히 물어보시고 들어보시죠." 그러자 눈치 빠른 페넬로페가 말했다. "그렇게 생각하다니 지각없는 분은 아닌 것 같소. 세상에 저렇게 무례한 구혼자들은 다시 없을 것이오." 그제야 마음이 놓인 돼지치기는 구혼자들 사이로 지나가 텔레마코스에게 귓속말로 전했다. "왕자님, 저는 이제 가보겠습니다. 돼지들과 오두막의 모든 것을 지키려요. 왕자님과 제 생활 밑천 아닙니까? 그러니 이쪽 일은 왕자님이 알아서 처리하십시오. 무엇보다 왕자님께 아무 탈이 없도록 하시고 마음속으로 충분히 생각하시고 모든 일을 해나가소서. 아카이아족에는 못된 짓을 꾸미는 놈이 많으니까요. 하지만 그 무리는 제우스 신께서 죽이실 겁니다. 우리에게 귀찮은 일이 없도록 말입니다." 그 말에 영리한 텔레마코스가 대답했다. "그렇게 하겠소. 그럼 그대는 저녁 식사를 마치고 떠나시오. 이곳의 모든 일은 나와 신들께 맡기고 아침 일찍 살찐 제물을 끌고 오시오." 이렇게 말하자 돼지치기는 윤기가 나는 의자에 다시 걸터 앉아 배불리 먹고 마신 후 돼지들이 있는 곳으로 가기 위해 연회가 벌어진 성의 홀을 떠났다.

『오디세이아』 17장 분석

판단과 신중함은 17장에서 전개된 전반적인 영웅적 특성이다. 텔레마코스가 자신의 어머니를 방문했을 때 그는 그녀의 마음을 편하게 해주고 싶었다. 그러나 그는 아버지가 실제로 돌아왔다는 것을 밝히지 않는다. 그는 스파르타 왕 메넬라오스가 오디세우스가 포로로 잡혀 있지만 칼립소의 섬에 살아 있다는 고무적인 소식을 상세히 설명한다. 아버지가 살아 있으며 현재 이타카에 있다는 테오클리메노스의 예언이 적중했던 것이다. 그러나 이 시점에서 신중함은 그가 어머니를 포함한 누구에게나도 오디세우스가 집에 있고 파업을 준비 중임을 드러내는 것을 막는다. 소문을 듣고 수년간 예언을 들었던 페넬로페는 테오클리메노스를 믿고 싶지만 끝까지 신중함을 잃지 않는다. 오디세우스는 자제력을 여러 번 발휘해야 했다. 마을로 가는 길에 그와 에우마이오스는 오디세우스에게 고용된 염소치기 멜란티오스를 만난다. 거만한 그는 에우마이오스에게 심한 욕설을 퍼붓고 심지어 오디세우스가 지나갈 때 발로 걷어찬다. 오디세우스는 외딴곳에서 그의 머리를 쪼개고 싶은 충동을 느끼지만 참는다. 에우마이오스가 거지로 변신한 오디세우스를 방어한다. 이 충실한 돼지치기는 염소치기 멜란티오스와는 정반대다. 에우마이오스가 사려 깊고 친절하고 세련되고 충성스러운 반면, 염소치기는 뻔뻔하고 잔인하며 조잡한 인물로 구혼자들의 편에 섰다. 오디세우스는 현자의 판단을 실행하며 그 자리에서 멜란티오스를 혼내는 것을 참는다. 그 대결 직후 더 미묘한 자제력이 필요했다. 오디세우스와 에우마이오스는 궁궐에 다가가 진드기에 감염돼 배설물 더미에 누운, 늙은 개를 발견한다. 그것은 아르고스로 오디세우스가 아끼던 반려견이었다. 늙은 개는 주인을 알아보고 꼬리를 흔들지만 기력이 다해 숨을 거둔다. 오디세우스도 개를 알아보았지만 늙은 개가 숨을 거둘 때 눈물을 감추기 위해 돌아섰다. 궁궐 넓은 홀에서 오디세우스는 신중함과 자제력이 더 필요했다. 구혼자들은 오디세우스의 재산인 양, 돼지, 살찐 염소, 소를 마음껏 잡아먹으며 지냈다. 이 중요한 시기에 항상 가까이 있는 아테나의 도움을 받은 텔레마코스는 거지로 변신한 오디세우스를 알아보고는 젊은 구혼자들을 구걸하게 돌며 누가 옳고 그른지 흑백을 가리도록 충동질한다. 안티누스는 거지를 데려온 에우마이오스를 연회에 방해가 된다며 구두로 공격한다. 에우마이오스는 안티누스와 이야기함으로써 자신의 삶을 위험에 빠뜨리지만 텔레마코스는 현명하게 중재한다. 그때 거지로 변신한 오디세우스가 안티누스에게 이중적인 의미의 단어로 묻는다. 그것은 아첨하는 듯 들리지만 실제로는 모욕적인 의미를 함축하고 있다. 안티누스는 점점 화가 나 결국 거지에게 발판을 던지고 뒤에서 그를 때린다. 오디세우스는 22장의 대결을 예고하면서 안티누스가 신부를 만나기 전 죽음을 맞길 바라지만 반격하진 않고 신중함을 유지한다. 연회는 재개되지만 안티누스는 무례함과 오만방자함으로 자신의 운명을 망친다. 구혼자들에게는 자신들의 악행을 속죄할 기회가 있겠지만 아테나는 그들을 모두 죽이기로 이미 결심했다. 페넬로페는 거지의 행동을 보더니 에우마이오스에게 그에 대해 묻는다. 돼지치기는 방문자와 사흘 동안 얼마나 감명 받았는지 말하고 페넬로페는 그와 이야기해 보고 싶다고 요청한다. 구혼자에 대한 불안감을 가장해 오디세우스는 그녀를 만나겠지만 지금은 아니라며 기다려달라고 말한다. 이 장면부터 어조는 위협적이고 불길하다. 오디세우스가 궁궐에 도착했을 때부터 22장의 대결까지 긴장감이 극적으로 고조되고 있다. 구혼자들은 조잡한 오만함으로 자신을 파멸시킨다. 암피노모스처럼 특별히 불쾌해 보이지 않는 사람들조차 그들의 묵인과 공모로 유죄 판결을 받을 것이다. 그들은 떠날 기회가 있겠지만 머물기를 선택할 것이다. 그것으로 아테나에게는 충분하다. 황혼이 구혼자들에게 빠르게 떨어지고 있었다.

18 Chapter

걸인 이로스와 싸우다

『오디세이아』 18장 요약

늦은 오후가 저녁으로 바뀌면서 또 다른 거지 이로스가 도착한다. 그는 구혼자들이 좋아하는 웃음을 연기한다. 안티누스의 요구로 이로스는 거지 행색인 오디세우스와 싸우기로 하는데 곧 후회한다. 긴장이 고조되면서 오디세우스는 구혼자 중 최고인 암피노모스에게 문제가 다가오고 있고 그가 모임에서 떠나야 한다는 경고를 한다. 아테나는 오디세우스와의 만남을 준비하고 있는 아테나는 페넬로페를 더 아름답게 보이도록 만든다. 페넬로페는 싸움을 허락하고 손님을 위험에 빠뜨린 아들을 질책한다. 오디세우스는 페넬로페의 하녀 멜란토가 여왕을 소홀히 모신 것을 꾸짖는다. 뻔뻔한 그녀는 페넬로페의 간교한 구혼자 에우리마코스와 불륜 관계였다. 오디세우스와 에우리마코스는 대결을 벌인다.

텔레마코스와 에우마이오스가 이야기 나누는 동안 구혼자들의 연회가 벌어지고 있었다. 그때 또 다른 거지가 왔다. 그는 이타카 거리를 구걸 다니는 아르나이오스로 몸집은 거구이지만 먹고 마시는 것밖에 몰랐다. 다른 사람들은 그를 이로스라고 불렀는데 '무지개의 전령' 이리스처럼 심부름을 잘해 붙은 이름이었다. 그 거지는 오디세우스를 발견하자 그를 쫓아낼 작정으로 욕설을 퍼부으며 대들었다. "이 거지야! 질질 끌려나가기 전에 문밖으로 당장 꺼져라. 너를 끌어내라고 모두 내게 눈짓하는 게 보이지 않느냐? 나도 주먹다짐하기 싫으니 어서 네 발로 꺼져라." 그러자 오디세우스는 그 사나이를 매섭게 쏘아보며 말했다. "건방진 소리! 나는 네게 해가 되는 짓이나 말을 한 적이 없고 누구든 많은 물건을 네게 주더라도 조금도 시기하지 않을 것이다. 이곳은 신께서 우리에게 똑같이 얻어먹게 하신 곳이니 말이다. 너도 나처럼 거지 행색을 하는 같은 처지이니 내게 너무 덤비지 않는 게 좋을 것이다. 내 비록 늙었지만 네 가슴이나 혀를 피투성이로 만드는 것쯤은 일도 아니다." 그러자 화가 난 거지 이로스는 버럭 소리쳤다. "허풍쟁이 녀석이 뭐라고 지껄이는 거야. 너 따위는 지금 당장이라도 그 잘난 이빨을 모조리 부러뜨릴 수 있다. 자, 덤빌 테면 덤벼라." 그렇게 둘은 험담을 주고받았다. 이 둘의 언쟁을 듣던 건장한 체격의 안티누스는 재미있다는 듯 너털웃음을 지으며 구혼자들에게 말했다. "여러분, 들어보시오. 지금까지 이런 일은 없었소. 신께서 우리에게 이런 즐거움을 보내주신 겁니다. 다른 곳에서 온 이 손님과 이로스가 주먹다짐으로 겨뤄보겠답니다. 그러니 당장 맞붙여 보는 게 어떻소?" 이렇게 말하자 사람들은 모두 크게 껄껄대며 자리에서 일어나 초라한 행색의 두 거지 주변으로 몰려들었다. 그들 사이에서 안티누스가 말했다. "모두 잘 들으시오, 용감한 구혼자 여러분! 잠시 할 말이 있습니다. 여기 불 위에 우리가 먹을 염소 살코기와 염소 순대가 있습니다. 둘 중 승자에게 그것들을 마음껏 먹게 하고 오늘부터 여기서 항상 우리와 함께 식사하도록 해줍시다. 그러나 진 거지에게는 다시는 여기로 구걸하러 오지 못하게 합시다." 이에 모두 찬성했다. 그러자 오디세우스가 말했다. "여러분, 나 같은 늙은이가, 그것도 온갖 고생으로 지친 상태에서 젊은이와 싸운다는 건 어리석은 줄 알지만 굶주린 창자가 싸움을 강요하니 여러분께서는 굳은 맹세를 해주시오. 누구라도 부당하게 이로스 편을 들지 않겠다고 말이오." 구혼자들은 모두 그의 말대로 맹세했다. 맹세가 끝나자 텔레마코스가 다시 한번 그들에게 다짐시켰다. "손님, 그대의 마음이 이 젊은이와 싸우고자 한다면 아카이아인 누구든 부당하게 그대를 치는 자는 많은 사람을 적으로 만들 것이오. 이 궁궐의 주인은 바로 나이고 지체 높은 영주님 안티누스와 에우리마코스도 이 말에 찬성하실 것이오." 그의 말에 모두 찬성했다. 잠시 후 오디세우스가 누더기를 허리에 둘둘 감자 크고 우람한 넓적다리와 떡 벌어진 어깨와 가슴, 힘센 팔뚝이 드러났다. 아테나 여신이 그렇게 만들어준 것이다. 당황한 구혼자들은 여기저기서 수군거렸다. "이러다간 이로스가 자청해 화를 입겠군. 누더기 속에서 이 노인은 정말 대단한 다리를 내보이는군." 모두 이렇게 말하자 하인들은 기가 죽어 어쩔 줄 몰라 겁에 질린 이로스를 아랑곳하지 않고 억지로 끌어냈다. 손발을 덜덜 떠는 그에게 안티누스가 꾸짖고 이름을 부르며 말했다. "이 느림보야! 네가 정말 이 노인이 무서워 벌벌 떨 지경이라면 차라리 이 자리에 없는 게 나았어. 아니면 아예 태어나지 않았어야 좋았을 거야. 자, 네가 저 노인에게 진다면 너는 검은 배에 실려 전 인류의 파괴자인 에케토스 왕에게 보내질 것이다. 그는 날카로운 청동 칼로 네 코와 귀를 베고 몸뚱이는 산 채로 개에게 뜯어먹히게 하겠지." 그 말에 이로스는 더 벌벌 떨었다. 그때 인내심 강한 오디세우스는 그를 당장 쓰러뜨려 목숨을 거둘지, 살짝 쳐 땅에 쓰러뜨릴지 고심한 끝에 아카이아인들이 자신의 정체를 눈치채지 못하도록 이로스의 귀 아래 목을 쳐 뼈를 으스러뜨렸다. 순식간에 그가 검붉은 피를 쏟으며 땅에 쓰러지자 교만한 구혼자들은 그를 손가락질하며 웃어댔다. 그러나 오디세우스는 그의 발을 잡아 회랑 어귀에 기대어 놓고 그에게 지팡이를 쥐여주며 부드러운 목소리로 말했다. "거기 앉아 돼지나 개에게 큰소리치시지! 다시는 불쌍한 과객이나 거지를 괴롭히지 마라. 그러다간 더 큰 불행을 맛볼 테니." 그는 끈이 달린 자루를 어깨에 걸머지고 다시 자리 잡았고 구혼자들은 즐겁게 웃으며 이렇게 인사했다. "손님이시여, 제우스와 그 밖의 '불멸의 신'들께서 그대의 소원을 이뤄줄 것이오. 그대가 그 건방진 자를 이 마을에서 다시는 구걸하지 못하게 했으니! 우리

거지 이로스를 혼내는 오디세우스
모든 사람이 지켜보는 가운데 오디세우스는
왈패인 거지 이로스를 제압한다.

는 곧 그를 전 인류의 파괴자인 에케토스 왕에게 보낼 것이오." 이에
오디세우스는 마음이 흐뭇해졌다. 그때 암피노모스가 바구니에서 고
기 두 쪽을 집어 들고 금잔에 술을 부어 축배를 들며 말했다. "손님이
시여, 반갑소. 그대가 오랫동안 행복하게 살길 바라오. 하지만 지금은
온갖 고난을 겪고 있군." 이에 지혜가 풍부한 오디세우스가 대답했다.
"암피노모스여, 그대는 분별력을 가지셨구려. 그것은 훌륭한 부친을
두었기 때문인 것 같소. 나는 일찍이 둘리키온 니소스의 명성을 익히
알고 있소. 그분의 자제분이라니 사리분별이 밝을테니 한 말씀 드리
겠습니다. 세상에서 숨 쉬고 움직이는 만물 중 가장 연약한 존재가 인
간입니다. 영광의 신들께서 고난에 빠뜨릴 때는 사력을 다해도 소용
없으니 말입니다. 한때 나도 제법 버젓이 살았소. 하지만 내 힘과 세
력, 부모 형제를 믿고 분별없이 행동했소. 그러다가 이 꼴이 되고 보
니 인생이란 절대로 자신의 본분을 잊으면 안 되고 그저 신중히 받아
들여야 할 것으로 생각되더군요. 그래서 나는 구혼자들이 어떤 잘못
을 저지르는지 눈여겨 보았소. 그분은 가까이 계시오. 여러분도 댁으
로 돌아가 여기서 오디세우스 왕의 귀국을 맞지 않도록 하는 게 현명
합니다. 오디세우스 왕께서 이 지붕 밑으로 들어서신다면 분명히 서
로 피 흘리지 않을 수 없기 때문이오." 오디세우스는 말을 마치고 신
께 제주를 따라 올리고 달콤한 술을 마신 다음 그 무리의 지도자들 손
에 다시 잔을 돌렸다. 암피노모스는 비탄에 젖어 고개를 끄떡이며 홀
을 지나 돌아갔다. 뭔가 흉조를 직감했던 것이다. 그도 아테나가 텔레

마코스의 칼 아래 사라질 숙명을 안겼기 때문에 처음 일어섰던 자리로 돌아와 앉았다. 그리고 아테나 여신은 페넬로페의 가슴속에 이 같은 생각을 불어넣었다. 몸소 구혼자들 앞에 나서서 그들을 부추기고 남편과 자식에 대한 전보다 훨씬 큰 사랑과 경의를 갖게 한 것이다. 페넬로페는 시녀를 불러 이유 없이 웃으며 말했다. "에우리노메여, 내 구혼자들이 너무 밉지만 그들을 한 번 보고 싶소. 그리고 저들과 영원히 손을 끊으라고 아들에게 말해야겠소. 그들은 겉으로는 친한 척하지만 속으로는 음흉한 계략만 꾸미는 무리들이오." 이에 시녀 에우리노메가 말했다. "왕비님, 옳은 말씀입니다. 먼저 눈물 자국을 지우시고 화장을 하십시오. 왕비님께서 신들께 수염이 난 왕자님을 보고 싶다고 기원하시더니 이제 왕자님도 어엿한 성인이 되셨답니다." 이번에는 현명한 페넬로페가 말했다. "에우리노메여, 내게 목욕하고 화장을 하라니 당치 않은 말이오. 저 하늘을 지키는 올림포스 신들이 그분을 떠나보내신 후로 내 청춘은 이미 망가졌소. 자, 혼자 남자들 앞에 나설 수는 없으니 아우토노에와 힙포다메이아를 오라고 하시오." 이렇게 말하자 유모 에우리노메는 다른 하녀들에게 명령을 전하고 그들을 여주인에게 데려오기 위해 자리를 떠났다. 그때 빛나는 눈의 여신 아테나는 또 다른 일을 생각해내 페넬로페에게 달콤한 잠을 선사했다. 그리고 모든 아카이아인들을 황홀하게 만들 불멸의 선물을 보냈다. 의자에 앉은 채 잠에 취한 페넬로페를 아프로디테가 무도회에 갈 때처럼 씻기고 화장시켜 더 아름답게 보이게 한 것이다. 또한, 그녀를 더 늘씬하고 풍만하게 보이게 했고 피부는 새로 깎은 상아처럼 희게 해놓았다. 이렇게 아테나가 그녀를 아름답게 꾸며놓고 나가자 시녀들이 방으로 들어왔다. 그제야 깜짝 놀라 단잠에서 깬 페넬로페는 얼굴을 문지르며 말했다. "너무 고민한 나머지 그만 잠이 들고 말았어. 이처럼 달콤한 죽음을 지금 당장 성스러운 아르테미스께서 내게 주신다면 고마울 텐데. 그리운 오디세우스님의 뛰어난 덕망을 연모하면서 더 이상 한탄하고 슬퍼하고 마음 썩이지 않도록 말이야. 그분은 아카이아 용사들 중 정말 가장 뛰어난 분이었어." 이렇게 말하고 두 시녀를 데리고 2층 계단을 내려와 부인들 중 존귀한 이분이 구혼자들이 있는 장소에 드디어 모습을 나타내며 탄탄한 지붕 아래 기둥 옆에 얼굴을 베일로 가린 채 멈춰 섰다. 그 양옆에는 충실한 시녀들이 한 명씩 지키고 서 있었다. 그것을 보자 그곳에 있던 구혼자들은 연모의 마음 때문에 모두 매혹되고 품에 안아보고 싶은 생각에 초조해지면서 무릎의 힘이 빠졌다. 그러자 그녀는 아들 텔레마코스에게 말했다. "텔레마코스야, 지금 네 마음이나 생각이 분명하지 않구나. 어릴 때는 지금보다 현명한 분별력이 있었단다. 더욱이 지금은 너도 키도 더 크고 어른이 되었으니 부귀영화를 갖춘 분의 자제라고 다른 사람들이 말하겠지. 체격이나 얼굴 생김새로 보더라도 다들 그렇게 생각할 것이다. 그런데 네 마음이나 생각은 절대로 사리에 맞지 않는구나. 지금 이렇게 손님이 모욕당하는 것을 이 궁궐 안에서 지켜보고만 있다니. 손님이 우리 궁궐에 와 불친절한 대접 때문에 봉변이라도 당한다면 앞으로 어떻게 되겠느냐? 이것이야말로 네 치욕이 되고 세상 사람들의 비난을 받을 것이다." 이에 영리한 텔레마코스가 말했다. "어머님, 아무리 역정을 내셔도 저는 드릴 말씀이 없습니다. 저도 그만한 것은 이해하고도 남습니다. 사실 지금까지는 어린애여서 모든 것을 분별 있게 처리하지 못했습니다. 그들이 흉계를 꾸미지만 정작 저를 도와주는 사람은 한 명도 없었으니까요. 어쨌든 이로스와 손님의 이번 싸움은 구혼자들의 기대대로 되지 않았습니다. 제우스 아버지와 아테나, 아폴론이시여, 이곳의 모든 구혼자를 지금 당장 쓸어내 저 문 옆에 앉아 있는 이로스와 같이 다리를 늘어뜨려 제집에도 걸어갈 수 없게 하소서!" 그들이 이렇게 말을 주고받는데 에우리마코스가 끼어들었다. "현명하신 페넬로페님, 아르고스에 사는 모든 아카이아족이 당신의 자태를 보았다면 더 많은 구혼자가 당신의 성관에 몰려와 아침부터 연회에 참석했을 겁니다. 그것은 당신이 모든 여인들 중 자태나 키, 마음속의 섬세하고 빈틈없는 생각이 모두 뛰어났기 때문입니다." 그러자 이번에는 현명한 페넬로페가 말했다. "에우리마코스여, 남편 오디세우스 왕이 일리오스로 출항하던 날, 신께서는 내 용모와 몸매를 빼앗아갔습니다. 그분이 돌아오셔서 내 명예를 되찾아 주기 전까지는 눈물만 흘릴 뿐입니다. 아, 그분께서는 고국을 떠나시면서 내 오른손을 붙잡고 이렇게 말씀하셨습니다. '부인, 모든 아카이아 병사가 트로이아로부터 무사히 귀국할 수는 없을 것이오. 트로이아 용사들도 대단해 대등한 전쟁이 벌어질 것이기 때문이오. 그러니 당신은 집에 계신 아버지와 어

페넬로페와 구혼자들
페넬로페는 구혼자들의 회유와 협박에도 굴하지 않고
자신의 당당함을 보인다.

머니를 잘 봉양하시오. 내가 멀리 떨어져 있더라도 지금보다 더 정성을 다해야 하오. 그리고 아이는 성장하거든 당신이 원하는 혼처를 찾아 결혼시키시오.' 그런데 그분의 말씀이 모두 현실이 되고 말았습니다. 제우스께서 내게 가장 혹독한 시련을 주셨기 때문입니다. 게다가 지금까지 구혼자들은 이런 짓을 하지 않았습니다. 지위 있는 사람의 딸에게 구혼하는 자는 앞다퉈 소를 선물하거나 훌륭한 양 떼를 가져오거나 신부 친구에게 식사 대접을 하면서 굉장한 선물을 보냈지만 이렇게 무턱대고 살림을 축내진 않았습니다." 그녀의 말을 들은 오디세우스는 매우 기뻤다. 페넬로페가 부드러운 말로 그들을 매혹시켜 선물을 가져오게 했지만 사실 마음은 다른 데 있음을 알았기 때문이다. 이번에는 안티누스가 끼어들어 말했다. "이카리오스의 따님이시며 현명하신 페넬로페님, 아카이아족 중에서 청혼을 희망하는 사람들은 선물을 여기로 가져올 겁니다. 그것을 받아주십시오. 선물을 거절하고 받지 않는 것은 좋은 일이 아닙니다. 아카이아족 중에서 가장 뛰어난 남성과 당신이 결혼하기 전에는 내 영지나 어떤 곳으로도 절대로 돌아가지 않을 겁니다." 이 말에 그들은 모두 찬성하고 각자 사람을 보내 선물을 가져오게 했다. 안티누스는 12개 금 브로치가 달린 휘황찬란한 훌륭한 예복을 가져왔고, 에우리다마스의 두 하인은 우아하게 빛나는 구슬 세 개가 주렁주렁 달린 귀걸이를 가져왔으며, 폴릭토르의 아들 페이산드로스 왕은 아름다운 보석 목걸이를 가져오는 등 모두 훌륭한 선물들을 하나씩 가져왔다. 그러자 부인은 내실로 올라갔고 시녀들은 그 귀한 선물들을 옮겨 놓았다.

한편, 구혼자들이 춤추고 노래하며 즐겁게 노는 동안 어두운 밤이 찾아왔다. 그들은 곧 홀의 화로 세 군데에 불을 피우고 바싹 마른 장작을 새로 쪼개 놓았다. 화로 옆 가운데서 시녀들이 횃불을 들고 서 있었다. 그때 지략이 뛰어난 오디세우스가 시녀들에게 말했다. "자, 오디세우스 왕의 시녀들이여, 왕비가 계신 내실로 들어가 그분을 위해 실을 짓고 위안을 드리시오. 나는 여기서 불을 돌보리다. 모두 빛나는 새벽을 기다리지만 나는 아니오." 그의 말에 시녀들이 모두 웃었는데 특히 돌리오스의 딸 멜란토는 에우리마코스와 정을 통하고 있어 그를 몹시 꾸짖으며 망신을 주었다. 페넬로페가 친자식처럼 장난감도 주면서 부러울 것 없이 키웠는데도 고마움을 느끼기는커녕 배은망덕한 것이다. 그녀는 모욕적인 말을 서슴지 않았다. "보잘것없는 떠돌이야! 대장간에 가 잘 생각은 없느냐? 여기는 지체 높으신 분들이 계신 곳인데 감히 어디서 건방을 떠느냐? 정말 술에 취한 것이오, 아니면 평소 습관이오? 그래, 부랑자 이로스를 치고 나니 기고만장하오? 하지만 이로스보다 더 센 사람이 나타나 그대의 머리를 후려치기 전에 조심하는 게 좋을 것이오." 지혜로운 오디세우스가 그녀를 쏘아보며 말했다. "뻔뻔한 계집 같으니! 이제 곧 텔레마코스님에게 말해주겠다. 저쪽에 가 당장 네 손발을 잘라 없애라고. 네가 뭐라고 지껄였는지 말해주겠다." 이런 말로 여자들의 간담을 서늘케 했다. 시녀는 홀을 나가버렸지만 모든 사람이 겁에 질려 있었다. 그의 말이 진정으로 여겨졌기 때문이다. 그러자 오디세우스는 타고 있는 촛대 옆에서 불을 물끄러미 바라보며 장승처럼 선 채로 모든 사람을 살펴보고 있었지만 마음속으로는 반드시 해야 할 일들을 궁리하고 있었다. 이제 아테나 여신은 교만한 구혼자들이 가슴 아프고 무정하게 구는 것을 그만두게 하지 않았다. 오디세우스의 마음을 괴로움으로 더 아프게 하기 위해서였다. 그래서 폴리보스의 아들 에우리마코스는 오디세우스를 다시 조롱해 사람들을 즐겁게 했다. "고명한 왕비의 구혼자들이시여, 잠시 내 말 좀 들어보시오. 내가 이곳에 온 것은 신의인 것 같소. 지금 그의 머리에서 관솔불이 타는 것 같지 않소? 머리에 머리카락 하나 없는데 말이오." 그는 다시 오디세우스에게 말했다. "손님이시여, 우리 집에서 하인으로 살 생각은 정말 없소? 우리 농원에서 성을 쌓을 돌을 주워 모으고 나무를 심는 일을 하면 돈은 충분히 주리다. 물론 식사나 의복뿐만 아니라 샌들까지 주겠소. 하기야 못된 짓만 했던 당신은 농사일에는 관심 없고 돌아다니며 구걸이나 하며 배를 채우고 싶겠지만." 그러자 지혜가 풍부한 오디세우스가 대답했다. "에우리마코스님, 정말 우리 둘이 해도 길어진 초여름에 밭일 내기를 해보는 게 좋겠소. 목초 베기 내기를 한다면 나는 날이 휜 낫을 들겠소. 황소에게 멍에를 씌워 쟁기질해 봅시다. 그때 당신은 내가 밭고랑을 얼마나 잘 가는지 보게 될 것이오. 그럼 건방지고 고집 센 당신은 나를 조롱해 비위를 건드리진 못할 것이오. 당신은 자기보다 약한 사람들과 싸워 스스로 강인하

오디세우스 흉상
지략과 신중함의 대명사인 오디세우스는 수십 명의 구혼자들을 죽일 계획을 세운다.

다고 착각하는구려. 오디세우스 왕께서 귀국하시는 날 저 넓은 문들도 당신들이 도망가기에는 좁을 것이오." 분노한 에우리마코스는 그를 무섭게 노려보며 소리쳤다. "천하에 비열한 놈! 어디다 함부로 입을 놀리는가! 네가 보잘것없는 이로스를 이겼다고 기고만장하구나!" 그는 말을 마치기가 무섭게 발판을 집어 오디세우스에게 던졌다. 하지만 오디세우스가 암피노모스의 뒤로 재빨리 피하자 발판은 술을 들고 있던 시종의 오른손을 맞혔다. 동시에 잔이 바닥에 떨어지면서 시종은 신음을 내며 나뒹굴었다. 구혼자들이 어두운 홀을 다니며 야단법석을 떨자 그들 중 한 명이 한탄했다. "저 거지가 이곳에 오기 전에 죽여버릴 걸. 그랬으면 이런 소동도 없었을 텐데! 저 거지 때문에 소동이 일어나니 연회를 어떻게 즐길 수 있겠는가." 이윽고 텔레마코스가 나서서 그들을 꾸짖었다. "참으로 어리석은 분들이여, 어느 신이 그대들을 선동하는가 보구려. 자, 이제 많이 드셨으면 어서 돌아가 편히 쉬시오. 나도 이제 아무도 받지 않겠소." 텔레마코스의 노골적인 말에 그들은 모두 놀랐다. 그러자 니소스의 훌륭한 아들인 암피노모스가 일어나 한마디 했다. "동료 여러분, 이제 손님을 너무 심하게 다루진 마시오. 유명한 오디세우스 궁궐의 시종들도 마찬가지요. 자, 우리도 각자 축배를 올리고 돌아갑시다. 그는 텔레마코스 집에 온 손님이니 말이오." 그들 모두 그의 말에 동의하고 시종인 물리오스가 돌린 달콤한 포도주를 '불사의 신'들에게 헌주하고 각자 처소로 돌아갔다.

『오디세이아』 18장 분석

일부 비평가들은 오디세우스와 이로스의 싸움을 웃기는 사건으로 보지만 악의적인 구혼자가 아닌 다른 사람에게는 웃기는 사건이 아니다. 이로스의 성격은 안티누스의 성격을 반영한다. 그럼에도 안티누스는 권력, 명성, 지능이 있기 때문에 훨씬 위험하다. 이로스는 구혼자들을 위한 하인에 불과하다. 그는 오디세우스를 괴롭히지만 오디세우스는 정말로 그를 해치고 싶진 않았다. 그는 이로스의 턱을 부러뜨린다. 오디세우스는 격투에서 인상적인 체격을 보여주었으며 사건은 나중의 승리를 예고한다. 이 시점에서 아테나는 오디세우스보다 완전한 복수에 더 많은 준비가 되어 있다. 오디세우스는 구혼자 중 한 명인 암피노모스에 대해 우려하고 있었다. 그는 구혼자 중 가장 선한 사람으로 굳이 그를 복수의 대상으로 삼고 싶진 않았기 때문이다. 그러나 암시적 설득에도 암피노모스는 구혼자의 자리에서 벗어나지 않는다. 충성의 주제는 오디세우스가 멜란토를 꾸짖을 때 다시 나타난다. 그녀는 에우리마코스와 함께 밤을 보내고 있었다. 에우리마코스는 부드러운 대화로 유명하지만 오디세우스가 그를 질책하면서 통제력을 잃는다. 그는 거지 행색의 오디세우스에게 의자를 던지고 술잔을 들고 있던 시종을 때린다. 이 시점에서 암피노모스의 지원을 받는 텔레마코스는 저녁 연회를 끝낼 것을 요구한다.

에우리클레이아, 오디세우스를 알아보다

『오디세이아』 19장 요약

구혼자들은 오디세우스의 궁궐에서 나와 각자 집으로 돌아갔다. 오디세우스는 무기를 모아 다음날 구혼자들이 쉽게 구할 수 없는 곳에 숨겨둘 것을 텔레마코스에게 지시한다. 에우리마코스와 관계를 맺고 있던 무례한 하녀 멜란토는 거지로 변신한 오디세우스와 다시 한번 대면한다. 마침내 페넬로페를 만난 오디세우스는 남편을 알고 있다는 설득력 있는 증거를 제시한다. 페넬로페는 그의 정체성을 의심하는 듯 보인다. 늙은 유모 에우리클레이아는 손님을 목욕시키는 임무를 부여받는다. 그녀는 멧돼지 어금니가 남긴 무릎 위 흉터를 확인하고 자신이 목욕시키는 사람이 주인임을 눈치챈다. 오디세우스는 곧바로 엄중히 그녀를 침묵시키며 페넬로페에게 자신의 정체성을 말하는 것조차 금지시킨다. 목욕 후 오디세우스는 페넬로페를 다시 만난다. 그녀는 다음날 남편을 선택하기 위해 구혼자들에게 경연 대회를 실시할 거라고 밝힌다. 대회 종목은 이전에 오디세우스가 해왔던 활을 끈으로 묶고 12개 축의 직선 행을 통해 화살을 쏘는 것이다. 오디세우스는 그녀의 계획을 흔쾌히 허락한다.

 구혼자들이 사라지자 드디어 오디세우스 혼자만 홀에 남았다. 그는 아테나 여신의 도움으로 구혼자들을 처치할 여러 가지 방법을 궁리하다가 갑자기 텔레마코스에게 소리 높여 말했다. "텔레마코스여, 무기를 모두 안에 감춰두거라. 무기가 사라진 것을 그들이 눈치채고 물으면 이렇게 적당히 구슬려 넘겨야 한다. '연기에 그을리지 않도록 잘 보관해 두었습니다. 오디세우스님이 트로이아에 가실 때 남겨두고 간 것과 이제 모양이 전혀 달라졌기 때문입니다. 불이 그 무기들을 완전히 망쳐 놓았습니다. 더욱이 신께서는 더 중요한 일을 깨닫게 해주셨습니다. 말하자면 여러분이 자칫 술에 취해 싸움을 벌여 서로 상처를 입히고 연회도 구혼도 못 하게 만들지 모르기 때문입니다. 쇠붙이는 스스로 무사들을 유혹하는 힘이 있다는 속담도 있으니 말입니다.'" 이렇게 말하자 텔레마코스는 사랑하는 아버지의 지시에 따라 유모 에우리클레이아를 불러내 말했다. "유모, 아버님께서 떠나신 이후로 무기를 제대로 관리하지 않아 녹이 슬고 연기에 그을었으니 무기들을 내실에 갖다 놓아야겠소. 그때까지 아무도 방에서 나오지 못하게 해주

시오. 지금이라도 불기가 미치지 않는 곳에 그것들을 잘 보관해 두어야겠소." 그러자 유모가 대답했다. "오, 왕자님. 집안일에 이렇게 신경 쓰시다니 정말 잘 생각하셨습니다. 그런데 급히 갖다 놓으려면 누군가가 불을 밝혀야 하는데 누구에게 시중을 들게 할까요?" 그러자 영리한 텔레마코스가 말했다. "여기 계시는 손님이 해줄 것이네. 그가 누구든 우리 집 빵을 먹은 이상 먼 곳에서 온 손님이더라도 무슨 일이든지 시켜야 하네." 이렇게 말했기 때문에 유모는 아무 대꾸도 못 하고 잘 꾸며진 방문을 모두 닫았다. 그래서 지혜가 풍부한 오디세우스와 명예로운 아들 텔레마코스는 부리나케 일어나 투구, 가운데 꼭지가 달린 방패, 끝이 날카로운 창들을 수없이 날랐다. 그들 앞에는 아테나 여신이 황금 촛대를 손에 들고 특별히 밝은 빛을 주었다. 바로 그때 텔레마코스가 아버지에게 말했다. "아버님, 참으로 놀라운 일입니다. 왕실의 벽, 아름다운 기둥, 들보, 천장이 불길처럼 환하게 타오릅니다. 틀림없이 어느 신께서 와 계신 모양입니다." 그러자 지혜가 풍부한 오디세우스가 대답했다. "이 모든 것은 올림포스에 사시는 신들께서 하시는 일이니 잠자코 네 마음속으로만 느끼고 묻지는 말거라. 이제 너는 가서 자는 게 좋겠구나. 나는 슬픔에 잠긴 어머니와 이야기를 나눠야겠다." 오디세우스의 말을 들은 텔레마코스는 자신의 거처로 향했다.

한편, 홀에 남은 오디세우스는 아테나의 도움으로 구혼자들을 몰아낼 계략을 세웠다. 때마침 아프로디테와 같이 아름다운 페넬로페가 내실에서 나왔다. 그녀는 늘 앉던 불가에 털가죽이 깔린 의자에 앉았다. 발밑에 고정된 의자는 당대의 명장 이크말리오스가 상아와 은을 입혀 나선형으로 만든 것이었다. 페넬로페가 이곳에 앉자 흰 팔의 시녀들은 교만한 구혼자들이 먹던 식탁과 잔을 서둘러 치우고 화로에서 불을 긁어내고는 새 장작을 지폈다. 그때 시녀 멜란토가 또다시 오디세우스를 조롱했다. "이 거지야! 아직도 여기 남아 밤새 애를 먹이려는 것이냐? 집 구석구석을 돌아다니면서 여자들을 엿볼 생각은 아니겠지? 저녁을 얻어먹었으면 감지덕지해야지. 이제 불이 붙은 장작개비로 얻어맞고 쫓겨나고 싶으냐? 어서 꺼져라!" 그러자 그녀를 바라보며 오디세우스가 말했다. "이상한 여인이군. 나를 그토록 쫓아내고 싶은 이유가 무엇이오? 몸에 누더기를 걸쳤기 때문인가, 아니면 이 지역 곳곳을 구걸하며 돌아다니기 때문인가? 그것도 나로서는 어쩔 수 없는 노릇이야. 나도 한때는 남부럽지 않게 부유한 집에서 호의호식하며 의지할 곳 없는 길손에게 동정을 베풀었던 사람이오. 아쉬움이라곤 눈곱만큼도 없이 수많은 시종을 거느리고 살았지. 그런데 제우스께서 나를 이 꼴로 만들어 놓았소. 그대도 지금은 시녀 중 꽤 서열이 높을지 모르지만 언제 쫓겨날지 누가 알겠소? 왕비님께서 화가 나 그대를 꾸짖거나 오디세우스께서 돌아오실지도 모르지 않소? 그리고 그분이 그대 생각대로 돌아오지 않더라도 텔레마코스 같은 아드님이 있지 않소? 이 집에서는 그분도 이제 더 이상 어린애가 아니니 말이오." 현명한 페넬로페는 이 말을 듣고 시녀를 꾸짖고 그녀의 이름을 불

페넬로페와 시녀 멜란토
페넬로페가 구혼자와 정을 통한 시녀 멜란토를 꾸짖는 장면이다.

러 말했다. "너는 정말 **뻔뻔하구나**. 하지만 절대로 내 눈을 속일 수는 없다. 부끄러운 짓을 저질렀으니 그 잘못은 네가 톡톡히 갚는 수밖에 없을 것이다. 내가 저 손님을 내 방에 불러 우리 주인님의 일에 대해 여러 가지 물어보려고 한다는 것을 너는 이미 다 알고 있을 것이다. 내가 네게 말해주었지. 나는 지금 정말 온갖 고초를 겪고 있다." 이렇게 말한 다음 늙은 시녀 에우리노메에게 말했다. "에우리노메여, 의자에 양털 가죽을 깔고 저 손님을 앉히시오. 내가 물어볼 게 있소." 그러자 에우리노메는 서둘러 의자에 양털 가죽을 깔고 오디세우스를 앉게 했다. 먼저 페넬로페가 오디세우스에게 말했다. "당신은 누구시고 어디서 오셨습니까? 이곳에 어떻게 오셨고 누구의 후손입니까?" 이에 지혜가 풍부한 오디세우스가 대답했다. "예, 왕비님! 이 끝없는 세상에서 죽음의 숙명을 안은 인간 중 당신을 비난할 사람은 아무도 없습니다. 당신의 명성은 하늘에까지 닿아 만능의 왕과 같습니다. 그러나 부탁하건대 가문이나 고국을 내게 묻지 말아 주십시오. 내 인생은 눈물 없이 말씀드릴 수 없기 때문입니다. 성스러운 이곳에서 눈물을 흘려서야 되겠습니까?" 그러자 정숙한 페넬로페가 말했다. "손님이시여, 아르고스의 병사들이 일리오스를 향해 배를 띄우고 그와 함께 내 남편인 오디세우스가 떠났을 때 '불사의 신'들께서는 내 우아함과 아름다움을 모두 **빼앗아** 가버렸소. 그분이 돌아오셔서 나를 돌봐주신다면 나에 대한 세상의 평판도 더 좋아지고 모든 일이 순조롭게 풀릴 것이오. 그런데 지금 나는 탄식에 빠져 있습니다. 구혼자들이 떼로 몰려와

와 내게 강제로 구혼할 뿐만 아니라 재산까지 축내고 있습니다. 그래서 사실 손님과 같은 거지나 시종들에게 전혀 관심을 가질 수 없었습니다. 오직 오디세우스 왕에 대한 걱정으로 애간장이 다 녹았기 때문입니다. 지금까지 나는 구혼자들을 속이며 거짓 길쌈을 했습니다. 그러나 4년째 되던 어느 날 시녀들의 고발로 발각되어 길쌈을 그만두어야 했습니다. 그리고 지금은 별다른 구실도 없고 묘안도 짜낼 수 없습니다. 또한 부모님께서도 재혼을 재촉하시고 아들은 구혼자들이 우리 집 살림을 탕진해 무척 괴로워하고 있습니다. 그건 그렇고 당신의 성과 고향을 말씀해 주시오. 당신이라고 해서 옛말에 나오듯 떡갈나무나 돌에서 태어난 건 아니겠죠." 그녀가 이렇게 말하자 지략이 뛰어난 오디세우스가 대답했다. "거룩하신 왕비시여, 내 가문과 혈통을 꼭 알고 싶으시다면 말씀드리죠. 슬픔이 내 가슴을 아프게 하더라도 말입니다. 바다 저 멀리 크레타라는 섬이 있습니다. 기름진 옥토로 90개나 되는 마을에서 수많은 사람이 살고 있습니다. 그 마을들은 주민에 따라 언어가 다르지만 서로 섞여 살고 있습니다. 그중 크노소스라는 큰 마을을 제우스와 절친한 미노스라는 분이 다스리고 있었는데 그분의 아들 데우칼리온께서 나와 이도메네우스를 낳으셨습니다. 내 이름은 아이톤인데 오디세우스 왕께서 트로이아로 항해하시던 도중 강풍이 불어 크레타로 오시게 되었습니다. 그분은 드나들기 무척 힘든 항구인 암니소스에 정박하고 강풍을 피하셨습니다. 나는 그분을 집으로 데려와 정성껏 모셨습니다. 그분의 동료들에게도 식사와 포도주를 대접하고 소를 잡아 마음껏 드시게 했습니다. 제집에서 12일 동안이나 묵으셨습니다. 무서운 북풍이 닻을 해안 가까이 내리지 못하게 했기 때문입니다. 그러나 13일째 되던 날 물결이 잔잔해져 그분들은 닻을 올렸습니다." 오디세우스가 거짓말로 그럴듯하게 늘어놓자 페넬로페는 눈물을 흘렸다. 오디세우스는 비탄에 잠겨 우는 아내의 모습에 가슴이 찢어졌다. 그러나 그 두 눈은 뿔이나 쇠붙이로 된 듯 전혀 미동도 없었고 억지로 눈물을 감추려는 듯 눈꺼풀 속에 숨어 있었다. 실컷 울고 난 페넬로페는 말했다. "그럼 손님, 이번에는 당신 이야기를 시험해보려고 합니다. 내 남편을 당신 집에서 손님으로 정말 대접했다면 우리 남편은 무슨 옷을 입었고 어떤 사람이었나요? 그리고 남편을 따라간 동료들은 어땠나요?" 그러자 지혜가 풍부한 오디세우스가 대답했다. "왕비님이시여, 떠나신 지 이미 20년이나 된 분의 이야기를 전하는 것은 참으로 어렵습니다. 그러나 생각나는 데까지 말씀드리겠습니다. 오디세우스 왕께서는 겹으로 된 자줏빛 망토를 입으셨는데 앞부분을 장식한 황금 브로치와 두 개의 허리띠는 참으로 빛났습니다. 개가 앞발로 얼룩 사슴의 목을 졸르는 모습과 사슴이 발버둥 치며 달아나려는 모습을 금으로 어떻게 그렇게 정교하게 만들었는지 사람들은 모두 입을 다물지 못했습니다. 그분이 입었던 튜닉도 껍질을 벗긴 마른 양파처럼 반짝거렸습니다. 마치 태양과 같이 빛나 많은 부인이 놀라움을 감추지 못하고 그분을 바라보았습니다. 물론 그런 차림을 고국에서부터 하셨는지, 낯선 사람이 드렸는지는 잘 모르겠습니다. 어쩼든 그분은 많은 사람의 사랑을 받으셨습니다. 나도 청동 칼과 아름다운 자줏빛 겹외투, 술이 달린 튜닉을 그분께 배로 직접 보내 드렸습니다. 그분께서는 약간 늙은 시종을 데리고 다니셨는데 그의 외모를 말씀드리면 어깨는 굽었고 피부는 검고 고수머리에 이름은 에우리바테스라고 했습니다. 오디세우스께서는 누구보다 그를 가장 위하셨던 것 같습니다." 그의 말을 들은 왕비는 더 구슬프게 울었다. 오디세우스의 말이 하나도 틀리지 않았기 때문이다. "자, 손님, 이제 편히 쉬십시오. 당신께서 말씀하신 옷들은 내가 손수 지어드린 것이고 빛나는 브로치도 내가 달아드렸습니다. 하지만 이제 두 번 다시 그리운 고국으로 돌아오시는 모습을 맞을 수는 없을 겁니다." 그러자 지혜와 꾀가 풍부한 오디세우스가 말했다. "현명하신 왕비님, 부디 바라건대 아름다운 몸을 해롭게 해선 안 됩니다. 그리고 남편을 위해 마음이 눈물과 슬픔으로 터지도록 아프게 해서도 안 됩니다. 나는 조금도 꾸짖으려고 말씀드리는 것은 아니지만 세상에는 남편을 잃고 슬픔으로 지새는 부인들이 얼마든지 있습니다. 오디세우스님과는 다른 분이지만 사랑으로 맺어지고 어린아이를 갖게 된 정당한 남편, 게다가 신들과 같던 남편들 말입니다. 그러니 제가 드리는 말씀을 명심하십시오. 아무 숨김 없이 틀림없는 이야기를 해드릴 테니. 벌써 오디세우스님이 귀국하셨다는 소문을 근처에서 들었습니다. 테스프로티아인들이 사는 비옥한 마을에 아직 살아 계시다고요. 그리고 여러 나라에서 받으신 많은 훌륭한 보물을 가져오셨답니다. 하지만 충실한 동료들과 가운데가 깊숙한 배는 바다에서 잃어버렸습니다. 트리나키아섬을 나서자 제우스 신과 '태양의 신'의 노여움을 사 큰 파도가 몰아치는 바다에서 동료들은 한 명도 남김없이 목숨을 잃었습니다. 그것은 동료들이 태양 신의 소들을 죽였기 때문입니다. 그런데 그분만 배 용골에 매달려 있었는데 물결이 바닷가로 닿게 했습니다. 그곳은 파이아케스족의 나라로 그들은 신의 혈통을 가진 사람들입니다. 그들은 그분을 신처럼 소중히 대접해 많은 선물을 드린 후 그들의 힘으로 아무 재앙도 입지 않고 고향으로 보내드리려고 했습니다. 그러나 오디세우스 왕께서는 많은 나라를 돌아다니시며 재화를 모아 귀국하는 편이 낫겠다고 생각하신 모양입니다. 더욱이 페이돈 왕께서는 내가 보는 앞에서 제주를 올리고 오디세우스 왕을 틀림없이 고국으로 보내드리겠다고 맹세하셨습니다. 또한 오디세우스께서 모아놓은 많은 재물을 내게 보여주셨는데 10대 동안 쓰고도 남을 정도로 값진 것들이더군요. 페이돈 왕의 말에 따르면 오디세우스 왕께서는 제우스의 계시를 받기 위해 도도네로 떠나셨다더군요. 고국으로 공공연히 돌아갈지, 몰래 돌아갈지 알기 위해 떠나신 거죠. 때마침 나는 둘리키온으로 떠나는 배편이 있어 먼저 온 겁니다. 저 그믐달이 사라지고 초승달이 뜰 때 오디세우스 왕께서 돌아오실 겁니다." 이렇게 말하자 현명한 페넬로페가 대답했다. "손님, 정말 그 이야기가 실현된다면 얼마나 기쁘겠습니까? 그렇게만 된다면 손님은 곧 내게서 마음에서 우러난 친절과 많은 선물을 받을 겁니다. 자, 시녀들이여, 이 손님의 발을 씻겨 드리고 새벽이 될 때까지 따뜻하고 편히 쉬시도록 자리를 깔아드리거라. 그리고 아침 일찍 목욕시켜 드리고 올리브유를 발라드리거라. 또한 안으로 드시어 텔레마코스 옆에서 식사하시고 구혼자들이 손님을 괴롭히지 못하게 할 것이다." 이에 거룩하고 현명한 오디세우스가 말했다. "아, 존경스러운 왕비님이시여, 크레타섬의 눈 쌓인 산들을 뒤로 하고 긴 노를 저어 배를 타고 떠난 후로 담요와 이불이 싫어졌습니다. 그래서 누군가 내 발을 씻겨 주거나 목욕시켜 주는 것은 오히려 번거로운 일이 되었습니다. 그러나 단지 나처럼 많은 고생으로 마음이 다져지고 오래전부터 일해온 정성스러운 마음의 할머니가 계신다면 그 할머니가 내 발을 만지더라도 거절하지 않겠습니다." 그러자 슬기로운 페넬로페가 말했다. "지금까지 먼 곳에서 우리 집에 오신 손님 중에 당신처럼 현명하신 분은 한 분도 없었습니다. 그만큼 당신은 생각이 깊고 뭐든지 잘 알고 말씀하십니다. 때마침 저도 사려 깊은 분이 계십니다. 제 남편을 어릴 때부터 정성껏 길러주신, 분별력이 뚜렷한 유모입니다. 나이는 들었지만 기꺼이 당신의 발을 씻겨 드릴 겁니다. 자, 에우리클레이아여, 이리 와 이분을 씻겨 드리시오. 오디세우스 왕께서도 이분처럼 손발이 험해졌을지 모르겠구려. 인간은 고생을 많이 하면 쉽게 늙기 마련이니." 그녀가 이렇게 말하자 나이 먹은 하녀는 얼굴을 두 손으로 가리고 뜨거운 눈물을 떨구며 말했다. "오, 가여운 왕비님이시여, 당신처럼 제우스 신께 살찐 양의 넓적다리와 황소 100마리를 제물로 바치며 기원한 사람은 아무도 없습니다. 그런데 당신에게만 유독 슬픔을

페넬로페와 상면한 오디세우스
오디세우스가 거지로 변신해
페넬로페에게 오디세우스 소식을 전하는 장면이다.

주시는군요. 여기 심술궂은 여자들이 이 손님을 농락하는 것처럼 오디세우스 님께서도 타관을 떠도실 때마다 여자들에게 농락당하셨겠죠. 그래서 이 손님도 그들이 씻겨주는 것을 거절하신 거겠죠. 그러나 왕비님께서 미약한 제게 분부를 내리시니 그저 따를 뿐입니다. 그런데도 제 생전에 목소리와 몸, 발에 이르기까지 이 손님만큼 오디세우스 님을 닮은 사람을 본 적이 없습니다." 지혜롭고 재치있는 오디세우스가 대답했다. "노부인이시여, 많은 사람이 그대의 말처럼 오디세우스와 닮았다고 항상 말합니다." 그러자 에우리클레이아는 번지르르 윤기가 나는 큰 대야를 가져와 먼저 찬물을 부은 다음 뜨거운 물을 붓고 오디세우스의 두 발을 깨끗이 씻겨주었다. 그때 오디세우스는 화로 가까이 등을 돌리고 고쳐 앉더니 곧 어두컴컴한 쪽으로 얼굴을 돌렸다. 마음속에서 갑자기 어떤 생각이 떠올랐기 때문이다. 그것은 유모가 자신의 발을 만지면 어릴 때 상처난 흉터를 알아보고 모든 진상이 드러날까 염려했기 때문이다. 늙은 유모는 주인 곁에 가 발을 씻기기 시작했는데 곧 그 상처를 알아보았다. 일찍이 외조부 아우톨리코스와 그의 아들들과 파르나소스에 갔을 때 멧돼지 송곳니에 찔린 상처였다. 아우톨리코스는 오디세우스 어머니의 친아버지로 세상 사람들 중 훔치는 솜씨와 거짓말이 뛰어난 인간이었다. 그것은 헤르메스 신께서 그에게 선사한 재주였다. 신의 마음에 들 만한 어린 염소와 산양의 넓적다리를 구워 그가 제물로 바친 덕분이었다. 그래서 신은 후한 마음씨로 그를 돌봐준 것이다. 그러자 아우톨리코스가 이타카의 비옥한 땅에 와 자신의 딸이 새로 낳은 어린아이를 만났다. 만찬이 끝난 후 에우리클레이아는 사랑스러운 갓난아기를 외할아버지 무릎 위에 올려놓고 말했다. "아우톨리코스님, 그럼 당신이 이 갓난아기에게 이름을 지어주십시오. 학수고대한 아이였으니 당신의 귀여운 따님이 낳은 아이에게 이름을 지어주십시오." 이에 아우톨리코스가 대답했다. "내 사위와 딸아, 이제 내가 어떤 이름을 부르든 이 아이에게 꼭 붙여주기 바란다. 나는 많은 것을 기르는 대자연의 넓고 큰 땅 위에 있는 모든 남녀의 미움을 받으며 오늘날까지 살아왔기 때문에 오디세우스(증오받는 자)라는 이름을 이 아이에게 지어주는 게 좋겠다. 그리고 이 아이가 성인이 되어 파르나소스에 오면 내 선물을 주어 즐겁게 돌아가게 하리라."

그 후 오디세우스가 성장해 선물을 받으러 파르나소스에 갔다. 아우톨리코스와 그의 아들들이 그를 맞았고 외조모 암피테아는 그를 껴안고 얼굴과 두 눈에 입을 맞추었다. 그리고 아우톨리코스는 그의 아들들을 불러 식사 준비를 시켰다. 그러자 그들은 5년 된 황소를 잡아 능숙하게 꼬챙이에 꽂아 맛있게 구웠다. 그렇게 해가 서산에 질 때까지 온종일 연회를 열었다. '새벽의 여신'이 장밋빛 손가락을 펴자 모두 사냥을 나갔다. 아우톨리코스의 아들들은 개들을 앞세우고 용감한 오디세우스를 데리고 나간 것이다. 그들은 나무가 울창한 파르나소스의 험준한 산을 올라 바람의 계곡까지 왔다. 사냥개들이 냄새를 따라 킁

쿵거리며 달려가는 대로 아우톨리코스의 아들들이 바짝 뒤쫓아갔고 오디세우스도 긴 창을 휘두르며 따라나섰다. 우거진 숲에는 매우 큰 몸집의 멧돼지가 누워있었는데 바람도 불지 않고 햇빛은커녕 빗물도 새어들지 못할 만큼 울창한 낙엽이 겹겹이 쌓여 있었다. 그들의 발자국 소리를 들었는지 멧돼지는 털을 곤두세우고 눈빛을 번뜩이며 일어나 달려들 기세였다. 오디세우스는 긴 창을 들고 멧돼지를 명중시키기 위해 먼저 뛰어나갔다. 그러나 멧돼지는 몸을 돌려 피하더니 오디세우스의 무릎을 물고 도망쳤다. 오디세우스가 다시 겨냥해 멧돼지의 오른쪽 어깨를 찌르자 멧돼지는 고래고래 비명을 지르며 그 자리에 고꾸라졌다. 아우톨리코스의 아들들은 오디세우스의 상처를 잘 동여매고 주문을 외워 출혈을 막고 멧돼지를 둘러메고 궁궐로 돌아갔다. 그리고 오디세우스의 상처를 잘 치료한 후 훌륭한 선물과 함께 이타카로 돌려보냈다. 오디세우스의 유모 에우리클레이아가 바로 그 상처를 알아본 것이다. 유모인 노부인이 놀라 오디세우스의 발을 놓치는 바람에 청동 대야가 기울면서 물이 바닥에 쏟아졌다. 그 순간 기쁨과 고통이 동시에 그녀의 가슴속에 휘몰아쳤다. 그녀는 오디세우스의 턱을 어루만지며 속삭였다. "오, 당신은 오디세우스 왕이시군요. 다리를 만져보기 전에는 전혀 몰랐습니다." 그녀는 눈짓으로 페넬로페에게도 이 소식을 전하려고 했지만 페넬로페는 아무것도 눈치채지 못했다. 아테나 여신이 그녀에게 다른 생각을 불어넣었기 때문이다. 오디세우스는 유모의 목을 얼른 끌어당겨 귀에 바짝 대고 속삭였다. "유모

오디세우스의 발을 씻겨주는 에우리클레이아

오디세우스의 유모 에우리클레이아가 오디세우스의 발을 씻겨주며
그의 정체를 눈치채는 장면이다.

여, 나를 죽일 셈이오? 나를 품에 안아 기른 분이 바로 그대 아니오? 나는 지금 온갖 풍파를 겪고 20년 만에 돌아왔소. 신께서 유모에게 영감을 내리셨더라도 입을 꾹 다물고 아무도 모르게 해야 하오. 그러지 않으면 신의 도움으로 내 저 오만한 구혼자들을 처치할 때 유모라고 해서 살아남지 못할 것이오." 그러자 유모 에우리클레이아가 말했다. "오, 오디세우스 왕이시여, 무슨 섭섭한 말씀이십니까? 제 입이 얼마나 무거운지 잘 아시지 않습니까? 차돌이나 쇳덩이처럼 꾹 다물고 있죠. 그리고 신께서 구혼자들을 벌하신다면 누가 당신에게 불충했고 죄를 저질렀는지 자세히 알려드리겠습니다." 이에 지혜로운 오디세우스가 말했다. "유모, 조금도 그럴 필요 없네. 그건 내가 충분히 조사하면 그 하녀들을 분간해낼 수 있을 테니 그동안 침묵을 지키고 계시오. 모든 것은 신이 알아서 하실 테니." 이렇게 말하자 유모는 발을 씻길 물을 떠 오기 위해 방에서 나갔다. 이윽고 발을 다 씻은 다음 올리브유를 바르자 오디세우스는 다시 한번 화로 가까이 의자를 끌고 가 상처의 흉터를 누더기 속에 감추고 발을 말리기 시작했다. 그러자 아무것도 모르는 페넬로페가 입을 열었다. "손님, 한 가지만 더 묻겠습니다. 이제 곧 잠잘 시간이지만 나는 그저 한탄과 울음으로 밤을 꼬박 새우곤 합니다. 신께서 슬픔을 주셨기 때문입니다. 내 집안 돌아가는 꼴을 보면 더 그렇습니다. 그래서 밤만 되면 더 괴롭습니다. 판다레오스의 딸인 꾀꼬리가 봄기운이 갓 들었을 무렵 얼마나 고운 소리로 울부짖는지, 또한 우거진 나뭇잎에 앉아 몇 번이나 목청을 바꿔 사방에 울리는 목소리로 사랑하는 아들 이틸로스(제토스 사이에서 태어남)를 생각하며 정처 없이 울듯이 내 영혼도 정처 없습니다. 손님, 앞으로 내가 어떡해야 좋겠습니까? 모든 재산과 시종들, 남편의 침실을 지켜야 할지, 값진 선물을 보내며 구혼해오는 사람 중 가장 나은 사람을 택해 결혼해야 할지 잘 모르겠습니다. 아들이 아직 철이 들지 않았을 때는 내가 개가하는 데 상관하지 않았지만 이제 성장해 성인이 되니 내가 성밖에만 나가도 눈총을 보냅니다. 또한 구혼자들이 눈앞에서 가산을 탕진하는 것도 몹시 못마땅해합니다. 그건 그렇고 이 꿈이나 해몽해주십시오. 우리 집에서 거위 20마리가 물에서 나와 밀을 먹고 있었습니다. 나는 그것을 바라보며 마음을 위로하고 있었는데 산 쪽에서 갈고리 같은 큰 솔개가 날아와 거위들 목을 쪼아 모두 죽여버렸습니다. 거위들은 집안 한가운데 쓰러져 죽었고 솔개는 하늘 높이 날아 올랐습니다. 꿈속에서 나는 흐느껴 울고 있었는데 머리를 곱게 땋은 아카이아족 여자들이 내 옆에 모여들었습니다. 그런데 그 솔개가 다시 날아와 대들보가 솟은 지붕 끝에 앉아 내가 우는 것을 사람 목소리로 달래며 말했습니다. '걱정하지 마라. 먼 나라까지 평판이 자자한 이카리오스의 딸아, 이건 꿈이 아니라 현실로 나타날 좋은 징조이니라. 이것은 반드시 나타날 것이다. 거위는 구혼자를 가리키고 나는 원래 솔개였지만 지금은 네 남편이 되어 돌아와 모든 구혼자에게 비참한 죽음의 운명을 줄 것이다.' 이렇게 말해주는 바람에 나는 꿀맛 같은 단잠에서 깼습니다. 그래서 여기저기 살펴보니 궁궐 안에 거위 떼가 보였습니다. 전과 같이 물통 근처에서 밀을 쪼아먹고 있었습니다." 그러자 지혜가 풍부한 오디세우스가 대답했다. "왕비님이시여, 그 꿈을 풀 수가 없소. 그러나 구혼자들은 한 명도 남김없이 죽을 것이 분명합니다. 죽음의 운명에서 아무도 벗어나지 못합니다." 이에 현명한 페넬로페가 말했다. "손님이여, 꿈은 원래 정해진 이치도 없고 그 풀이대로 실현되지도 않습니다. 허무한 꿈에는 하나는 뿔로, 다른 하나는 상아로 된 두 개의 문이 있답니다. 꿈 중에서도 잘라놓은 상아의 문에서 나오는 꿈을 꾼다면 사실 그대로 된답니다. 그런데 내가 본 무서운 꿈은 그 뿔의 문으로 나온 거라고 생각합니다. 정말 그렇다면 나나 아들에게도 경사입니다. 그리고 또 하나 이야기할 것이 있는데 가슴에 잘 명심해 두십시오. 지금부터 밝아오는 새벽은 불길한 것입니다. 오디세우스의 성에서 나를 떠나보내니 말입니다. 그러니 나는 경기의 과녁에 쌍날 도끼를 놓겠습니다. 그 도끼는 남편이 배의 용골을 버텨주는 받침대처럼 이 집안에 여러 개 줄줄이 놓아둔 것으로 모두 12개입니다. 그분은 선 채로 꽤 멀리 활을 쏘아 그 도끼 구멍의 과녁을 맞혔습니다. 그래서 이번에는 구혼자들에게 솜씨 자랑 내기를 시키려고 하니 누구든 활을 쏘아 12개 도끼 구멍의 과녁을 꿰뚫는 분을 따라 이 남편 집을 떠날 겁니다. 값진 재물로 가득 찬 이 집을 꿈속에서나 다시 생각하게 될 겁니다." 이에 오디세우스가 말했다. "왕비님이시여, 이 경기를 더 이상 지체하지 마시고 빨리 시행하소서. 지략이 뛰어난 오디세우스 왕께서는 이들이 번쩍이는 활을 당겨 쇠를 꿰뚫기 전에 반드시 이곳에 와 계실

지조와 미덕의 상징인 페넬로페 조각상

테니까요." 그러자 현명한 페넬로페가 말했다. "당신께서 내 옆에 앉아 말씀해 주신다면 잠을 안 자도 될 것 같습니다. 그러나 자지 않고 살 수 있는 사람은 없으니 저는 이만 2층 내 침대로 가겠습니다. 당신도 편히 주무세요." 그러고는 시녀를 데리고 자신의 아름다운 방으로 올라갔다. 페넬로페는 2층 침실로 올라가자마자 무너지듯 침대 위에 쓰러져 사랑하는 남편을 그리워하며 비탄의 눈물을 흘렸다. 아테나 여신이 그녀의 눈꺼풀에 잠을 쏟아 넣어줄 때까지.

『오디세이아』 19장 분석

서사시의 19장은 주로 오디세우스의 정체성 질문에 대한 것이다. 학자들은 페넬로페가 얼마나 많은 것을 알고 있다고 생각하지 않는다. 표면적으로 그녀는 거지를 방황하는 또 다른 낯선 이방인으로 받아들이는 것으로 보이며 대부분의 사람들보다 더 흥미롭지만 그녀에게 개인적인 큰 의미는 없다. 거지로 변신한 오디세우스가 남편의 귀환이 임박했다고 반복해 말해도 그녀는 여전히 회의적이다. 그러나 표면 아래서 페넬로페가 적어도 방랑자의 진정한 정체성이 의심스럽다는 몇 가지 징후를 볼 수 있다. 드디어 오디세우스와 페넬로페가 만나자 그녀는 대화를 이끈다. 먼저 그녀는 거지로 변신한 오디세우스가 구혼자를 단념시키기 위한 그녀의 피나는 노력을 이해해주길 원한다. 그녀는 아들의 젊음을 변명으로 사용했다. 3년 동안 그녀는 시아버지 라에테스가 입을 수의를 끝내야 한다고 수의를 길쌈하는 계략으로 구혼자들의 구혼을 피했다. 낮 동안 그녀는 구혼자들이 보는 가운데 베틀에서 일했다.

그러나 밤에는 낮에 짠 직조를 풀었다. 그녀는 하녀가 진실을 밝힐 때까지 이 속임수에 성공했는데 이는 오디세우스가 22장에 등장하는 하인들에 대한 최종 판단에도 영향을 미친다. 이런 식으로 방문자에게 자신을 확인한 페넬로페는 그의 배경 정보를 얻기 위해 그를 조사한다. 오디세우스는 남편과의 우정을 담은 가상 자서전으로 대답한다. 페넬로페는 오디세우스의 옷과 동료들을 구체적으로 질문해 그를 시험한다. 거지로 변신한 오디세우스는 보라색 모직 망토와 새끼 사슴을 움켜쥔 사냥개가 있는 금색 걸쇠를 인용해 인상적인 대답을 한다. 그는 오디세우스의 전령 에우리바테스를 언급한다. 마지막으로 그는 낡은 달이 죽고 초승달이 떠오를 때 남편이 돌아올 거라고 말한다(비평가들은 이것을 서사시에서 죽음과 중생에 대한 몇 가지 이야기 중 하나로 언급했다. 또 다른 언급은 오디세우스가 죽은 자의 땅에서 돌아왔다는 것이다). 페넬로페는 남편에 대한 묘사의 정확성을 인정하지만 그가 정말로 존재했다면 순간적으로 궁금해한다. 페넬로페가 적어도 낯선 사람이 그녀의 남편이라는 것을 의심한다는 결론을 내리는 가장 유력한 사례는 유모 에우리클레이아에게 거지로 변신한 오디세우스를 목욕시키라는 대목부터다. 페넬로페는 유모에게 오디세우스의 발을 씻겨줄 것을 요청했는데 그녀는 문장 중간에서 아침 일찍 목욕시켜드리라는 것으로 바꾼다. 오디세우스가 어릴 때 그를 돌보았던 에우리클레이아는 곧 그가 주인임을 알아본다. 그를 목욕시키면서 무릎 위 흉터를 볼 수 있었기 때문이다. 페넬로페가 거지의 정체성을 알고 있다는 가정을 더 뒷받침하는 것은 목욕 후 그녀가 그를 놀랄 만큼 신뢰한다는 것이다. 그녀는 독수리가 거위 떼를 죽이고 사람 목소리로 독수리가 남편이고 거위가 구혼자라고 말하는 꿈을 공유한다. 페넬로페는 이것이 상아의 문(중요하지 않음을 의미)이나 뿔의 문(꿈이 진실이거나 예언적임을 나타냄)의 꿈인지 궁금해한다. 가장 흥미로운 것은 페넬로페가 남편을 을 나타냄)의 꿈인지 궁금해한다. 가장 흥미로운 것은 페넬로페가 남편을 선택하기로 결정한 경연 대회다. 다음 날의 시험은 누가 오디세우스의 위대한 활을 제대로 묶어 연속으로 설정된 10여 개의 축을 통해 화살 하나를 깨끗이 쏠 수 있는지 확인하는 것이다. 오디세우스 자신 단 한 명만 이 위업을 이룰 수 있었던 것은 우연이 아니다.

20 Chapter

복수의 계시를 받다

『오디세이아』 20장 요약

오디세우스는 임박한 전투를 걱정하며 불안한 밤을 보낸다. 그는 하녀들이 구혼자들 사이에서 연인들을 만나기 위해 몰래 나가는 것을 화가 나 알아차린다. 갑자기 아테나가 나타나 복수심에 찬 승리를 확신시킨다. 페넬로페의 방이 근처에 있고 새벽에 남편이 합류할 수 없다면 죽음을 바라는 그녀의 기도가 끝나는 것을 듣는다. 그는 그녀가 자신을 알아보고 드디어 함께 있는 것으로 상상한다. 오디세우스가 제우스에게 지지 표시를 기원하자 제우스는 천둥으로 응답한다. 이날은 '양궁의 신' 아폴론을 기리는 축제인 이타카의 특별한 휴일이다. 염소치기 멜란티오스는 축하 행사를 위해 마을로 와 다시 오디세우스를 괴롭힌다. 돼지치기 에우마이오스는 소치기 필로에티우스처럼 주인의 신뢰를 계속 얻는다. 구혼자들은 텔레마코스 암살을 다시 이야기하면서 행동을 계속한다. 구혼자 중 한 명인 크테시포스는 거지로 변신한 오디세우스를 조롱하고 그에게 소 다리를 던진다. 텔레마코스는 구혼자를 비난하고 그들의 수많은 범죄 중 일부를 열거한다. 예언자 테오클리메노스는 마지막 경고 중 하나를 제시하며 불길하게 말하지만 그들의 오만함 속에서 구혼자들은 웃음으로 조롱한다.

오디세우스는 문간방에서 잠자리에 들었다. 짐승의 생가죽을 깔고 그 위에는 구혼자들이 잡아먹은 양털을 수북이 덮어 잠자리를 만들었다. 거기에 누운 오디세우스에게 에우리노메가 망토를 덮어 주었다. 오디세우스는 구혼자들에게 복수할 방법을 생각하느라 좀처럼 잠들지 못했다. 시녀들은 방 밖으로 나가버렸는데 그녀들은 이전부터 구혼자들과 늘 동침해왔기 때문에 재미있다는 듯 깔깔거리며 지껄이곤 했다. 그 꼴을 보는 오디세우스는 노여움에 가슴이 끓어올라 속으로 고민에 잠겼다. 그는 당장이라도 무례한 구혼자들을 모조리 죽이고 싶은 충동이 일었지만 겨우 참았다. 그는 가슴을 치며 자신을 타일렀다. "참아라, 내 가슴이여. 이보다 더 굴욕적인 일도 참지 않았는가. 무시무시한 키클로페스가 동료들을 마구 잡아먹던 그 날 꾀를 내 그 끔찍하고 무서운 괴수의 동굴에서 벗어날 때도 참았노라." 오디세우스는 그렇게 자신을 타이르며 끓어오르는 분노를 다스렸다. 그러나 자신은 이리저리 몸을 뒤척이고 있었다. 석쇠에 올린 고기를 뒤집듯 그

는 계속 뒤척였다. 그의 머릿속은 저 많은 구혼자 무리를 처단할 방법에 대한 생각으로 가득 차 있었다. 그러자 하늘에서 아테나 여신이 내려와 다가왔다. 여신은 평범한 여인의 모습으로 변신한 채 그의 머리맡에 서서 말했다. "무엇을 그렇게 고민하시오? 이곳은 그대의 궁궐 아닌가! 그대의 사랑하는 아내와 늠름한 아들이 있는 곳 아니오?" 그러자 지혜가 뛰어난 오디세우스가 말했다. "여신이시여, 모두 옳은 말씀입니다. 저는 지금 저 무도한 구혼자들에게 복수할 방법을 고민 중인데 큰 걱정거리가 하나 있습니다. 제가 신들의 뜻을 받들어 그들을 죽이더라도 그로 인한 복수의 칼날을 어떻게 피할 수 있겠습니까? 원하건대 그 점을 알려주십시오." 그러자 아테나 여신이 눈을 반짝이며 말했다. "오, 의심 많은 사나이여, 그대는 연약하고 총명하지 못한 인간들을 두려워하는구려. 내 그대를 온갖 고난으로부터 끝까지 수호해 주리라. 자, 그럼 솔직히 말하리다. 50개 부대가 그대를 죽이려고 포위하더라도 그대는 그들을 물리칠 것이오. 그러니 뜬눈으로 밤을 새우는 것은 그대에게 결코 이롭지 않으니 눈을 붙이시구려. 그대는 곧 고난을 박차고 일어설 몸이니." 아테나 여신은 이렇게 말하더니 그의 두 눈에 잠을 퍼붓고 올림포스로 돌아갔다. 오디세우스가 깊이 잠들자 때마침 그의 아내 페넬로페가 푹신한 침대에서 일어나 앉아 울기 시작했다. 그녀는 실컷 울고 나서 아르테미스에게 기도를 올렸다. "제우스의 따님이신 아르테미스시여, 지금 당장이라도 제 심장에 화살을 꽂아 저승으로 보내주소서. 아니면 강풍을 일으켜 저를 저 무섭게 소용돌이

치는 오케아노스강에 던져 주소서. 폭풍으로 판다레오스의 딸들을 빼앗아갈 때처럼 말입니다. 신들의 손에 양친을 잃고 그들이 졸지에 고아가 되자 아름다운 아프로디테께서 치즈, 꿀, 포도주로 그들을 키워주셨습니다. 그리고 '신들의 어머니'인 헤라께서는 그들에게 어느 여인들보다 뛰어난 미모와 지혜를 주셨습니다. 또한 성 처녀 아르테미스께서는 그들에게 정신적 능력을 심어주셨고 지혜로운 아테나께서는 뛰어난 손재주를 전수해 주셨습니다. 그러나 아프로디테께서 올림포스로 가 그들의 혼례식을 '신들의 왕' 제우스께 청원하는 동안 폭풍의 정령이 그들을 낚아채 무시무시한 '복수의 여신'들에게 하녀로 줘버렸습니다. 올림포스에 계시는 위대한 신들이시여, 저도 그와 같이 멸해주소서. 아니면 아르테미스의 화살에 맞아 넋으로라도 저 차디찬 지하 세계로 가 남편을 만나 소인배의 노리개가 되지 않도록 해주소서. 그러나 뼈아픈 슬픔으로 온종일 흐느껴 울다가도 잠들면 고통을 피할 수 있는 법. 더구나 오늘 밤에는 남편처럼 보이는 이가 군대를 지휘하던 그때 모습으로 옆에 와 눕길래 얼마나 기뻤는지 모릅니다. 이것은 헛된 꿈이 아닌 현실로 여겨졌기 때문입니다." 그녀가 이렇게 기도하자 얼마 후 밤이 가고 새벽이 찾아왔다. 거룩한 오디세우스는 아내의 울음소리를 듣고 잠시 마음이 어지러웠고 그녀가 자신을 남편으로 생각하고 그의 머리맡에 서 있는 것 같아 위에 걸치고 있던 망토와 양털을 집어 방 안 안락의자 위에 놓고 쇠가죽은 방 밖으로 가져나가 치우고 두 손을 모아 제우스 신께 기도했다. "오, 제우스 아버

신께 기도하는 페넬로페
그녀의 남편 오디세우스가 돌아와
구혼자들을 물리쳐 달라고 기도하는 장면이다.

지 신이시여, 신들께서 저를 땅과 바다 위로 끌고 다니신 후 고국으로 돌아오게 하시고 제게 마음껏 고난을 주셨으니 부디 지금 이 집안에서 깨어 있는 사람 누구든 좋은 예언을 하게 해주십시오. 그리고 집밖에서도 제우스님의 특별한 계시를 보여주십시오." 올림포스의 제우스는 이렇게 기도드리는 그의 말을 듣고 곧 드높은 구름 사이로 번쩍이는 천둥을 울려 주었다. 이에 거룩한 오디세우스는 기뻐했고 집안에서 방아를 찧는 여자가 바로 가까이서 예언의 말을 했다. 그곳에는 백성의 어진 왕을 위해 절구가 놓여 있었고 여자 12명이 사람들의 음식인 보리와 밀을 열심히 가루로 만들고 있었다. 그런데 다른 여자들은 밀을 가루로 다 만들고 자고 있었고, 그중 가장 연약한 여자 한 명만 남아 방아를 찧고 있었는데 그녀가 방금 방아를 찧던 일손을 멈추고 주인에게 예언이 되는 말을 했던 것이다. "신들과 인간을 모두 지배하시는 제우스 신이시여, 별이 총총 빛나는 하늘에서 당신은 참으로 큰 천둥을 울렸습니다. 그런데 구름은 아무 데도 보이지 않습니다. 이것은 분명히 누군가에게 특별한 예언을 하시려는 겁니다. 그러시다면 이 가엾은 제게도 한마디만 하게 해주십시오. 구혼자들이 오디세우스님의 성에서 훌륭한 만찬을 들게 되는 것도 오늘이 마지막이 되도록 부탁드립니다. 그들은 내게 밀가루를 빻게 해 목숨을 재촉하는 피로감으로 무릎도 쓰지 못하게 만들어 놓았습니다. 그러니 지금 당장 최후의 만찬을 마련하는 게 어떻겠습니까?" 이렇게 말하자 거룩한 오디세우스의 훌륭한 성에 있는 다른 시녀들이 몰려와 쉴 새 없이 화덕에 불을 활활 지폈다.

　한편, 텔레마코스는 잠자리에서 일어나 신과도 같은 자태에 옷을 입고 어깨에는 날카로운 칼을 맸다. 아래쪽에는 건장한 다리에 짧은 가죽신을 신고 예리한 청동 촉을 단 탄탄한 창을 손에 쥐고 홀에 나왔다. 그리고 에우리클레이아에게 말했다. "유모, 잠자리나 식사 등 손님 대접은 어떻게 했는가? 어머님은 총명하신 분이지만 늘 멋대로 내버려 두신단 말이네. 훌륭한 남자들도 제대로 대접하지도 않고 보내버리는 경우가 종종 있네." 그러자 눈치 빠른 유모가 말했다. "왕자님, 왜 무고한 어머님을 책망하십니까? 손님은 실컷 먹고 마신 다음 어머니께 더 이상 음식을 들지 않겠다고 말씀하셨습니다. 그리고 그분이 주무시고 싶어 하셔서 시녀를 시켜 잠자리도 깔아 드렸습니다. 그러나 손님은 침대에 모포를 깔고 눕길 거절하셨습니다. 대신 현관에서 거친 쇠가죽과 양털을 깔고 주무시겠다기에 우리는 그분께 외투를 덮어드렸습니다." 그녀의 말을 들은 텔레마코스가 창을 들고 홀을 나가자 두 마리의 날렵한 개가 그 뒤를 따랐다. 그는 갑옷으로 무장한 아카이아인들을 만나기 위해 회의장으로 가는 중이었다. 그러자 에우리클레이아가 시녀들을 불렀다. "자, 누가 좀 이리 와 홀을 치우고 물로 닦고 이 의자에는 자색 덮개를 깔아라. 행주로 식탁도 깨끗이 닦고 병과 손잡이가 달린 잔들도 씻고 우물에 가 물도 길어와야지. 곧 구혼자들이 들이닥칠 것이다. 오늘은 그들을 위한 경축의 날이니라." 이렇게 말하자 시녀들은 우두머리 시녀의 명령을 귀담아듣고 있다가 그대로 실행했다. 그들 중 20명은 물이 철철 흐르는 샘터로 갔고 다른 한 무리는 저택에 남아 능숙하게 일했다. 그때 구혼자들의 부하들인 교만한 종들이 들어왔다. 그들은 장작을 능숙하게 패기 시작했고 시녀들은 샘터에서 돌아왔다. 그들과 함께 돼지치기 에우마이오스도 살찐 수퇘지 세 마리를 몰고 왔다. 그는 오디세우스에게 다가와 말을 건넸다. "손님, 어떻습니까? 구혼자 여러분이 당신을 얼마나 대접해 주던가요? 이전처럼 이 저택에서 무례하게 천대하진 않던가요?" 이에 지혜로운 오디세우스가 대답했다. "에우마이오스여, 남의 집에서 함부로 무례하게 구는 자들, 철면피 같은 자들에게 복수하게 해달라고 신께 빌었다오." 그들이 이런 대화를 주고받을 때 염소치기 멜란티오스가 구혼자들에게 먹일 살찐 염소를 끌고 왔는데 그 뒤에는 두 명의 목자가 따라붙어 있었다. 멜란티오스는 염소를 회랑에 매고 나서 오디세우스에게 모욕적인 말을 건넸다. "여보시오, 손님. 그대는 왜 아직도 여기서 얼쩡대오? 구걸하더라도 좀 성가시지 않게 해야 하지 않소? 이같이 경우에 어긋난 짓은 내 일찍이 보지 못했소. 다른 곳에서도 아카이아인들이 연회를 열고 있으니 썩 물러나 그리로 가보시오. 얼쩡대다가 괜히 주먹맛 보기 전에." 이런 모욕적인 말을 들으면서도 오디세우스는 아무 대꾸도 하지 않았다. 다만 말없이 머리를 흔들며 복수할 생각에만 골몰했다. 이번에는 시종들의 우두머리 필로이티오스가 들어섰다. 그는 구혼자들을 위해 새끼를 밴 적이 없는 암소 한 마리와 살찐 염소

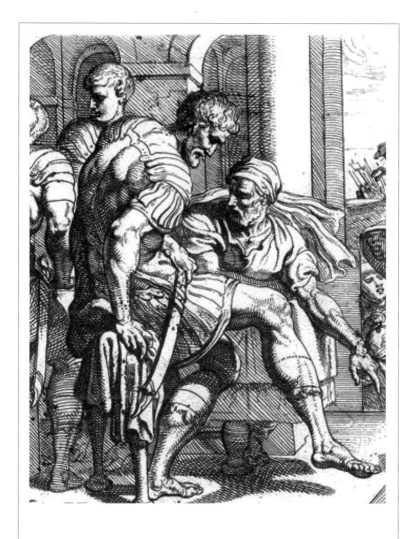

오디세우스를 조롱하는 멜란티오스
염소치기 멜란티오스가 오디세우스와
에우마이오스를 조롱하는 장면이다.

들을 몰고 왔다. 그는 돼지치기 에우마이오스에게 다가와 물었다. "여보게, 저 손님은 누구신가? 어느 종족의 후손이고 어디서 왔다던가? 행색이 참으로 불쌍하구나. 매우 높고 고상한 혈족 같은데 고생을 많이 했는지 여기저기 성한 구석이 없는 것 같소. 천하의 왕이라도 신들이 내린 재난의 그물에서 벗어날 방법은 없었겠지." 그는 오디세우스에게 환영을 표하고 가까이 다가가 말했다. "손님, 잘 주무셨습니까? 부디 복 많이 받으십시오. 고생을 많이 하신 것 같습니다. 당신처럼 가혹한 고난을 겪은 분이 또 어디 있습니까? 신께서 사람들을 이 세상에 보내놓고 불행과 고통 속으로만 몰아넣으시니 너무 가혹하십니다. 손님을 보니 가슴이 저리고 오디세우스 왕이 생각나 눈물이 앞을 가립니다. 그분께서 살아 계신다면 손님처럼 남루한 옷을 걸친 채 걸식하고 계실 겁니다. 하지만 이미 운명해 명부로 가셨다면, 아, 왕을 그리워하는 내 슬픔은 끝이 없을 것이오. 그분께서는 내가 젊어서 케팔레니아족 땅에 살고 있을 때 내게 소들을 보내 기르게 해 지금은 그 수가 늘어 헤아리기조차 힘듭니다. 그러나 아무 연고도 없는 구혼자 무리의 배를 채우기 위해 그것들을 갖다 바쳐야 하니 장차 이곳에 무엇이 남으리오. 그들은 왕자님은 물론 신들의 복수조차 개의치 않는 모양입니다. 게다가 오랫동안 부재중이신 주인의 재산까지 배분하자고 덤비니 이 무슨 참담한 꼴이오? 왕자님이 버젓이 살아 계신데 구혼자들 앞에 소를 갖다 바쳐야 하니 진정 기막히오. 이럴 줄 알았다면 진작에 다른 고명한 왕을 찾아 달아났을 텐데. 아, 언제쯤 그분이 돌아와 저 무도한 자들을 소탕할지 걱정이오." 그러자 현명한 오디세우스가 말했다. "목자시여, 당신은 나쁜 사람도 어리석은 사람도 아닌 것 같구려. 게다가 분별이 당신의 머리를 차지했음을 알 수 있으니 당신에게만 말해두겠소. 틀림없는 맹세라도 하겠소. 이제 두고보시오. 신들 중 첫째로는 제우스 신, 또 손님을 대접하는 네 발 탁자, 고결한 오디세우스의 부엌 등에 의지해 지금 내가 와 있는 것이오. 당신이 여기 있는 동안 오디세우스는 집으로 반드시 돌아와 당신 눈으로 보게 될 것이오. 당신이 원한다면 지금 우쭐대며 설치는 구혼자들이 죽어가는 모습을 말이오." 그 말에 소를 지키는 그가 말했다. "이제 정말 그 이야기를 크로노스의 아드님이신 제우스 신께서 실현해주신다면 얼마나 좋겠소. 그렇게만 된다면 당신도 알아주실 것이오. 내가 힘과 솜씨를 얼마나 가졌는지." 그러자 에우마이오스도 모든 신께 오디세우스 왕의 귀국을 빌었다. 그렇게 그들이 이야기를 주고받는 동안 구혼자들은 텔레마코스를 살해할 흉계를 꾸미고 있었다. 그때 그들의 왼쪽에서 독수리 한 마리가 나타나 재빨리 비둘기를 낚아채 높이 날아올랐다. 이를 보고 암피노모스가 입을 열었다. "동료들이여, 아무래도 텔레마코스 살해 계획은 없던 일로 해야겠소. 연회나 즐깁시다." 암피노모스가 이렇게 말하자 모두 따랐다. 그들은 궁궐 안으로 들어가 외투를 벗어 던진 다음 살찐 양과 염소를 잡고 다시 기름진 돼지와 암소 등을 잡기 시작했다. 그들은 고기 내장을 구워 골고루 나누고 술을 거르고 돼지치기는 잔을 돌렸다. 시종들의 우두머리 필로이티오스가 바구니에 빵을 담아와 돌리자 멜란티오스는 포도주를 따르며 그들 앞에 차려진 진수성찬을 먹기 시작했다. 텔레마코스는 꾀를 내 오디세우스를 으리으리한 홀의 돌 문턱 옆에 자리 잡게 했다. 초라한 의자와 조그마한 상을 옆에 놓고 거기에 모두에게 나눠준 내장을 한몫 갖다 놓고 황금 술잔에 포도주를 따르고 나서 그에게 말했다. "그럼 잠시 여기 앉아 구혼자들과 술이나 드시오. 모든 구혼자의 모욕적인 언사와 손찌검은 내가 못하게 할 테니. 이 집은 공용 건물이 아닌 오디세우스의 성이오. 나를 위해 그분이 마련해주신 자택입니다. 그리고 구혼자 여러분도 무례한 욕설이나 폭력은 삼가십시오." 사람들은 모두 입술을 깨물며 텔레마코스가 이같이 용감한 말을 하자 기가 질려버렸다. 그때 에우페이테스의 아들 안티누스가 말했다. "아카이아 여러분, 애송이 같은 텔레마코스의 말이 귀에 무척 거슬리지만 그의 말을 받아들입시다. 우리에게 무척 아픈 소리를 해댔지만 그래도 제우스 신이 만류하셨으니 말이오. 그러지만 않았다면 텔레마코스가 아무리 달변가더라도 지금 이 홀에서 우리에게 저같이 무례하게 요구하진 않았을 것이오." 안티누스의 이런 말을 듣고도 텔레마코스는 꿈쩍하지도 않았다.

한편, 시종들은 신에게 제물로 올릴 성스러운 황소 100마리를 끌고 성을 지나오고 있었다. 그러자 긴 머리카락을 늘어뜨린 아카이아인들이 '궁술의 신' 아폴론의 울창한 숲 아래로 모여들었다. 그들은 구운 고기를 꼬챙이에서 빼내 사람들에게 골고루 나눠주었다. 시종들은 오디

연회를 즐기는 구혼자들
구혼자들의 우두머리인 안티누스에게 하인들이 음식을 바치는 장면이다.

세우스에게도 많은 양의 고기를 주었는데 이는 텔레마코스가 시킨 것이었다. 그때 아테나 여신은 구혼자들의 교만한 마음을 충동질해 폭언하도록 만들었다. 이는 오디세우스의 심중에 더 큰 분노를 심어주려는 여신의 조치였다.

구혼자들 중 매우 무례한 크테시포스는 고향 사메에서 큰 부자였는데 오래전부터 페넬로페에게 구혼해왔다. 먼저 그가 구혼자 무리에게 말했다. "고매하신 구혼자들이시여, 한 말씀 드리겠습니다. 저 손님은 여러 날 동안 이곳에서 묵으며 자기 몫이라고 음식들을 챙기고 있소. 여기 있는 그 누구를 불문하고 손님의 권리를 빼앗는 것은 부당한 일일 것이오. 자, 그럼 내 저 손님에게 선물을 줄 테니 저 손님도 위대한 오디세우스의 궁궐에서 일하는 시종이나 목욕 시중을 드는 시녀들에게 선물을 주지 않으면 안 될 것이오." 그는 이렇게 말하고 나서 바구니에서 소 다리를 집어 오디세우스에게 던졌다. 그러나 오디세우스는 슬며시 고개를 옆으로 숙여 피하고는 속으로 몹시 비아냥거리는 무서운 웃음을 지었고 소 다리는 벽에 부딪혔다. 그것을 본 텔레마코스는 크테시포스를 꾸짖었다. "그대는 참으로 운이 좋았소. 다행히 손님이 맞지 않았소. 그렇지 않았다면 내 날카로운 창으로 그대의 가슴을 공격해 결혼 잔칫날 그대 아버지가 아들의 장례식을 준비해야 했을 것이오. 그러니 누구든 이 성에서 무례한 행동은 삼가시오. 이전에는 어린애였지만 나도 이제 흑백을 가릴 만큼 컸소. 나는 그대들의 행동을 보고도 지금까지 참아왔소. 더 이상 나를 괴롭히지 마시오. 그대가 칼을 뽑아 나를 죽이겠다면 기꺼이 받겠소. 그런 지겨운 짓을 더 이상 못 보겠으니 차라리 죽는 게 나을 것이오." 이에 모두 입을 다물었다. 그러다 한참 지나 다마스토르의 아들 아겔라오스가 말했다. "동료들이여, 텔레마코스의 말이 옳은 것 같소. 여기 있는 이 손님과 궁궐 안에 있는 시종들을 함부로 대하지 맙시다. 그리고 이건 호의로 들어주기 바라는데 텔레마코스와 그의 모친에게 한 가지 부탁을 하겠소. 당신들이 마음속으로 오디세우스 왕이 귀가할 거라는 희망을 품었다면 구혼자들을 궁궐 안에 얼마 동안 체류시켜도 화낼 사람은 없소. 그분께서 무사히 귀국만 하신다면 이보다 좋은 일은 없겠지만 그런 일은 일어나지 않을 것이 분명하지 않소? 그분은 이미 고인이 되었으니 어서 모친께 가 구혼자 중 최적임자로 가장 큰 선물을 올리는 자와 결혼하시라고 말씀드리시오. 그리한다면 그대도 시달림 없이 부친의 재산을 지키고 어머님은 다른 집에 가셔서 편안하고 행복한 삶을 누리실 것이오." 이에 텔레마코스가 대답했다. "아겔라오스여, 제우스 신의 뜻으로 우리 아버님께서는 멀리 이타카를 떠나 생사 불명의 불행을 당하셨으니 나도 어머님의 결혼 문제를 더 이상 지체하지 않겠소. 어머님이 마음이 있으셔서 어느 분이든 최적임자에게 개가하신다면 나도 많은 선물을 올리겠다고 말씀드린 적이 있지만 당신께서 마음이 없는데도 강제로 출가시키는 것은 자식된 도리가 아니라고 생각합니다. 신께서도 그런 소행은 절대로 용납하시지 않으리라 믿습니다." 텔레마코스가 말을 마치자 아테나 여신은 구혼자들의 심중을 뒤흔들어 이성을 마비시키고 웃음을 터뜨리게 했다. 함부로 계속 웃어대는 그들의 입에서는 피 묻은 고기 살점들이 튀어나왔고 눈에는 눈물이 고였고 가슴속에서는 분노가 끓어올랐다. 그러자 예언자 테오클리메노스가 말했다. "불행한 사람들 같으니! 이 얼마나 추악한 모습인가? 자네들의 머리와 얼굴, 아래쪽 무릎은 시커먼 밤으로 뒤덮여 있고 공중에는 애도의 아우성으로 넘치고 뺨은 눈물로 흠뻑 젖었소. 게다가 훌륭한 벽도 가운데가 피로 물들어 있소. 앞방과 안마당에 가득한 유령들은 모두 자꾸 어둠 속으로 저승으로 가려고 들떠 있고 태양은 하늘에서 자취를 감추었고 불길한 어둠이 사방을 모조리 차지했소." 이렇게 말했는데도 구혼자들은 생각없이 웃을 뿐이었다. 그러자 여러 명 앞에 서서 폴리보스의 아들 에우리마코스가 외쳤다. "어딘가 다른 데서 지금 막 다다른 손님은 제정신이 없는 모양이오. 이곳이 밤이라니 말이오. 그러니 도련님이시여, 그를 이 집에서 나가게 하시오." 그러자 테오클리메노스가 대꾸했다. "에우리마코스여, 나는 그대에게 내 갈 길을 묻진 않으리다. 나는 눈과 귀가 있을 뿐만 아니라 튼튼한 두 다리에 남들 못지않은 굳센 의지도 있으니 내 힘으로 가겠소. 명심하시오. 그대들에게 화가 닥쳐오고 있소. 고명한 오디세우스의 궁궐에서 무례를 범하고 불법을 일삼은 무리 중 재앙을 면할 자는 단 한 명도 없을 것이오." 그는 말을 마치고 화려한 홀에서 나와 페이라이오스에게 왔다. 페이라이오스는 그를 반갑게 맞아주었다. 구혼자들은 서로 처

텔레마코스와 구혼자들
그리스 도자기에 새겨져 있는 구혼자들 속의 텔레마코스

다보며 텔레마코스의 화를 돋우며 그의 손님들을 조롱하기 시작했다. 한 건방진 젊은이가 말했다. "텔레마코스여, 그대보다 불운한 손님을 모시는 사람도 없는 것 같소. 누군지도 모르는 그 추한 과객을 붙잡아 두고 밤낮 술과 밥을 구걸시키고 있으니 말이오. 뭔가 품위 있는 일이나 전술에 달통한 것도 아니고 그저 빌어먹는 데만 정신이 팔린 밥벌레를 모시느라 수고가 많소. 게다가 이제는 다른 사람의 예언까지 들어야 할지 모르오. 하지만 내 말을 들어주시오. 그게 훨씬 이로울 것이오. 이런 손님들은 노 걸이가 쭉 달린 배에 태워 시칠리아인들이 사는 지역으로 보내는 게 어떻겠소? 그럼 그 지역에 그만한 값을 받고 팔아먹을 수 있지 않겠소?" 이렇게 구혼자들은 말했다. 그러나 텔레마코스는 그런 말에는 귀도 기울이지 않고 아버지가 이 파렴치한 구혼자들을 처치할 순간을 잠자코 기다리며 그에게 눈을 돌리고 있었고 이카리오스의 딸로 자상하기 그지없는 페넬로페는 홀에 특별히 훌륭한 의자를 바로 맞은편에 갖다 놓게 하고 제각각 떠드는 사나이들의 말을 빠짐없이 듣고 있었다. 그럴 수밖에 없는 것이 그들은 웃고 떠들면서 점심 식사를 준비시켰기 때문이다. 매우 맛있는 것을 듬뿍, 그것도 정말 많은 가축을 제물로 잡았으니 말이다.

『오디세이아』 20장 분석

호메로스는 20장의 대부분을 하녀와 구혼자의 내통하는 증거 수집으로 시작한다. 오디세우스는 하녀들이 집 밖으로 몰래 나오는 소리를 듣고, 그녀들은 연인들과 또 다른 밤을 기대하며 킥킥거린다. 구혼자들과 그들의 행동은 페넬로페에 대한 뻔뻔한 불충 행위여서 특히 그를 괴롭힌다. 염소치기 멜란티오스는 불충스러운 또 다른 하인이다. 우리는 왕이 에우마이오스와 함께 마을을 처음 방문했을 때 거지로 변신한 오디세우스에 대한 그의 공격을 기억한다. 멜란티오스는 다시 손님을 괴롭힌다. 구혼자들은 평소 거만한 태도로 행동한다. 크테시포스는 오디세우스를 모욕하고 그에게 소 다리를 던진다. 텔레마코스는 구혼자들에 대한 복수심이 더 불타오르며 대담하게 그들을 꾸짖고 그들의 악행을 열거한다. 텔레마코스가 아버지의 존재를 알고 있어 더 용기를 얻었을지 모르지만 이 구절은 그가 서사시 초기에 묘사된 것보다 더 강하고 성숙한 왕자임을 보여준다. 그는 첫 번째 실제 전투를 준비했다. 이 세부 사항의 효과와 구혼자들의 많은 악행에 대한 텔레마코스의 암송은 곧 일어날 무자비한 복수를 한 층 더 정당화한다. 전투 준비에는 신들의 개입이 포함되어야 한다. 아테나는 밤에 오디세우스에게 필멸의 전사 50명에 대적하더라도 승리를 보장하고 제우스는 오디세우스의 신호 요청에 응답해 엄청난 천둥을 일으킨다. 페넬로페도 신들의 도움을 바라며 남편과 함께 할 수 없다면 죽음을 택하겠다고 한다. 마지막으로 페넬로페는 활쏘기 경연대회를 위해 아폴론의 축하 행사를 선택한다. 이 대회는 궁수들에게 적합할 뿐만 아니라 아폴론의 화살은 오늘날 오디세우스의 화살과 마찬가지로 죽음을 수반한다. 구혼자들은 개별적, 집단적, 반복적으로 경고를 받는다. 그들의 반응은 말하는 자에 대한 조롱이었다. 증거가 수집되었다. 사실 그들은 자신에 대해 증언했다. 신들은 침입자들을 정죄했다. 끔찍한 폭풍처럼 정의가 그들에 의해 무너지려고 한다.

활쏘기 경연대회

『오디세이아』 21장 요약

페넬로페는 경연대회를 발표하고 궁궐 깊숙한 곳의 비밀 창고에서 오디세우스의 위대한 활을 회수한다. 텔레마코스는 활을 끈으로 묶으려고 시도하지만 세 번이나 실패한다. 그는 오디세우스가 개인적으로 그에게 물러나라고 신호했을 때 네 번째 시도에서 성공하려고 한다. 구혼자들은 차례대로 돌아서고 그들의 초반 노력은 완전히 실패한다. 구혼자들이 논쟁하는 동안 오디세우스는 그의 충직한 하인 에우마이오스와 필로에티오스를 밖에서 만나 그의 진정한 정체성을 드러내고 그의 계획을 그들이 지지해줄 것을 요청한다. 한편, 구혼자들은 활과 계속 싸우는 중이었다. 안티누스는 대회를 다음 날까지 연기할 것을 제안하지만 오디세우스는 페넬로페가 강력히 신뢰하는 활을 시험해볼 수 있는지 묻는다. 오디세우스는 무기를 끈으로 쉽게 묶고 축을 통해 화살을 쏜 다음 텔레마코스와 구혼자들을 대면하기 위해 함께 일어선다.

———

　아테나 여신은 바로 오디세우스의 성안에서 구혼자들에게 활쏘기 경기를 벌이되 잿빛 강철 도끼를 과녁으로 삼는 생각이 페넬로페의 마음속에서 떠오르게 했고 결국 그 일은 그들에게 파멸의 전조가 되었다. 그녀는 높은 계단이 있는 곳으로 가 구부러진 열쇠를 손에 꼭 쥐었다. 아름다운 상아 손잡이가 있는 청동 열쇠였다. 그리고 시녀들을 거느리고 맨 끝쪽 창고로 갔다. 그곳에는 왕의 재물이 간직되어 있었는데 구부러진 활과 화살을 넣는 화살통이 있었다. 그것은 전에 라케다이몬에서 만났던 친구 에우리토스의 아들 이피토스가 오디세우스에게 준 선물이었다. 둘은 메세네에 있는 오르실로코스의 집에서 만났다. 당시 오디세우스는 사람들에게 빌려준 빚을 받기 위해 그곳에 간 것이다. 그리고 이피토스는 잃어버린 암말 12필과 그 말들이 낳은 새끼들을 찾으러 그곳에 온 것이었다. 그러나 그는 훗날 제우스의 아들인 역사 헤라클레스의 집을 방문했다가 죽임을 당하고 만다. 헤라클레스는 무지막지한 괴력의 사나이여서 손님 신분으로 자신을 찾아온 이피토스를 신들의 눈도 개의치 않고 참살해버렸다. 이피토스는 자신의 가축을 찾으러 가다가 오디세우스를 만나 그에게 활을 선물로 주었다. 오디세우스는 이피토스에게 답례로 예리한 칼과 튼튼한 창을 주며 우정을 나눴는데 이피토스가 헤라클레스에게 죽임을 당했기 때문에 이후 둘은 두 번 다시 만나지 못 했다. 오디세우스는 트로이아 전쟁에 나갈 때 활을 가져가지 않고 궁궐에 보관함으로써 이피토스와의 우정을 오랫동안 기념했다. 사려 깊은 페넬로페는 보물창고 앞에 이르러 참나무 문지방을 건넜다. 이는 일찍이 능숙한 목수가 매끈하게 고르고 반듯이 잡아 양옆에 기둥을 박고 번쩍거리는 문을 달아놓은 것이다. 그녀는 익숙한 손놀림으로 문고리에서 끈을 풀고 열쇠를 꽂은 다음 빗장을 밀어젖혔다. 그 안에는 눈부신 의복들이 든 여러 개의 상자가 놓여 있었다. 그녀는 활집을 벽에서 끄집어 내린 다음 무릎 위에 올려놓고 주저앉아 남편의 손때가 묻은 활을 꺼내며 목놓아 울었다. 실컷 운 그녀는 남편의 체취가 잔뜩 묻은 활과 화살통을 손에 들고 구혼자들이 기다리는 홀로 돌아왔다. 그녀 뒤에는 시녀들이 철제, 청동제 무기들을 들고 따랐다. 그렇게 여인 중에서도 우아한 페넬로페가 아름다운 베일을 드리우고 구혼자들 앞에 이르러 지붕을 떠받친 견고한 기둥 옆으로 가 구혼자들에게 말하기 시작했다. "구혼자들이여, 당신들은 끊임없이 이 집으로 몰려와 음식과 술을 요구하셨소. 그것도 주인도 없는 집에 밀어닥쳐 특별한 명분도 없이, 다만 나와 결혼하고 싶다는 명분만으로 말입니다. 그렇다면 자, 구혼자들이여, 여기 경기가 준비되어 있으니, 다시 말해 존엄한 오디세우스의 활이 놓여 있으니 누구든 가장 훌륭하게 이 활을 손에 들고 시위를 당겨 12개의 도끼를 모두 꿰뚫는 분을 따를 것입니다. 내 보금자리, 화려하고 풍족한 이 궁궐을 버리고." 그녀는 이렇게 말하고 나서 돼지치기 에우마이오스에게 명령해 구혼자들 앞에 활과 회색 도끼를 갖다 놓게 했다. 에우마이오스가 눈물을 흘리며 활과 도끼를 옮겨 놓자 다른 목동들도 통곡했다. 안티누스는 그런 모습이 눈에 띄자 그들의 이름을 불러 나무랐다. "너희 시골 녀석들이 어린아이처럼 철딱서니가 없구나. 당장 코앞의 일밖에 모른단 말이다. 가뜩이나 죽은 왕을 못 잊어 애달파하는 왕비의 심정을 더 괴롭히려고 이 꼴들이냐? 잠자코 앉아서 처먹기나 해라. 정 울고 싶으면 밖에 나가 울어라. 하지만 경고하건대 활은 여기 두고 가라. 지금부터 우리 구혼자들이 치열한 경쟁을 벌여야 하니. 이 윤기 나는 활은 호락호락 다룰 수 있는 물건 같지 않구나. 여기 모인 우리들 중 오디세우스 왕만큼 힘센 이가 보이지 않기 때문이다. 내 어릴 때 일이지만 그분을 본 기억이 아직도 눈에 선하다." 그는 말은 이렇게 했지만 마음속에서는 활줄을 당겨 쇠도끼를 꿰뚫을 수 있을 것으로 기대했다. 명예로운 오디세우스의 손에 맨 먼저 그 화살 맛을 맛볼 운명이면서 말이다. 그때 텔레마코스가 용기를 내 입을 열었다. "위대한 제우스께서 정녕 나를 얼간이로 만드셨군요. 정숙하신 내 어머님께서는 여러분 중 적임자가 나타나면 이 집을 버리겠다고 말씀하셨습니다. 어찌할까요? 어리석기 그지없는 나는 기뻐하며 웃고 있습니다. 자, 구혼자들이시여, 그대들 앞에 상이 걸려 있소. 아카이아, 성스러운 필로스, 아르고스, 미케네에서도 찾아볼 수 없는 여인이 앞에 서 있소. 여러분이 잘 알 테니 굳이 내 입으로 내 어머니에 대해 이런저런 찬사를 늘어놓진 않을 테니 주저하지 말고 활을 잡아보시오. 어차피 당할 일, 한순간이라도 빨리 당하고 싶소. 그리고 나도 이 활을 한 번 당겨 보고 싶소. 내가 이 활로 화살을 날려 과녁을 맞힌다면 내 어머니께서 이 집을 떠나 다른 분을 따라가시더라도 큰 슬픔은 남지 않을 것이오. 내가 아버지의 무기를 능히 다룰 만큼 컸음을 확인했기 때문이오." 그는 이렇게 말하고 나서 어깨에 걸친 붉은 망토를 벗어 던지고 어깨에서 칼을 뽑아 땅을 파고 도끼를 한 줄로 나란히 세운 후 흙을 메우고 발로 다졌다. 전에 그 같은 경기를 구경해본 적이 없는 게 분명한 그가 그렇게 가지런히 도끼를 늘어놓자 모두 놀라움을 금치 못했다. 텔레마코스는 문지방으로 가 활을 들어 활시위를 당기려고 무척 애를 썼지만 몸만 부르르 떨 뿐이었다. 그래도 그가 시도를 멈추지 않자 오디세우스가 고개를 흔들며 만류했다. 그러자 낙심한 텔레마코스가 그들에게 다시 한마디 했다. "여러분, 나는 실패했소. 나는 겁쟁이이고 내게 행패 부리는 자를 막아낼 힘이 없는 약자입니다. 자, 나보다 힘이 세다면 나와서 활을 쏘아 능력과 운을 시험해보시오." 그는 이렇게 말하고 활을 땅 위에 세워 놓고 방금 일어섰던 자리로 가 앉았다. 그러자 안티누스가 말했다. "동료들이시여, 저 술 따르는 자리 왼쪽부터 오른쪽으로 차례대로 일어나 활을 쏩시다." 이에 모두 찬성했다. 먼저 오이놉스의 아들 레오데스가 자리에서 일어났다. 그는 예지력을 가진 사제였는데 항상 홀 맨 끝 술동이 옆에 앉아 있었다. 오직 그만

활쏘기 경연대회
구혼자들이 오디세우스의 활로 경연대회를 시작했지만
활 시위를 당기지도 못하는 장면이다.

구혼자들의 오만방자한 행동을 못마땅해하면서 줄곧 그들을 비난해 왔다. 그는 활과 화살을 들고 문지방으로 가 활시위를 당겨 보았지만 활을 구부릴 수 없었다. 줄을 당기기도 전에 말랑한 그의 팔에서 먼저 힘이 빠졌기 때문이다. 그는 구혼자들에게 말했다. "어이구, 여러분. 나는 도저히 못 하겠으니 다른 분께 넘기겠소. 이 활은 수많은 용사에게 재앙을 가져올 겁니다. 생명과 영혼에도. 원하는 바를 얻지 못하고 살아 있기보다 차라리 단숨에 죽어버리는 게 훨씬 낫기 때문이오. 그걸 얻자고 우리가 늘 이곳에 모였던 것이오. 하루하루 기대하면서. 그런데 이제 누구든 마음속으로 오디세우스의 부인 페넬로페와 결혼하길 희망하는 동시에 절망할 겁니다. 하지만 이 활을 다뤄본 다음에는 모두 아름다운 옷을 입은 다른 아카이아 여성에게 마음을 옮기는 게 좋을 것이오. 서랍 속 선물 따위로 구걸하다시피 말입니다. 페넬로페 님은 그다음 누구든 가장 많이 선물을 보낸 사람, 그래서 연분으로 나타난 사나이와 결혼하는 게 마땅할 겁니다." 그는 이렇게 큰 소리로 말하고 들고 있던 활을 내려놓더니 이가 꼭 맞게 닫힌 반들반들한 판자문에 기대어 놓고 날렵한 화살은 구부러진 활 끝에 걸쳐 놓고 팔걸이 의자가 놓인 제자리로 돌아와 앉았다. 그러자 안티누스가 그를 비난하며 이름을 불러 말했다. "레오데스, 무슨 말을 그렇게 함부로 지껄이는가? 그따위 막말은 입 밖에 꺼내지도 말게. 이 활이 우리 용감한 사나이들의 목숨을 빼앗아가다니! 이는 자네가 활을 구부리지 못해 우리를 시기하는 소리가 분명하네. 미안하지만 자네가 당기지 못한 이 활시위는 고명한 우리 구혼자들의 힘 앞에서는 순순히 허리를 꺾을 걸세." 그는 이렇게 큰소리친 후 염소치기 멜란티오스에게 명령했다. "멜란티오스, 자네는 지금 즉시 홀에 불을 피우고 그 옆에 긴 의자를 갖다 놓게. 그리고 의자 위에 양털을 깔고 커다란 비계를 준비해두게. 우리 장부들이 활을 따뜻이 하고 기름을 발라 활을 구부려 시합할 수 있도록 말일세." 이렇게 말하자 멜란티오스는 곧바로 꺼질 줄 모르는 불을 피워 평상 가까이 나르고 양털을 평상 위에 깐 다음 남겨두었던 기름 덩이를 꺼내 왔다. 그리고 젊은이들은 그것으로 활을 데워 당겨 보았지만 아무도 활시위를 당기지 못했다. 팔 힘이 도저히 미치지 못했던 것이다. 그러나 안티누스와 신과 같은 에우리마코스만 단념하지 않고 계속했다. 이 둘은 구혼자들의 우두머리로 힘도 월등히 뛰어났다. 존엄한 오디세우스의 소치기와 돼지치기가 나란히 밖으로 나가자 오디세우스도 그들의 뒤를 따라 저택 밖으로 나왔다. 이윽고 그들이 안마당을 지나 대문 밖으로 나서는 것을 보고 부드럽게 말을 걸었다. "소치기 양반, 그리고 돼지치기님. 잠시 드릴 말씀이 있소. 내 가슴속에 숨겨두고 싶은 것인지도 모르지만 내 마음이 말하라고 자꾸 시키오. 당신들은 어느 편에 설 작정이오? 오디세우스 편이오, 구혼자들 편이오? 혹시 그분이 돌아오신다면 말이오." 그 말에 소치기가 대답했다. "아버지 신이신 제우스 님께서 부디 그런 소원을 실현시켜 주셔서 그분이 돌아오신다면 얼마나 좋겠소. 그렇게만 된다면 내 팔이 어떤 역할을 하는지 당신도 알게 되실 텐데." 마찬가지로 에우마이오스도 모든 신께 기도드리며 지혜로운 오디세우스가 자기 집으로 돌아오길 간절히 빌었다. 오디세우스는 그들의 마음을 확인하자 다시 둘에게 대답했다. "그는 벌써 집에 와 있다네. 여기 있는 내가 바로 그라는 말이네. 수많은 재앙을 겨우 막아내며 20년 만에 고향 땅을 밟은 것이네. 나는 모든 걸 보았지. 하인들 중 자네 둘만 내 귀국을 애타게 원한다는 것을. 내가 다시 고향에 오라고 다른 하인들이 비는 말은 듣지 못했으니 당연히 자네 둘에게만 진실을 말해주겠네. 신들께서 오만방자한 구혼자들을 내 손으로 물리치게만 해주신다면 그때는 자네들을 장가도 보내주고 재산도 주겠네. 내 성 옆에 아담한 집까지. 그래서 이후로 텔레마코스와 동지 겸 형제로 지내게. 자, 보라! 너희가 나를 믿을 수 있는 확실한 증거를 보여주마. 내가 아우톨리코스의 아들들과 파르나소스로 사냥을 나갔다가 멧돼지 송곳니에 물린 상처가 여기 있지 않느냐?" 오디세우스는 이렇게 말하며 누더기를 들추고 큰 흉터를 보여주었다. 둘은 그 상처를 금방 알아보더니 오디세우스를 끌어안고 울음을 터뜨렸다. 그리고는 그의 머리와 어깨에 입을 맞추었다. 오디세우스가 말을 꺼냈다. "자, 그만 울어라. 홀에서 누가 나와 이 꼴을 보면 눈치챌지 모르니. 그만 안으로 들어가자. 내가 먼저 들어갈 테니 너희는 나중에 따로 들어와라. 그리고 이것이 우리의 암호다. 저 구혼자들은 활과 화살통이 내게 오는 것을 허락하지 않을 것이다. 자, 에우마이오스여, 자네는 활을 들고 홀 안을 돌다가 그것을 내 손에 쥐여주고 여자들에게 일러 방문에 각자 빗장을 걸어 잠그게 하라. 그리고 궁궐

주인을 알아보고 포옹하는 에우마이오스
오디세우스가 자신의 정체를 밝히자 돼지치기 에우마이오스가
오디세우스를 포옹하는 장면이다.

에서 비명과 고함이 들리더라도 절대로 뛰어나오지 말고 각자 제 방에서 조용히 하던 일을 계속하라고 일러라. 착한 필로이티오스 자네는 뜰 바깥문을 잠그고 끈으로 단단히 잡아매라." 그는 이렇게 말하고 나서 홀을 지나 처음 일어섰던 자리로 가 앉았다. 그러자 두 하인도 나중에 뒤따라 안으로 들어왔다.

한편, 에우리마코스는 불기를 활에 골고루 쬐었지만 도저히 활을 구부릴 수 없었다. 그는 고개 저으며 말했다. "동료 여러분, 참으로 가련하오. 나를 포함해 우리 모두 말이오. 내가 이처럼 원통한 것은 우리가 이 활 하나도 당기지 못할 정도로 힘이 약하기 때문이오. 어찌 안타깝고 슬프지 않겠소? 이는 두고두고 치욕일 것이오." 그러자 에우페이테스의 아들 안티누스가 말했다. "에우리마코스여, 그렇지 않네. 자네도 잘 알지 않는가? 오늘 '궁술의 신'을 위한 성스러운 잔치가 백성들 사이에서 벌어지고 있네. 이럴 때 누가 감히 활을 구부릴 수 있단 말인가? 자, 아무 말 하지 말고 활을 놔두게. 도끼도 그대로 놔두면 되네. 그런다고 뭐 잘못될 게 있겠는가? 누가 이곳에 와 가져가겠는가? 자, 시종에게 제주를 붓게 한 다음 활을 치우세. 그리고 내일 아침에는 멜란티오스에게 가장 살찐 염소를 가져오라고 시켜 '궁술의 신' 아폴론에게 올리고 활을 구부려 시합을 끝내세." 안티누스의 말을 듣고 모두 고개를 끄떡였다. 시종이 그들의 손에 일일이 술을 채워 돌리자 각자 제주를 올렸다. 그들이 취하도록 술을 마시자 기회를 엿보던 오디세우스가 슬쩍 말했다. "고명하신 구혼자 여러분, 감히 한마디 여쭤봐도 되겠습니까? 특히 에우리마코스와 위대하신 안티누스께 간청드립니다. 방금 하신 말씀에 따르면 이제 궁술 시합은 중지하고 내일 아침 신의 처분을 받아 누구든 소원대로 승리를 얻게 하자는 것 같습니다. 그렇다면 미천한 제게도 그 활을 한 번 만져볼 기회를 주십시오. 존귀하신 구혼자 여러분 앞에서 아직도 제가 옛날과 같은 힘이 있는지, 아니면 끝없는 유랑과 기갈로 몸을 망쳤는지 알아보고 싶습니다." 그의 말이 끝나자마자 구혼자 무리는 그가 혹시 활을 구부릴지 염려해 크게 화를 냈다. 그래서 안티누스가 그를 질책하며 말했다. "너는 도대체 예의를 모르는 놈이구나. 점잖은 우리와 같은 좌석에 앉아 마음 놓고 음식을 먹으면서 고맙지도 않느냐? 우리의 말과 대화를 듣는 것으로는 성이 차지 않느냐? 다른 거지들은 우리 대화를 함부로 듣지 못한단 말이다. 손님은커녕 거지 주제에 꿀처럼 달콤한 포도주가 너를 해친 모양이구나. 지금까지 여러 사람에게 해로웠던 그 술 말이다. 적당한 양을 넘어 무작정 퍼마실 때 반인반마로 유명했던 켄타우로스조차 술이 잘못을 저지르게 했지. 도량이 넓은 페이리토오스의 집에서 술에 취해 무분별한 언행을 일삼아 여러 장사가 분노해 술 취한 그를 밖으로 끌어내 무참하게 칼로 귀와 코를 벴지. 켄타우로스는 그 사건으로 낙심했고 인간들과 불화를 겪기 시작했소. 하지만 명백히 따지면 잘못은 술에 취해 무례한 짓을 한 켄타우로스 자신에게 있소. 그대가 그 활을 구부린다면 그대에게 큰 화가 닥칠 거라고 내가 선언하오.

아무도 그대를 도와주지 않을 것이오. 그대는 곧바로 검은 배에 실려 에케토스 왕에게 보내져 살아나오지 못할 것이오." 그러자 정숙한 페넬로페가 끼어들었다. "안티누스여, 내 집에 오신 분이라면 누구든 손님으로서 당당히 대접받을 권리가 있소. 저 손님이 활을 휘어 자기 힘을 자랑한다면 나를 아내로 삼으리라 생각하시오? 설마 저분께서 그런 야심을 가슴에 품고 계시리라 생각하진 않으니 그 일에 애태우지 않길 바라오. 그건 정말 옳지 않소." 폴리보스의 아들 에우리마코스가 대답했다. "페넬로페 왕비시여, 우리도 저분이 설마 부인을 모셔가리라곤 생각하지 않습니다. 추호도 그런 일은 벌어지지 않을 겁니다. 다만 소문이 퍼질까 두려워하는 겁니다. 비루한 인간들이 그런 소리를 하며 다닐 겁니다. '그 무리는 정말 너무나 형편없는 사나이들이군. 더없이 훌륭한 남자의 배우자를 아내로 삼겠다는 주제에 잘 손질한 활시위도 당기지 못하다니. 낯모를 거지가 여기저기 방랑 다닌 끝에 찾아와 힘도 안 들이고 활시위를 당겨 쇠도끼를 꿰뚫었다면서?' 이렇게 말할지도 모릅니다. 그럼 우리는 비난받을 것 아닙니까?" 그 말에 총명한 페넬로페가 대답했다. "에우리마코스님, 그렇지 않아도 당신들은 이 나라에서 좋은 평판을 받지 못합니다. 훌륭한 무사의 성에서 염치불구하고 남의 재산이나 축내는 짓을 한다면 말입니다. 그런데도 이것을 비난의 대상이라고 생각하십니까? 그리고 이 손님은 키도 훤칠하시고 몸집도 좋으시고 신분도 훌륭한 분의 자제이기 때문입니다. 그러니 자, 어서 이분께 잘 손질된 활을 넘겨드리십시오. 우리 모두 보

페넬로페와 오디세우스의 활
페넬로페가 거지 오디세우스에게 활쏘기를 허락하는 장면이다.

는 앞에서 말입니다. 나는 분명히 말씀드립니다. 그것을 반드시 실행해 보일 테니까요. 아폴론 신께서 이분께 영광을 내리셔서 활을 당기게 하신다면 이분께 망토와 속옷을 모두 입혀드리고 개나 사나이들을 물리치도록 끝이 날카로운 투창과 양날 칼과 신발을 드리겠습니다. 그래서 어디든 원하는 곳으로 보내시죠." 그 말에 영리한 텔레마코스가 대답했다. "어머님, 활에 대해서는 아카이아족 그 누구도 저 이상으로 권한을 가진 자가 없을 테니 빌려주고 말고는 제 마음입니다. 이험준한 이타카섬에서 세도를 부리는 분이든 그중 아무도 내 허락 없이 억지로 말리진 못할 겁니다. 손님에게 이 활을 드리기로 결심했다면. 그러나 어머님은 안으로 들어가 어머님 볼일이나 보십시오. 베를 짜시든 실을 감으시든 시녀들에게 열심히 일하라고 분부하시든 말입니다. 활에 대해서는 남자들이 알아서 할 테니까요. 특히 제게 이 성관 지배권이 있으니 말입니다." 페넬로페는 깜짝 놀라 자기 처소로 총총히 돌아갔다. 아들의 의젓한 말솜씨가 참으로 흐뭇했기 때문이다. 2층으로 올라가 시녀들과 함께 한참 동안 사랑하는 남편 오디세우스의 처지를 한탄했고 빛나는 눈의 여신 아테나가 거부할 수 없는 잠을 눈꺼풀 위에 뿌려줄 때까지 내내 울고 말았다.

한편, 이쪽에서는 갸륵한 돼지치기가 휜 활을 나르자 홀 안에 모인 구혼자들은 일제히 나무라며 욕설을 퍼부었는데 이렇게 각자 우쭐대는 젊은이들이 너나 할 것 없이 말했다. "도대체 그 휜 활을 어디로 가져가는 것이냐? 고리타분한 돼지치기 불한당 같은 놈아! 머지않아 네 놈을 재빠른 개들이 돼지 옆에서 물어 죽일 것이다. 너 혼자뿐인 외딴 곳에서 네놈이 기른 개들 말이다. 아폴론 신이나 다른 불사신들이 우리를 동정하신다면." 돼지치기는 대청에 있는 모든 사람이 마구 나무라는 바람에 주눅이 들어 들고 가던 활을 그 자리에 놓아버렸다. 그러자 텔레마코스가 한쪽 구석에서 위엄 있게 말했다. "여보게, 상관 말고 어서 활을 가져가시오. 이들의 말을 들으면 좋지 못한 결과가 올 것이니. 내가 나이는 어리지만 그대를 돌로 쳐 들판으로 내쫓지 않도록 조심하시오. 체력은 내가 훨씬 셀 테니. 이 성관에 모인 구혼자 모두보다 팔 힘이나 체력에서 그만큼 내가 뛰어나다면 얼마나 좋겠는가. 그러기만 하면 곧 우리 집에서 모두 형편없는 꼴로 내쫓을 텐데. 이들이 못된 음모를 꾸미고 있으니 말이야." 이렇게 말하자 구혼자들은 모두 그를 보고 재미있다는 듯 웃어대며 텔레마코스에 대한 못된 적의를 누그러뜨렸다. 그 틈에 돼지치기는 활을 들고 홀을 지나 오디세우스의 손에 그것을 쥐여주고는 재빨리 유모 에우리클레이아를 불러 말했다. "에우리클레이아여, 텔레마코스께서 지시하셨소. 즉시 방 덧문을 잠그고 홀 안에서 고함이나 아우성이 들리더라도 여인들은 모두 꼼짝 말고 제자리에서 조용히 하던 일을 하라고 말이오." 그러자 그녀는 두려운 표정으로 서둘러 방문들을 잠갔다. 그때 필로이티오스는 조용히 홀을 나와 울타리 안뜰의 바깥문을 잠그고는 파피루스 섬유로 만든 밧줄을 회랑 밑에서 찾아내 문을 단단히 잡아매고 안으로 들어왔다.

돼지치기로부터 활을 받은 오디세우스는 활을 이리저리 살펴보며 뿔로 된 활에 그동안 벌레가 먹지 않았는지 확인해 보았다. 그러자 구혼자들 중 한 명이 옆사람을 보며 이렇게 말했다. "아무래도 저자는 활 전문가 같네. 자기 집에 같은 종류의 활이 있거나 잘 봐두었다가 나중에 비슷한 것을 만들어 보려는 게 틀림없어." 그때 다른 이가 말했다. "저 놈팡이에게 생기는 게 있어야 할 텐데……. 정말 활을 구부릴 수 있는지 힘을 써보시라지!" 구혼자들은 이렇게 함부로 떠들어댔지만 오디세우스는 묵묵히 활을 들어 자세히 살피는 데만 열중했다. 하프에 능한 사람이 힘들이지 않고 현의 양편을 잘 동이는 것처럼 오디세우스가 즉석에서 쉽게 활시위를 당겼다가 놓자 제비가 날아가듯 날카로운 소리가 울렸다. 그러자 구혼자들의 안색이 검게 변했다. 그때 제우스가 전조로 뇌성벽력을 일으켰다. 오디세우스는 활시위에 화살을 걸고 힘껏 잡아당겨 과녁에 쏘았고 하나도 빗나가지 않았다. 청동 촉을 박은 화살은 첫 번째 도끼 머리부터 마지막 도끼까지 깨끗이 구멍을 뚫고 지나갔다. 화살을 쏜 그는 텔레마코스에게 말했다. "텔레마코스여, 내 그대의 손님으로서 체면을 세워 주었소. 긴 활을 구부렸고 과녁에서도 빗나가지 않았소. 내 힘이 이렇게 아직 꿋꿋하니 구혼자들이 나를 감히 능욕하진 못할 것이오. 자, 약소하지만 이제 저 구혼자들에게 식사를 올려야겠소. 식사가 끝난 다음에는 다른 경기를 합시다. 연회를 감칠맛나게 해줄 춤과 하프도 갖추고서 말이오." 그가 이렇게 말하고 활을 들어 고개를 끄떡이자 텔레마코스는 시퍼런 칼과

활을 쏘는 오디세우스
거지로 변신한 오디세우스가 아무도 쏘지 못한
자신의 활을 쏘는 장면이다.

창을 들고 아버지 옆에 다가와 섰다.

『오디세이아』 21장 분석

페넬로페의 경연대회 선택, 즉 오디세우스만 이길 수 있는 경연대회는 그녀가 거지로 변신한 오디세우스의 진짜 정체성을 알고 있다는 의심을 뒷받침한다. 학자들은 오랫동안 경연대회 자체의 세부 사항을 숙고해 왔으며 최대 쟁점은 10여 개 축을 통해 화살을 쏘는 것이 실제로 무엇을 의미하느냐다. 고대 번역가 페이글스와 녹스가 문제를 해결한다. 즉, 각 도끼에는 손잡이가 붙어 있다. 손잡이에는 블레이드 맞은편 끝에 금속 링이 있어 벽 못에 쉽게 매달릴 수 있다. 그 반지는 오디세우스가 화살을 쏘는 것이다. 12개 연속은 놀랍지만 상상할 수 있는 위업이며 당시 의자에 앉아 있어 그가 그 같은 화살을 한 번에 쏘기에 적합한 높이다.

서사시 21장에 몇 가지 민속 모티프가 나타난다. 가장 눈에 띄는 것은 영웅만 휘두를 수 있는 신비한 무기 경연대회다. 예를 들어, 『베어울프』에서 영웅 베어울프는 룬 기호가 새겨진 신비한 칼로 적(그렌델)의 어머니를 공격한다. 아서 왕의 전설에서 진정한 왕 아서만 칼을 돌에서 뽑을 수 있다. 여기서 차이점은 오디세우스의 도전은 마법이 적고 기술과 체력이 필요하다는 것이다. 다른 모티프는 영웅의 변신, 신부를 위한 전투, 인물에 대한 대담한 복수, 명백한 상속인의 성숙, 왕의 정당한 통치로의 회복이다. 경연대회에서 텔레마코스의 역할은 부차적이지만 중요하다. 활을 끈으로 묶으려는 그의 시도는 그가 오디세우스의 리더십 부담을 감당할 준비가 아직 안 되어 있지만 실제로 오디세우스의 유산에 대한 운명의 상속인임을 상징적으로 보여준다. 또한 일부 비평가들은 오디세우스가 활을 끈으로 묶을 때 텔레마코스가 어머니를 숙소로 보내면서 한 말이 너무 무례하다고 비난한다. 다른 사람들은 그가 화가 났음을 암시한다. 어느 쪽도 마찬가지다. 사실 텔레마코스는 두 가지 중요한 작업을 수행 중이다. 그는 가정에서 자신의 지위를 주장하며 어머니를 위험한 상황에서 벗어나게 하고 그녀는 거지가 남편이라고 의심할 수도 있지만 텔레마코스는 곧 전투가 일어날 것이며 그의 자리가 왕의 편에 있음을 알고 있다. 경연대회의 구조는 특히 효과적이다. 첫 번째 페넬로페는 구혼자들에게 자기 생각인 활쏘기를 제안한다. 안티누스는 즉시 위협을 느낀다. 그는 자신의 아랫사람인 에우마이오스와 필로에티오스를 공격하는데 이는 그가 침략을 풀어줄 수 있는 안전한 방법이다. 그런 다음 그는 위선적으로 오디세우스를 칭찬하는데 그가 그렇게 하지 않으면 정체가 드러나지 않은 오디세우스의 심상치 않은 위협으로부터 조롱내지는 더 큰 위협을 느꼈다. 여기서 독자는 호메로스의 사건 배열 덕분에 캐릭터에 대한 중요한 통찰력을 얻는다. 호메로스는 영화감독이 할 수 있는 것처럼 독자의 초점을 바꾼다.

경연대회가 진행된 후 호메로스는 교묘하게 오디세우스가 자신을 식별하는 장면으로 큰 홀 밖에서 독자를 데려가 그의 충성스러운 하인 에우마이오스와 필로에티오스에게 그의 유명한 흉터를 보여준 다음 하녀들이 복도에 없게 하고 안뜰 바깥 문을 잠글 것을 지시한다. 안티누스가 대회 연기를 요청했을 때 모든 에너지가 죽어가는 것처럼 보이지만 오디세우스는 활 쏠 기회를 요구함으로써 에너지를 되살린다. 안티누스는 즉시 반대한다. 페넬로페와 텔레마코스가 중재하고 거지로 변신한 오디세우스에게 활을 건네게 한다. 오디세우스는 속도를 늦추고 활로 구혼자들을 놀린 다음 쉽게 끈을 묶고 쉽게 축을 통해 화살을 쏘아 올린다. 제우스는 벼락을 쳐 실행을 강조하는데 본질적으로 중요한 뭔가가 방금 이뤄졌고 더 중요한 뭔가가 곧 일어날 것임을 보여준다.

구혼자들을 소탕하다

『오디세이아』 22장 요약

거지 넝마를 떼어낸 오디세우스는 담대하게 홀 문턱에 몸을 들이며 아폴론에게 짧은 기도를 드리며 새로운 목표물인 안티누스의 목을 향해 곧바로 화살을 쏜 후에야 자신의 의도를 불확실한 조건으로 구혼자들에게 발표한다. 갑자기 위험을 느낀 에우리마코스는 오디세우스에게서 가져온 모든 것의 상환하겠다고 하며 그 상황에서 벗어나기 위해 애쓴다. 왕은 그 제안을 거절하고 에우리마코스는 그의 동료들을 부추겨 오디세우스를 공격하지만 그는 화살에 관통당해 가슴과 간이 찢어진다. 뒤이어 공격한 암피노모스는 텔레마코스에 의해 살해된다. 최근 며칠 동안 오디세우스를 두 번이나 폭행한 염소치기 멜란티오스는 구혼자들의 갑옷과 창을 창고에서 가져오지만 두 번째 시도에서 에우마이오스와 필로에티오스에게 붙잡혀 나중에 처치되도록 결박당하고 만다. 아테나의 개입과 격려로 모든 구혼자가 살해되고 오디세우스가 승리한다. 그런 다음 왕은 나머지 몇 명의 개인과 10여 명의 하녀들에게 정의를 실현해 나눠준다.

────────

지략이 뛰어난 오디세우스는 누더기를 벗어 던진 다음 화살을 바닥에 모두 쏟고는 놀라움에 가득 찬 구혼자들에게 말했다. "자, 이 경기는 드디어 끝났소. 이제 다른 과녁이 있소. 지금까지 사람이 쏘아본 적이 없는 표적을 시험하겠지. 명중시킬지 못할지, 아폴론 신께서 내게 영예를 주시겠는지 시험해 보겠다." 이렇게 말하고는 안티누스에게 화살을 겨누었는데 때마침 그는 매우 훌륭한 술잔을 집어드는 참이었다. 그는 황금으로 만든, 두 귀가 달린 술잔을 두 손으로 받치고 술을 마시려고 했다. 한 사나이가 자신을 죽이리라곤 꿈에도 생각하지 않은 것이다. 그리고 연회 참석자 사이에서 제아무리 용맹한 장사도 혼자 그에 맞서 재앙스러운 죽음과 무도한 운명을 안겨주리라고 누가 생각이나 했을까? 오디세우스는 화살을 쏘았다. 화살촉이 연약한 목덜미를 관통하자 안티누스는 모로 쓰러지며 손에서 잔을 떨어뜨렸다. 그의 코에서 피가 분수처럼 뿜어져 나왔고 발로 식탁을 차는 바람에 빵과 구운 고기들이 땅에 모두 떨어져 흩어졌다. 구혼자들은 안티누스가 쓰러지자 일제히 야단법석이었다. 그리고 간담이 서늘해지면서 자리에서 펄쩍 뛰어 일어나 이리저리 집안의 단단한 벽쪽으로 눈길을 돌려 창과 방패를 찾아보았지만 전혀 눈에 띄지 않자 격분해 오디세우스에게 소리쳤다. "부랑자 주제에 감히 무사들에게 활을 당기다니 천벌 받을 놈! 네가 지금 무슨 짓을 했는지 아느냐? 너는 이타카의 고귀한 청년 중에서도 가장 뛰어난 인물을 죽였으니 이 자리에서 마땅히 독수리 밥이 되어야 한다." 구혼자 무리는 오디세우스가 고의로 안티누스를 쏜 줄 여전히 모르고 있었다. 게다가 어리석게도 자신들에게 떼죽음이 다가오고 있음을 깨닫지 못했다. 그때 오디세우스가 한마디했다. "이놈들! 내가 트로이아에서 영원히 못 돌아올 줄 알았느냐? 내 재산을 축내고 시녀들을 강제로 끌어가 동침하고 내 눈이 시퍼렇게 살아 있는데도 내 아내에게 추파를 던지다니. 신들이 두렵지도 않느냐? 너희에게 쏟아질 만민의 분노를 짐작하지 못 하겠느냐? 자, 이제 네놈들을 모조리 쓸어버리리라." 구혼자들은 오디세우스 왕의 고함을 듣고는 새파랗게 질려 다리를 떨며 도망칠 곳을 찾느라 사방을 두리번거렸다. 그때 에우리마코스가 떨리는 목소리로 말했다. "진정 당신이 이타카의 왕 오디세우스란 말이오? 지금까지 아카이아인들은 당신의 궁궐에서 수많은 죄를 지었고 그 모든 악행을 주동한 저 안티누스는 지금 죽어 쓰러져 있소. 그는 우리를 이 꼴로 만든 장본인이오. 별로 결혼하고 싶었던 것도 아니고 스스로 이타카 마을 전체의 왕이 될 생각에 저지른 짓이었소. 불행히도 그것을 제우스 신께서 실현시켜 주시진 않았지만 매복한 채 당신의 아들까지 죽일 음모를 꾸멸던 것이오. 하지만 이제 그 사나이도 제 운명대로 죽임을 당했으니 당신이 다스리는 나라 사람인 우리를 너그러운 마음으로 용서해 주시오. 그럼 우리도 나중에 나라 전체에서 긁어모아 이 댁에서 축낸 재산을 각자 소 20마리씩 계산해 갚아주기 위해 별도로 갖다 드리겠소. 청동이든 황금이든 당신의 직성이 풀릴 만큼." 오디세우스는 눈을 치켜뜨고 그를 노려보며 말했다. "에우리마코스여, 지금 당신들이 가진 전 재산에 뭐든지 더 내놓더라도 당신들이 지금까지 저지른 패악에 대해 마지막 심판의 손을 멈추지 않을 것이오. 자, 어느 쪽을 택하든 당신들 마음이오. 맞서 싸우든, 도망치든 누구든 죽음과 재앙을 피할 수 있는 사나이가 있다면 말이오. 하지만 험악한 이 파멸을 면할 사나이는 없을 것이오." 이렇게 말하자 모두 가슴이 두근거리고 무릎이 떨려 그 자리에 그대로 무너졌다. 맥이 빠져 엉거주춤 주저앉았는데 얼빠진 사람들 같았다. 그들 사이에서 에우리마코스가 다시 한번 말했다. "동료 여러분, 거기 있는 사나이는 무적의 솜씨를 그대로 거두진 않을 것이오. 잘 닦여진 활과 화살을 손에 쥔 이상 말끔한 문지방에서 우리를 모조리 죽이기 전에는 활을 멈추지 않을 테니 우리도 맞서 싸우는 게 어떻소? 모두 칼을 뽑아들고 네 발 탁자를 방패삼아 죽음을 내리는 화살을 막아냅시다. 그리고 모두 그에 맞서 싸웁시다. 어쩌면 그를 현관에서 문밖으로 쫓아낼 수도 있을 것이오. 그때 모두 성으로 가 재빨리 고함을 지릅시다. 그럼 저 사람도 곧 마지막 화살을 쏠 겁니다." 그는 이렇게 말하고 나서 예리한 청동 칼을 뽑아 들고 고함을

구혼자들에게 활을 쏘는 오디세우스
오디세우스가 경연대회에 쓰인 자신의 활을
구혼자들에게 쏘는 장면이다.

지르며 오디세우스에게 덤벼들었다. 그 순간 오디세우스가 화살을 날려 그의 몸통 옆으로 심장과 간을 관통시키자 그는 칼을 손에서 떨어뜨리고 식탁 위로 엎어졌고 음식과 잔들이 땅바닥에 쏟아졌다. 그는 신음하며 이마로 땅바닥을 쳤는데 그의 눈은 어느덧 죽음의 그림자로 뒤덮였다. 그다음으로는 암피노모스가 오디세우스에게 달려들었다. 그는 날카로운 칼을 들고 오디세우스를 문밖으로 쫓아낼 생각으로 덤벼들었지만 텔레마코스가 청동 창으로 그의 가슴을 찌르자 외마디 비명을 지르며 바닥에 쓰러졌다. 텔레마코스는 얼른 아버지에게 달려가 말했다. "아버지, 제가 아버지를 위해 방패와 창과 청동 투구를 가져오겠습니다. 그리고 저도 가서 무장하고 돼지치기와 소치기도 무장시키겠습니다." 그러자 오디세우스가 대답했다. "아직 화살이 남았으니 당분간 방어할 수 있을 것이다. 그러니 어서 가 무장하고 무기를 가져오너라. 저들이 한꺼번에 문으로 밀려오면 큰일이니." 이 말을 듣고 텔레마코스는 아버지의 말대로 안에 있는 창고로 달려갔다. 거기에는 훌륭한 무기가 보관되어 있었다. 그는 방패 네 개와 창 여덟 개에 청동 촉을 끼우고 말총 장식이 달린 투구를 끄집어내 재빠른 걸음으로 사랑하는 아버지 곁에 이르자 자신부터 청동 무기로 무장하고 온갖 계략을 꾸미는 오디세우스 곁에 떡하니 막아섰다. 그러자 오디세우스는 남은 화살들로 구혼자들을 한 명씩 겨냥해 쓰러뜨렸다. 이윽고 화살이 떨어지자 오디세우스는 견고한 홀 문기둥 옆과 눈부시도록 흰 벽에 활을 기대어 놓고 두 어깨에 네 겹의 쇠가죽을 겹친 방패를 걸치고 늠름한 머리에는 말총 장식을 단 투구를 썼다. 그 꼭대기에서 무시무시한 말총이 늘어져 흔들거렸다. 오디세우스는 손으로 청동 촉을 꽂은 육중한 창 두 개를 집어 들었는데 튼튼하게 쌓아 올린 벽에는 뒷문이 있었고 문지방 가장 높은 곳 바로 옆에는 홀에서 옆으로 난 통로가 있었는데 거기에는 꼭 들어맞는 판자문이 통로를 에워싸고 있었다. 오디세우스는 돼지치기 에우마이오스에게 명령해 곧바로 그 문을 잘 지키게 했다. 그곳만 유일한 공격 지점이었기 때문이다. 아겔라오스는 모두에게 말했다. "여러분, 어떡할까요? 누구든 뒷문으로 빠져나가 마을 사람들에게 알리는 게 구원을 가장 빨리 청하는 길입니다. 그렇게만 되면 이 사나이도 활 쏘는 것은 마지막이 되겠죠." 그 말에 염소치기 멜란티오스가 대답했다. "아겔라오스 왕이시여, 그것은 불가능한 주문 같습니다. 뜰의 큰 문이 가깝고 그 길 입구는 매우 위험합니다. 혼자서도 능히 대군을 막아낼 수 있는 곳입니다. 자, 여러분, 이리 오십시오. 내가 저 안쪽 방에서 무기들을 가져오겠습니다. 저 방 속에 오디세우스 부자가 무기를 갖다두었을 겁니다." 그는 이렇게 말한 다음 좁은 통로를 따라 오디세우스의 내실로 들어가 방패 12개와 여러 개의 창과 청동 투구를 가져와 재빨리 구혼자들에게 나눠주었다. 그 모습을 본 오디세우스는 어깨에 힘이 빠지는 것 같았다. 어느새 무장한 적도들이 긴 창을 손에 들고 휘두르는 것을 보니 기가 막혔던 것이다. 그는 급히 텔레마코스에게 말했다. "텔레마코스여, 이는 틀림없이 우리 집안 사람 중 누군가가 저들과 내통한다는 증거다." 그러자 텔레마코스가 대답했다. "아버님, 이런 잘못을 저지른 건 저 자신이지 다른 누구의 책임도 아닙니다. 문을 열어 놓고 그냥 둔 데다 누군가 염탐한 모양입니다. 자, 에우마이오스여, 어서 가서 문을 닫고 우리를 곤경에 빠뜨린 자를 알아보시오. 내 생각에는 돌리오스의 아들 멜란티오스가 의심스럽소." 그들이 이런 말을 주고받는 동안 멜란티오스가 무기를 가지러 다시 방으로 갔는데 이를 돼지치기가 지켜보고 있다가 오디세우스에게 보고했다. "왕이시여, 우리가 의심하던 멜란티오스 놈이 그 방에 또 들어갔습니다. 명령만 내려주십시오. 놈을 처치하겠습니다." 그 말에 오디세우스가 대답했다. "나와 텔레마코스는 오만한 구혼자들을 상대할 테니 너희 둘은 놈의 팔다리를 묶어 방으로 끌고 가 천장 도리까지 끌어올려 매달아 놓거라. 목숨은 붙어 있어도 무척 고통스러울 것이다." 오디세우스의 명령을 받은 돼지치기와 소치기는 서둘러 방으로 들어갔다. 멜란티오스는 누군가가 다가오는 줄도 모르고 방 여기저기서 무기를 찾느라 정신이 없었다. 둘은 문기둥 옆에 서서 그를 기다렸다. 잠시 후 염소치기 멜란티오스가 투구와 녹슨 방패를 들고 문턱을 넘는 순간 둘이 덮쳐 그를 방바닥에 메치고 꽁꽁 묶어 오디세우스의 명령대로 몸뚱이를 천장 도리에 매달아 놓았다. 돼지치기 에우마이오스는 그를 조롱하며 말했다. "멜란티오스여, 네놈에게 딱 맞는 그 잠자리에서 방이나 지키고 있거라. '새벽의 여신'이 오케아노스강에서 떠오르다가 설마 네놈의 이마를 불시에 습격하진 않겠지. 그때는 네놈이 구혼자들에게 바칠 염소를 끌고 오던 시간일 것이다."

구혼자들과 싸우는 오디세우스
오디세우스와 텔레마코스가 많은 구혼자들과
전투를 벌이는 장면이다.

그리고는 그대로 방에서 나왔다. 둘은 갑옷으로 무장하고 문을 잠그고 오디세우스에게 갔다. 오디세우스와 텔레마코스는 숨을 몰아쉬며 문 앞에 있었다. 그러나 홀 안에는 아직도 적지 않은 구혼자들이 남아 있었다. 그때 아테나 여신이 멘토르로 변신해 나타나자 오디세우스가 반색하며 말했다. "멘토르여, 어서 우리를 도와주시오. 당신은 우리의 우정을 잊지 않으셨겠죠?" 그는 말은 그렇게 했지만 내심 실제로는 아테나일 거라고 생각했다.

한편, 구혼자 무리는 저마다 욕설을 퍼부었다. 맨 처음에는 다마스토르의 아들 아겔라오스가 서서 외쳤다. "멘토르여, 오디세우스의 감언이설에 속지 않도록 조심하게. 자기편을 들어 구혼자들과 싸우라는 그 말 말일세. 우리의 꾀가 어떤 식으로 실현되는지 곧 보여줄 테니. 이놈들 부자를 한꺼번에 때려잡으면 네놈도 덩달아 당할 거야. 홀 안에서 그따위 짓을 하려는 경우에 말이야. 그래서 네 목을 바쳐 갚고 너희 목을 청동 칼로 쳐버리는 날에는 네놈의 재산도 남김없이 몰수할 것이다." 그러자 아테나는 크게 화를 내며 오디세우스를 다그쳤다. "오디세우스여, 그대의 백절불굴의 영웅적인 힘과 용기는 다 어디로 사라졌는가? 고귀한 미녀 헬레네를 되찾기 위한 트로이아와의 싸움에서 9년 동안이나 연전연승하지 않았던가. 무서운 격전에서 수많은 적을 베고 출중한 전략으로 프리아모스의 도시를 점령하지 않았던가. 그런 그대가 한 줌도 안 되는 저 구혼자 무리를 처치하지 못한단 말인가? 그 대단한 용기는 다 어디에 버렸단 말인가? 자, 내 옆에 와 서시오. 이 멘토르가 어떤 인간인지 보여주리다." 그녀는 그렇게 말했지만 아직 일방적인 승리를 거두게 하지 않고 오디세우스와 그의 명예로운 아들의 기력과 무술을 시험할 생각이었다. 여신은 제비로 변신해 위로 날아올라 검게 그을린 홀 천장 서까래에 앉아 있었다.

한편, 구혼자 쪽에서는 다마스토르의 아들 아겔라오스와 에우리노모스, 암피메돈, 데모프톨레모스, 폴릭토르의 아들 페이산드로스, 그리고 폴리보스 등의 지휘를 받고 있었다. 그들은 현재 목숨이 붙어 있는 구혼자들 중 가장 뛰어났기 때문이다. 아겔라오스가 입을 열어 무리를 격려했다. "여러분, 이제 저 사나이도 지쳐 손을 멈추고 멘토르 놈도 허황된 큰소리만 치고 달아났습니다. 저놈들만 문 어귀에 남았으니 우리 모두 한꺼번에 창을 던지지 말고 먼저 여섯 명만 던집시다. 어쩌면 제우스 신께서 우리가 오디세우스에게 명중시켜 명예를 드높이는 것을 허락하실지도 모르니. 그 밖의 놈들은 생각할 필요도 없소. 저 사나이만 없애버린다면." 이렇게 말하자 모두 그의 지시를 따라 열심히 창을 던졌지만 아테나 여신이 그 창을 모조리 빗나가게 했다. 창한 개는 홀의 단단한 문기둥에 부딪혔고 다른 창은 꽉 닫힌 문짝에 맞았고 청동 촉을 단 또 다른 물푸레나무 창은 벽에 부딪혀 떨어졌다. 이윽고 구혼자들의 창을 이쪽 편에서 모두 피하자 참을성 있고 존엄한 오디세우스가 그들에게 말했다. "자, 저 무도한 놈들의 공격에 우리도 일격을 가하자. 극악무도한 죄를 짓고도 반성하지 않고 이렇게 우리를 죽이려고 발버둥 치는 꼴을 더 이상 지켜볼 수가 없구나." 오디세우스 일행은 일제히 시퍼런 창들을 던졌다. 오디세우스의 창은 데모프톨레모스를 관통했고 텔레마코스는 에우리아데스를, 돼지치기 에우마이오스는 엘라토스를, 소치기는 페이산드로스를 각각 찔렀다. 그들 모두 바닥에 나자빠졌고 나머지는 홀의 깊숙한 구석으로 후퇴했다. 그러자 오디세우스 일행은 그들을 추격하며 시신에서 창을 뽑았다. 다시 구혼자들이 창을 던졌지만 아테나가 또다시 빗나가게 했다. 기력과 사기가 점점 솟는 오디세우스 편 용사들은 날쌘 창을 다시 들어 적을 공격했다. 오디세우스의 창에 에우리다마스가 쓰러졌고 텔레마코스에 의해 암피메돈이 쓰러졌고 돼지치기는 폴리보스를 쓰러뜨렸다. 그리고 소치기는 크테시포스의 가슴을 치고 나서 크게 외쳤다. "폴리테르세스의 아들이여, 이 조롱이나 일삼는 자여! 두 번 다시 그 주둥이를 놀리지 못하게 해주겠다. 허풍 따위는 이제 저승 신 앞에 가서 하라. 신들이야 인간보다 말에서 훨씬 강하니까. 이 선물은 지난번 네놈이 홀 안에서 우리 주인이신 오디세우스 왕께 던졌던 소 다리의 복수다." 그때 오디세우스는 다마스토르의 아들에게 창을 던져 부상을 입혔고 텔레마코스는 긴 창으로 레오크리토스의 가슴을 정통으로 관통시켜 쓰러뜨렸다. 이에 아테나 여신이 높은 지붕 위에서 운명의 방패를 펴자 모든 적의 무리는 겁을 먹고 달아나기 시작했다. 기나긴 봄날 암소의 몸에서 등에가 떨어져 여기저기 흩어지는 것 같았다.

오디세우스의 화살 공격에 죽어가는 구혼자들
구혼자들 중 우두머리인 안티누스가 가장 먼저 죽고
이어서 차례대로 죽어나가는 장면이다.

그러나 네 명은 이리저리 달아나는 구혼자들에게 사나운 독수리 떼가 작은 새들을 내리 덮치듯 쏜살같이 덤벼들었다. 구혼자들은 목이 떨어져 나갈 때마다 비명을 질렀다. 그러자 레오데스는 오디세우스의 무릎을 붙잡고 애걸복걸하기 시작했다. "엎드려 비나이다. 한 번만 자비를 베푸소서. 저는 이 궁궐 안에서 어떤 언행으로도 고귀한 부인께 해를 끼친 적이 없습니다. 오히려 누군가 그런 짓을 하면 그만두라고 말렸습니다. 하지만 그들은 제 말을 듣지 않고 나쁜 버릇을 버리지 못해 저렇게 죗값으로 천벌을 받은 겁니다. 그러나 저는 예언자입니다. 그들처럼 죽어 마땅한 악행은 저지르지 않았으니 널리 살피시어 부디 목숨만은 거두지 말아 주소서." 이 말에 오디세우스는 냉소를 지으며 말했다. "네가 그들의 예언자였다면 너는 이 홀 안에서 내 귀국이 멀어지라는 축원을 올리고 내 아내를 데려다가 자식들을 낳고 살길 축원했을 것 아니냐? 그러니 너도 천벌을 면치 못하리라." 오디세우스가 이렇게 말하고 레오데스의 목을 후려치자 그의 머리가 잘려 땅에 굴러떨어졌다. 이 모습을 본 음유시인 페미오스도 마지막 비운을 면할 궁리로 전전긍긍했다. '이 홀에서 빠져나가 정원에 있는 제우스 제단 뒤에 숨을까? 아니면 오디세우스의 발밑에 엎드려 항복할까?' 그는 고민 끝에 오디세우스의 무릎을 끌어안고 애원하는 게 낫겠다고 생각했다. "살려주십시오, 오디세우스 님. 너그러운 마음으로 제게 자비를 베푸소서. 저와 같은 가인을 죽이신다면 당신께서도 훗날 괴로우실 겁니다. 원래 저는 신과 인간을 위해 노래하는 직분이니까요. 저는 이 길을 스스로 습득해온 사람입니다. 신께서 제 마음속에 모든 노래를 심어주셨죠. 왕께서 제 목을 베는 것을 원치 않으신다면 당신께도 신이 심어주신 제 가슴속의 노래를 뽑아 올려드리겠습니다. 또한 아드님이신 텔레마코스님께서도 저의 무고함을 증명해 주시리라 믿습니다. 저는 자신의 뜻과 필요에 의해 이 궁궐의 연회석상에서 노래를 불러준 것이 결코 아닙니다. 그들은 수도 많았고 모두 저보다 힘도 세어쩔 수 없이 불려 나왔던 겁니다." 이렇게 음유시인의 애원을 옆에서 듣던 텔레마코스는 곧 아버지에게 말했다. "아버님, 죽이시는 것만은 참아주십시오. 이분은 죄가 없습니다. 그리고 저 시종 메돈도 구해주소서. 저 사람은 제가 어릴 때 늘 저를 돌봐주었습니다. 아버님, 부디 그가 분노의 칼맛을 보지 않도록 해주소서." 텔레마코스가 말하는 것을 총명한 메돈이 들었다. 그는 의자 밑으로 기어들어가 쇠가죽을 뒤집어쓰고 숨은 덕분에 죽음을 면하던 중이었다. 메돈은 재빨리 의자 밑에서 쇠가죽을 벗고 뛰쳐나와 엎드려 애원했다. "왕자님이시여, 제가 여기 있습니다. 제발 제 목숨을 살려주시도록 아버님께 여쭤주소서. 그 무섭도록 시퍼런 칼날이 제 목에 닿지 않도록 해주소서. 왕께서는 지금 당신의 가족과 집안을 모욕해온 구혼자들에 대한 노여움이 크셔서 칼날을 억제하지 못하실 겁니다." 그러자 오디세우스가 웃음을 터뜨리며 그에게 말했다. "메돈아, 염려하지 마라. 보다시피 내 아들이 너를 감싸 보호하며 목숨을 책임졌으니. 너도 그 점을 깊이 깨달거라. 이제 세상에 나가 악보다 덕이 얼마나 고귀한지 널리 전하라. 저 음유시인과 함께 어서 시신에서 떨어져 뜰로 나가 있거라. 내가 이 집에서 할 일을 다 마칠 때까지 거기서 기다리거라."

　그렇게 둘은 홀에서 빠져나와 제우스 신의 제단 옆에 앉았다. 그러나 여전히 죽음의 공포에서 벗어나지 못해 불안스럽게 주변을 살폈다. 그 사이 오디세우스는 온 집안을 샅샅이 뒤져 아직도 목숨이 붙어 있는 잔당이 있는지 살폈다. 그는 모든 적도가 피투성이가 된 것을 발견했다. 이윽고 오디세우스는 텔레마코스에게 말했다. "텔레마코스여, 유모 에우리클레이아를 불러오거라. 내가 명령할 게 있느니라." 이렇게 말하자 텔레마코스는 아버지의 분부대로 뒷문을 열고 유모에게 소리쳤다. "유모, 나오시오. 아버님께서 찾으시오. 유모께 하실 말씀이 있다 하시오." 유모는 화려한 홀 문을 열고 텔레마코스를 따라 홀 안으로 들어왔다. 오디세우스는 즐비하게 널브러진 시신들 가운데서 있었다. 그의 손발은 온통 피투성이였다. 유모는 참혹한 구혼자들의 시신과 어마어마한 피를 보자 엄청난 일이 이뤄졌음을 직감하고 저도 모르게 탄성을 질렀다. 그러나 오디세우스는 그녀가 기뻐서 소리치는 것을 막으며 위엄 있는 목소리로 말했다. "유모, 속으로만 좋아하게. 죽은 사람들 앞에서 의기양양 뽐내는 것은 좋지 못한 일이니. 이 사나이들은 신들께서 정해주신 운명과 무참한 소행 때문에 신세를 망친 걸세. 그들은 이 세상 천한 사람이든 귀한 사람이든 소중히 대한 적이 없었지. 그런 사람들이 의지해왔을 때 말일세. 결국 오만하고 못

죽어가는 구혼자들
구혼자들이 오디세우스의 화살에 한 명도 남김 없이 죽어가는 장면이다.

된 소행 때문에 비참한 최후를 맞은 걸세. 자, 그럼 이제 자네는 여자들을 홀 안으로 불러 모으게. 나를 푸대접한 여자들뿐만 아니라 죄 없는 여자들도." 그러자 상냥한 유모가 말했다. "그렇다면 주인님, 제가 바른 대로 말씀드리겠습니다. 이 저택 안에는 모두 50명의 시녀가 있는데 우리는 그녀들에게 양털을 빗질하거나 시중을 드는 가사를 가르쳐주었는데 그중 12명이 뻔뻔한 짓에 몸을 맡겼고 저를 얕보았을 뿐만 아니라 페넬로페 마님께도 건방지게 굴었습니다. 게다가 도련님은 이제 겨우 어린 티를 벗어나셨고 마님께서는 아드님에게 시녀들을 부리는 것을 아직 허락하지 않으시니까요. 자, 그럼 저는 서둘러 내실로 올라가 신이 내리신 잠기운을 쐬고 주무시는 왕비님을 깨워 모든 사실을 알려드리겠습니다." 그러자 오디세우스는 그녀를 말렸다. "아직 왕비를 깨우지 말고 과거에 소행이 불량했던 시녀들을 오라 하시오." 이에 유모는 홀을 지나 문제의 시녀들을 불러 신속히 오게 했다. 그리고 오디세우스는 텔레마코스와 소치기, 돼지치기를 불러 위엄 있게 명령했다. "그대들은 여기 있는 시신들을 치워주기 바란다. 시녀들에게 도와달라고 하라. 그다음 의자와 식탁을 물과 걸레로 깨끗이 닦아라. 그리고 온 집안이 깨끗이 정리되면 문제의 시녀들을 홀 밖으로 데려나가 둥근 방과 뜰의 큰 담 사이 좁은 곳에서 모두 베어버려라. 그들의 목숨을 모두 거두어 전에 그들이 구혼자들과 간음하며 속삭인 사랑을 깨끗이 잊게 하라." 그가 말을 마치자마자 문제의 시녀들은 홀 안으로 몰려와 대성통곡했다. 그러나 먼저 쓰러진 시신들을 치우는 데 힘을 보태야 했다. 그런 다음 물과 걸레로 식탁과 의자를 깨끗이 닦고 텔레마코스와 소치기, 돼지치기는 궁궐 바닥을 삽으로 문질러 깨끗이 했다. 시녀들은 시신을 모두 날라 문밖에 놓았다. 홀 정리가 끝나자 텔레마코스 일행은 시녀들을 큰 홀에서 나오게 해 둥근 방과 뜰의 큰 담 사이 좁은 곳에 몰아넣었다. 텔레마코스는 소치기와 돼지치기에게 말했다. "나는 이 시녀들이 순결한 죽음으로써 생을 마치게 할 수 없소. 이는 신께서 엄벌하실 것이오. 내 아버지와 어머니를 배신하고 악당들과 간음하지 않았느냐 말이오." 그리고는 검은 밧줄을 큰 기둥에 높이 올려 동여매고 시녀들의 발이 땅에 닿지 못하게 했다. 날개가 긴 지빠귀나 비둘기들이 잠잘 곳을 찾다가 덤불에 쳐 놓은 그물에 걸려 끔찍한 죽음의 둥지 안으로 빠져 들어가듯 그들을 한 줄로 세워 올가미를 씌웠다. 가장 비참한 죽임을 당하는 셈이었다. 그들은 잠시 발버둥쳤지만 그 몸부림은 얼마 가지 않았다. 그다음 묶여 있던 염소치기 멜란티오스를 문밖으로 끌고 나가 귀와 코를 베고 생식기를 잘라 개에게 던져줘 뜯어먹게 하고 무서운 분노의 칼로 사지를 절단해버렸다. 그런 다음 모두 손발을 씻고 집으로 들어가 복수 의식은 그렇게 끝났다. 오디세우스는 유모 에우리클레이아를 불렀다. "유모, 유황과 불을 가져오시오. 유황으로 온 집안을 깨끗이 하리다. 그리고 왕비에게 시녀를 동반하고 홀로 나오라고 아뢰시오. 모든 시녀에게도 어서 이리 들라고 이르시오." 그러자 유모가 대답했다. "주인님, 옳은 말씀이십니다. 그러나 먼저 왕께서 입으실 의복을 가져오겠습니다. 이런 누더기를 계속 걸치게 할 수는 없습니다. 이것도 책망의 원인이 될 겁니다."
그 말에 지혜로운 오디세우스가 대답했다. "우선 홀에 불부터 피워 주
게." 그의 말대로 상냥한 유모는 반대하지 않고 곧 불과 유황을 가져
왔다. 오디세우스는 유황을 피워 홀과 안뜰을 구석구석 깨끗이 했고
유모는 홀을 지나 시녀들에게 홀로 빨리 오라고 일렀다. 시녀들은 관
솔불을 들고 방에서 나와 홀로 들어와 오디세우스를 둘러싸고 기쁨에
넘쳐 환영의 말을 했다. 그들은 그에게 입 맞추고 어깨와 머리와 손을
다정히 잡았다. 그러자 오디세우스도 그리움으로 통곡을 터뜨렸다.
그들 한 명 한 명을 똑똑히 기억하고 있었기 때문이다.

『오디세이아』 22장 분석

오디세우스의 판단과 신중함이 빛나는 장으로 그가 훌륭한 군사 지도자임
을 단적으로 보여준다. 그는 상황을 파악하고 효과적인 계획을 수립했으며
적절한 순간 그것을 시행했다. 그의 분노는 분명하지만 경솔하거나 흥분하
지 않고 냉정함을 유지했다. 오디세우스는 구혼자들 중 누구라도 왕이 돌아
왔거나 그들이 위험에 처했음을 깨닫기 전에 가장 공격적인 적 지도자 안티
누스를 죽인다. 지도자가 죽자 군중들은 동요한다. 에우리마코스는 일반적으
로 상황에서 벗어나기 위해 자신의 길을 이야기하려고 한다. 그는 모든 것이
안티누스의 잘못이라고 주장한다. 나머지는 단순히 그의 통제하에 있었고 이
제 그들의 왕을 섬길 준비가 되어 있다고 변명한다. 그는 모든 것을 갚기 위
해 사람들에게 세금을 부과할 것을 건의하고 그와 다른 구혼자들도 자신의

소유물을 많이 기부할 것이라고 덧붙였다. 그러나 오디세우스는 한 가지 상환에만 관심이 있었다. 그것은 오직 목숨을 요구한 복수였다. 에우리마코스는 그가 싸우거나 죽어야 한다는 것을 알고 동료 구혼자에게 무기를 들 것을 종용한다. 그는 왕의 화살이 가슴을 뚫고 간을 찢기 전에 간신히 혐의를 제기한다. 비교적 선한 사람도 죽어야 한다. 암피노모스는 페넬로페가 구혼자들 중 비교적 믿던 사람이며 오디세우스가 이전에 떠나라고 설득하려고 했던 구혼자이지만 텔레마코스에 의해 살해된다. 텔레마코스의 전문 군사지식 덕분에 초기 전투는 오디세우스에게 유리하게 진행된다. 그는 적을 놀라게 하고 탈출을 막고 지휘를 무력화하고 혼란을 일으켰다. 텔레마코스는 왕과 자신뿐만 아니라 두 명의 충직한 하인들이 입을 갑옷을 가져왔다. 구혼자들은 칼만 갖고 있었다. 그러나 불길한 염소치기 멜란티오스는 문제를 복잡하게 만든다. 성의 구조를 훤히 아는 그는 텔레마코스가 부주의하게 무기를 남긴 창고에서 수십 개의 창과 갑옷을 가져온다. 오디세우스는 위험을 느끼지만 위기를 극복한다. 그의 충직한 두 하인은 무기를 가져오려는 멜란티오스의 두 번째 시도를 막고 서까래 옆에 그를 매단다. 전투의 이 중요한 시점에서 오디세우스가 고뇌할 때 아테나는 멘토르로 변신해 나타난다. 왕은 그의 진정한 스승, 여신을 인정하고 그가 직면한 트로이 목마가 아니라는 것을 상기시키며 마음을 사로잡는다. 그는 새로운 활력으로 계속 싸운다. 하이라이트는 소치기 필로에티오스가 지난번 오디세우스에게 소 다리를 던진 크테시포스의 가슴을 창으로 찌르는 순간이었다. 왕의 충직한 하인인 소치기는 크테시포스에게 외친다. "폴리테르세스의 아들이여, 조롱이나 일삼는 자여! 네놈이 두 번 다시 그 주둥이를 놀리지 못하게 해주겠다. 이제 허풍 따위는 저승 신 앞에 가서 하라. 신들이 인간보다 말에서 훨씬 강하니까. 이 선물은 지난번 네놈이 홀 안에서 우리 주인이신 오디세우스 왕께 던진 소 다리의 복수다." 오디세우스는 공의를 가혹하게 배분하지만 자비 없이는 배분하지 않는다. 레오데스는 자신이 구혼자의 사제일 뿐이라고 간청하지만 오디세우스는 그가 활을 끈으로 묶고 페넬로페를 이기려고 한 첫 번째 사람임을 알고 있다. 오디세우스는 그를 한 방에 후려쳐 목 졸라 죽이고 텔레마코스의 권유대로 음유시인 페미오스와 메돈의 목숨은 살려준다. 이후 오디세우스는 에우리클레이아에게 불충한 하녀들을 식별할 것을 요청해 10여 명이 부름을 받는다. 그녀들은 안뜰로 옮겨져 교수형 당한다. 그런 다음 마을로 가는 길에 오디세우스를 폭행하고 나중에 궁궐에서 그를 조롱한 염소치기 멜란티오스를 안뜰로 끌려가 코와 귀를 자르고 성기는 사타구니에서 찢어 개들 먹이로 던져지고 손발을 자른다. 전투와 처형에 대한 자세한 설명은 특히 효과적이고 현실적이고 철저하다. 안티누스와 에우리마코스의 죽음에 대한 기록은 전투 분위기를 유추할 수 있다. '퍼진 날개를 때리는 비둘기 또는 아구창이나 아구창과 비교되는 하인 소녀들의 죽음에 대한 묘사와 덤불로 위장된 일부 올무에 대한 저항'은 끔찍한 아름다움이 있다. 오디세우스의 복수전은 끝난다. 적은 몰살되었고 드디어 그의 집은 깨끗해졌다.

23 Chapter

오디세우스, 페넬로페와 만나다

『오디세이아』 23장 요약

이제 전투가 끝나고 집을 깨끗이 청소해 충실한 유모 에우리클레이아는 페넬로페의 숙소로 가 지금까지 일어난 일을 모두 알린다. 페넬로페는 남편이 돌아와 구혼자들을 몰살했다고 믿고 싶어 조심스럽게 큰 홀로 나간다. 그녀는 오디세우스를 보고는 한참 동안 아무 말 없이 앉아 있다. 이에 텔레마코스는 여전히 의심하는 어머니를 꾸짖는다. 오디세우스는 텔레마코스가 부모 곁을 떠나 일을 해결할 것을 완곡히 제안한다. 또한 그는 텔레마코스가 하인들을 모아 가짜 결혼식 연회를 벌여 지나가는 사람들이 일어난 학살을 의심하지 않길 바란다. 오디세우스의 정체성을 확신시키기 위해 페넬로페는 그를 시험한다. 그가 말을 들으면서 그녀는 에우리클레이아에게 침대를 부부 방에서 옮기고 담요를 펴줄 것을 부탁한다. 왕 자신은 젊은 시절 침대를 조각해 궁궐 안뜰에서 자란 살아 있는 올리브나무로 만들었다. 그는 나무 주변에 침실을 지었고 침대를 움직일 수 없다는 것을 알고 있었다. 오디세우스가 원래 침대가 파괴되었을 수도 있다는 사실에 화가 났을 때 페넬로페는 안심하고 오랫동안 없었던 남편으로 받아들인다. 20년 만에 처음으로 둘은 행복한 밤을 보낸다. 아테나는 부부에게 더 많은 시간을 주기 위해 신의 능력으로 새벽을 늦춰준다.

———

　유모는 기쁨을 감추지 못하고 2층으로 올라갔다. 마님이 오매불망 그리던 남편 오디세우스 왕께서 돌아오셨다는 사실을 알리기 위해서였다. 마음이 급한 나머지 무릎이 앞서고 발은 자꾸 헛디뎌 말을 듣지 않았다. 그러면서도 이윽고 왕비 머리맡에 다가가 말했다. "어서 잠에서 깨세요. 매일매일 그렇게도 그리워하던 나리께서 돌아오셨습니다. 어서 일어나 눈으로 확인해 보십시오. 참으로 늦게 오셨지만 그렇게 악행을 일삼고 살림을 축내던 구혼자들을 일거에 소탕하셨습니다." 그러자 페넬로페가 대답했다. "유모, 귀신이 그대의 정신을 나가게 했나 보오. 귀신은 현명한 이의 지혜도 금방 못쓰게 만든다더니 유모의 똑똑하고 자상하던 머리를 돌게 하신 모양이오. 그리고 어째서 나를 놀리는가? 이미 속이 썩을 대로 썩은 내게 그런 실없는 소리를 해가며 단잠을 깨우다니. 오디세우스 왕께서 그 원수 같은 일리오스로 떠나신 후 처음으로 깊은 잠에 **빠졌**는데 말이오. 그러니 헛꿈 같은 말은 그만하고 어서 물러가시오. 내 집 시녀가 이런 헛소리를 내게 또 들려주려고 잠을 깨운다면 누구든 가차 없이 혼내 쫓아낼 것이오. 유모는 나이가 들었으니 한 번은 용서해주겠지만." 그 말에 유모 에우리클레이아가 다시 말했다. "마님을 놀리다뇨? 당치 않은 말씀입니다. 오디세우스님이 정말 집에 도착하셨다니까요. 저 다른 나라에서 오신 손님, 홀에서 모두 천대했던 그분이 바로 오디세우스 님이십니다. 왕자님께서는 아버님이 오신 것을 이미 알고 계셨습니다. 그러면서도 조심스럽게 아버님의 계획을 감추고 계셨죠. 무례한 구혼자들을 처리할 때까지 말입니다." 이렇게 말하자 페넬로페는 너무 기뻐 침상에서 뛰쳐나와 늙은 시녀를 끌어안았다. 그리고 비 오듯 눈물을 흘리며 그녀에게 말했다. "자네 말대로 정말 그분께서 집에 오셨다면 그럼 어서 확실히 이야기하게나. 혼자 어떻게 한군데 몰려 있던 그 구혼자들을 처치하셨단 말인가?" 그 말에 상냥한 유모가 대답했다. "저도 전혀 몰랐습니다. 다만 죽어가는 그들의 신음만 들었을 뿐입니다. 우리는 모두 간이 덜컥 내려앉아 안채 구석에 앉아 있었습니다. 그 중간은 모두 튼튼한 판자문으로 막혀 있었습니다. 처음으로 텔레마코스 님이 방에서 저를 부르실 때까지는 말입니다. 그래서 제가 보니 오디세우스 님이 한가운데 서 계시고 주위에는 그 무리의 시신들이 겹겹이 쌓여 나자빠져 있었습니다. 마님께서 그 광경을 보셨다면 속이 후련하셨을 겁니다. 지금은 모두 안뜰 문간 구석에 처박아 놓고 집 안은 유황불을 피워깨끗이 해놨습니다. 그리고 마님을 모셔 오라고 저를 보내셨으니 어서 따라오십시오. 이제야 슬픔의 구름이 걷히고 소원했던 햇살이 궁궐을 환히 비추나 봅니다. 오디세우스 왕께서 금의환향하시어 아드님과 아내를 맞게 되셨습니다. 그분께 악행을 저지른 구혼자들은 단 한 명도 남김없이 그분의 칼맛을 보았습니다." 그러자 정숙한 페넬로페가 말했다. "하지만 유모, 너무 그렇게 큰소리치진 말게. 자네도 잘 알다시피 이 집안 사람 모두 그분이 돌아오시길 얼마나 기다렸는가. 그 중에서도 나와 내 아들이 말이네. 그분과 나 사이에서 태어난 아들일세. 하지만 자네가 말한 것은 모두 거짓일 거야. 틀림없이 어떤 신께서 건방진 구혼자들을 죽이셨겠지. 가슴을 괴롭히는 못된 행동에 화가 나서 말이야. 사실 그놈들은 흑백을 가릴 줄 모르고 천하의 인사를 공경할 줄도 모르는 흉악한 자들이었으니까. 그리고 오디세우스 왕께서는 머나먼 이국에서 행방불명되신 것이오." 그러자 유모가 말했다. "마님, 지금 무슨 말씀하십니까? 바로 그분이 지금 궁궐로 돌아오셔서 벽난로 옆에 앉아 계시다니까요! 정말 의심도 많으십니다. 어서 가보십시오. 제가 분명히 증거를 보여드리겠습니다. 멧돼지 송곳니에 물린 다리 흉터를 보여드리면 될 것 아닙니까? 제가 그분의 발을 씻겨 드릴 때 그걸 보고 알았습니다. 하마터면 마님께 아뢸 뻔했는데 그분께서 제 입을 막으시며 매우 엄한 표정으로 절대로 비밀로 하라더군요. 자, 어쨌든 따라오십시오. 제가 마님을 속였다면 제 목숨을 내놓겠습니다." 그 말에 페넬로페가 대답했다. "유모, 신들의 꾀를 알아차리는 것은 너무나 어렵지. 물론 자네도 어지간히 눈치는 빠르지만. 어쨌든

오디세우스 다리에 난 흉터를 확인하는 페넬로페
페넬로페가 유모 에우리클레이아가 말한
오디세우스의 흉터를 확인하는 장면이다.

아들이 있는 곳으로 나가 보세. 죽임을 당한 구혼자들을 구경하고 그들을 죽인 분을 만나보기 위해서도 말이네." 그녀는 이렇게 말하며 2층 계단을 내려왔다. 그리고 속으로 망설였다. 멀리 떨어져 남편에게 물어봐야 할지, 곧바로 곁에 다가가 두 손과 머리에 입맞춤해야 할지. 그러나 그녀가 실제로 한 것은 홀로 들어가 돌 문지방을 넘어 불빛이 밝은 저편 벽 쪽에 가 오디세우스와 마주 보고 앉은 것이었다. 오디세우스는 높은 기둥에 기댄 채 아래쪽을 내려다보며 앉아 있었다. 그리고 우아한 페넬로페가 자신을 보았으니 뭔가 말을 꺼내길 기다렸는데 정작 그녀는 한참 동안 아무 말도 없이 앉아 있을 뿐이었다. 그녀는 두 눈으로 그의 얼굴만 빤히 쳐다볼 뿐 여전히 남편을 알아보지 못했다. 그가 남루한 누더기를 걸치고 있었기 때문이다. 그것을 보고 텔레마코스는 나무라며 그 이름을 불러 말했다. "어머님, 어찌 된 겁니까? 이렇게 냉정하시다뇨. 곁에 가서서 자세한 말씀이라도 나눠보십시오. 이 세상에 어머님 같은 분이 또 어디 있단 말입니까? 천신만고 끝에 20년 만에 귀국하신 아버님을 이렇게 떨어져 바라보고만 계시다니. 그래, 어머님 마음이 돌처럼 단단히 굳었단 말입니까?" 그 말에 현명한 페넬로페가 대답했다. "내 아들아, 내 마음이 너무 놀라 마비된 것 같구나. 그저 기가 막혀 말할 기운도 없고 얼굴을 쳐다볼 힘도 없구나. 하지만 진정 저분이 오디세우스 왕이시라면 더 알아보자. 아무도 몰래 우리끼리만 아는 증거가 있으니 말이다." 이 말에 오디세우스는 미소를 띠며 텔레마코스에게 말했다. "텔레마코스야, 어머니를 홀에 모시거라. 진실을 더 알아보시도록. 그럼 분명히 아시게 될 것이다. 남루한 차림이어서 나를 알아보지 못하시는 모양이다. 그건 그렇고 지금 우리는 뭔가 최선책을 강구해야 할 것 같구나. 누구나 사람을 살해하면 벌로 복수를 받지 않더라도 공권력을 상실해 국외로 추방되는 법이다. 우리는 우리 도시의 중견 영주들, 이타카 청년 중에서도 최정예 인사들을 죽였다. 이 점을 깊이 생각해야 할 것이다." 그러자 영특한 텔레마코스가 대답했다. "아버님, 모두 아버님의 생각이 가장 옳았다고 말할 겁니다. 인간이라면 아무도 감히 아버님께 대항하지 못할 겁니다. 저희 모두 최선을 다해 아버님을 따르겠으니 아버님께서는 절대로 용기를 잃지 마소서." 그러자 지혜로운 오디세우스가 대답했다. "그렇다면 내가 가장 좋은 방법이라고 생각하는 것을 말하겠다. 우선 모두 각자 처소로 돌아가 목욕하고 의복을 갖추라. 그리고 시녀들에게도 모두 옷을 갖추게 하라. 음유시인에게도 하프로 아름답고 명랑한 무도곡을 뜯으며 우리 뒤를 따르게 하라. 그럼 밖에서 그 소리를 듣는 사람들이 누구나 결혼 연회가 벌어진 것으로 짐작할 것이다. 구혼자들을 살해했다는 소문이 퍼지기 전에 그런 방법으로 우리는 울창한 산속 농원으로 들어갈 것이다. 그곳에서 올림포스 신들께서 우리에게 지혜로운 신탁을 내리실 때까지 기다리며 계획을 세우자꾸나." 이렇게 말하자 그들은 오디세우스의 뜻을 따르기로 했다. 그래서 먼저 목욕부터 한 후 정갈한 옷으로 갈아입고 시녀들도 모두 준비시키고 신성한 가인은 하프를 손에 들고 모두에게서 즐겁고 유쾌한 노래와 춤이 저절로 나오도록 부추겨 웅장한 성은 사나이들과 아름다운 띠를 맨 여자들의 춤으로 발소리도 요란하게 울려 퍼졌다. 그래서 성곽 밖 사람들은 이 소리를 듣자 서로 이렇게 말하는 것이었다. "여러 구혼자 중 드디어 누군가가 왕비님과 결혼하는 모양인데 참으로 경박한 부인 이군. 주인이 돌아오실 때까지 저 웅장한 성을 지켜나갈 절개가 없으니 말이야." 그들은 실제로 일어난 사실을 몰랐다. 그동안 시녀들의 우두머리 에우리노메는 오디세우스를 깨끗이 목욕시키고 몸에 올리브유를 발라주고 훌륭한 의복을 입혔다. 그 위에 아테나 여신이 머리 끝부터 발끝까지 늠름한 풍채를 떨쳐주고 몸집을 더 장대하게 해주니 더 우람해 보이고 머리에서는 곱슬곱슬한 머리 타래가 늘어져 히아신스 꽃처럼 보였다. 오디세우스는 처음 일어섰던 자리로 돌아가 페넬로페와 다시 마주 앉았다. "부인, 올림포스의 신들은 이 세상 어느 여성보다 차가운 마음을 당신에게 주셨나 보오. 천하에 이런 부인을 얻은 사내는 나밖에 없으리다. 천신만고 끝에 고국 땅을 밟고 아내 곁으로 돌아왔건만 남편을 이처럼 멀리하는 여인이 또 어디 있으리오. 자, 유모, 잠자리를 보아주오. 나 혼자 가서 눕겠소. 아내의 마음은 분명히 무거운 무쇠인가 보오." 이렇게 그가 서운해하자 페넬로페가 말했다. "당신이야말로 이상하신 분이군요. 제가 어찌 당신을 냉대하겠습니까? 저는 그 옛날 배에 몸을 싣고 출항하실 때의 당신 모습을 다시 뵙게 되었는데 제가 감히 얼음과 같은 마음을 담고 있을 수 있겠는지요? 자, 에우리클레이아여, 신부방 밖에 이분께서 손수 만드신 편안

오디세우스와 페넬로페
오디세우스가 페넬로페에게 자신을 밝히자
페넬로페가 둘만 아는 은밀한 비밀을 묻는 장면이다.

한 침대를 놓고 그 위에 금침을 깔고 털과 융과 빛나는 모포 등을 마련해 놓거라." 그녀는 이렇게 말하며 남편을 시험했다. 오디세우스는 매우 불쾌한 얼굴로 항의했다. "정말 부인의 말은 냉정하기 짝이 없구려. 어찌 남의 침대를 함부로 옮긴단 말이오. 그렇게는 안 되오. 기술이 아무리 뛰어나고 힘이 세더라도 그걸 들어올리진 못할 것이오. 그 침대를 만든 데는 특별한 비결이 있었으니. 더구나 다른 사람도 아닌 내 손으로 직접 만들었으니. 안뜰에 올리브나무가 있었는데 잎이 우거지고 매우 잘 자라 밑동 굵기가 기둥 둘레만 했지. 이 나무 주위로 둘러가며 내가 돌을 쌓아 방을 만들고 그 위로 지붕을 덮고 이중 창문을 냈소. 그리고 올리브나무 가지들을 다 쳐내고 뿌리에서 위로 밑동을 대충 자르고 잘 드는 손도끼로 다듬어 고르게 하고는 침대 기둥을 만들어 송곳으로 구멍을 뚫었소. 침대 기둥에서 금은과 상아를 입히는 것까지 모두 내 손으로 했소. 그리고는 밤색 쇠가죽으로 매듭을 단단히 지어놓았단 말이오. 하지만 부인, 나도 그 침대에 대해 모르는 게 하나 있소. 그 침대가 아직도 그 자리에 아무 사고 없이 그대로 놓여 있소? 아니면 누군가가 올리브나무의 밑동을 자르고 침대를 치워버렸소?" 오디세우스가 말을 마치는 순간 페넬로페는 갑자기 울음을 터뜨리며 그에게 달려와 몸을 껴안고 머리에 입을 맞추었다. "오디세우스 왕이시여, 노여워 마소서. 당신은 옛날부터 현명한 분이셨습니다. 우리를 갈라놓은 것은 바로 신이셨습니다. 우리가 청춘을 함께 즐기는 것을 시기해 이렇게 늙어서야 당신을 집으로 보내셨으니 노여움을 거두소서. 처음 당신을 뵈었을 때 그 자리에서 바로 기뻐하고 환대할 수 없었습니다. 어떤 속임수라고 생각해 두려웠기 때문입니다. 지금까지 수많은 구혼자가 그럴듯한 간계와 모략을 써왔기 때문입니다. 하지만 당신께서는 우리 침실의 모든 비밀을 정확히 말씀하셨습니다. 그 비밀은 이 세상에서 우리 부부와 제가 여기로 시집올 때 아버님께서 딸려 보내주신 시녀 에우리노메만 알고 있습니다. 그녀는 당신께서 제 마음을 사로잡는 이 순간까지도 정결한 제 침실을 지켜주고 있습니다." 이렇게 말하고 남편의 마음에 설움을 더 북받치게 해 그는 진실하고 충실한 아내를 끌어안고 하염없이 눈물을 흘렸다. 빛나는 눈의 아테나가 다른 방도를 강구하지 않았더라면 울음으로 새벽을 맞았으리라. 아테나 여신은 서방 극지에 오랫동안 밤을 묶어두는 한편, 금관을 쓴 '새벽의 여신'을 오케아노스강 옆에서 지체시켜 지상에 광명을 안겨주는, 하늘을 날듯이 달리는 뛰어난 준마의 출발 장비조차 허락하지 않았다. 이 준마는 람포스와 파에톤으로 새벽을 실어 오는 영원한 청춘의 말들이었다. 이윽고 지략이 뛰어난 오디세우스가 아내에게 말했다. "부인, 우리는 아직 우리에게 주어진 고난과 풍파의 끝에 다다르지 못했소. 헤아릴 수 없는 난관과 형극이 우리 앞에 있소. 내가 우리 일행의 귀국길을 묻기 위해 하데스 궁으로 갔을 때 테이레시아스의 영혼이 이렇게 말해주었소. "자, 부인, 침실로 갑시다. 단잠이라는 휴식의 향락을 맛보러 어서 침대로 듭시다." 그러나 정숙한 페넬로페는 서둘지 않았다. "침실은 마음 내키실 때 언제든지 드실 수 있게 되어 있습니다. 처음부터 신들께서 당신을 훌륭한 집과 조국으로 돌아오게 하셨으니까요. 그런데 당신께서 일단 그렇게 마음먹었다면 부디 제게도 그 어려운 일들을 말씀해 주세요. 언젠가는 나중에 알 수 있겠지만 지금 이 자리에서 알아둬도 해로울 건 없지 않나요?" 그 말에 지혜가 풍부한 오디세우스가 대답했다. "부인, 뭘 그리 급하게 서두르시오? 모두 숨김없이 차차 말해주리다. 서둘러 들어봤자 반가울 것도 없소. 테이레시아스의 영혼이 이렇게 말했소. 평생 바다 구경조차 못 하고 소금과 고기도 먹어보지 못하고 뱃전이나 배의 노조차 보지도 듣지도 못한 사람을 찾으라고 말이오. 그가 내게 이런 예언을 해줄 거라고 했소. 한 행인이 넓은 어깨에 키질하는 부채를 지녔다고 하거든 그 즉시 노를 땅에 꽂고 포세이돈에게 푸짐한 제물을 올리라고 내게 말했소. 숫양 한 마리와 황소, 수퇘지를 한 마리씩 잡자마자 집으로 가 '영생의 신'들께 제물로 황소 100마리를 올리라고 말이오. 그럼 객사를 면하고 편히 늙어 최후를 마치고 백성도 모두 행복하게 살 거라고 했소." 이에 정숙한 페넬로페가 말했다. "신들께서 더 좋은 노년을 정말 베풀어 주신다면 당신은 지금부터 온갖 재앙을 면할 희망이 있겠군요." 이렇게 둘은 이야기를 주고받았다. 그동안 에우리노메와 유모는 활활 타오르는 횃불 밑에 보드라운 이부자리를 펴 잠자리를 준비했다. 부지런히 손을 보아 빈틈없이 침상을 꾸미고 유모는 자신의 방으로 돌아갔다. 거기서 페넬로페의 몸종 에우리노메가 침실로 향하는 둘에게 횃불을 밝혀 안내하고 침실로 모신 다음 돌아갔다. 그 덕

오디세우스와 페넬로페의 키스
페넬로페가 오디세우스가 진짜 남편임을 알아보고는
그에게 키스하는 장면이다.

분에 둘은 즐거운 마음으로 옛날부터 정해진 잠자리를 맞은 것이다.

한편, 텔레마코스와 소치기와 돼지치기는 춤추던 발을 멈추었고 여자들에게도 춤을 멈추게 하고는 자신들도 어둠이 깃든 집 안에서 잠자리에 들어 오디세우스 부부는 달콤한 사랑의 기쁨을 나누었다. 페넬로페는 그동안 궁궐에서 무도한 구혼자들에게 당한 고초를 이야기했다. 많은 가축이 도살되었고 마셔버린 포도주 통 수는 헤아릴 수가 없었다. 다음으로 오디세우스가 부하들과 겪은 온갖 고난과 천신만고의 무수한 회고담을 이야기하자 페넬로페는 이야기가 끝날 때까지 도무지 잠을 청할 줄 몰랐다. 그는 키코네스족과 싸워 이긴 이야기부터 사지에서 헤매다가 파이아케스족을 찾아가 신과 같은 대우를 받고 고국으로 돌아온 이야기까지 하다가 잠이 쏟아져 스르르 눈을 감았다. 그런데 빛나는 눈의 여신 아테나가 또 다른 일을 생각해냈다. 이윽고 오디세우스가 페넬로페와 실컷 즐기고 상쾌한 잠도 충분히 취했으리라 짐작될 무렵 오케아노스에서 황금의자에 기대어 일찍 탄생하는 '새벽의 여신'을 하늘로 오르게 하고 세상 사람들에게 빛을 베풀게 해 오디세우스도 푹신한 침상에서 일어나 페넬로페에게 자신의 계획을 말했다. "부인, 당신과 나는 지난날 신물이 나도록 고난을 겪었소. 하지만 이제 소원하던 보금자리에서 함께 지낼 수 있게 되었으니 모쪼록 가산을 돌보는 데 전력합시다. 그리고 건방진 구혼자들이 축낸 가축 수만큼 많이 모아 오겠소. 아카이아족 사람들도 별도로 가축을 주겠지만 가축우리를 양 떼로 가득 채울 때까지 말이오. 나는 지금부터 나무들이 무성한 우리 농장에 다녀오겠소. 훌륭하신 아버님을 뵈러 말이오. 그동안 나 때문에 몹시 한탄하며 세월을 보내신다니 말이오. 그러니 여보, 말하지 않아도 잘하겠지만 한 가지 일러둘 게 있소. 곧 태양이 떠오르면 이 집안에서 내가 죽인 구혼자들 소문이 퍼질 것이니 당신은 시녀들을 데리고 2층에 올라가 꼼짝 말고 계시오. 아무도 만나면 안 되고 잘못을 캐묻거나 꾸짖는 일은 더더욱 삼가야 하오." 이렇게 말하고는 두 어깨에 훌륭한 무기를 걸치고 텔레마코스와 소치기와 돼지치기를 깨워 모두에게 싸울 준비를 할 것을 명령했다. 그러자 이내 모두 알고서 청동 무기로 무장하고 문을 열어 오디세우스를 앞장세우고 떠났다. 벌써 아침 햇살이 비치기 시작했는데 아테나 여신은 그들을 밤의 어둠으로 감싸 재빨리 마을 밖으로 데려갔다.

『오디세이아』 23장 분석

페넬로페는 거지 행색의 방문자가 남편일지도 모른다고 짐작하지만 그녀가 조심스러운 것은 놀랄 일이 아니다. 일부 비평가들은 그녀의 망설임으로 가장되고 방문자가 남편임을 알고 있고 그녀의 신중함으로 그를 감동시킬 거라고 주장한다. 이 같은 해석은 본문을 넘어선다. 호메로스는 그녀를 매우 희망적이지만 조심스러운 여성으로 묘사한다. 페넬로페의 성격에 따라 그 남자를 한 번 더 시험해 확신할 수 있다. 어떤 외부인도 부부의 결혼식 침대의 역사를 알 수 없을 것이며 그 마지막 증거는 페넬로페를 설득해 마침내 그녀를 의심에서 해방시킨다. 오디세우스는 이해심 있는 아버지의 지혜와 텔레마코스에 대한 그의 치료에 대한 주의를 보여준다. 오디세우스는 어머니를 속였다는 이유로 아들을 꾸짖기보다 부모가 일을 잘 거라고 확신한다. 여전히 군사전략가인 오디세우스는 침입자들에게 복수하기 위해 아들에게 큰 홀에서 가짜 결혼식 연회를 열라고 한다. 그 이유는 지역의 영향력 있는 귀족들과 주변 사람들에게 구혼자들을 도살한 사실을 들키지 않으려는 의도였다. 또한 페넬로페와 단둘이 만날 시간을 벌기 위해서였다. 이러한 전략은 성숙한 왕자에 대한 오디세우스의 믿음이 있었기에 가능했다.

몇 가지 책임이 남아있다. 오디세우스는 아들의 오랜 부재로 인해 감정적 고통을 받아온 아버지 라에르테스를 방문해야 한다. 내전을 피하기 위해 구혼자들의 가족을 다뤄야 할 것이다. 그리고 언젠가 오디세우스는 죽은 자의 땅에서 말한 테이레시아스의 예언을 이뤄야 한다. 왕은 바다에 대해 아무것도 모르는 사람들을 찾을 때까지 잘 계획된 노를 들고 외국 해안에서 내륙으로 걸어가야 한다. 누군가가 나를 보고 넓은 어깨에 키질하는 부채를 지녔다고 하거든 오디세우스는 노를 심고 숫양, 황소, 멧돼지를 포세이돈에게 희생시키는 것이다. 그런 다음 집으로 돌아가 신들에게 제물을 바치며 평화로운 삶을 살 수 있다.

24 Chapter

모든 시련을 끝내다

『오디세이아』 24장 요약

마지막 장은 전통적인 가이드인 헤르메스와 함께 열리며 구혼자의 영혼을 죽은 자의 땅으로 인도한다. 이 혼령들은 아킬레우스와 아가멤논과 같은 그리스 영웅들을 지나쳐 간다. 구혼자 중 한 명이 페넬로페의 구애, 구혼자들에 대한 그녀의 저항과 오디세우스의 복수 이야기를 암송한다. 이타카로 돌아온 오디세우스는 아버지 농장에 도착해 라에르테스에게 다가가는데 그는 전직 왕보다 노예처럼 보이게 행동한다. 자신을 확인한 후 오디세우스는 라에르테스, 텔레마코스, 두 명의 충직한 하인과 함께 귀향 식사를 한다. 한편, 학살 소문이 도시 전체로 퍼져나가고 안티누스의 아버지 에우페이테스(구혼자들의 공격적 지도자)는 복수를 요구한다. 남성들의 절반 이상이 에우페이테스를 따라 라에르테스의 농장으로 가 오디세우스에 대한 복수를 꾀한다. 멘토르의 모습으로 다시 등장한 아테나의 개입만 또 다른 주요 전투와 내전을 피하게 할 수 있다.

'전령의 신' 헤르메스는 황금지팡이를 휘두르며 구혼자들의 혼령을
인도했다. 음침한 동굴 속에 겹겹이 매달려 있던 박쥐 떼 중 한 마리가
날면 다른 박쥐들도 덩달아 날아가듯 구혼자들의 망령은 갈팡질팡하
며 헤르메스가 인도하는 대로 움직였다. 그들은 오케아노스강을 건너
고 흰 바위와 태양문을 지나 영혼이 사는, 수선화가 핀 목장으로 왔다.
거기서 그들은 펠레우스의 아들 아킬레우스의 망령과 파트로클로스,
명예로운 안틸로코스, 아이아스의 망령들을 만났는데 이 사람은 이름
높은 아킬레우스를 제쳐놓고 다른 그리스인들의 후손들 중 얼굴 생김
새나 몸집이 가장 뛰어난 사나이였다. 이 무리가 아킬레우스를 둘러
싸고 왁자지껄 떠들 때 바로 그 옆으로 아트레우스의 아들 아가멤논의
망령이 괴로워하며 찾아왔다. 그 주위에는 다른 망령들, 즉 그와 함께
아이기스토스의 집에서 목숨을 잃은 사나이들이 있었다. 아가멤논의
망령에게 먼저 아킬레우스가 말했다. "아트레우스의 아들이여, 영웅
이라고 부르는 무사들 중 특히 당신이 벼락을 치시는 제우스 신의 사
랑을 늘 변함없이 받고 있다고 들었소. 그것도 당신이 많은 용맹을 떨
치는 무사들을 통치하셨기 때문일 겁니다. 우리 아카이아족 사람들이
엄청난 고난에 처했을 때 저 트로이아인들 마을에서의 일입니다. 그

런데 당신에게도 벌써 저주스러운 운명이 따를 것 같군요. 그 운명은 이 세상에 태어난 인간이라면 아무도 거부할 수 없지만 그럴수록 당신이 우두머리로 누렸던 영광을 계속 보존하신 채 트로이아인들 나라에서 마지막을 고하셨더라면 더 좋았을 것이오. 그랬더라면 아카이아의 모든 병사는 당신을 위해 무덤을 쌓고 훗날까지 당신의 자손에게도 굉장한 명예를 남겼을 텐데 말입니다. 그런데 당신은 더없이 처절히 죽을 운명이었군요." 그러자 아가멤논의 망령이 대답했다. "행복한 펠레우스의 아들이신 아킬레우스여, 신과 같은 당신은 아르고스에서 멀리 떨어진 트로이아 땅에서 죽었소. 당신을 비롯해 트로이아 편과 아카이아족 중 특히 용맹한 많은 아들들이 죽었소. 당신의 시신을 둘러싸고 다투다가 말이오. 하지만 당신은 자욱한 모래 먼지 속에서 커다란 덩치를 매우 대범하게 쓰러뜨렸소. 기사의 뛰어난 재주는 이미 다 잊은 채. 그래서 우리는 온종일 싸웠소. 어쨌든 당신이 참으로 거룩하게 구름 속에 누워있자 제우스 신께서는 태풍을 몰아쳐 싸움을 멈추셨소. 그래서 우리는 당신의 시신을 배로 날라 따뜻한 물로 깨끗이 씻겨놓았고 그리스 동포가 벌떼처럼 몰려들어 자신들의 머리를 자르며 얼마나 통곡했는지 모르오. 그때 이 소식을 들은 당신 어머니가 이상한 울음소리를 내며 불사의 선녀를 데려와 우리 모두 사시나무 떨듯 공포에 떨었소. 그래서 모두 뛰쳐나가 가운데가 깊숙한 배에 올라탈 뻔했소. 이것저것 옛날 일을 많이 아는 용사 네스토르가 모두를 제지하지 않았더라면 말입니다. 원래 그 전부터 그의 의견은 가장 훌륭한 것으로 인정받았지만 말입니다. 네스토르가 모두를 위해 충분히 생각한 끝에 회의를 열고 말했소. '아르고스의 용사들이여, 도망칠 생각은 말게나. 아카이아의 젊은이들이여, 보게나. 이렇게 불사이신 아킬레우스 어머님께서 '바다의 여신'들을 이끌고 세상을 떠난 아드님을 만나기 위해 오셨지 않는가.' 이렇게 말하는 바람에 기세등등하던 아카이아 병사들도 그만 주저앉고 말았소. 그리고 당신 주위에는 '바다의 노인' 네레우스의 딸들이 늘어서서 대성통곡을 하며 시신에 매우 거룩한 옷을 입혔던 것이오. 게다가 아홉 분의 뮤즈('시와 노래의 여신')들이 할 수 있는 가장 아름다운 목소리로 합창해가며 슬픈 노래를 불렀소. 그 자리에서 아르고스 병사들 중 눈물을 흘리지 않은 이가 없었소. 그같이 뮤즈들의 낭랑한 노랫소리는 감동적이었소. 그렇게 17일 동안 '불사의 신'들도, 죽어야 할 인간들도 밤낮없이 슬퍼했소. 그래서 18일 만에 우리는 당신을 화장하기 위해 살찐 양들과 암소를 잡아 올렸소. 무장한 아카이아의 많은 영웅이 화장하는 나무를 에워싸고 당신을 지키고 있었는데 보병이든 기병이든 그 위용은 참으로 대단했소. 헤파이스토스의 불길이 당신을 완전히 불살라버린 이튿날 아침, 아킬레우스여, 우리는 당신의 백골을 순수한 포도주와 기름에 모아 넣었소. 당신 어머니께서는 디오니소스가 선물한, 손잡이가 두 개 달린 황금 항아리를 주셨는데 이는 유명한 헤파이스토스가 만들었다고 말씀하셨소. 그 속에 위대한 아킬레우스, 당신의 백골이 메노이티오스의 아들 파트로클로스의 뼈와 함께 들어갔소. 당신이 죽은 파트로클로스를 모

아킬레우스의 무덤
아킬레우스는 테티스의 아들로 트로이아 전쟁 당시 그리스 연합군의 영웅이었으며
그의 무공은 당할 자가 없었다. 그러나 파리스의 간계로 죽음을 맞아
그리스군은 높은 피라미드를 세워 그를 기렸다.

든 동료들 중 가장 마음에 두었기 때문이오. 그리고 우리는 크고 훌륭한 무덤을 쌓았소. 용맹한 우리 아르고스 병사들이 널찍한 헬레스폰토스의 여울로 튀어나온 곳 근처 바다에서도 선명히 보이도록 말이오. 현세 사람들과 훗날 태어날 사람들에 대해서도. 그리고 장례를 위해 아카이아 용사들이 재주를 겨루는 경기장 한가운데 테티스 여신께서 신들에게 부탁해 이긴 용사에게 내릴 어마어마한 상품을 내놓으셨소. 그때까지 당신은 용사들의 장례에 참례한 적이 많았을 것이고 한 나라의 영주가 돌아가셨다고 해서 젊은이들이 씨름 경기의 샅바를 두르고 상품도 푸짐하게 갖춘 것을 보았다면 그 훌륭함에 진정으로 감탄했을 것이오. 은처럼 다리가 흰 테티스 여신은 신들과 무척 친하셨기에 당신은 죽어서도 명성을 잃지 않았소. 그뿐만 아니라 그 훌륭한 명예는 영원히 온 세상 사람에게 전해질 것이오. 아킬레우스여, 그런데 전쟁을 완전히 끝낸 이 마당에 나는 이게 무슨 꼴입니까? 귀국하자마자 제우스 신은 내게 무참한 죽음을 계획하고 계셨소. 아이기스토스와 저주스러운 내 아내의 손에 죽임을 당하도록 말이오." 이렇게 그들은 자신들의 죽음에 대해 서로 이야기했다. 바로 그때 아르고스를 죽인 신 헤르메스가 오디세우스에게 맞아 죽은 구혼자들의 망령을 지상에서 이끌고 와 둘은 깜짝 놀라 그 모양을 보자마자 그들 곁으로 달려갔다. 아가멤논의 망령은 멜라네우스의 아들로 자신의 친구 암피메돈을 한눈에 알아보았다. 아가멤논의 망령은 먼저 그에게 말했다. "암피메돈이여, 여기는 무슨 일로 왔는가? 이 어두운 지하 세계로 출두하다니? 그리고 그대들 모습을 보니 성에서 가장 뛰어난 투사들만 모아온 것 같구려. 혹시 같은 배를 타고 가다가 포세이돈의 노여움을 사 격랑에 침몰되었는가? 아니면 원수의 소나 양을 베다가 죽임을 당했는가? 아니면 도시와 처자를 살리기 위해 전쟁을 했는가? 말해보라. 전에 메넬라오스와 함께 오디세우스를 찾아가 널찍한 배를 타고 일리오스로 동행할 것을 권유한 그때를 기억하지 못하는가? 도시의 정복자 오디세우스를 설복하느라 한 달 동안이나 지체하다가 너른 바다를 건너 돌아가지 않았는가 말이다." 그러자 암피메돈의 망령이 대답했다. "참으로 명예로운 아트레우스의 아들이자 용맹한 무사이신 아가멤논이시여, 그런 건 제우스 신의 양자인 당신께서 방금 말씀하신 대로 모두 생생히 기억합니다. 그래서 나는 당신에게 우리가 어떤 사유로 이곳 지하 세계에 왔는지 숨김없이 말씀드리겠습니다. 오디세우스가 오랫동안 트로이아 원정에서 돌아오지 않아 우리 구혼자들은 오디세우스의 현숙한 아내 페넬로페에게 청혼했습니다. 그러자 그녀는 우리에게 죽음과 멸망의 계략을 궁리하고는 이 구혼을 치사한 일이라고 거부하지도 않았고 그렇다고 딱 부러지게 끝내지도 않았습니다. 엉큼한 꾀를 마음속에 품고 있었던 겁니다. 바로 큼직한 베틀을 집안에 마련해두고 발이 곱고 유난히 폭이 넓은 천을 짜더군요. 그리고 우리에게 말했습니다. '내게 구혼하시는 젊은 분들이시여, 존엄하신 오디세우스께서 행방불명된 이 마당에 나와 결혼할 생각에 조급하겠지만 잠시만 더 기다려 주십시오. 폭이 넓은 이 천을 내가 모두 짤 때까지. 이

천이 쓸모없는 것으로 버려지면 안 되니까요. 이 천은 시아버지 라에 르테스님의 장례용 천이니까요. 죽음의 저주스러운 운명이 그분을 잡아챌 그때를 위해서 말입니다. 시신을 감싸줄 옷도 없이 돌아가시게 한다면 재산도 넉넉하면서 그랬다고 온 나라 안 아카이아족 여자들로부터 고약한 여자라는 비난을 면치 못할 겁니다.' 이렇게 말하기에 우리 구혼자들은 조급한 마음을 억누르고 그녀의 말을 따르고 있었습니다. 그렇게 그녀는 낮에는 쉴 새 없이 베를 짜고 밤이 되자마자 횃불을 곁에 두고 그 천을 다시 풀어버렸습니다. 그런 식으로 3년 동안 거짓말로 아카이아족 사나이들의 눈을 속여가며 시간을 끌었던 겁니다. 그러나 4년째가 되자 때마침 우리와 내통하던 시녀 한 명이 그 사실을 알려준 덕분에 그녀가 그 눈부신 천을 풀고 있던 현장을 급습했습니다. 그래서 페넬로페는 하는 수 없이 그 천을 다 짰습니다. 드디어 그녀가 폭넓은 천을 짜고 나서 태양이나 달빛처럼 빛나는 그 천을 사람들에게 공개할 무렵 어떤 사악한 신께서 오디세우스를 어디선가 일부러 데려오셨습니다. 그래서 돼지치기 에우마이오스가 사는 농장 맨 끝머리 쪽에 검게 칠한 배를 타고 상륙했습니다. 그때 오디세우스의 아들 텔레마코스도 모래사장이 많은 필로스에서 막 귀환했습니다. 둘은 구혼자들을 흉측하게 죽일 계획을 꾸미고 세상에 이름 높은 마을로 왔던 겁니다. 그중 오디세우스는 나중에 오기로 했고 텔레마코스가 먼저 궁궐로 떠나며 길을 일러주었습니다. 오디세우스는 초라한 누더기로 몸을 가리고 형편없이 마른 거지 행색에, 더구나 늙은이처럼 지팡이를 짚고 돼지치기 에우마이오스를 따라와 우리는 아무도 그가 오디세우스임을 알아보지 못해 짓궂은 말로 그를 조롱하고 마구 윽박지르고 물건을 던져 때리기도 했습니다. 그는 한동안 자기 성에서 얻어맞고 조롱을 당하면서도 참았습니다. 이윽고 성스러운 방패를 가지신 제우스 신께서 그를 부추기자 텔레마코스와 힘을 합쳐 세상에 이름 높은 무기를 내전 깊숙이 빗장을 걸어 감춰두었고 페넬로페는 매우 음흉한 생각으로 구혼자들에게 활로 잿빛 쇠도끼 자루의 구멍을 꿰뚫는 시합을 벌였습니다. 이것이 무서운 죽음의 운명을 맞을 우리의 경기 도구로 살육의 시초가 되었습니다. 우리는 아무도 그 강한 활을 당길 자가 없었는데 그 강하고 커다란 활이 오디세우스 손에 넘어가고 말았습니다. 그때 우리는 모두 하나같이 활을 오디세우스에게 주면 안 된다고 떠들었지만 텔레마코스가 우겨 오디세우스가 활을 손에 쥐었습니다. 오디세우스는 그 강한 활 시위를 가볍게 당겨 쇠도끼 구멍을 모조리 꿰뚫어 구혼자들을 놀라게 하고는 문지방에 몸을 기대어 활을 구혼자들에게 당겼습니다. 첫 번째 화살은 안티누스의 목을 관통해 살육했고 뒤이은 화살들에 구혼자들이 잇따라 쓰러져 죽음의 행렬이 되었습니다. 우리는 저항해 오디세우스에게 덤벼들었지만 어느 신께서 가담하셨는지 모두 오디세우스의 활시위에서 벗어나지 못했습니다. 그렇게 우리는 목숨을 잃고 말았습니다. 더구나 우리 시신은 아직도 오디세우스의 홀 안에서 손도 대지 않은 채 방치되어 있습니다. 우리 가족이 안다면 거무칙칙하게 엉겨 뭉친 시커먼 피를 상처에서 씻어낸 다음 관에 넣어 애도해줄 겁니다." 그 말에 아가멤논의 망령이 큰 소리로 대답했다. "행복한 오디세우스여, 참으로 그는 미덕을 가진 아내를 얻었소. 페넬로페는 얼마나 갸륵한 마음씨를 가졌단 말인가. 이카리오스의 따님은 정식으로 시집간 남편 오디세우스의 귀국을 오매불망 기다렸으니 그런 이유로 그녀의 덕행의 명예는 영원히 사라지지 않을 것이다. '불사의 신'들은 늘 조심성을 잃지 않는 페넬로페를 위해 지상의 인간들에게 아름다운 노래로 칭송할 것이오. 반면, 내 악처 클리타임네스트라처럼 못된 짓을 계획해 남편을 죽인 것과는 애당초 상대도 안 되니. 그녀에게는 끔찍한 긴 노래가 인간 세계에 울려 전해져 모든 여성의 이름을 더럽히겠지. 선행하는 정직한 여자에게조차." 그들은 땅속 깊은 곳에 있는 하데스 궁 안에서 이런 일들을 이야기했다.

한편, 오디세우스 일행은 마을을 떠난 지 얼마 안 되어 아버지 라에르테스의 잘 손질된 농장에 도착했다. 이곳은 옛날부터 라에르테스가 차지한 영지로 무척 고생한 보답으로 받은 것이었다. 이곳에 그의 집이 있었고 그 집을 사방으로 둘러싸고 행랑이 쭉 이어져 있었다. 그곳은 하인들이 식사도 하고 쉬어가는 장소였다. 또한 집에는 시칠리아 출신의 늙은 하녀가 일하며 노인 라에르테스의 수발을 들고 있었다. 오디세우스는 돼지치기 에우마이오스와 소치기 필로이티오스, 그리고 아들에게 말했다. "너희는 지금부터 튼튼하게 세워진 집 안으로 들

오디세우스와 라에르테스
오디세우스가 은둔생활 중인
아버지 라에르테스를 나무 뒤에서 지켜보는 장면이다.

어가 곧 점심 식사를 위해 돼지 중 가장 살찐 놈을 골라잡아라. 그동안 나는 아버님을 뵙고 올 것이다." 이렇게 말하며 하인들에게 전쟁에서 사용하는 무기를 건네주었다. 두 하인은 곧 집을 향해 출발했고 오디세우스는 풍성한 열매를 맺은 포도밭 근처로 갔는데 그곳에는 돌리오스의 모습은 보이지 않았고 다른 하인이나 그의 아들들도 눈에 띄지 않았다. 그는 큰 과수원으로 떠난 후였고 하인들도 포도밭 울타리를 만들기 위해 돌을 주워 모으러 나가 있었다. 노인 돌리오스가 모든 이를 앞장서 길을 안내해 오디세우스는 때마침 부친 혼자 있는 곳에 이르렀다. 부친은 잘 손질된 밭의 잡초를 뽑던 중이어서 지저분한 옷차림에 정강이에는 쇠가죽으로 이어 만든 행전을 감아 매고 두 손에는 장갑을 끼고 있었다. 참을성 많은 오디세우스는 너무나 노쇠하고 비참해 보이는 아버지의 모습을 보고 키 큰 야생 배나무 아래서 눈물을 흘렸다. 그는 아버지에게 매달려 입을 맞추고 그동안의 자초지종을 남김없이 말씀드려야 할지, 먼저 자세한 형편을 묻고 뜸을 들여야 할지 가슴속에서 망설였다. 그런 생각을 하는 동안 처음에는 짓궂은 말을 걸어 마음을 떠보는 게 좋겠다고 판단했다. 그렇게 생각하고 존엄한 오디세우스는 곧장 그를 향해 걸어갔다. 그때 늙은 아버지는 머리를 숙이고 나무 주변을 막 파헤치고 있었는데 명예로운 아들이 그 옆으로 다가가 말을 걸었다. "노인장이시여, 과수원을 가꾸는 솜씨가 훌륭하구려. 정말 잘 가꿔놓았소. 무화과나무든 포도나무든 어느 것이나 말이오. 그런데 한 가지 흠이 있는데 영감님께서는 정작 자신의 몸은 돌보시지 않는군요. 늙으면 처량하기 짝이 없는데 남루하기 짝이 없는 의복을 입으시다뇨. 못된 주인인가 봅니다. 제가 뵙기에 영감님의 풍채는 적어도 왕의 지위에 계신 분 같습니다. 이렇게 고생스럽게 일하실 분이 아니라 편히 쉬면서 여생을 보내실 분처럼 보인단 말입니다. 자, 숨김없이 말씀해 보십시오. 이곳은 누구의 과수원입니까? 이곳이 바로 이타카입니까? 길에서 만난 어느 분께 물어보니 잘 모르시더군요. 제 친구를 수소문하는데도 그가 아직 살아 있는지 죽었는지 전혀 들은 척도 않더군요. 한때 저는 이곳에서 오신 분을 환대해 드린 적이 있습니다. 그는 이타카 태생이고 아버지는 아르케이시오스의 아들 라에르테스라더군요. 저는 그분을 제집으로 모셔가 잘 대접한 후 금 7달란트, 꽃을 새긴 순은 술병, 옷 12벌과 많은 담요와 화려한 외투, 튜닉 등을 선물했습니다. 게다가 일을 매우 잘하는 시녀 네 명까지 데려가게 했습니다." 그러자 라에르테스는 울며 대답했다. "손님께서 찾으시는 곳이 바로 이곳입니다. 하지만 이곳은 이미 무례한 자들의 손에 들어가 그 많은 선물은 모두 헛것이 되었소. 그 아이가 살아서 이곳에서 손님을 만난다면 얼마나 기뻐하겠소. 정성을 다해 은혜에 보답하려고 했을 것이오. 자, 그럼 말씀 좀 자세히 들어봅시다. 내 아들을 정말 언젠가 만나셨습니까? 아, 참으로 불운한 자식은 너른 바다에서 물고기 밥이나 짐승 밥이 되진 않았는지. 그런데도 그 아이가 어떻게 되었는지 몰라 장례도 못 치르고 울어보지도 못하고 있다오. 마음이 꿋꿋한 내 며느리도 그의 눈을 감겨 주고 버젓이 입관해 실

컷 울어보지도 못했다오. 이런 일들이 모두 죽은 이에 대한 예의인데
도 말이오. 그리고 당신에 대해 확실한 것을 내게 말해 주시오. 잘 알
아듣도록 말이오. 도대체 당신은 누구시고 어느 나라에서 오셨는지,
고향은 어디이고 양친은 계신지. 빠른 배를 어디에 대놓았는지, 당신
을 이곳까지 데려온 배 말이오. 신과 같은 뱃사람들도 태워왔을 텐데.
아니면 승객으로 남의 배를 타고 오셨는지, 그 배는 당신을 내려주고
이미 떠났는지 말씀해 주시오." 그러자 지혜로운 오디세우스가 대답
했다. "그렇다면 모든 게 충분히 납득가도록 말씀드리겠습니다. 저는
알리바스 출신으로 폴리페몬의 손자이자 아페이다스의 아들이고 이
름은 에페리토스입니다. 어느 신께서 인도하셨는지 저는 시카니아로
부터 이곳에 오게 되었습니다. 제 배는 저기 성으로부터 떨어진 곳에
정박해 있습니다. 오디세우스를 만난 지는 5년이 되었습니다. 팔자가
기구했지만 그가 떠나갈 때 새들이 오른쪽으로 날아가는 좋은 징조를
보여 그와 저는 매우 기뻐하며 작별했고 다시 만나 우정을 나눌 것을
기약했습니다." 이렇게 말하자 노인은 깊은 절망에 빠져 몹시 신음하
며 두 손으로 검은 잿빛 먼지를 움켜쥐고 잿빛 머리카락에 마구 뿌려
댔다. 사랑하는 아버지의 그런 모습을 보자 오디세우스의 마음은 마
구 흔들려 콧구멍에서 돌연 단 콧김이 흘러나왔다. 그러자 그는 아버
지께 달려들어 입을 맞추며 말했다. "아버님, 제가 왔습니다. 아버님
이 밤낮으로 그리워하시던 바로 제가 왔습니다. 아버님, 이제 눈물을
닦으시고 울음을 그만 그치십시오. 아버님, 제 말씀 좀 들어보십시오.

오디세우스와 라에르테스
오디세우스가 아버지 라에르테스를 만나는 장면이다.

꿈에 그리던 고국 땅에 와 궁궐에서 구혼자들의 몸서리쳐지는 극악무도한 악행에 복수했습니다." 그 말에 라에르테스가 대답했다. "여기 있는 당신이 정말 내 아들 오디세우스라면 어서 무엇이든 뚜렷한 증거를 말해 주시오. 내가 진심으로 납득되도록." 이에 오디세우스가 말했다. "네, 우선 이 흉터를 보십시오. 제가 외할아버님 댁에 갔다가 멧돼지의 흰 송곳니에 물린 자국입니다. 그건 그렇고 우리 과수원을 말씀드리겠습니다. 제가 매우 어릴 때 언젠가 아버님은 제게 나무 이름을 일일이 가르쳐 주셨습니다. 배나무 13그루, 사과나무 10그루, 무화과 40그루, 포도나무 50그루 고랑을 제게 주시겠다고 하셨죠. 그리고 이것은 절기를 달리해 열리는데 송이 모양도 다양하다고 말씀하셨죠." 그의 거침없는 말에 노인은 갑자기 부들부들 몸을 떨며 기절했다. 틀림없는 아들이었다.

잠시 후 정신을 차린 라에르테스는 기운을 차리고 기원했다. "제우스 아버지시여, 인간 세상을 다스리는 여러 신들이시여, 얼빠진 구혼자들에게 복수했다면. 오, 참으로 두렵습니다. 이제 이타카 시민들이 불같이 일어나 우리에게 대항하지 않겠습니까?" 그 말에 지혜가 풍부한 오디세우스가 대답했다. "안심하십시오. 그런 일이 절대로 아버님 마음을 괴롭히진 않을 테니까요. 그보다 어서 집으로 가시죠. 과수원 바로 옆에 세워져 있는 집 말입니다." 그곳에서는 텔레마코스와 소치기와 돼지치기가 지금 막 많은 고기를 썰어 나누고 붉게 빛나는 포도주를 섞고 있었다. 그동안 기상이 높은 라에르테스는 그의 집 안에서 시칠리아 태생의 시녀가 목욕시키고 올리브유를 몸에 발라주고 어깨에 아름다운 망토를 입혀 주었다. 그러자 아테나 여신은 그의 곁에 바짝 다가가 이 백성들의 어진 우두머리의 팔다리를 풍부하게 살찌우고 보기에 전보다 훨씬 크고 튼튼하게 해 욕실에서 나온 그를 본 사랑하는 아들은 감탄하며 말했다. "아버님, 참으로 '영생의 신'께서 아버님을 더 위엄 있게 해주셨습니다." 이에 현명한 라에르테스가 대답했다. "오, 제우스 아버지와 아테나, 아폴론께서 나를 난공불락의 성 네리코스를 점령했을 때로 돌아가게 해주시고 궁궐에서 너를 돕게 해주셨더라면 좋았을 텐데! 그랬다면 나도 그놈들의 정강이를 부러뜨려 너를 놀라게 해주었을 텐데!"

식사 준비가 다 되자 그들은 차례대로 의자에 앉아 식사했다. 그때 돌리오스 노인과 그의 아들들이 들어왔다. 시칠리아 출신의 노파가 불러온 것이다. 그들은 오디세우스를 알아보고는 기뻐 어쩔 줄 몰라 멍하니 서 있었다. 오디세우스가 반갑게 인사했다. "할아범! 자, 어서 앉아 식사하게나. 놀라운 일들은 모두 잊고. 그저 고픈 배를 채우고 싶은 생각뿐이어서 아까부터 그대들을 기다렸소." 이렇게 말하자 돌리오스는 다짜고짜 두 팔을 벌리고 그에게 다가가 오디세우스의 손을 잡고 그 손목에 입을 맞춘 다음 가슴이 벅차 그에게 높은 소리로 말을 걸었다. "아, 그리운 오디세우스 님. 기다리던 우리에게 드디어 와

오디세우스와 라에르테스 조각상

주셨군요. 전혀 생각하지도 못했는데 이렇게 모셔온 것은 분명히 신들이겠군요. 고마운 일이오. 이렇게 신들께서 무사하도록 복을 내려주셨으니. 그런데 한 가지, 이 일만은 분명히 우리에게 말씀해 주십시오. 우리가 잘 알아듣도록 말입니다. 지혜와 분별이 밝으신 페넬로페 님은 당신께서 돌아오신 걸 이미 아시는지, 아니면 급히 전령을 보내셨는지요?" 그 말에 지혜로운 오디세우스가 대답했다. "아무 걱정하지 말게, 할아범. 그녀도 이미 알고 있으니." 그는 이렇게 말하고는 잘 닦인 의자에 다시 걸터 앉았다. 그와 동시에 돌리오스의 아들들도 이름 높은 오디세우스를 둘러싸고 그 손에 매달려 환영하는 말로 인사하고 차례대로 아버지 돌리오스 곁에 앉았다. 그렇게 그들이 집 안에서 식사하느라 여념이 없는 동안 발 빠른 전령, 즉 구혼자들의 살육 소문은 온 마을에 퍼졌다. 사람들은 소문을 듣자마자 사방팔방에서 달려나와 탄식하고 신음하며 오디세우스의 성 앞으로 몰려와 각자 시신을 날라 장례를 치렀다. 또 다른 나라에서 온 사내들의 시신은 빠른 배에 태워 뱃사람들에게 각자 집에까지 데려가도록 보내주었다. 그리고 그들은 함께 모여 아픈 마음에 비탄에 젖어 회의 장소로 나가 회합을 가졌는데 그중 에우페이테스가 일어나 말했다. 그럴 수밖에 없는 것이 아들 안티누스에 대한 뼈아픈 비탄이 가슴속에 사무쳐 있었기 때문이다. 안티누스는 오디세우스가 맨 처음 죽인 인물로 그는 아들 생각에 눈물을 흘리며 회의 자리에서 사람들에게 말했다. "시민들이여, 우리는 정말 너무나 끔찍한 일을 당했습니다. 자, 보십시오. 고귀한 청년들을 배에 가득 싣고 나가 혼자서만 귀국하더니 또다시 수많은 케팔레니아 정예 인사들을 몰살시키지 않았습니까? 여러분, 우리 모두 그가 필로스나 엘리스 땅으로 달아나기 전에 잡읍시다. 여기서 그냥 주저앉는다면 장차 우리는 얼굴을 들고 다닐 수 없을 겁니다. 우리가 자손 형제의 복수를 하지 못한다면 그 오명을 자손만대까지 벗지 못할 것이오. 그때는 더 이상 인생을 살아갈 가치가 없을 것이오. 차라리 죽어간 그들의 뒤를 따라가는 것보다 못할 것이오. 자, 시간이 없소. 그들이 바다를 이미 건넜을지도 모르오." 그의 눈물 어린 호소에 아카이아 시민들 중 눈물을 흘리지 않는 자가 없었다. 그때 고명한 음유시인과 메돈이 군중 가운데 서자 모두 이상하게 여겼다. 그들은 오디세우스의 집에서 잠이 깨자마자 나온 길이었다. 지혜로운 메돈이 먼저 나서서 상황을 설명했다. "이타카 동포들이여, 잠시 진정하시고 제 말을 들으십시오. 실제로 신의 계시가 없었다면 오디세우스는 감히 이같은 사건을 저지르지 못했을 겁니다. 아니, 제가 직접 목격했습니다. '불사의 신'은 멘토르로 변신해 오디세우스 옆에 서 있었습니다. '불사의 신'이 오디세우스를 격려하는 한편, 구혼자들을 위협해 모두 쓰러졌던 것이오." 이렇게 말하자 모여 있던 사람들은 너나 할 것 없이 모두 새파랗게 질려 두려움에 떨었다. 그때 마스토르의 아들 할리테르세스 노인이 모두에게 다시 말을 걸었다. 그들 중 오직 그만 옛날 일처럼 미래의 일도 내다볼 수 있어 지금 그가 모두를 생각해 회의 석상에서 일어나 말했다. "자, 이타카 여러분! 지금부터 내가 말하는 것을 잘 들으시오. 이런 결과를 가져온 것은 전적으로 당신들의 연약한 마음 때문이었소. 무슨 일이든 당신들은 내 말을 전혀 들은 척도 안 했고 백성들의 지도자인 멘토르 님을 따르지도 않았소. 당신들의 아들들에게 어리석은 행동은 그만두라고 하셨는데도 그들은 악랄한 생각에 악행을 일삼아 오지 않았소? 지체 높으신 분의 재산을 털어먹고 그 배우자에게 무례한 짓을 해가면서 말이오. 그가 영원히 돌아오지 못하리라 생각하고 말이오. 그러니 지금이라도 내 말을 들으시오. 쫓아가는 건 그만두는 게 좋겠소. 불행을 자초해 뒤집어쓰면 안 되니." 이렇게 말하자 그들 중 절반 이상이 큰소리를 지르며 자리에서 벌떡 일어났다.

한편, 그 밖의 더 적은 수의 사람들은 그곳에 함께 모여 있었다. 할리테르세스의 말은 그들 대부분의 귀에 거슬렸다. 에우페이테스의 말이 옳다고 여겨졌기 때문이다. 그래서 그들은 무기를 가지러 급히 달려갔다. 번쩍이는 청동 갑옷을 입고 넓은 마을 입구에 모두 집결했고 에우페이테스가 그들을 직접 진두지휘했다. 그때 아테나가 제우스 신께 기원했다. "크로노스의 아드님이자 '신들의 신'이신 우리 아버지시여, 당신 마음속에 품은 뜻은 도대체 무엇입니까? 또다시 전쟁을 일으켜 무시무시한 소란을 계속하실 작정입니까, 아니면 그들과 우의를 맺으실 생각입니까?" 그러자 하늘을 주재하는 제우스 신이 대답했다. "애야, 왜 내게 자꾸 묻느냐? 오디세우스가 돌아오는 길로 즉시 복수할 작전을 너 스스로 세운 것 아니냐? 너 좋을 대로 하라. 굳이 내 의견을 알고 싶다면 말해주마. 자, 위대한 오디세우스가 이제 구혼자들에게 원수를 갚았으니 그가 평생 왕권을 누리고 그들이 형제 자식을 살해당한 원한을 잊게 해 양쪽이 옛날처럼 서로 사랑하며 각자 풍요롭게 행복을 누리게 하는 것도 좋겠구나." 제우스 신이 이렇게 아테나의 사기를 더 북돋아주자 아테나는 올림포스 산꼭대기에서 아래로 재빨리 내려갔다.

한편, 꿀맛 같은 식사를 마친 영웅 오디세우스가 입을 열었다. "누구든 밖을 살펴보고 오게. 마을 사람들이 몰려와 근처에 있으면 큰일이니." 이렇게 말하자 돌리오스의 아들 중 한 명이 시키는 대로 밖으로 나가 문지방에 올라 바라보자 한 무리가 마을 근처에 이미 나타났다. 그는 곧 돌아와 흥분하며 오디세우스에게 말했다. "큰일났습니다. 그들이 벌써 가까이 왔으니 빨리 무장해야겠습니다." 이렇게 말하자 그들 모두 일어나 무장했다. 오디세우스 일행 네 명과 돌리오스의 아들 여섯 명, 라에르테스와 돌리오스도 머리는 백발이지만 전사가 되어 갑옷을 입었다. 그들 모두 오디세우스를 앞세우고 밖으로 몰려 나갔다. 그들 가까이 제우스 신의 딸 아테나 여신이 그 목소리부터 모습까지 멘토르와 똑같이 하고 왔다. 그 모습을 보고 참을성 있고 존엄한 오디세우스는 매우 기뻐하며 자신의 사랑하는 아들 텔레마코스에게 곧 말했다. "텔레마코스여, 이제 너도 그만한 처지가 되었으니 각오는 했겠지. 전쟁에 나가는 무사들 중 누가 가장 뛰어난지 결정될 순간이다. 집안 조상님들을 욕보이지 않겠다는 각오 말이다. 예로부터 우리 집안은 무력이나 용맹함이 전 세계에서도 뛰어났으니." 그 말에 텔레마코스가 사려 깊게 대답했다. "아버님, 이번 기회를 제게 주십시오. 아버님 말씀대로 저도 우리 집안의 혈통을 티끌만큼도 더럽히지 않을 수 있습니다." 텔레마코스의 굳은 결의를 보고 라에르테스도 매우 기뻐하며 말했다. "오, 오늘은 참으로 영광된 날이로구나. 신이시여, 제 아들과 손자가 이처럼 무용을 겨루니 저는 정말 행복한 사람입니다." 그러자 빛나는 아테나 여신이 그 옆으로 다가가 그에게 말했다. "여보시오, 아르케이시오스의 아들이여, 내 모든 전우들 중 특히 친한 친구여! 빛나는 눈의 여신과 위대한 제우스 신께 기원한 다음 곧 긴 그림자를 만들어내는 창을 잘 휘둘러 던져 보시오." 이렇게 말하고 아테나 여신은 어마어마한 기력을 노인에게 불어넣어 주었다. 그래서 그도 위대한 제우스 신의 따님에게 기도를 올리자마자 긴 창을 잘 휘둘러 던져 에우페이테스의 투구를 맞혀 그 청동 볼받이를 꿰뚫었다. 투구가 창을 막아내지 못해 청동 창끝은 사정없이 안으로 들어갔다. 에우페이테스가 요란한 비명을 지르며 쓰러지자 갑옷이 그의 몸 위에서 덜그렁대며 울었다. 그러자 오디세우스와 명예로운 아들은 적의 선두대열에 뛰어들어 검과 쌍지창으로 적군을 무찔렀다. 그야말로 염소 가죽 방패를 가진 아테나 여신이 큰소리로 외치고 적군을 만류하지 않았다면 남김없이 쳐죽였을 것이다. "전투를 중지하시오. 이타카 여러분, 처참한 전쟁에서 한시라도 빨리 피를 흘리지 않고 사태를 수습하

아테나의 중재
아테나 여신이 더 이상 살상하는 것을 멈추게 해
오디세우스의 이타카는 평화를 되찾는다.

도록." 공포에 질린 그들은 여신의 명령대로 손에서 무기를 버리고 성을 향해 발길을 돌렸다. 그러나 오디세우스는 무섭게 고함을 지르며 하늘을 나는 독수리처럼 덤벼들었다. 그때 제우스가 번쩍이는 번갯불을 보내자 아테나 여신의 발밑에 떨어졌다. 그때 오디세우스를 향해 빛나는 눈의 아테나 여신이 말했다. "제우스의 후손인 라에르테스의 아들이자 지혜가 풍부한 오디세우스여, 그만두게나. 모두에게 똑같이 피비린내 나는 전쟁은 이제 그만하게. 넓은 하늘에 천둥을 울리시는 제우스 신께서 그대에게 노여워하시면 안 되니." 아테나 여신의 만류에 오디세우스는 내심 기뻤다. 마침내 아테나 여신은 양측을 설득해 미래를 위한 화해의 서약을 맺게 했다.

『오디세이아』 24장 분석

고전 시대부터 이 마지막 장의 정당성은 논란의 여지가 있었다. 일부 학자들은 훗날 열등한 시인이 그것을 썼다고 주장한다. 그들은 오디세우스와 페넬로페가 재결합할 때 서사시가 끝나야 한다고 주장하지만 의견 합의는 마지막 장이 속한다는 것이다. 그것은 적어도 세 개의 느슨한 끝을 묶는다. 죽은 자의 땅에 있는 장면은 현대 독자들에게 지루하고 심지어 방해로 보일 수 있지만 아가멤논은 평행을 완성하는 역할을 한다. 아가멤논의 혼령은 페넬로페의 충실함을 기념하고 그를 배신하는 아내 클리타임네스트라와 호의적으로 비교한다. 페넬로페 이야기와 오디세우스의 복수 재연은 서사시가 며칠 몇 주 동안 구두로 제시되었음을 기억한다면 더 잘 이해될 수 있다. 계속되는 행동에 주목할 만한 것은 오디세우스와 그의 아버지 라에르테스의 만남이다. 죽은 자의 땅(11장)을 방문하는 동안 오디세우스는 어머니 안티클레이아로부터 늙은 라에르테스 왕이 아들의 부재로 큰 고통을 겪었음을 알게 된다.

한 가지 중요한 문제가 남아있다. 오디세우스는 이타카와 주변 섬의 유력한 가문에서 온 100명 이상의 젊은이들을 학살했다. 그는 이전에 아테나에게 언급한 복수 시도를 다뤄야 한다는 것을 알고 있고 텔레마코스가 도살 당일 밤 궁궐에서 가짜 결혼식 연회를 벌이도록 연기했다. 이제 에우페이테스(수석 구혼자인 안티누스의 아버지)는 라에르테스의 농장을 공격할 대규모 병력을 이끌고 있다. 다시 한번 신들이 개입한다. 양측은 전투에 임한다. 아들의 귀환과 아테나의 축복으로 강화된 라에르테스는 에우페이테스를 죽인다. 한 아버지가 다른 아버지를 물리치면 전쟁은 거기서 끝난다. 제우스의 지시에 따라 아테나는 분쟁을 중단하고 평화와 협력을 촉구한다. 이타카는 번영을 이루고 드디어 오디세우스는 모든 시련에 종지부를 찍는다.

호메로스 전기

호메로스는 누구였는가?

그리스 시인 호메로스는 『일리아스』와 『오디세이아』의 서사시를 처음 기록한 것으로 알려져 있으며 그의 이야기의 영향은 서양 문화에 반향을 계속 일으키고 있다. 그리스 시인 호메로스는 기원전 12~8세기 소아시아 해안 어딘가에서 태어났다. 그는 서구 문화에 지대한 영향을 미친 서사시 『일리아스』와 『오디세이아』로 유명하지만 저자에 대해선 알려진 것이 거의 없다.

호메로스의 신비

호메로스는 수수께끼다. 『일리아스』와 『오디세이아』의 인류 최초의 서사시로 인정받는 그리스 서사시 시인은 그의 삶의 실제 사실이 진행되는 한 수수께끼다. 일부 학자는 그가 한 사람이라고 믿는다. 다른 사람들은 이 상징적인 이야기가 그룹에 의해 만들어졌다고 생각한다. 그룹 아이디어의 변형은 스토리텔링이 구전 전통이었고 호메로스가 이야기를 편집한 다음 암송했다는 사실에서 비롯된다. 호메로스의 스타일은 그가 누구였든 셰익스피어와 같은 열렬한 문학적 순간의 산물인 교양 시인과 달리 음유시인 범주에 더 가깝다. 이야기에는 거의 코러스나 후렴과 같은 반복적 요소가 있어 음악적 요소를 암시한다. 그러나 호메로스의 작품은 서정시가 아닌 서사시로 지정되는데 원래 구어 공연과 같은 맥락에서 거문고를 손에 들고 낭송되었다. 그의 정체에 대한 이 모든 추측은 필연적으로 호메로스 질문으로 알려진 것, 즉 그가 실제로 존재했는지 여부로 이어졌다. 이것은 종종 가장 큰 문학적 신비로 간주된다.

호메로스는 언제 태어났나?

호메로스 관련 실제 정보가 부족해 호메로스의 출생연도에 대한 많은 추측이 있다. 그의 생년월일은 기원전 750년부터 기원전 1,200년까지 거슬러 올라가며 후자는 『일리아스』가 트로이아 전쟁 이야기를 포괄하므로 일부 학자는 시인과 연대기 작가를 실제 사건의 시간에 더 가까이 두는 게 적절하다고 생각했지만, 다른 사람들은 그의 작품의 시적 스타일이 훨씬 후기임을 나타낸다고 믿는다. '역사의 아버지'로 불리는 그리스 역사가 헤로도토스는 호메로스를 기원전 850년경으로

호메로스
고대 그리스의 시인. 서양사의 한 획을 그은 인물로
인류 역사상 가장 위대한 작가 중 한 명으로 평가받는다.

자신보다 몇 세기 전에 배치했다. 문제들 중 일부는 호메로스가 연대순 연대 측정 시스템이 마련되기 전에 살았다는 것이다. 고대 그리스 올림픽은 기원전 776년을 이 대회의 측정하는 출발점으로 표시했다. 즉, 달력이 생기기 전 태어난 사람에게 생년월일을 알려주기는 어렵다.

호메로스는 어디서 태어났는가?

호메로스의 정확한 출생지를 또한 정확히 확정할 수는 없지만 학자들이 시도하는 것을 막진 못한다. 그것은 이오니아나 소아시아 해안, 또는 키오스섬으로 확인되었다. 그러나 일곱 개 도시는 호메로스를 자신들의 고향 아들이라고 주장한다. 이 같은 주장들 중 일부는 몇 가지 근거가 있다. 『일리아스』와 『오디세이아』가 쓰인 방언은 아시아 그리스어, 특히 이오니아로 간주된다. 트라키아 방향 북서쪽에서 불어오는 강풍과 같은 지역 현상에 대한 빈번한 언급과 함께 학자들은 호메로스가 그곳에서 왔음을 의미할 수 있는 그 지역에 대한 친숙함을 시사한다고 생각한다. 일반적으로 방언은 언어의 발달·사용과 일치해 그 수명을 좁히는 데 도움이 되지만 『일리아스』와 『오디세이아』는 인기가 너무 많았기 때문에 이 특정 방언은 이후 많은 그리스 문학의 표준이 되었다.

호메로스는 어땠는가?

호메로스에게 귀속된 대부분의 전기적 측면은 전적으로 그의 시에서 파생된다. 호메로스는 『오디세이아』의 등장인물인 데모도코스라는 맹인 음유시인을 기반으로 시각장애인이었던 것으로 유추된다. 데모도코스가 어떻게 모임의 환영을 받았고 음악과 갈등과 영웅에 대한 서사시로 청중을 열광시켰는지에 대한 긴 논쟁은 자신의 삶이 어땠는지에 대한 호메로스의 힌트로 해석되었다. 그 결과, 두꺼운 곱슬머리와 수염, 시력이 없는 눈을 가진 호메로스의 많은 흉상과 동상이 조각되었다.

『일리아스』와 『오디세이아』

호메로스의 두 서사시는 세계 신화의 전형적인 로드맵이 되었다. 이 이야기는 초기 인간 사회에 대한 중요한 통찰력을 제공하며 어떤 면에서는 거의 변하지 않았음을 보여준다. 『일리아스』 자체가 낯설어 보이더라도 트로이아 포위 공격, 트로이아 전쟁, 파리스가 세상에서 가장 아름다운 여성 헬레나를 납치하는 이야기는 모두 친숙한 캐릭터와 시나리오다. 일부 학자들은 시의 지리적 정확성 때문에 호메로스가 트로이아 평원이 개인적으로 친숙하다고 주장한다. 『오디세이아』는 트로이아 몰락 이후 시작된다. 저자에 대한 더 많은 논란은 두 개의 장편 서사시의 다른 스타일에서 비롯되며 이는 그들이 한 세기 간격으로 집필되었음을 보여주는 반면, 다른 역사가들은 단지 수십 년이라고 주

"모든 위대한 문학작품은 『일리아스』이거나 『오디세이아』이다."
_귀스타브 플로베르

장한다. 『일리아스』의 더 공식적인 구조는 호메로스가 절정에 달한 젊을 때 쓰인 반면, 『오디세이아』의 더 구어체적이고 소설적인 접근 방식은 노인 호메로스에 기인한다. 호메로스는 직유와 은유의 자유로운 사용으로 묘사적 이야기를 풍부하게 만들었고, 이는 그의 이후 작가들에게 큰 영감을 주었다. 그의 구조화 장치는 중간에서 시작해 기억을 통해 누락된 정보를 채우는 것이었다. 호메로스의 『오디세이아』는 제임스 조이스의 『율리시즈』와 유사하며 『일리아스』에 등장하는 그의 아킬레우스 이야기는 J. R. R. 톨킨의 『곤돌린의 몰락』에 반향을 일으킨다. 수 세기 동안 호메로스의 다른 작품들, 특히 호메로스 찬양이 귀속되었지만 결국 두 개의 서사시 작품만 그의 작품으로 남아있다.

호메로스의 유산

플라톤은 그의 시대에 많은 사람이 호메로스가 모든 그리스 세계의 교육자라고 믿었다고 말한다. 그 이후 호메로스의 영향력은 헬라스(그리스) 국경 너머까지 퍼졌다. 『일리아스』와 『오디세이아』는 서양 문화 대부분의 다른 예술과 과학에 씨앗뿐만 아니라 비료도 제공했다. 그리스인들에게 호메로스는 민족 문화의 대부였으며 집단적 상상력에 스며든 풍부한 리듬 이야기로 신화와 집단 기억을 기록했다. 호메로스의 실제 삶은 미스터리로 남았을지 모르지만 그의 작품의 진정한 영향은 오늘날까지도 우리 세계를 조명하고 있다.

오디세이아

초판 1쇄 발행 2023년 1월 16일
초판 2쇄 발행 2023년 6월 20일

—

지은이 호메로스
편　역 김성진
펴낸이 김호석
편집부 곽유찬 · 주옥경
마케팅 오중환
경영관리 박미경
영업관리 김경혜

—

펴낸곳 도서출판 린
주소 경기도 고양시 일산동구 무궁화로 32-21, 로데오메탈릭타워 405호
전화 (02) 305 - 0210
팩스 (031) 905 - 0221
전자우편 dga1023@hanmail.net
홈페이지 www.bookdaega.com

—

ISBN 979-11-92575-12-4 (03890)